SCIENCE FICTION

Herausgegeben
von Wolfgang Jeschke

Von **SHADOWRUN™** erschienen in der Reihe
HEYNE SCIENCE FICTION & FANTASY:

1. Jordan K. Weisman (Hrsg.): *Der Weg in die Schatten* · 06/4844

TRILOGIE GEHEIMNISSE DER MACHT
2. Robert N. Charrette: *Laß ab von Drachen* · 06/4845
3. Robert N. Charrette: *Wähl deine Feinde mit Bedacht* · 06/4846
4. Robert N. Charrette: *Such deine eigene Wahrheit* · 06/4847

5. Nigel Findley: *2 X S* · 06/4983
6. Chris Kubasik: *Der Wechselbalg* · 06/4984
7. Robert N. Charrette: *Trau keinem Elf* · 06/4985
8. Nigel Findley: *Schattenspiele* · 06/5068
9. Carl Sargent: *Blutige Straßen* · 06/5087

TRILOGIE DEUTSCHLAND IN DEN SCHATTEN
10. Hans Joachim Alpers: *Das zerrissene Land* · 06/5104
11. Hans Joachim Alpers: *Die Augen des Riggers* · 06/5105
12. Hans Joachim Alpers: *Die graue Eminenz* · 06/5106

13. Tom Dowd: *Spielball der Nacht* · 06/5186
14. Nyx Smith: *Die Attentäterin* · 06/5294
15. Nigel Findley: *Der Einzelgänger* · 06/5305
16. Nyx Smith: *In die Dunkelheit* · 06/5324
17. Carl Sargent/Marc Gascoigne: *Nosferatu 2055* · 06/5343
18. Tom Dowd: *Nuke City* · 06/5354
19. Nyx Smith: *Jäger und Gejagte* · 06/5384
20. Nigel Findley: *Haus der Sonne* · 06/5411
21. Caroline Spector: *Die endlosen Welten* · 06/5482
22. Robert N. Charrette: *Gerade noch ein Patt* · 06/5483
23. Carl Sargent/Marc Gascoigne: *Schwarze Madonna* · 06/5539
24. Mel Odom: *Auf Beutezug* · 06/5659
25. Jak Koke: *Funkstille* · 06/5667
26. Lisa Smedman: *Das Luzifer Deck* · 06/5889

LISA SMEDMAN

DAS LUZIFER DECK

Sechsundzwanzigster Band
des
SHADOWRUN™-ZYKLUS

Deutsche Erstausgabe

WILHELM HEYNE VERLAG
MÜNCHEN

HEYNE SCIENCE FICTION & FANTASY
Band 06/5889

Titel der Originalausgabe
THE LUZIFER DECK
Übersetzung aus dem Amerikanischen von
CHRISTIAN JENTZSCH

Umwelthinweis:
Dieses Buch wurde auf chlor- und
säurefreiem Papier gedruckt.

Redaktion: Ralf Oliver Dürr
Copyright © 1996 by FASA Corporation
Erstausgabe bei ROC, an imprint of Dutton Signet,
a division of Penguin Books US Inc.
Copyright © 1997 der deutschen Ausgabe und der Übersetzung
by Wilhelm Heyne Verlag GmbH & Co. KG, München
Printed in Germany 1997
Umschlagbild: FASA Corporation
Umschlaggestaltung: Atelier Ingrid Schütz, München
Technische Betreuung: M. Spinola
Satz: Schaber Satz- und Datentechnik, Wels
Druck und Bindung: Elsnerdruck, Berlin

ISBN 3-453-12667-X

Mein Dank geht an die Mitglieder des
Autoren-Workshops
der B.C. Science Fiction Association,
deren Rat und behutsame Kritik mithalfen,
dieses Buch zu ermöglichen.

1

Pita! Hoi, Chummer, bist du endlich soweit?«

Pita lag auf dem Rücken, den Schraubenzieher zwischen den übergroßen Zähnen. Der Wartungsschacht war schmal, fast zu schmal für ihre breiten Schultern. Sie hatte ihre Jacke ausziehen und sich mit nach vorn gereckten Armen förmlich hineinwinden müssen. Jetzt zitterte sie in der Kälte.

Im Licht einer billigen gestohlenen Brightlight-Taschenlampe, deren Batterie sich rapide entlud, öffnete sie die Plastikabdeckung der Trideokabel. Sie tastete sich an ihnen entlang und fand die Weiche, hinter der das Kabel zu den einzelnen Wohnungen abzweigte. Dann lächelte sie, als ihr klobiger Finger einen freien Anschluß fand.

»Hoi, Pita!« Einer der Chummer trat gegen ihre Füße, dem einzigen Körperteil von ihr, der sich noch außerhalb des Wartungsschachts befand. »Dauert das die ganze Nacht?«

»Ja, ja. Ich bin ja gleich fertig«, knurrte sie zurück. Sie stöpselte ein Ende des Kabels in den freien Anschluß und das andere Ende in Chens Elektrodennetz. »Ich muß es zuerst testen.«

Das Elektrodennetz war die Armeleuteversion der Datenbuchse – ein Mittel, rohe elektronische Daten ohne die Notwendigkeit teurer kybernetischer Implantate in eine multi-sensorische Erfahrung umzusetzen. Sie befestigte die Elektroden des Kopfsets an ihren Schläfen, schloß die Augen und brach in ein breites Grinsen aus, als sich hinter ihren geschlossenen Augenlidern das Bild formte. Die obere rechte Ecke war ein Chaos aus Flimmern und Rauschen, was wahrscheinlich an der abgenutzten Isolierung des Glasfaserkabels lag, mit dem sie die Verbindung hergestellt hatte. Sie hätte ein neues Kabel aus dem hiesigen Radio Shack klauen sollen, aber einstweilen würde dieses Kabel aus einem Müllcontainer reichen müssen. Wenigstens war der Rest des Bildes scharf.

Sie hatte sich in ein Werbeinfo für die Yamaha Rapier eingeschaltet. Der schnittige, wespenartige Rumpf des Motorrads schoß durch einen Regen aus Chrom-Konfetti und jagte auf einer stroboskopartig beleuchteten Autobahn dahin, die sich über einen von Flammen erfüllten Himmel spannte. »Reite den Wind. Spür die Kraft. Die '54er Rapier. Nur zehntausend Nuyen.«

Pita schnaubte und blinzelte, um das Programm zu wechseln. Zehntausend Nuyen? Nicht in zehn Leben!

Sie überging einen Nostalgie-Rocksender und danach *Rate das Logo*, eine Spielshow, in der Kinder aus der Aztechnology-Arcologie miteinander um teure Simulator-Ausrüstungen wetteiferten. Der Rocksender bediente jene Kleisterhirne, die vor der Jahrtausendwende geboren worden waren, und die Spielshow war Kinderkram. Mit siebzehn Jahren war Pita zu alt für diesen Drek. Sie rümpfte die Nase, als sie ein paar Sekunden von der Wiederholung einer Rede von Gouverneur Schultz mitbekam, in der sie versprach, die Straßen von Seattle zu säubern. Wußte sie denn nicht, daß manche Leute hin und wieder ein Paket Sojagrütze klauen mußten, wenn sie einfach nur überleben wollten?

Sie überging einen Sender in der Salish-Sprache und blieb dann ein paar Sekunden bei einem Werbeaufruf der Church of Sorcerology. »Zählt Ihr Kind zu dem einen Prozent der Bevölkerung mit natürlichen magischen Fähigkeiten?« fragte ein übertrieben enthusiastischer Ansager. »Können Sie es sich in dieser Erwachten Welt des Jahres 2054 wirklich leisten, die magischen Talente ihres Kindes schlummern zu lassen? Unser kostenloser Belastungstest kann die verborgenen Talente Ihres Kindes zutage fördern. Rufen Sie jetzt in unserem Büro an, unter ...« Pita wechselte den Kanal.

Ein lokaler Nachrichtensender fesselte ihre Aufmerksamkeit. Ein Sprecher, der vage amerindianisch aussah, schwafelte etwas von einer weiteren Totschlagsorgie der hiesigen Vertretung des Humanis Policlubs. Die Kamera zoomte auf einen Ork, etwas jünger als Pita, dessen Kopf wie eine geplatzte Frucht aussah. Dann schwenkte sie über das Blut und die Hirnmasse auf der Schulter des Jungen und die auf seine Brust gekritzelten Worte: »Ein Meta-Freak weniger. Bleiben noch eine halbe Milliarde.«

Pita entfernte die Elektroden von ihren Schläfen und kämpfte gegen den Brechreiz an. SimSinn ließ alles so real erscheinen. So nah. Sie konnte praktisch die Hand ausstrecken und die ausgelaufene Hirnmasse berühren, konnte das Blut riechen, das sein Hemd durchtränkte. Das Verbrechen hatte sich nur ein paar Kilometer entfernt in der Seattler Innenstadt ereignet. Wie der Junge, den es erwischt hatte, war auch Pita ein Ork. Was ihm zugestoßen war, hätte auch ihr zustoßen können.

Die für den Gehörsinn zuständige Elektrode hatte noch Kontakt mit ihrer Kopfhaut. Eine blecherne Stimme quäkte in ihr rechtes Ohr, während sie die Brille abnahm: »KKRU Trideo. Der Sender, der Sie ins Bild setzt.«

Pita nahm das Kopfset ab und rief über die Schulter: »Hoi, Chen. Ich hab's geschafft. Jetzt müssen wir nur noch die Sendung finden. Was glaubst du, in welchen Sender werden sie sich diesmal einschalten?« Komisch. Es war schrecklich leise dort draußen. Dann fiel ihr das blinkende blaue Licht auf.

Irgend etwas schloß sich um ihren Knöchel. Bevor Pita auch nur aufschreien konnte, wurde sie grob aus dem Wartungsschacht gezerrt. Das Glasfaserkabel spannte sich und wurde aus der Anschlußbuchse gerissen. Dann lag sie auf dem Gehsteig; ihre Ellbogen waren aufgeschrammt und brannten wie Drek, während sie in die Mündung eines automatischen Gewehrs starrte. Der Lone-Star-Cop dahinter sah nicht besonders gutgelaunt aus. Hinter ihm zog ein Blaulicht seine gleichmäßigen Kreise auf dem Dach eines Streifenwagens. Lone Star war der in Seattle mit dem Polizeidienst beauftragte Privatkonzern.

Pitas drei Freunde standen mit dem Gesicht zur Mauer des Wohnblocks, die Hände erhoben und die Beine gespreizt, und wurden von einem weiblichen Cop nicht sonderlich sanft abgetastet. Pita warf einen Blick auf ihre Brust, wo der rote Punkt des Ziellasers aufleuchtete, und stöhnte. Offenbar saßen sie ernstlich im Drek.

»Was hast du da in der Hand?« fragte der Cop mit dem Gewehr. »Eine gestohlene SimSinn-Einheit?« Sein Cyberauge surrte leise, als er ihr Gesicht betrachtete.

Chen, der älteste von Pitas drei Freunden, wandte den Kopf von der Mauer ab. »Sie ist nicht gestohlen«, stieß er hervor. »Mein Bruder hat sie mir gegeben, damit ich mir seine Sendungen ansehen kann. Er ist ...«

Der weibliche Cop hinter Chen trat ihm brutal gegen den Knöchel, und Chen ging mit einem gequälten Aufschrei zu Boden.

»Niemand hat dich gefragt, Porky« zischte sie. »Wenn du weiter ungefragt redest, bringt dich das nur unter die Erde. Stell dich wieder in die Reihe.«

Mit dem Schockstab in der Hand sah der Cop zu, wie Chen sich mühsam wieder erhob. Obwohl erst siebzehn, war Chen doppelt so groß wie die Bullenschnalle. Anders als Pita, die sich erst vor zwei Jahren in einen Ork verwandelt hatte, war Chen als Ork geboren worden, wie seine breiten Schultern und riesigen Pranken zweifelsfrei erkennen ließen. Dennoch hatte er das glatte schwarze Haar, das ausdruckslose Gesicht und die Mandelaugen seiner asiatischen Vorfahren. Abgesehen von seiner Körperfülle und den vorspringenden Eckzähnen sah er fast menschlich aus. Im Gegensatz dazu war Pitas Gesicht so grob und häßlich, als sei sie als Ork geboren worden. Kein Wunder, daß der Cop sie so anstarrte. Sie versuchte vergeblich, die Lippen über ihre Hauer zu stülpen.

Der Cop riß ihr das Elektrodennetz aus der Hand, um

es genauer zu betrachten. »Zum Teufel, Doyle, das ist völlig veraltete Tech. Niemand, der noch einigermaßen bei Verstand ist, würde diesen Drek klauen. Wahrscheinlich haben sie das Ding aus einer Müllpresse gefischt. Willst du wirklich deine Zeit verschwenden und für diesen Drek einen Bericht anfertigen?«

Der weibliche Cop wich von Chen und den beiden kleineren Orks zurück, den Schockstab immer noch auf Chens Rücken gerichtet. Dann schüttelte sie den Kopf. »Eigentlich nicht. Mach das Ding unbrauchbar.«

Der Cop, der neben Pita stand, ließ das Kopfset auf den Boden fallen, hob seinen bestiefelten Fuß und ließ ihn herabsausen. Metall und Plastik barsten, Schaltkreise knirschten, und übrig blieb ein Haufen Schrott. Nachdem der Cop alle Plastikreste an seinem Stiefelabsatz am Asphalt abgestreift hatte, trat er einen Schritt zurück. Die dünne rote Linie des Ziellasers seines Gewehrs erlosch. »Steh auf, Junge.«

Pita krümmte sich. War sie wirklich so häßlich, daß man sie nicht als Mädchen erkennen konnte? Sie fühlte sich noch schlechter, als sie Chens Gesichtsausdruck sah. Sein Blick war auf die zerbrochene Brille gerichtet. Die beiden jüngeren Orks hinter ihm, Shaz und Mohan, wirkten völlig perplex. Wie Pita hatten sie Chen noch nie zuvor weinen sehen.

Pita erhob sich zitternd, während die Cops sich in den Schutz ihres Streifenwagens zurückzogen. Der erste Cop hielt seine Waffe zwar noch bereit, aber nicht mehr auf sie gerichtet. Während der weibliche Cop mit einem Zähneklicken die Funk-Headware aktivierte, um die Gebäude-Wartung zu rufen, ruckte er mit dem Kopf. »Verzieht euch«, sagte er zu den Orks.

»Verschwindet.«

Das taten sie.

Zwölf Blocks weiter wurden Pita und ihre Freunde keuchend langsamer. Chen war mit seltsam hoppelnden Schritten gelaufen und hinkte sichtlich.

»Verdammte Schinder«, japste er, wobei er sich verstohlen die letzten Tränen von den Wangen wischte.

Shaz und Mohan gingen einen Schritt hinter ihm. Sie waren Brüder, zwölf und dreizehn Jahre alt. Sie waren erst seit einem Jahr auf der Straße und betrachteten Chen mit seiner sechsjährigen Straßenerfahrung als ihren Anführer. Sie hatten sich die Köpfe kahlgeschoren, weil sie glaubten, daß sie so zäher und gemeiner aussahen, und trugen identische T-Shirts, auf denen das grinsende Gesicht des Ork-Rockers, Motorradgang-Anführers und Frontmanns von Meta Madness prangte. Das Logo der Gruppe war mit Silberfaden auf die T-Shirts gestickt.

»Yao hat mir das Kopfset geschenkt«, murmelte Chen. »Er sagte, ich würde nicht mehr mit ihm reden können, wenn er im Untergrund wäre, aber ich könnte damit seine Sendungen empfangen. Jetzt kann ich ihn nicht mal mehr im Trideo sehen.«

»Ich weiß.« Pita nahm ihre schwarze Kunstlederjacke, die sie sich an den Ärmeln um die Hüfte gebunden hatte, und zog sie über ihr ärmelloses Flanellhemd. Ihre abgetragenen Turnschuhe, billig wie alles, was aus den Konföderierten Amerikanischen Staaten kam, schlurften über den Gehsteig. Knotige Knie lugten im Gehen aus den Löchern in ihrer Jeans. »Wenigstens weißt du, daß er sich was aus dir macht. Meine Schwester hat nie auch nur ...«

Chen blieb unvermittelt stehen. Er drehte sich zu Pita um. »Es tut mir leid.« Er legte seine kräftigen Arme um ihre Schultern und drückte sie fest an sich. Sie spürte, wie Shaz und Mohan ihr mit sanften Fingern über den Rücken strichen.

Verbitterung nagte an ihr mit scharfen Zähnen, als sie sich an die Anfänge ihrer Goblinisierung erinnerte. Eine Woche lang hatte sie es ihrer Familie verheimlicht, indem sie beim Reden die Hand vor den Mund gehalten und weite Kleidung getragen hatte, um ihre größer werdenden Eckzähne und ihr plötzliches Wachstum zu verbergen. Dann hatte ihre Schwester sie im Badezimmer erwischt, als sie sich gerade das krause braune Haar abrasierte, das auf ihren Schultern wuchs. Als Pita am nächsten Tag aus der Schule gekommen war, hatte sie die Haustür verschlossen und ihre Kleidung in Styroporkisten auf dem Rasen vorgefunden. Ihre alte Kleidung. Die neuen Sachen hatten sie für ihre Schwester behalten.

Sie war ohne Kredstab in der Seattler Innenstadt gelandet. Wie so viele Jugendliche vor ihr hatte sie beschlossen, das einzige zu verkaufen, was sie hatte: sich selbst. Mit dem Spott und dem Hohngelächter hatte sie dabei nicht gerechnet. Als sie in eine Gasse floh, war sie mit Chen zusammengestoßen, der daraufhin mit dem Hintern auf eine zerbrochene Glasflasche gefallen war. Später war ihr sein blutverschmierter Hosenboden aufgefallen. Sie hatte herausgefunden, warum er ihr den Spitznamen Pita gegeben hatte. Von diesem Tag an hatte sie nur noch auf diesen Namen gehört und nicht mehr auf Patti, den Namen, den ihre Eltern ihr gegeben hatten.

Jetzt strich er ihr über den Kopf und küßte sie auf die Wange. »Hey, Schmerz im Arsch*. Null Problemo. Wir haben immer noch uns, oder? Dieser materielle Kram ist doch nur Drek, nicht?«

»Nur Drek«, echote Mohan.

Shaz stieß ein leises, kehliges Grollen aus. »Diese verdammten Schinder«, knurrte er. »Warum können sie uns nicht in Ruhe lassen?«

Vor ihnen bog ein Streifenwagen um die Ecke. Sein Blaulicht verjagte die Schatten von den Straßen. Eine Stimme meldete sich über Lautsprecher. »Hier spricht Lone Star. Stehenbleiben.«

»Laßt uns in Ruhe!« rief Shaz. Er bückte sich, hob einen Betonbrocken auf und warf ihn nach dem Streifenwagen. Der Brocken prallte mit dumpfem Knall von der

---

* Anmerkung des Übersetzers: Schmerz im Arsch = Pain in the ass, Pita.

Panzerung ab, ohne Schaden anzurichten. Der Wagen hielt mit quietschenden Reifen an, die vordere Geschützluke öffnete sich. Das dunkle Rohr eines Gewehrlaufs wurde sichtbar.

»Drek!« rief Pita. »Lauft!«

Chen sah sich noch immer nach dem Wagen um, als die ersten Schüsse durch die Nacht hallten. Pita hatte sich kaum in Bewegung gesetzt, als sie das feuchte, erstickte Geräusch von Kugeln hörte, die Fleisch trafen. Chen schrie vor Schmerzen auf.

»Lauft!« rief Shaz.

Hinter sich hörte Pita einen weiteren Feuerstoß. Mohan seufzte, dann fing Shaz an zu schreien. »Mohan, steh auf! Steh auf, verdammt! Steh …«

Die automatische Waffe schoß zum drittenmal, gerade als Pita die Straßenecke erreichte. Ein Hagel von Betonsplittern spritzte gegen ihre Jacke, als sie um die Ecke bog. Sie verbiß sich die Schluchzer, die ihr in der Kehle saßen, und stampfte weiter den Block entlang. Irgendwo hinter sich hörte sie das Aufheulen eines Motors und das Quietschen von Reifen. Lone Star Security würde dafür sorgen, daß es keine Zeugen gab.

Pita bog so rasch um die nächste Ecke, daß sie mit den Armen rudern mußte, um das Gleichgewicht zu halten. Das Blaulicht des Streifenwagens erfaßte ihre Schulter, als sie in die Schatten sprang. Den Blick von Tränen verschwommen, lief sie laut keuchend, so schnell sie konnte. Wieder um eine Ecke. An einem geparkten Wagen vorbei über eine Kreuzung. In eine Seitenstraße. Und schließlich in eine Gasse. Als sie eine verrostete Feuerleiter sah, sprang sie hoch und bekam die unterste Sprosse zu fassen. Die Leiter senkte sich quietschend und kreischend langsam zu ihr herunter, und sie kletterte Sprosse für Sprosse daran empor. Sie konnte den Streifenwagen hören, der in die Seitenstraße einbog und sich ihr rasch näherte.

Mit einem markerschütternden Kreischen gab plötzlich die Leiter nach. Pita verlor den Halt und fiel. Vergeblich suchte sie nach einem Halt und stürzte in einen offenen Müllcontainer. Glitschige, aufgequollene Müllbeutel bremsten ihren Fall, und ein ranziger Geruch drang ihr in die Nase. Die Leiter fiel klirrend neben dem Container zu Boden. Sie wollte sich gerade aufrappeln und aus dem Container springen, als sie das Blaulicht auf dem offenstehenden Deckel sah. Also blieb sie, wo sie war, bedeckte sich mit Mülltüten und wühlte sich tiefer in den stinkenden Haufen.

Ein helles Licht fiel auf die Gasse und durchstöberte ihre Schatten wie ein schnüffelnder Hund. Pita hörte das Zuschlagen einer Wagentür und dann die Schritte eines sich nähernden Cops. Sie lag starr wie der Tod, versuchte den Atem anzuhalten. *Bitte,* flehte sie alle Mächte an, die zuhören mochten. *Er darf mich nicht finden. Er darf mich nicht sehen.* Ihr abgehackter Atem schien in dem Container laut zu hallen und sie zu verraten. Sie hörte die Schritte näher kommen, sah den Strahl einer Taschenlampe auf dem offenen Deckel des Containers ruhen. Sie schloß die Augen und konzentrierte jede Faser ihres Willens darauf, reglos und unsichtbar zu werden. Jetzt war es zu spät, sich zu fragen, ob der Müll sie vollständig zudeckte, oder sich tiefer in den Müll zu wühlen. Sie hörte das leise Schleifen der behandschuhten Hand des Cops auf dem Rand des Containers, sah einen Lichtstrahl über ihre geschlossenen Augenlider wandern. Jeden Augenblick würde der Cop seine Kanone auf sie richten und …

Nein. Sie verdrängte die Vorstellung aus ihren Gedanken. *Er sieht mich nicht,* formulierte sie in Gedanken, immer wieder, wie ein Mantra. *Er sieht mich nicht.*

Der Strahl der Taschenlampe wanderte weiter, so daß sie wieder in Dunkelheit gehüllt wurde. Pita hörte sich entfernende Schritte und das Zuschlagen einer Wagentür, dann das leise Schnurren des Motors, als der Streifenwagen sich langsam in Bewegung setzte. Erleichterung überflutete sie wie eine kalte Woge und ließ sie erschauern. Sie war nicht sicher, bei wem sie sich zu bedanken hatte, aber irgend jemand oder irgend etwas hatte ihr zugehört und sie beschützt.

Schließlich erlaubte sie sich zu weinen. Shaz, Mohan, Chen. Sie hatte sie nicht sterben sehen, aber die Schreie, die sie bei ihrer Flucht vor den Cops hinter sich gehört hatte, hatten nicht gut geklungen. Anstatt zu versuchen, ihnen zu helfen, war sie davongelaufen. Hatte ihre Freunde im Stich gelassen und sich aus dem Staub gemacht. Das Schuldgefühl krampfte ihr den Magen zusammen. An ihrer Unterlippe nagend, bis sie Blut schmeckte, hievte Pita sich schließlich aus dem Container und trabte vorsichtig in die Richtung ihrer Freunde zurück.

2

Carla beugte sich über die Schulter von Wayne, dem On-Line-Schnitt-Techniker, und sah zu, wie die Buchstaben auf dem Trideomonitor langsam hervortraten: »H ... U ... M ...« Nach und nach bildeten sich die Worte Humanis Policlub, dann verfärbten sie sich silbern und sonderten leuchtend rote Tropfen ab. Hinter ihnen nahm ein Männergesicht Gestalt an. Die Stirn war zornig gerunzelt, und die weißen Zähne funkelten in einem raubtierhaften Lächeln vor dem Hintergrund seiner dunklen Haut. Das Haar war ordentlich geschnitten, das Gesicht glattrasiert.

»Sonderrechte für Metamenschen?« Die Nasenflügel des Mannes bebten. »Eher würde ich einem Ghul Sonderrechte einräumen. Es sind Tiere. Untermenschen. Ja, ich weiß, manche behaupten, die Metamenschheit sei schon immer Teil des Genpools gewesen. Aber das ist Unsinn. Da ist nur schlimme Magie am Werk. Diese Leute haben unreine Gedankenprozesse. Deshalb goblinisieren sie, wenn sie in die Pubertät kommen.«

Wayne schüttelte den Kopf und gab einen Editierbefehl ein. »Dieser Kerl redet Unsinn. Was ist mit den Kindern, die als Metas geboren werden? Babys mit ›unreinen Gedanken‹? Das ist doch wohl das letzte.«

Hinter ihm lachte Carla. »Die Öffentlichkeit legt keinen Wert auf Logik«, antwortete sie. »Nur auf reißerische Unterhaltung.«

Die Pixel auf dem Bildschirm gruppierten sich zu einer Nahaufnahme von Carlas Gesicht um. Das Gesicht stellte eine Frage: »Und welche Lösung schlägt der Humanis Policlub für das ›Problem‹ der Metamenschen vor? Weitere Greueltaten nach dem Motto ›Totschlagen‹?«

Waynes Finger huschten über die Tastatur und spielten eine Reihe von Momentaufnahmen der jüngsten Totschlagsopfer ein. Dann schaltete er auf Standbild.

Carla betrachtete es einen Moment lang. »Spiel das ›Zurückschlagen‹-Zitat von der Initiative für Orkrechte ein, das wir gestern gesendet haben, und runde das Ganze mit einem Fünf-Sekunden-Ausschnitt vom Meta-Madness-Konzert in Los Angeles ab. Ich meine den Teil, wo sich der Sänger vorbeugt, auf die Kameralinse spuckt und schreit: ›Zur Hölle mit den Schlägern von der Sicherheit. Wahnsinn muß regieren.‹ Das sollte für einigen Wirbel sorgen.«

Wayne sah sie mit einem Ausdruck des Unbehagens an. »Bist du sicher?«

Carla lächelte. »Die Großen werden mich nur dann zur Kenntnis nehmen, wenn ich ordentlich vom Leder ziehe und beweise, daß ich mindestens ebenso gut den Drek aufwühlen kann wie sie.«

Während ihr Schnitt-Techniker arbeitete, betrachtete sie ihr Bild auf dem zweiten Monitor. Lange schwarze Haare, die zu einem Zopf geflochten waren, dunkle, hungrige Augen. Das rechte Auge bewegte sich einen Sekundenbruchteil rascher als das linke. Hinter seiner Pupille war eine miniaturisierte Cyberkamera verborgen. Subdermale Glasfaserkabel, die zehnmal so dünn wie ein menschliches Haar waren, übertrugen die aufgenommenen Bilder zu einer hinter ihrem rechten Ohr implantierten Datenanzeige mit Audiorecorder. Eine Datenbuchse darunter hatte ihr ermöglicht, die Bilder herabzuladen, die Wayne manipulierte. Die Aufnahmen von ihr selbst, wo sie die Fragen wiederholte, die sie früher gestellt hatte, waren später dazugemischt worden.

Zwei Jahre nach ihrer Operation hatte Carla sich immer noch nicht an ihr neues Gesicht gewöhnt. Breitere Wangenknochen, eine etwas aufgeblähte Nase und die Zufuhr von Melanin hatten aus ihr eine ganz passable Amerindianerin gemacht. Native American Broadcasting

System bestritt vehement rassische Voreingenommenheit bei seinen Anstellungsgewohnheiten, aber ein Blick auf seine Nachrichtensprecher verriet alles. Carla hoffte, eines Tages KKRUs Pfennigfuchserei hinter sich zu lassen und bei NABS einzusteigen. Der Produzent hatte ihr einen Job in Aussicht gestellt, wenn sie ihm beweisen konnte, daß sie alles hatte, was es bedurfte, um ›mit den großen Jungens Schlitten zu fahren‹. Damit hatte er die Fähigkeit gemeint, knallharte Enthüllungsreportagen durchzuziehen – von der Sorte, die tief in den finsteren Unterleib der Konzernbestie eindrang. »Zeigen Sie mir irgendwas, das es wert wäre, von NABS ausgestrahlt zu werden, dann werde ich Ihre Anstellung ernsthaft in Erwägung ziehen«, hatte er gesagt.

Carla war entschlossen, genau das zu tun. Und zwar rasch. Ihr Exklusivinterview mit dem Leiter der hiesigen Untergruppe des Humanis Policlubs war ein guter Anfang. Aber es bedurfte einer größeren Story, um ihre Fähigkeiten zu beweisen.

Auf dem Trideoschirm schwadronierte der Humanis-Leiter weiter. »Wir befürworten keineswegs Gewalt.« Er beehrte die Kamera mit einem matten Lächeln. »Nur eine Trennung der Rassen. Die Metamenschen gehören unter ihresgleichen. Sie sind nicht glücklich in der allgemeinen Gesellschaft. Wir Reinrassigen rufen in ihnen ein Gefühl der Unterlegenheit wach. Und wir wollen nicht, daß sie sich mit uns vermischen. Können Sie sich vorstellen, wie sich einer dieser ungeschlachten Orks mit Ihrer Tochter verabredet?« Sein Mund verzog sich, als habe er einen Löffel warmen Drek gegessen. »Oder mit Ihrem Sohn? Wollen Sie wirklich einen goblinisierten Enkel?«

»Und Schnitt«, sagte Carla, indem sie auf das Bildschirmmenü tippte. »Füge noch ein paar Aufnahmen von diesen drei jugendlichen Orks hinzu, die vorgestern totgeschlagen wurden. Beim Ausblenden spielst du noch ein paar Takte von Meta Madness ein. Dann noch mei-

19

nen üblichen Abspann und die Rufbuchstaben des Senders, und die Sache ist perfekt.«

Sie reckte sich und sah sich im Schneideraum um. Jemand klopfte an die Glasscheibe. Carla öffnete die Tür und verließ das Studio. »Ja?«

Masaki, einer der anderen Reporter, deutete mit dem Daumen auf die Monitorreihe am Ende des Nachrichtenraums. Einer der Bildschirme zeigte die Eingangshalle des KKRU-Gebäudes. Ein junger Ork saß auf einem der Kunstledersessel in der Lobby, die Hände im Stoff seiner Jeans verkrallt. Die Blicke des Jungen irrten nervös in dem Raum umher.

»Irgendein jugendlicher Ork. Behauptet, eine heiße Story zu haben. Will mit niemandem außer Carla Harris reden, der Spitzenschnüfflerin für KKRU Trideo News.«

Carla unterdrückte ein Gähnen. Mit drei Überstunden war es eine lange Schicht gewesen. »Hat er gesagt, worum es geht?«

»Sie.« Masaki zuckte die Achseln. Er war übergewichtig und redete mit asthmatisch pfeifender Stimme. Ein grau werdender Schnurr- und Kinnbart rahmte seine weichen Lippen ein, aber seine Wangen waren glattrasiert. »Sie hat irgendwas von deiner Serie über den Humanis Policlub gemurmelt. Als ich etwas nachgebohrt habe, hat sie sich gesperrt. Schwer zu sagen, ob sie irgendwas zu sagen hat. Aber es könnte was dran sein.«

Carla schnaubte. »Du hast wohl versucht, mir meine Story zu klauen, was, Masaki?«

Er grinste sie an. »Du kannst einem Schnüffler den Versuch nicht verübeln.«

Carla ging in die Lobby. Vor der getönten Scheibe der Tür zum Empfangsbereich blieb sie stehen und schaltete ihr Cyberauge auf Aufzeichnungsmodus. Die Kleine war vermutlich nur ein Mädchen von der Straße, das sich nach fünfzehn Sekunden des Ruhmes sehnte. Aber es konnte nicht schaden, einen kleinen Film aufzunehmen, für alle Fälle.

»Hi, Mädchen.« Carla ging mit geschmeidigen, grazilen Schritten durch den Raum in der Absicht, sich auf den Sessel neben dem Orkmädchen zu setzen. Doch auf halbem Weg stieg ihr der Geruch der Kleinen in die Nase. Hatte das Mädchen auf einem Müllhaufen geschlafen? Die Nase rümpfend, wählte Carla einen Sessel ein paar Meter entfernt. Ihr Cyberauge surrte, als es für eine Nahaufnahme heranzoomte und die Linse sich automatisch fokussierte.

Das Mädchen erschrak sichtlich bei der Begrüßung. Kunstleder quietschte, als es vorrutschte, bis es nur noch auf der Kante des Sessels saß. Die Spitzen seiner Turnschuhe ruhten auf den polierten Fliesen des Fußbodens wie die eines Sprinters, der sich auf sein Rennen vorbereitete. Carla nahm ihre beruhigendste Pose ein und beugte sich ein wenig vor. »Du hast eine Story für mich, Mädchen?«

Das Orkmädchen befeuchtete seine Lippen und warf einen Blick auf die Videokamera, die die Lobby überwachte. »Nicht hier«, flüsterte es.

»Bevor ich dich ins Studio lasse, mußt du mich erst überzeugen, daß du etwas hast«, forderte Carla das Mädchen zum Reden auf.

Während das Orkmädchen auf seiner Lippe kaute und sich überlegte, ob es reden sollte oder nicht, beobachtete Carla es mit ihrer Kamera. Es war schwierig, das Alter dieser jugendlichen Orks zu schätzen. Sie entwickelten sich schneller als normale Kinder. Carla schätzte die Kleine auf fünfzehn, sechzehn. Ein Straßenstreuner, dem Aussehen ihrer zerrissenen Kleidung nach zu urteilen – und auch ihrem Geruch. Carla machte Anstalten, sich zu erheben, als sei sie das Warten leid.

»Warten Sie!« Das Mädchen beschrieb nervöse Handbewegungen, bei denen ihre Knöchel knackten. Carla stöhnte innerlich laut auf. Falls sich aus diesem Interview irgendwas ergab, würde sie diese Geräusche später herausschneiden müssen.

»Dieser Bericht, den Sie über die drei toten Orks gemacht haben.« Die Lippen des Mädchens bebten einen Moment lang, als sie tief Luft holte. »Das waren meine Freunde.«

»Tut mir leid, das zu hören, Miz ...«

»Pa ... Pita«, antwortete das Mädchen.

»Kein Nachname?«

Pita schüttelte den Kopf.

»Und du wolltest etwas über ihren Tod aussagen?«

Das Mädchen nickte.

»Tut mir leid«, antwortete Carla. »Schnee von gestern. Sie sind vor zwei Tagen gestorben. Wir haben der Geschichte dreißig Sekunden eingeräumt. Das ist eine ganze Menge, wenn man bedenkt, daß dies in diesem Jahr bereits der zehnte Fall von Totschlag Marke Humanis Policlub war. Daß der Fall überhaupt in die Nachrichten gekommen ist, hat er nur der Tatsache zu verdanken, daß die Sprüche mit ihrem Blut geschrieben wurden.«

Das Mädchen erbleichte plötzlich. Carla seufzte und hoffte, es würde sich nicht übergeben müssen. Vielleicht hätte sie nicht so offen reden sollen. Andererseits war das Nachrichtengeschäft knallhart.

Carla entging das Flüstern des Mädchens beinahe, als es sich in Richtung Tür in Bewegung setzte. Nur der Verstärker in ihrem rechten Ohr fing es auf.

»Der Humanis Policlub hat meine Freunde nicht umgebracht. Es war Lone Star Security.«

»Was?« Carla fuhr herum und verfluchte sich dafür, daß sie das nicht mit ihrer Kamera aufgezeichnet hatte. »Hast du dafür Beweise?«

Das Mädchen begegnete Carlas Blick für einen flüchtigen Moment, dann schlug es die Augen nieder. »Ich habe alles gesehen. Sie wurden aus einem Streifenwagen von Lone Star erschossen. Die Cops wollten mich ebenfalls kaltmachen, aber ich konnte fliehen. Später bin ich zurückgekommen und sah ... und sah ...«

Tränen liefen über die Wangen des Mädchens. Carla ging in die Hocke, um ihrer Cyberkamera einen besseren Aufnahmewinkel zu ermöglichen. Sie zoomte langsam heran, bis das Gesicht des Mädchens das gesamte Blickfeld ausfüllte, hielt die Einstellung volle drei Sekunden und zoomte dann zurück, bis wieder der gesamte Oberkörper erfaßt wurde.

»Meine Freunde waren schon tot, aber die Cops zerhackten die Leichen mit Macheten«, flüsterte Pita. »Dann benutzten sie das Blut, um die Sprüche auf die Mauern zu pinseln.«

»Bei der Autopsie wurden weder Kugeln noch Kugelsplitter in den Leichen gefunden«, stellte Carla fest. »Der Pathologe sagte aus, die Wunden stammten von einer Waffe mit einer Klinge. Ich vertraue meinen Quellen. Wenn irgend etwas Ungewöhnliches entdeckt worden wäre, hätte ich davon gehört.«

»Aber in den Mauern der benachbarten Häuser müssen Einschußlöcher sein.« Das Mädchen sah sie hoffnungsvoll an. »Das würde beweisen ...«

»Das würde gar nichts beweisen, Mädchen.« Carla widerstand dem Drang, den Kopf zu schütteln. Sie hielt die Cyberkamera in Erwartung irgendeiner Reaktion auf das Mädchen gerichtet. »Columbia ist ein rauher Stadtteil von Seattle. Jedes Gebäude dort hat seine Narben, und viele davon wurden von den Gewehren Lone Stars angerichtet.«

»Einer der Cops hat eine Cyberhand. Wenn man ihn fände, könnte man ...«

»Kybernetische Verstärkungen sind bei den Cops ziemlich häufig«, konterte Carla. »Es muß Dutzende von Beamten mit Cyberhänden geben.«

»Ich weiß, daß es eine kybernetische Hand war, weil sie wie Chrom glänzte«, fuhr Pita fort. »Ich konnte das Gesicht des Cops zwar nicht sehen, aber soviel habe ich erkannt.«

»Eine verchromte Cyberhand?« fragte Carla. »Das

klingt, als hättest du das direkt aus einem Comic-Trid. Was du gesehen hast, war vermutlich ein Interface auf dem Handschuh des Cops, welches das Licht reflektiert hat.«

Das Mädchen zuckte zusammen, dann starrte es Carla wütend an. »Ich erfinde das nicht.«

»Das habe ich auch nie behauptet, Mädchen.«

Carla seufzte und schaltete ihre Cyberkamera ab. »Du erzählst eine ziemlich leidenschaftliche Geschichte, Pita, aber der Star könnte jedes Wort widerlegen. Du hast keinen konkreten Beweis, um deine Geschichte zu stützen. Keine hieb- und stichfesten Einzelheiten. Und ohne Beweis habe ich keine Nachrichtenstory.«

Das Orkmädchen schlug die Augen nieder und ließ die Schultern hängen. Carla gab den Sicherheitscode für die Tür ein, die in ihr Studio führte. Sie blieb auf der Schwelle stehen, während sie noch überlegte, ob sie dem Mädchen noch etwas Tröstendes sagen sollte. Sie hatte die Leichen gesehen, nachdem der Policlub mit ihnen fertig gewesen war. Wenn das tatsächlich die Freunde des Mädchens waren ...

Doch als Carla sich wieder umdrehte, war die Lobby leer.

3

Pita saß in einer Gasse im Schatten eines verrotteten Polstersofas. In der vergangenen Nacht hatte sie darauf zu schlafen versucht, aber die Federn hatten sich in ihren Rücken gebohrt. Jetzt ruhte sie an der gepolsterten Armlehne und ignorierte den muffigen Geruch des schimmligen Stoffes. Sie nahm einen Bissen von einem Windbeutel und spülte ihn mit einem Schluck dampfenden Soykafs herunter. Das klebrig süße Gebäck bereitete ihr Zahnschmerzen, also warf sie es weg. Dann wühlte sie in ihrer Tasche.

Die Gasse wurde von der Laterne an der Straßenecke nur schwach beleuchtet. Pita hielt die Hand so, daß der mattgelbe Schein darauf fiel, und betrachtete die Kapseln auf der Handfläche. Drei blasse weiße Ovale, die versprachen, ihren Magenschmerzen und den Alpträumen, die ihren Schlaf störten, ein Ende zu bereiten. Sie hatte teuer dafür bezahlt – mit einer widerwärtigen Gefälligkeit für einen dienstfreien DocWagon-Angestellten, den sie in einer Bar in der Nähe kennengelernt hatte. Sie verzog das Gesicht, da sie immer noch seine feuchten Küsse auf Hals und Schultern spürte. Es war nicht annähernd so gewesen wie mit Chen ...

Sie blinzelte das plötzliche Stechen in den Augen fort, dann nahm sie die Kapseln in den Mund und trank einen Schluck Soykaf. Er war noch immer so heiß, daß sie sich fast die Lippen verbrannte, aber sie trank ihn trotzdem, da sie vermeiden wollte, daß ihr die Kapseln im Halse steckenblieben. Dann wartete sie.

Sie hörte ein Rascheln und wandte den Kopf. Eine Katze mit verfilztem Fell und eingerissenen Ohren tauchte aus einem Hauseingang auf und machte sich über den Windbeutel her, den Pita weggeworfen hatte. Sie hielt inne, als sie ihre Bewegung spürte, dann drehte sie sich zu ihr um und starrte sie an. Ihre Augen waren zwei rote Monde, Reflexionen der Straßenlaterne an der Ecke. Pita empfand ein jähes Unbehagen, als blicke die Katze in ihre Seele. Irgendwie teilte die Katze den Hunger, der in ihr brannte. Dann drehte sich die Katze um und schlich geduckt und ein wenig hinkend in ihr Versteck zurück.

Eine Woge warmer Benommenheit schlug über Pita zusammen. Die Wirkung der Sorgenfreis setzte ein. Ihre Rechte bewegte sich in einer Geste des guten Willens in Richtung der Katze, um sie zur Rückkehr zu bewegen. Sollte sie sich ruhig an ihrem Windbeutel gütlich tun. Pitas Kopf fühlte sich wie ein Ballon an einer Schnur an, der hoch über ihrem Körper trieb. Irgend etwas Heißes floß über ihre linke Hand und tröpfelte am Arm bis zum Ellbogen herunter. Der Soykaf. Er mußte sie verbrannt haben. Pita lachte und hob den Becher an die Lippen, um einen Schluck zu trinken. Die dunkle Flüssigkeit lief ihr über das Kinn. Ihr breites Grinsen machte es ihr unmöglich, die Lippen um den Rand des Bechers zu schließen, also ließ sie ihn fallen und sah zu, wie der Kaffee in Zeitlupe über den Zement spritzte.

Das Zuschlagen einer Metalltür ließ sie den Kopf wenden. Sie runzelte die Stirn und spähte angestrengt in die Gasse hinein. Die Bürogebäude in diesem Stadtteil hatten schon seit Stunden geschlossen. In einigen der oberen Etagen brannte noch Licht, aber nur für die Reinigungstrupps. Wollten sie die Papierkörbe ausleeren? Pita duckte sich in den Schatten des Sofas und kicherte. Dies war fast so wie Hide and Search, das virtuelle Realitätsspiel, das ihr als Kind soviel Spaß gemacht hatte. Sie fühlte sich sogar wie ein Computer-Icon, ganz dünn und fast durchscheinend.

Ein Mann wankte die drei Stufen zur Straße herauf. Er tauchte aus dem Hauseingang auf, die Hände gegen die Brust gepreßt, als könne er nicht atmen. Obwohl die Droge ihren Blick ein wenig verschwimmen ließ, konnten ihre lichtempfindlichen Augen Einzelheiten erkennen. Der Mann schwitzte gewaltig. Die Ärmel seiner teuer aussehenden Anzugjacke waren fleckig. Seine Krawatte war gelockert, und der Schweiß klatschte sein dunkles Haar an den Kopf und lief ihm in den Nacken.

Der Mann machte einen taumelnden Schritt, dann noch einen, und dann brach er auf dem Zement vor Pita zusammen. Mit einem dumpfen Klatschen landete sein Gesicht auf dem Boden. Als er den Kopf drehte, sah sie, daß ihm Blut aus der Nase lief. Sein Mund stand weit offen, und er hatte die Augen verdreht. Ein seltsam verbrannter Geruch ging von ihm aus.

Die Sorgenfreis vertrieben alle Ängste aus Pitas Bewußtsein, vergruben sie tief in ihrem Hinterkopf. Sie beugte sich neugierig vor. Kichernd streckte sie den Finger aus und bohrte ihn dem Mann in die Wange. Sie war heißer, als ihr Soykaf gewesen war.

Ein trübes rotes Licht leuchtete plötzlich in Mund und Nase auf. Pita kniete sich hin und legte die Wange auf den kühlen Zement, um besser sehen zu können. Der Geruch nach brennendem Fleisch drang ihr in die Nase. Dann quoll dem Mann Rauch aus Mund und Nase. Der Schweiß auf seinem Körper verdampfte.

»Megasahne«, flüsterte sie, wobei sie sich fragte, ob sie gerade nur irgendeine irre Nebenwirkung der Sorgenfreis erlebte. Dann setzten sich ihre Straßeninstinkte durch. Sie drehte den Mann um und tastete die Taschen seines Anzugs ab. Seiner Kleidung nach zu urteilen, mußte der Mann ein Konzernexec sein, dessen Taschen mit wertvollem Zeug gefüllt waren.

Die erste Tasche enthielt einen Smogfilter und einen geschmolzenen Schokoriegel. Pita warf beides weg. In der nächsten fand sie einen zusammengefalteten Ausdruck und einen Speicherchip. Sie steckte beides ein. Vielleicht enthielt der Chip ein SimSinn-Spiel. Sonst hatte der Bursche nur noch einen Kredstab bei sich. Doch selbst wenn eine Million Nuyen darauf gewesen wären, hätte sie sich auch nicht zu einem einzigen davon Zugang verschaffen können. Um das zu tun, war ein Daumenabdruck, ein Netzhautscan oder eine Stimmenprobe erforderlich. Und Pita verfügte nicht über das technische Wissen, um etwas davon zu fälschen. Sie wollte den Kredstab gerade wegwerfen, als sie den an der Seite des Kredstabs befestigten Magnetschlüssel sah. Vielleicht, nur vielleicht, öffnete er eine verschlossene Tür mit etwas Wertvollem dahinter. Sie steckte den Kredstab ein.

Der Mann zappelte jetzt wie jemand, der unter Strom stand, und seine Haut war fast zu heiß, um sie noch berühren zu können. Und noch etwas Seltsames geschah. Weißes Licht drang aus Mund und Nasenlöchern, so gerade und gebündelt wie Laserstrahlen. Durch sein Zappeln zuckten die Strahlen unruhig hin und her, und in ihrem Licht sah Pita etwas Goldenes um den Hals des Mannes. Es war eine Goldkette mit einem winzigen Anhänger, der wie ein Engel mit ausgestreckten Flügeln geformt war. Sie griff danach.

»Aua!« Ein Lichtstrahl streifte ihren Arm. Trotz der betäubenden Wirkung der Sorgenfreis spürte sie die Verbrennung. Über die Innenseite ihrer Hand lief jetzt eine hellrote Linie. Sie riß den Arm zurück, um nicht noch einmal von dem sengenden Licht erfaßt zu werden, aber der Mann hatte aufgehört zu zappeln und lag jetzt still, den Kopf zur Seite gewandt. Die Strahlen bündelten sich auf die Mauer neben ihr und schwärzten den Zement. Immer noch kichernd, zückte Pita den Ausdruck, den sie dem Mann aus der Tasche genommen hatte. Dann hielt sie ihn probehalber in den Lichtstrahl und sah zu, wie er in Flammen aufging.

Plötzlich lösten sich die Lichtstrahlen aus dem Kopf des Mannes. Sie verschmolzen zu einem einzigen Strahl, der von der Mauer abprallte und im Zickzack durch die Gasse schoß, da er von einem getönten Fenster zum nächsten abprallte. Die Nacht wurde plötzlich von stroboskopartigen Blitzen erhellt, als das Licht sich in mehrere laserdünne Strahlen unterschiedlicher Farbe auflöste, um dann wieder zu einem blendend weißen Blitz zu verschmelzen, der Pita blinzeln ließ. Das Schauspiel war auf eine seltsame Art wunderschön und in seiner Intensität beängstigend zugleich. Schließlich schien das Licht den Weg aus der Gasse zu finden, und es schoß wie eine Rakete in den dunklen Himmel. Dann blitzte es auf wie bei einem Gewitter, und Pita wartete auf den Donner, doch es kam keiner.

Der Gestank nach verbranntem Fleisch war überwältigend. Pita würgte unwillkürlich, als sie sah, daß sich die Haut um Lippen und Nase des Mannes schwarz verfärbt hatte und langsam abblätterte. Ihr Blick fiel auf sein Handgelenk, und sie sah das DocWagon-Armband. Ein Blinklicht zeigte an, daß es aktiviert worden war.

Drek! Der Rettungswagen konnte jeden Augenblick hier auftauchen!

Die künstliche Gelassenheit der Droge dämpfte ihre Furcht. Sie wollte sich zusammenrollen und schlafen, doch statt dessen zwang sie sich aufzustehen. Wegen einer Leiche verhört zu werden, hätte ihr gerade noch gefehlt – zumal sie der Leiche die Taschen ausgeräumt hatte.

Pita brauchte einen Augenblick, um sich zu orientieren. Die Sorgenfreis machten sie benommen, erschwerten das Denken. Während sie sich mit einer Hand an der Mauer abstützte, taumelte sie schwankend aus der Gasse. Dabei fiel ihr vage ein Mann auf der anderen Straßenseite auf, der mit einer Trideokamera herumhantierte. Ein winziges rotes Licht leuchtete über der Linse. Pita lächelte und winkte, als sie an die Augen der Katze dachte, die in dem reflektierten Licht rot geleuchtet hatten.

Der Kopf des Mannes ruckte hoch. Er preßte sich mit wachsamer Miene flach gegen die Mauer und zog die Kamera an sich. Dann entspannte er sich wieder, als Pita an ihm vorbeitorkelte.

»Verfluchter Junkie«, murmelte er leise vor sich hin.

Von den Sorgenfreis eingelullt, ließ Pita die Bemerkung wie Öl von sich abgleiten.

»Hey, Carla! Hast du mal 'ne Minute Zeit?«

Masaki hielt Carla am Arm fest, so daß sie stehenbleiben mußte. Ärgerlich drehte sie sich um.

»Nein, ich habe keine Minute Zeit«, schnauzte sie. »In dreißig Minuten mache ich ein Interview in der Ausstellungshalle von Chrysler Pacific. Ich brauche dreiundzwanzig Minuten, um hinzukommen – bei starkem Verkehr noch länger. Ich bin schon viel zu spät daran.« Sie klemmte sich die Kabelrolle unter den Arm und benutzte ihre freie Hand, um Masakis Finger umzubiegen.

»Gib mir dreißig Sekunden«, beharrte Masaki. »Ich will dir einen Trideofilm zeigen, den ich letzte Nacht aufgenommen habe.«

»Verpiß dich, Masaki. Ich habe keine Zeit, dir Schnittunterricht zu geben.«

»Zwanzig Sekunden! Länger dauert es nicht!«

Carla wandte sich ab und ging weiter. Masaki trottete ihr hinterher und redete dabei so rasch er konnte auf sie ein, wobei er bei jedem Wort pfiff.

»Ich war letzte Nacht unterwegs, um ein Interview zu filmen. Ich hatte einen Tip von einem kleinen Exec bei Mitsuhama Computer Technologies bekommen. Der Bursche wollte mir etwas über irgendein streng geheimes Projekt erzählen, an dem die Forschungs- und Entwicklungsabteilung des Konzerns gerade arbeitet. Irgendeine radikale neue Tech; er glaubte, daß die Öffentlichkeit darüber Bescheid wissen sollte. Er wollte mir ein umfassendes Exklusivinterview geben. Er versprach mir, die Story würde die größte meiner ganzen Karriere werden. Und er wollte mir einen Ausdruck und auch einen Chip mit den Projektdaten geben.«

Carla schnaubte. »Ja, klar. Warum ist deine Quelle damit nicht zu den Großen des Geschäfts gegangen?«

»Er schuldete mir noch einen Gefallen. Bevor er bei Mitsuhama als Lohnmagier anfing, besaß er einen Laden für thaumaturgischen Bedarf auf der Madison Street. Ich machte eine Sendung über den Laden, die ihm viele neue Kunden brachte.« Masaki seufzte. »Er wurde letzte Nacht ermordet, bevor ich das Interview machen konnte. Er ist verbrannt.«

»Und?« Ein Mord war kaum etwas Ungewöhnliches, wenn man die Gerüchte über Mitsuhamas mutmaßliche Yakuza-Connections bedachte.

»Er ist von innen heraus verbrannt.«

Gegen ihren Willen wurde Carla neugierig. »Wie? Durch Magie?«

»Vielleicht.« Masaki zuckte die Achseln. »Aber wenn ja, ist es etwas, das ich in meinen ganzen achtundzwanzig Jahren als Schnüffler noch nicht erlebt habe. Und ich habe schon ziemlich verdrehte Sachen durch die Linse meiner Trideokamera gesehen, das kannst du mir glauben.«

»Und der Ausdruck und der Chip, die er dir geben wollte?«

»Der Ausdruck war nur noch Asche, als ich dort ankam. Und der Chip war verschwunden.«

Carla öffnete die Tür und rief ihre Headware-Uhr auf. Wenn die leuchtend roten Zahlen stimmten, die in der unteren rechten Ecke ihres Gesichtsfeldes erschienen, blieben ihr noch sechsundzwanzig Minuten bis zu ihrem Interview. »Wenn du wirklich Beweise für ein streng geheimes Mitsuhama-Forschungsprojekt hättest, hättest du eine Riesenstory – ganz zu schweigen von einem Tiger am Schwanz. Aber für mich hört es sich so an, als hättest du gar nichts, jetzt, wo deine Quelle tot und die Beweise verschwunden sind. Also, warum nervst du mich damit?« Sie eilte über den Parkplatz zu ihrem Americar XL, glitt hinter das Lederlenkrad und startete den Motor mit einem mündlichen Befehl. Sie ließ den Motor im Leerlauf aufheulen und sah die Sekunden vor ihrem rechten Auge verstreichen. Sie hatte Masaki seine dreißig Sekunden gegeben.

Er hielt die Wagentür fest, so daß sie sie nicht schließen konnte, und redete jetzt so schnell, daß sie ihm kaum zu folgen vermochte. »Ich habe mit meiner Kamera herumgespielt, kurz bevor ich zu dem Treffen mit dem Exec gehen wollte. Mir war gar nicht klar, daß sie an war. Aber es war gut so. Es gibt nämlich einen Zeugen für den Mord. Erinnerst du dich noch an das Orkmädchen, das vor zwei Tagen mit dir über Humanis reden wollte? Ich glaube, es war dieses Mädchen. Die Kleine hat sogar in die Kamera gewunken. Und rate mal, was sie in der Hand hatte?«

»Den Chip«, flüsterte Carla. Sie lächelte, als ihr klar wurde, daß ihr Masaki gerade die Story auf einem Silbertablett gereicht hatte, die ihr die Stelle bei NABS einbringen würde. Im stillen mußte sie lachen. Wäre Masaki ein wenig schlauer, ein wenig härter gewesen, hätte er sie einfach nach Name und Adresse des Mädchens gefragt, ohne ihr einen Grund dafür zu nennen. Tja – sein Schaden war ihr Nutzen.

Carla stellte den Motor ab. »Vergiß die Chrysler-Story«, sagte sie zu Masaki. »Dabei geht es nur um ein paar Konzernexecs, die ins Trid wollen. Das Interview kann auch einer von den jüngeren Reportern machen. Wir haben eine richtige Story, der wir nachgehen müssen.«

4

Hey, Mister!« Pita streckte die Hand aus. »Haben Sie vielleicht etwas Kleingeld für 'n Burger?«

Sie stand im Schutz einer Markise auf der Broadway Street und beobachtete die vorbeihastenden Leute. Wegen des leichten Nieselregens waren nur wenige Fußgänger auf den Gehsteigen unterwegs. An einem sonnigen Nachmittag wimmelte es auf dieser gerade ziemlich angesagten Straße von Einkaufsbummlern. Aber heute waren die Soykafstände auf den Gehsteigen leer, und von den Plastiktischen und -stühlen perlte das Wasser ab. Anstatt sich den Elementen auszusetzen, blieben die Leute lieber in dem Netz von Tunneln und Gängen, das die Geschäftsviertel der Innenstadt durchzog.

Vor kurzem noch hatte Pita dort gebettelt. Doch nach ihrem Zusammenstoß mit Lone Star legte sie keinen Wert auf Begegnungen mit Uniformierten. Schon beim Anblick der Wachmänner in den Einkaufspromenaden lief es ihr kalt den Rücken herunter.

Regen tropfte auf die Markise, während Pita die Aufmerksamkeit der wenigen zu erregen versuchte, die sich ins Freie wagten. Die meisten starrten geradeaus und taten so, als sähen sie sie nicht. Ein paar gaben vor, gerade auf die Uhr oder in ihre elektronischen Adreßbücher zu schauen. Andere – insbesondere die Menschen – funkelten sie mit offener Verachtung an, so daß ihr die Worte im Halse stecken blieben.

Nach einer Stunde war Pita bereit aufzugeben. Die Kassiererin in dem schicken Bekleidungsgeschäft, dessen Markise Pita als Regenschutz diente, verstärkte ihre Bemühungen, sie durch eindeutige Gesten zu verscheuchen. Doch gerade, als Pita gehen wollte, drückte ihr eine ältere Frau in einem schäbigen Mantel, deren Finger

33

von Arthritis gekrümmt waren, einen zerknitterten Geld-
schein in die Hand.

»Jesus liebt dich«, sagte die Frau mit glänzenden
Augen. »Bist du bereit, Ihn in dein Herz aufzunehmen?«

Pita warf einen Blick auf das Papiergeld. Es war eine
alte UCAS-Dollarnote. Nicht einmal genug für einen einfachen Burger bei McHugh's. »Im Augenblick bin ich
mehr daran interessiert, etwas zu essen in meinen
Magen aufzunehmen«, antwortete sie. »Aber vielen
Dank für …«

Pitas Blick fiel auf einen Mann auf der anderen
Straßenseite. Er war ein dunkelhäutiger Elf mit kup-
ferfarbenen Dreadlocks, in die kleine biegsame Leuchtröhren eingeflochten waren. Ein sackartiger Overall mit
einem Strichmuster in allen nur erdenklichen Farben
schlackerte um seine hagere Gestalt. In einer Hand hielt
er etwas, das wie eine kleine Glaskugel aussah. Die Finger der anderen Hand strichen darüber, als wolle er ihre
glatte Struktur ertasten. Er schien sich völlig auf die
Kugel zu konzentrieren und den Regen nicht zu bemerken. Dann sah er auf, und Pitas und seine Blicke trafen
sich.

Die ältere Frau trat näher an Pita heran und versperrte
ihr die Sicht auf den Elf. »Glaubst du an Gott?« fragte
sie. »Hast du schon …«

Ein schwach gelbliches Leuchten legte sich wie ein
Heiligenschein um den Kopf der Frau. Einen Moment
lang glaubte Pita, sie erlebe irgendein religiöses Wunder.
Doch dann blinzelte die Frau und schwankte. Mit einem
leisen Seufzer brach sie auf dem Gehsteig zusammen.

Pita sah jetzt wieder den Elf. Er stand starr, eine Hand
ausgestreckt. Dann schob seine andere Hand die Glaskugel in einer Geste der Enttäuschung in die Tasche. Mit
jähem Entsetzen erkannte Pita plötzlich, daß der Elf ein
Magier war und der Zauber, den er gerade gewirkt hatte,
ihr gegolten hatte. Sie sah Bewegung auf der Straße.
Zwei kräftig aussehende Menschen in Anzügen hatten

34

einen schnellen Trab angeschlagen und liefen in ihre Richtung.

Der Magier berührte seine Augenlider, eine Geste, die wie Pita glaubte, einen neuen Zauber einleitete. Sie wartete nicht ab, was als nächstes kommen würde, sondern wandte sich um und stürzte sich kopfüber durch eine Tür in den nächsten Laden.

Durch die Fenster konnte sie ihre beiden Verfolger draußen auf dem Gehsteig sehen. Einer war untersetzt, der andere schlank. Beide waren Asiaten. Während die Verkäufer des Ladens laut protestierten, rappelte Pita sich wieder auf, wobei sie einen Ständer mit teuren Jacken umwarf. Sie glaubte nicht, daß sie von einem Zauber getroffen worden war, aber sie hatte keine Zeit, sich darüber Gedanken zu machen. Die beiden Männer waren an der Tür.

Pita rannte in den hinteren Teil des Ladens, wobei ihre Arme nach links und rechts wirbelten und andere Kleiderständer umwarfen, die ihr im Weg standen. Einer der Männer, die sie verfolgten, stolperte und verheddterte sich in einem Gewirr aus Kleidern und Bügeln. Der andere übersprang den im Weg liegenden Ständer wie eine Hürde und zog gleichzeitig etwas aus der Jackentasche. Ein heller Funke knisterte knapp über Pitas Schulter hinweg, und sie roch Ozon. Der Taser hatte sie knapp verfehlt.

Als Pita um die Theke bog, die den vorderen Teil des Ladens vom Lager trennte, drückte einer der Angestellten auf den Alarmknopf neben dem Kredstab-Scanner. Ein schrilles Jaulen ertönte. Pita rannte durch den Lagerraum zur Hintertür, die nicht geschlossen war, sondern von einem Plastikkeil offengehalten wurde. Durch den Spalt konnte Pita einen Angestellten des Ladens sehen, der draußen eine Zigarette rauchte. Er hatte einen verwirrten Gesichtsausdruck und machte gerade Anstalten, wieder in den Laden zu gehen.

Pita warf sich gegen die Tür und trat gleichzeitig den

Plastikkeil zur Seite. Bevor der verblüffte Angestellte reagieren konnte, fuhr sie herum und warf die Tür hinter sich zu. Elektronische Schlösser klickten. Solange die Sirene jaulte, war die Tür elektronisch versiegelt. Doch für einen Seufzer der Erleichterung blieb keine Zeit. Die beiden Männer saßen zwar vorübergehend fest, aber früher oder später würde der Magier mit den Dreadlocks sich zusammenreimen, daß sie sich in der Gasse hinter dem Laden befand. In dem Lagerraum hämmerte jemand von innen gegen die Tür, die Pita zugeschlagen hatte.

Der Angestellte, ein mondgesichtiger Teenager, beobachtete Pita ängstlich. »Ich habe keine Kreds bei mir«, sagte er, indem er langsam in den Regen zurückwich. »Mein Kredstab ist im Laden.«

Pita ignorierte ihn. Ihr Herz klopfte. Wohin sollte sie sich wenden? Sie stand in einer schmalen Hinterhofgasse zwischen zwei Häusern. An beiden Enden des Blocks mündete sie auf eine breitere Straße. Auf diesen Straßen fuhren Wagen, deren Reifen zischende Geräusche auf dem nassen Asphalt verursachten. An einem Ende hielt der Verkehr an einer Ampel. Pita sah die charakteristischen Farben eines Lone-Star-Streifenwagens. Das beantwortete die Frage. Sie drehte sich um und rannte zum anderen Ende der Gasse.

Pita lief mühelos, mit langen Schritten. Die Angst schärfte ihre Sinne und verlieh ihr zusätzliche Schnelligkeit. Rasch hatte sie mehrere Blocks zwischen sich und den Laden gelegt. Sie wurde langsamer, bis sie nur noch zügig ging, und drehte sich nervös um.

Wer verfolgte sie und warum? Waren die beiden Männer im Anzug Cops, die dienstfrei hatten und gekommen waren, um die einzige Zeugin ihres Verbrechens zum Schweigen zu bringen? Keiner von beiden hatte wie der männliche Cop ausgesehen, der sie in der Nacht, als sie sich in die Trideoleitung des Hauses eingefädelt hatte, mit vorgehaltener Waffe bedroht hatte. Aber vielleicht waren ihre Freunde von anderen Cops niedergeschossen worden. Die dunklen, uniformierten Gestalten, die sich über die Leichen von Pitas Freunden beugten, hatten ihr den Rücken zugedreht. Sie wußte nur, daß es Menschen waren. Sie hatte keine Ahnung, wie sie aussahen.

Und wer war dieser dunkelhäutige Elf mit der magischen Kugel, der den Zauber gegen sie bewirkt hatte? Warum hatte er das getan? Gehörte er zum Star? Die Frau war wie ein nasser Sack zu Boden gegangen, was nur bedeuten konnte, daß er tatsächlich ein Magier war. Pita hoffte, daß er beim nächstenmal nicht besser zielte.

Sie drehte sich wieder um, während sie sich mit dem Handrücken die Wange abwischte. Ihre Augen brannten, aber sie sagte sich, daß es die Regentropfen auf ihrem Gesicht waren, keine Tränen. Warum ließen die Cops sie nicht einfach in Ruhe? Hatten sie solche Angst, sie könnte jemandem erzählen, was in jener Nacht wirklich geschehen war? Wie standen die Chancen, daß ihr jemand glauben würde? Die Schnüfflerin von KKRU hatte es nicht getan. Niemand würde es tun. Außer ...

Außer Chens Bruder Yao. Seine Truppe würde die Story sofort senden und verbreiten, daß Lone Star Security versuchte, den Mord an drei Orks als Werk des Humanis Policlub zu tarnen. Yao würde dafür sorgen, daß die Mörder seines Bruders ins Rampenlicht gezerrt wurden.

Aber nur, wenn Pita ihn finden konnte. Yao und seine Freunde betrieben einen Piratensender und waren daher immer unterwegs. Es war bereits schwer genug für Chen gewesen, seinen Bruder im Trideo zu finden. Die Piraten benutzten jedesmal eine andere Frequenz und sprangen von einem unbenutzten Kanal zum anderen oder schalteten sich in eine reguläre Station ein, wenn diese gerade nicht auf Sendung war, so daß nur das Testbild überspielt wurde. Die wenigen Male, als sie live von einem wiedererkennbaren Ort gesendet hatten, waren sie nur ein, zwei Minuten auf Sendung geblieben. Bis Chen und Pita mit der Monobahn dort angekommen waren, war er längst wieder verschwunden. Doch das war nur zu verständlich. Die *Orks-First!*-Sendungen waren starker Tobak, in denen die Fenster derjenigen Konzerne, die sich weigerten, Programme zur Beseitigung der Arbeitslosigkeit in die Tat umzusetzen, buchstäblich mit Drek beworfen oder Nachrichtensendungen regulärer Stationen graphisch ›aufbereitet‹ wurden, so daß die Bilder all derjenigen verzerrt dargestellt wurden, die geringschätzige Bemerkungen über den Untergrund machten. Sie gingen den großen Sendern auf die Nerven, die wahrscheinlich mehr als einmal ihre Schläger von der Konzernsicherheit losgeschickt hatten, um das Problem zu beseitigen. Wenn die Profis Yao nicht finden konnten, welche Chance hatte dann ein einsames Mädchen von der Straße? Dennoch mußte sie es versuchen; den Anfang wollte sie im Ork-Untergrund machen.

Als Pita die Madison Street erreichte, wandte sie sich nach rechts und ging bergab in Richtung Fußgängerbrücke über die Autobahn. Seattles Innenstadt lag auf der anderen Seite der Autobahn. Dort, im Schatten der Renraku-Arcologie, befand sich einer der vielen Eingänge zum Untergrund.

Die Orks hatten sich den Untergrund schon vor Jahren angeeignet und nach und nach das Netz der Tunnel in der Hafengegend renoviert und ausgebaut. Anfang der zwanziger Jahre hatten sie die Zwerge hinausgeworfen und aus dem Untergrund eine Stadt innerhalb der Stadt gemacht. Der Untergrund hatte seine eigenen Einkaufspromenaden, sein eigenes Rathaus und eigene Sicherheitstruppen. Lone Star Security drang gelegentlich in den Untergrund ein, um eine Razzia zu veranstalten, patrouillierte dort aber so gut wie nie.

Pita versetzte sich im Geist einen heftigen Tritt, weil sie nicht eher daran gedacht hatte, in den Untergrund zu gehen. Im Untergrund war nicht nur die Wahrscheinlichkeit am größten, Yao zu finden, dort würde sie auch vor den Cops sicher sein. Sie zuckte die Achseln und führte es auf die Sorgenfreis zurück. Seit Chens Tod hatte sie viel zuviel von dem Zeug eingeworfen. Sie war seit zwei Tagen das erstemal wieder völlig nüchtern.

Pita hielt nach Streifenwagen Ausschau und vergaß auch nicht die Möglichkeit, daß ihr der Magier vielleicht noch auf den Fersen war. Er mochte ihr in einem zivilen Streifenwagen folgen, sogar jetzt, in diesem Augenblick. Bei diesem Gedanken beschleunigte sie ihre Schritte wieder. Sie stellte den Kragen ihrer Jacke hoch und zog den Kopf ein in der Hoffnung, daß dadurch ihr Gesicht durch die Fenster der vorbeifahrenden Wagen nicht mehr zu sehen sein würde.

Sie überquerte die Autobahn und ging die Madison entlang. Die Renraku-Arcologie erhob sich am Ende der Straße, eine hoch aufragende Pyramide, die sieben Blocks breit und über zweihundert Stockwerke hoch war. Hinter ihren silbergrünen Fenstern schimmerte Licht, das sich in den daran herunterlaufenden Regentropfen brach, und hinter dem getönten Glas lebten und arbeiteten Tausende von Leuten in voll klimatisierter Luft. Seattle konnte von Hagelstürmen heimgesucht werden, aber in der Renraku-Arcologie würden trotzdem alle Shorts und Sonnenbrille tragen können.

Pita bog nach rechts in die First Avenue ein und kehrte der Arcologie den Rücken. Die Gebäude entlang der First waren modern, doch auf Straßenebene so gestaltet, daß sie wie die historischen Häuser aussahen, die sie ersetzt hatten. Die Schaufenster der Läden waren kugelsicher, doch handbeschriftet und in dunkles Plastik gerahmt, das sich rein äußerlich nicht von echtem Holz unterschied. Die Straße wurde von messingverzierten Straßenlaternen gesäumt und war mit Kopfstein gepflastert. Die vorbeifahrenden Wagen machten rumpelnde Geräusche. Dies war eine Gegend der Kneipen, Restaurants und Läden, die den Touristen Trideos und T-Shirts verkauften.

Eines der größten Restaurants in der Gegend diente

als Eingang zum Untergrund. Pita ging in das Seattle Utilities Building und nahm einen Aufzug ins Kellergeschoß. Während sie zum Big Rhino Restaurant herunterfuhr, nahm der Lärmpegel beständig zu. Das Big Rhino war ein riesiges Lokal, das mit langen Eßtischen möbliert war, an denen sich die Gäste drängten. Die überwiegende Mehrzahl der Gäste waren Orks, obwohl hier und da auch Menschen und Zwerge zwischen den größeren Gästen eingezwängt waren. Kellnerinnen eilten mit gefüllten Bierkrügen und überladenen Tellern mit echtem Fleisch und Fritten hin und her. Unter der Decke kräuselte sich blauer Dunst in offensichtlicher Mißachtung der Seattler Nichtrauchergesetze.

Der köstliche Duft des in Bratensoße schwimmenden Fleisches ließ Pitas Magen knurren. Sie zwängte sich zwischen den Tischen hindurch, wobei sie den würzigen Duft tief einatmete. Gleichzeitig kräuselten sich ihre Lippen vor Abscheu. Das Restaurant war mit Orks jeder Größe und Herkunft gefüllt, und alle schmatzten und schrien einander mit vollem Mund an. Sie stopften sich viel zuviel auf einmal in ihre klaffenden Mäuler, sie stocherten mit Knochensplittern in den Zähnen herum, sie schlürften geräuschvoll ihr Bier und rülpsten, wenn der Krug leer war. Pita wußte, daß ein Teil dieses Benehmens natürlich war, manches jedoch übertrieben. Es war schon schlimm genug, daß sie Orks waren. Warum mußten sie damit auch noch protzen?

Sie zuckte zusammen. Das war ihr Vater, der aus ihr sprach. Er hatte Metamenschen nie gemocht. Keine der anderen Rassen. Die Elfen waren ›spitzohrige Gauner‹, Zwerge waren ›Fußbänke‹, und Trolle waren ›Hornschädel‹ mit der Intelligenz eines Ziegelsteins. Orks …

Orks waren das, was Pita jetzt war. Aber schließlich mußte es ihr nicht gefallen.

Sie eilte durch einen zweiten Saal, in dem die meisten Gäste männlich waren. Sie versuchte die halbnackte Frau nicht anzusehen, die hinter einer hohen Messingstange stand und die Gäste lüstern angrinste. Die Stripperin hatte riesige Brüste, aber es war schwer zu sagen, wo die Brüste aufhörten und die prallen Brustmuskeln anfingen. Ihr Gesicht war zu einer gräßlichen Parodie einer Menschenfrau geschminkt. Der dunkle Lidschatten hob ihren grünlichen Teint noch hervor, und die Hauer ruinierten die Wirkung des Lippenstifts. Dennoch pfiffen und johlten die Männer und winkten in der Hoffnung zur Bühne, die Aufmerksamkeit der Stripperin zu erregen.

Jemand zwickte Pita, als sie vorbeiging. Ihre Nerven waren von der Begegnung mit den dienstfreien Cops noch immer angespannt, und so schrak sie zusammen und fuhr herum, eine Faust zum Schlag erhoben. Die Finger gehörten einem Troll, der so groß war, daß seine Augen auf einer Höhe mit Pitas waren, obwohl er saß.

»Du hast 'n netten Arsch, Mädchen«, sagte er. »Wie wär's, wenn du ihn gleich hier auf meinen Schoß pflanzt?«

»Verpiß dich«, schnauzte Pita ihn an. Sie gab sich alle Mühe, hart zu klingen, aber ihre Stimme war kurz davor zu brechen.

»Ooh«, sagte ein Mann neben dem Troll. »Ich glaube, sie mag dich nicht, Ralph. Aber kein Grund zur Unruhe. Sie ist sowieso kein toller Anblick.«

Pita schoß das Blut in die Wangen, und sie lief davon. Sie fand die Tür im hinteren Teil des Restaurants, die zu einem unterirdischen Gang führte. Er war etwa halb so breit wie eine Straße und wurde auf beiden Seiten von Geschäften und Büros gesäumt. Die Wände bestanden aus Ziegeln, Beton und Plastik, während die Decke von verrosteten Metallstreben gehalten wurde. Ein Netz von Deckenlampen, das mit ausgebrannten Röhren durchsetzt war, warf ein Schattenmuster. Der Boden bestand aus schwerem Linoleum, das von unzähligen Füßen abgeschabt und mit Plastikbechern und nach uraltem Essen stinkenden Styroporbehältern übersät war. Orks jeder Art waren hier unterwegs, warfen hin und wieder einen

Blick in ein vergittertes Schaufenster oder verschwanden in einem Eingang. Ein paar trugen Doppelreiher oder Kostüm und Pumps, die meisten jedoch billige, schlecht sitzende Kleidung, die für menschliche Proportionen gemacht war. Mütter zerrten widerspenstige Kinder an der Hand mit sich, während Teenager in weiten Stretchhosen und MetalMesh-Shirts an Säulen lehnten oder auf Gyroboards vorbeiratterten. Einige Orks fuhren Motorroller oder elektrische Fahrräder und schlängelten sich zwischen den Fußgängern hindurch. Der Gang wirkte wie eine seltsame Mischung aus einer Einkaufspromenade und einer überfüllten Wohnstraße.

Pita ging langsam den Gang entlang, wobei sie sich fragte, welche Richtung sie einschlagen sollte. Anders als in einer Promenade oder Arcologie gab es im Untergrund keine Wegweiser, keine farbcodierten Streifen auf dem Boden, denen man folgen konnte. Die schmalen Straßen verliefen nicht einmal in gerader Linie. Sie wanden sich im Zickzack um die Stützpfeiler, verschwanden hinter Ecken und tauchten irgendwann wieder auf. Die Läden schienen überall hineingezwängt zu sein, wo Platz war.

Zwei Orks in grauen Overalls mit Lederhalfter, in denen übergroße Pistolen steckten, stolzierten in der Mitte des Ganges und begutachteten die Leute, die an ihnen vorbeieilten. Hin und wieder packte einer der beiden jemanden an der Schulter und zog ihn zu sich heran. Zerknitterte Dollarnoten wechselten den Besitzer, dann bekam der Fußgänger einen freundschaftlich-harten Klaps und durfte weitergehen.

Pita duckte sich hinter einen Stützpfeiler und hielt ihn zwischen sich und den Uniformierten, bis sie vorbei waren. Die Grauen waren ›Wachmänner‹, die hier im Untergrund als halboffizielle Polizeitruppe dienten. Sie waren wenig mehr als Schläger, die aus den Bewohnern des Untergrunds Schutzgelder preßten. Sie waren auch der Grund, warum Pita und ihre Chummer sich nur

42

höchst selten in den Untergrund wagten. Wenn man die Gebühr für den ›Schutz‹, den die Uniformierten Wachen boten, nicht bezahlen konnte, bestand immer die Möglichkeit, diese als zwangsweise verpflichtetes Mitglied der Wartungsmannschaften abzuarbeiten, die in dem immer umfangreicher werdenden Netz unterirdischer Tunnel die harte, schmutzige und gefährliche Wartungs- und Reparaturarbeit leisteten. Das klang nicht sonderlich lustig.

Ein Elektronik-Geschäft schien ihr der geeignetste Ort zu sein, die Suche nach Yao zu beginnen. In den ersten drei Läden, in denen sie es versuchte, erbrachten ihre Bemühungen keinerlei Resultat. Niemand hatte von Yao gehört – oder war bereit zuzugeben, daß *Orks First!* bei ihnen Geräte gekauft hatte. Erschöpft und hungrig war Pita kurz davor aufzugeben. Sie hatte beschlossen, einen Fast-Food-Laden zu suchen und Reste zu essen – die ranzigen Fritten und Burgerkrusten, die andere nicht aufgegessen hatten –, als sie einen weiteren Elektronikladen sah. Er war in eine Kurve gezwängt, und die Geräte waren hinter vergitterten Scheiben ausgestellt. Ein flackerndes Holo von einer Trideokamera schwebte über der Tür und drehte sich langsam. In einem Trideo im Fenster konnte man die vorbeigehenden Passanten sehen. Der Blickwinkel schwenkte langsam hin und her, als übertrage das Trideo die Aufzeichnung der Holokamera. Es wäre ein netter Trick gewesen, wenn das Bild des Trideos nicht so unscharf und voller Schnee gewesen wäre.

Pita klopfte an die Ladentür und wartete darauf, daß der Verkäufer ihr öffnete. Es war ein winziger Laden mit einer Grundfläche von wenigen Quadratmetern. Die Regale auf beiden Seiten waren mit Unterhaltungsgeräten vollgestopft, die meisten davon gebraucht. Große gelbe Preisschilder hingen an den Geräten. Die Mitte des Ladens wurde von Körben mit Allerweltszubehör eingenommen: Glasfaserkabel, Speicherchips, Miniverstärker und Interface-Kupplungen. Glastresen enthielten billige Kopien von Designeruhren und Elektronikspielzeug, die von irgendwelchen Kindern in der dritten Welt zusammengesetzt worden waren.

Hinter einem der Tresen saß eine Zwergin auf einem hohen Stuhl. Sie war über ein Cyberdeck gebeugt und ließ die kurzen Beine herunterbaumeln. Ihr Schädel war zur Hälfte kahlrasiert, und Pita sah mehrere Datenbuchsen in der nackten Kopfhaut. In einer der Buchsen steckte ein Datenkabel, das mit dem Deck verbunden war. Auf der anderen Seite des Kopfes war das Haar zu einem dicken Zopf geflochten. Auf ihren Fingernägeln glänzte eine dünne Schicht poliertes Metall, das klickende Geräusche verursachte, als sie mit den Fingern auf dem Tresen einen Trommelwirbel schlug. Zuerst waren ihre Augen blicklos, doch dann blinzelte sie und sah Pita an.

»Kann ich dir helfen?« fragte sie, indem sie sich den Stecker aus der Buchse über ihrem Ohr zog.

Pita wollte schon den Kopf schütteln. Was sollte eine Zwergin in einem mickrigen kleinen Laden wie diesem über orkische Trideopiraten wissen? Doch da sie nun einmal hier war, konnte sie auch fragen.

»Ich suche jemanden«, sagte Pita. »Yao Wah. Yao ist der Vorname. Er ist ein Pirat, der Trideos für *Orks First!* dreht. Ich dachte, daß Sie ihn vielleicht kennen. Er ist der Bruder meines Freundes, und ich muß ihm etwas ...«

Die Augen der Zwergin verengten sich. »Weshalb glaubst du, ich könnte diesen Yao kennen?«

Pita zuckte die Achseln. »Keine Ahnung. Ich dachte, er ist vielleicht hergekommen, um Ausrüstung zu kaufen.«

Die Zwergin starrte sie ungerührt an.

»Da habe ich mich wohl geirrt«, sagte Pita, indem sie nach der Tür griff.

»Ich kenne ihn.«

»Tatsächlich?« Pita drehte sich rasch wieder um.

»Ja. Er ist ein Mega-Arschloch«, sagte die Zwergin naserümpfend. »Hat mich um einen Signalbooster geprellt. Er schuldet mir fünftausend Nuyen. Aber wird der Wichser auch bezahlen? Ich bezweifle es. Er macht lieber mit seinesgleichen Geschäfte.«

Pita versuchte, die Zwergin einzuschätzen. »Wissen Sie, wo ich Yao finden kann?«

»Du könntest eine Nachricht in der Matrix hinterlassen. *Orks First!* unterhält eine Seite im Seattler Netz.«

»Ich habe nicht mal genug Geld, um das öffentliche Telekom zu benutzen«, sagte Pita. »Außerdem muß ich persönlich mit ihm reden.«

»Du mußt ihn in Fleisch und Blut treffen?« sagte die Zwergin. »Warum?«

»Seinem Bruder ist etwas zugestoßen. Ich muß es Yao sagen, von Angesicht zu Angesicht.«

»Ist dieser Bruder wichtig für ihn? Glaubst du, Yao würde antworten, wenn ich eine Nachricht über diesen Burschen hinterließe?«

Pita nickte. »Sagen Sie, daß es um Little Pork Dumpling geht. Dann weiß er, daß die Nachricht echt ist. Er hat seinen Bruder immer so genannt, weil der als kleiner Junge so fett war.«

»Okay. Warte 'ne Sekunde.« Die Zwergin stöpselte sich wieder ein und schloß die Augen. Nach kurzer Zeit öffnete sie die Augen wieder. »Alles erledigt. Ein Freund von ihm leitet die Nachricht weiter.«

»Das ist Sahne!« sagte Pita. »Wann treffe ich mich mit ihm? Und wo?«

»Gleich hier«, antwortete die Zwergin. »Aber erst, wenn er seine Rechnung bezahlt hat, und zwar mit Verzugszinsen für drei Monate. Und komm gar nicht erst auf die Idee, auf eigene Faust loszuziehen und ihn zu suchen. Die Tür ist verschlossen und verriegelt. Wenn Yao sich mit dir treffen will, wird er kommen. Wir werden sehen, ob ihm sein kleiner ›Little Pork Dumpling‹ fünftausend Nuyen wert ist.«

5

Yao war kleiner, als es im Trideo den Anschein hatte. Er war ungefähr so groß wie Pita, hatte jedoch breitere Schultern und einen dickeren Hals. Er sah mit seinen glatten schwarzen Haaren und den asiatischen Mandelaugen wie eine ältere Ausgabe von Chen aus. Das Haar war über den Ohren abrasiert und stand auf dem Kopf stachelig nach oben. Es wurde bereits grau, obwohl er wahrscheinlich erst Mitte Zwanzig war. Das Leben auf der Straße hatte seinen Augen einen harten, wachsamen Ausdruck verliehen. Aber er sah gut aus – für einen Ork. Sein Kinn war schmal, die Nase gerade. Er trug an den Knien abgeschnittene Jeans und eine schwarze Lederweste über einem weiten Sweatshirt – wahrscheinlich, um sich von den sorgfältig gestylten Reportern der legalen Nachrichtensender abzuheben.

Yao saß auf der anderen Seite des kleinen Plastiktisches und beobachtete Pita, während sie ihren zweiten Teller Nudeln verschlang. Sie hatte keine Ahnung, ob er etwas so Abgefahrenes wie eine Cyberkamera implantiert hatte, aber in seiner Schläfe saß eine Datenbuchse, und an einem Ohrläppchen war ein Miniradio befestigt. Als Pita ihn fragte, was es mit dem Radio auf sich hatte, erklärte er ihr, daß es sich um einen Scanner mit integrierter Entschlüsselungseinheit von Lone Star handelte. »Dadurch bleibe ich den Cops einen Schritt voraus«, sagte er, einen Arm um die Lehne der Bank gelegt. Ihr fiel auf, daß er mit einem Auge immer wieder zur Tür schielte, wo sein Freund Anwar stand.

Der zweite Pirat trug Jeans, ein T-Shirt und Cowboy-Stiefel. Er hatte sich neben der Tür an die Wand gelehnt, eine klobige Trideokamera im Arm, deren Größe verriet, daß sie seit mindestens zwei Jahrzehnten veraltet war – fast eine Antiquität. Er grinste Yao an und signalisierte

46

ihm mit dem hochgereckten Daumen, daß keine Schläger von der Untergrund-Sicherheit in Sicht waren.

Pita aß ihre Nudeln auf und trank den letzten Schluck Mineralwasser. Sie spielte nervös mit einem Eßstäbchen, bis Yao sanft ihr Handgelenk ergriff. Sein Handrücken war mit einem Wust stacheliger schwarzer Haare bedeckt. Er rasierte sich nicht wie manche Orks die Hände, um menschlicher auszusehen. »Nun?« fragte er. »Erzählst du mir jetzt, was mit Chen los ist? Oder willst du mir zuerst noch einen Teller Nudeln abschwatzen?«

Das Eßstäbchen in Pitas Händen zerbrach. »Er ist tot«, platzte es aus ihr heraus.

»Ja.«

Pita sah auf. »Du wußtest es?«

Yao schüttelte den Kopf. In seinen Trideosendungen war er lebhaft und ausdrucksvoll, doch jetzt war sein Gesicht seltsam starr. Nur ein schwaches Zucken der Augen verriet, was er empfinden mußte. »Ich wußte es nicht. Aber ich konnte es mir denken. Ich bin ein ziemlich guter Menschenkenner. Ich sehe, daß Chen dir eine Menge bedeutet hat.«

Pita starrte auf die Tischplatte, die mit Brandflecken übersät war. Die braunen Stellen erinnerten sie an das getrocknete Blut, das sie auf ihrer Jacke entdeckt hatte an dem Morgen, nachdem Chen … Nachdem die Cops …

Tränen fielen auf das leuchtend gelbe Plastik. Yao streckte die Hand aus und hob Pitas Kinn mit einer kräftigen Hand an. »Was ist passiert? Wie ist er gestorben? In einem Kampf? An einer Überdosis?«

»Der Star war es«, antwortete Pita. Sie mußte schlucken, bevor sie fortfahren konnte. »Sie haben ihn erschossen. Und zwei von seinen Freunden, Shaz und Mohan. Wir hingen nur rum und versuchten, uns in eine Trideoleitung zu fädeln, um eine deiner Sendungen zu empfangen. Lone Star erwischte uns, und …«

»Und Chen zog eine Waffe. Der dämliche Hund. Er hätte es eigentlich besser wissen müssen.«

»Nein!« protestierte Pita. »So war es nicht. Zuerst haben die Cops nur das Elektrodennetz zertreten, das du ihm gegeben hast. Später sind sie in ihrem Streifenwagen noch mal zurückgekommen. Shaz warf einen Stein nach ihnen, und sie schossen auf uns. Aber keiner von uns hatte eine Waffe. Jedenfalls nicht in der Hand. Mohan hatte ein Messer, aber das war in seiner Tasche. Die Cops sind nicht mal aus ihrem Wagen gestiegen, und sie haben uns auch nicht gewarnt. Sie haben geschossen, bevor wir wegrennen konnten.«

»Aber du bist ihnen entwischt?«

Ein Schuldgefühl schlug über Pita zusammen wie eine Woge Eiswasser. »Ja«, murmelte sie, wobei sie wiederum die Augen niederschlug. »Aber später ging ich zurück, um nachzusehen, was aus den anderen geworden war. Und da habe ich gesehen, wie die Cops mit Macheten auf sie eingeschlagen haben – und die Humanis-Sprüche an die Mauer schmierten.«

»Humanis Policlub?« Chen beugte sich vor, ein hartes Glitzern in den Augen. »Willst du damit sagen, daß auch die verdammten *Cops* zu diesem drekfressenden Haßclub gehören?« Seine Kiefermuskeln arbeiteten. »Tja, es paßt alles zusammen. Der Anteil der Orks an der Seattler Bevölkerung beträgt sechzehn Prozent, aber wir stellen fast fünfzig Prozent der Gefängnisinsassen. Wir werden nicht nur öfter verhaftet und eingesperrt, wir sind auch als Cops unterrepräsentiert. Nur ein verdammtes Prozent aller Lone-Star-Cops in Seattle sind Orks. Fast achtzig Prozent sind Menschen. Diese Zahlen sind von der Initiative für Orkrechte belegt. Und diese Zahlen lügen nicht. Vorurteile gegen Metamenschen sind beim Star tief verwurzelt. Chief Loudon wird sich für eine ganze Menge verantworten müssen an dem Tag, an dem die Koalition die Stadt übernimmt. Und dieser Tag kommt – bald.«

Pita war beeindruckt von all den Fakten, die Yao geläufig waren. Er war gut informiert. Er war entschlossen. Er schien in politische Vorgänge verwickelt zu sein, von denen der Durchschnittsork nur gerüchteweise gehört hatte.

Er schwieg, als die Kellnerin kam, um den Tisch abzuräumen. Sie war ein hübsches Mädchen – ein Mensch –, ein wenig älter als Pita. Doch Yao musterte sie mit offener Verachtung. »Warte gefälligst, bis wir aufgegessen haben, du Schlampe«, schnauzte er sie an.

Pita schob ihren Teller zu ihr hin. »Ich bin fertig«, sagte sie schnell. Doch die Kellnerin hatte sich bereits eiligst davongemacht.

Yao stand auf und winkte seinen Freund zu sich. Er nahm ihm die Trideokamera ab und redete dann leise mit ihm. Anwar grinste, dann eilte er aus dem Restaurant.

»Ich will, daß du mich zu der Stelle führst, wo es passiert ist«, sagte Yao zu Pita. »Ich werde am Tatort ein Interview mit dir machen, während Anwar die Verbindung überwacht. Wir benutzen eine tragbare Satellitenschüssel, um live zu senden. Spar dir deine Geschichte auf, bis wir dort sind. Auf die Art hört sie sich nicht einstudiert an. Wenn ich dir das Zeichen gebe, erzählst du die Geschichte von Anfang an und läßt nichts aus.« Er lächelte grimmig, als er Pita bedeutete, ihr zu folgen. »Das könnte genau die Story sein, die wir brauchen, um den Funken des Aufstands zu zünden.«

»Des Aufstands?« wiederholte Pita, die Yao hinterhertrottete. Er ging schnell, schlängelte sich durch die überfüllten Gänge. Sie mußte sich beeilen, um mit ihm Schritt zu halten.

»Sieh dich um«, sagte Yao, indem er die Stimme senkte. »Die Überbevölkerung, der Zustand dieser Tunnel. Du glaubst doch nicht, daß wir Orks für immer und ewig im Untergrund eingepfercht sein wollen, oder? Der Tag ist nicht mehr weit, an dem wir die Stadt überfluten und die schwächeren Rassen beiseite schieben werden. Der Tag, an dem wir uns nehmen, was uns rechtmäßig gehört, und den Wichsern all das heimzahlen, was '39 passiert ist. Die Nacht des Zorns wird verglichen mit dem, was noch kommt, zahm aussehen.«

»Meine Eltern haben mir von der Nacht des Zorns erzählt«, sagte Pita. »Ich war erst zwei, aber Mom hat uns eine lustige Geschichte erzählt, wie Dad uns im Keller versteckt und sich dann mit seiner Schrotflinte auf die Treppe gesetzt hat, um uns zu beschützen. Erst am nächsten Morgen ist ihm aufgefallen, daß er vergessen hatte, die Flinte zu laden. Als ich noch klein war, habe ich nicht verstanden, was in ihm solche Furcht ausgelöst haben könnte. Aber mittlerweile ist mir klar, daß er Angst vor ...«

Pita brach mitten im Satz ab. Sie hatte sagen wollen, ›daß er Angst vor den Metamenschen hatte‹. Wenn sie jetzt zurückdachte, wunderte sie sich über die heftige Reaktion ihres Vaters. Seattles Metamenschen hatten auf den Versuch der Behörden, sie zwangsweise aus der Stadt zu vertreiben, mit Gewalt reagiert, aber diese Gewalt war eng begrenzt gewesen. Ihr Zorn – und die Plünderungen, Brandstiftungen und Angriffe, die er auslöste – wurde durch eine Reihe von Explosionen in den Lagerhäusern entfacht, in denen die zu deportierenden Metamenschen untergebracht waren. Hinter den Anschlägen stand angeblich ein militanter Flügel des Humanis Policlub. Pita wußte, daß ihr Vater mit Humanis sympathisiert hatte, aber jetzt fragte sie sich, wie stark diese Sympathien waren. War ihr Vater ein Mitglied dieser rassistischen Gruppierung und folglich ein potentielles Ziel für die Vergeltungsschläge der Metamenschen?

»Ja, die Metroplex-Garde war noch schlimmer als Lone Star«, unterbrach Yao ihre Gedanken. Er sah Pita an. »Du warst nicht in den Lagerhäusern? Dann war deine Familie noch nicht von der Garde zusammengetrieben worden, als der Ärger begann?«

»Äh, nein.« Pita wurde klar, daß Yao ihre ganze Familie für Orks hielt. Eingedenk des feindseligen Tonfalls, in dem er die Kellnerin in der Nudelbar angefahren hatte, fürchtete sie sich davor, ihm zu erzählen, daß sie einst selbst ein Mitglied der ›schwächeren Rassen‹ gewesen war.

»Dann hattet ihr Glück«, fuhr Yao fort. »Mein Vater starb bei der ersten Explosion. Danach war meine Mutter wie verwandelt. Sie versuchte die Beschlagnahme unseres Hauses durch die Stadt gerichtlich anzufechten, aber die Stadt legte gegen jedes Gerichtsurteil Berufung ein, und schließlich ging uns das Geld aus. Sie hatte nicht mehr die Kraft, mehr zu tun als herumzusitzen und zu weinen.

Gouverneur Schultz beschönigt die ganze Sache jetzt und redet über unsere gegenwärtige ›rassische Harmonie‹. Sie scheint zu glauben, die Nacht des Zorns könne sich nie mehr wiederholen.« Yao lächelte dünn. »Sie wird sehr bald herausfinden, wie sehr sie sich irrt. Wenn dein Interview gesendet wird, fliegen die Fetzen.«

6

Die Straßenkinder hatten sich nahe der Basis der Space Needle versammelt und lauschten einem SimSinn-Deck, in dem Carla ein Sony Beautiful Dreamer zu erkennen glaubte. Zwei der Teenager führten sich die Musik über Datenbuchsen in ihren Schläfen direkt zu. Sie bewegten sich im Takt zur Musik, den Blick in weite Ferne gerichtet, da das Deck ihre Gehirne mit Bildern, Tönen und anderen sinnlichen Wahrnehmungen fütterte. Die übrigen hörten nur die Musik aus den Lautsprechern. Ein paar standen rauchend herum, zu cool, um auf den treibenden Stakkato-Rhythmus erkennbar zu reagieren. Andere tanzten mit wild herumwirbelnden Armen, wobei sie gelegentlich mit der Stirn zusammenstießen wie wilde Widder. Einer der Teenager – ein Troll in einer schwarzen Lederhose und einem an der Hüfte abgeschnittenen japanischen Kimono – hatte sogar die gewundenen Hörner, um das Bild zu vervollständigen. Der Nachthimmel über ihnen war tiefschwarz und sternenlos.

Carla übertönte das Dröhnen mit einem Lautsprecher. »Kennt einer von euch ein Orkmädchen namens Pita? Sie ist vorgestern zu mir ins Büro gekommen, dann aber wieder gegangen, bevor wir uns richtig unterhalten konnten. Zuletzt habe ich gehört, daß sie häufig hier herumhängt. Hat einer von euch sie gesehen? So sieht sie aus.« Sie hielt einen kleinen Bildschirm hoch, der ein Standbild von Pita zeigte, wie sie in der KKRU-Lobby saß.

Die Teenager starrten mit einer Mischung aus Langeweile und Mißtrauen auf das Bild. »Sind Sie Sozialarbeiterin?« fragte einer. Der Art nach zu urteilen, wie er die Nase rümpfte, als er Carla in ihrer teuren Armanté-Jacke von oben bis unten betrachtete, war er nicht beeindruckt von ihrem Konzern-Outfit. Vielleicht hätte sie etwas Bescheideneres anziehen sollen, bevor sie den Versuch machte, die Straßenkinder zu befragen. Aber die Jacke war nicht nur modisch schick, sondern auch kugelsicher.

»Ich bin keine Sozialarbeiterin«, antwortete Carla. »Ich bin Reporterin. Carla Harris von KKRU Trideo News. Pita hatte eine Story für uns. Eine Story, der wir nachgehen wollen. Sagt ihr das, wenn ihr sie seht.«

Der Troll hörte auf zu tanzen und baute sich vor Carla auf. Er überragte sie wie ein Haus, tauchte sie in Schatten. Sie widerstand dem Drang zurückzuweichen, obwohl er nach Schweiß roch. *Zeig einem Hund niemals, daß du Angst vor ihm hast,* dachte sie. *Das ermuntert ihn nur zuzubeißen.*

»Wenn Sie keine Kreds haben, die Sie gleich hier ausgeben können, Lady, verpissen Sie sich besser«, knurrte er.

Auf dem Parkplatz ertönte zweimal eine Autohupe. Das mußte Masaki sein. Er hatte die Tönung seiner Wagenfenster aufgehoben und winkte hektisch.

Carla begegnete dem Blick des Trolls und lächelte. »Ich würde gern noch etwas bleiben und mit dir reden«, sagte sie zu ihm. »Aber mein Vater sieht es nicht gern, wenn ich noch spät nachts draußen bin, und er ist ziemlich heikel, was die Jungens angeht, mit denen ich rede. Er sitzt dort drüben in dem Wagen. Vielleicht möchtest du ihn gern kennenlernen?«

Carla hoffte fast, der Troll würde auf ihren Bluff eingehen und ja sagen. Wenn Masaki den Riesen auf seinen Wagen zukommen sah, würde er sich wahrscheinlich in die Hose machen. Er hatte sich schon zu lange den Annehmlichkeiten des Lebens hingegeben und war weich geworden. Er verbrachte den Abend lieber hinter den unzähligen Riegeln seiner Wohnungstür als damit, Storys zu recherchieren. Carla hatte ihn heute nacht buchstäblich aus seiner Wohnung geschleift. Sie wäre allein gegangen, aber Masaki hatte in dieser Angelegenheit mehr Hintergrundwissen als sie, insbesondere über den Magier, der über Mitsuhamas Sonderprojekt hatte auspacken wollen. Doch so, wie Masaki sich verhielt, war sie nicht mehr so sicher, ob ihr sogenannter ›Reporterkollege‹ es immer noch verdient hatte, daß sein Name unter diese Story gesetzt wurde.

Der Troll öffnete seinen Kimono ein wenig, so daß Carla einen ausgiebigen Blick auf die Streetline Special in seinem Hosenbund werfen konnte. Sie war nicht so dumm zusammenzuzucken.

»Sie haben *Cojones*, mitten in der Nacht hierher zu kommen, Lady«, sagte er schließlich widerwillig.

Carla schenkte ihm ein liebliches Lächeln. »Wohl eher Eierstöcke.« Hinter ihr hupte Masaki wieder zweimal. »Denkt daran«, sagte sie zu den anderen Teenagern, als sie sich zum Gehen wandte, »wenn ihr Pita seht, sagt ihr, Carla Harris von KKRU Trideo sucht sie.« Sie gab dem Troll ihre Visitenkarte.

Carla ging über den Parkplatz und öffnete die Wagentür. Masaki und sie hatten den ganzen Nachmittag versucht, Pita zu finden, aber keines der Straßenkinder hatte das Mädchen gesehen. Sie hatte sich in Luft aufgelöst – und den Mitsuhama-Chip mitgenommen. Carlas Produzent hatte ihr einen Tag Zeit gegeben, um irgendeinen Beweis dafür auszugraben, daß es tatsächlich eine Story zu entdecken gab. Bisher waren sie nur in Sackgassen gelandet. Und jetzt verhielt Masaki sich wie ein Idiot und hupte wie ein verängstigtes Kind. Er hatte sogar schon den Motor angelassen und offenbar alle Vorbereitungen für einen schnellen Abgang getroffen.

»Was machst du denn, zum Teufel?« fragte Carla Masaki wütend, als sie in den Wagen stieg. »Willst du ganz Seattle aufwecken? Wenn du nicht so ein verängstigter …«

Masaki hörte sich die Beleidigung nicht an. »Sieh dir das an!« rief er, indem er hektisch auf das kleine Trideo zeigte, das im Armaturenbrett seines Wagens eingebaut war. »Ich bin die Kanäle durchgegangen und dabei über diese Piratensendung gestolpert. Sieht so aus, als hätten sie Pita für uns gefunden.«

Carla schlug eilig die Wagentür zu und drehte am Lautstärkeregler neben dem winzigen Schirm. Pitas Stimme knisterte aus dem Lautsprecher, und ihr Bild flackerte. Zuerst dachte Carla, das Trideo sei nicht ganz in Ordnung, aber dann sah sie die Programmanzeige. Die Sendung lief auf Kanal 115 – ein Kanal, der nichts hätte senden dürfen außer einem leeren blauen Feld. Dies war eindeutig eine Piratensendung, die illegal über einen Kabelbooster in einen toten Kanal eingespeist wurde. Die Piraten sendeten vermutlich über ein Relais, um nicht gefaßt zu werden, falls die Sendung zurückverfolgt wurde, und die sich daraus ergebenden Verzerrungen waren für das Flackern und die Farbschwankungen verantwortlich. Pitas Gesicht war eindeutig grün. Aber ihre Stimme kam durch, laut und klar, trotz eines gelegentlichen statischen Rauschens und Knisterns.

»Hier ist es passiert«, sagte sie mit bebender Stimme. »Hier wurden meine Freunde getötet.«

Die Kamera schwenkte von Pita weg und zeigte die Hauswand hinter ihr. Die mit Orkblut an die Mauer gekritzelten Wörter waren zwar verblaßt, aber dank eines Simses, der die Stelle vor dem beständigen Regen des letzten Tages geschützt hatte, immer noch leserlich. ›Alle Macht den Menschen!‹, ›Tod dem Goblin-Abschaum!‹ und ›Haltet Unsere Menschliche Familie Rein!‹

Carla zeigte mit dem Finger auf den Schirm. »Das ist an der Rainier Avenue South, die Stelle, wo diese drei Orks vom Humanis Policlub getötet wurden. Ich habe dort vor ein paar Tagen ein Trideo gedreht. Wenn das eine Live-Sendung ist, dann sind sie jetzt genau dort.«

»Es ist eine Live-Sendung, keine Frage«, sagte Mazaki, der vor Aufregung pfiff. »Aber der Pirat müßte ein Irrer sein, wenn er von einem bekannten Ort sendete. Lone Star hätte ihn geschnappt, bevor er mit der Ansage fertig wäre. Siehst du diese schwache blaue Linie?« Er zeichnete Pitas Umrisse mit dem Finger nach. »Das Bild des Mädchens wird über eine Aufnahme von der Ecke gelegt, wo die drei Orks umgebracht wurden. Der Pirat dreht mit zwei Kameras und benutzt einen Mixer, um aus den beiden Bildern eines zu machen.«

»Aber wie finden wir ihn dann?« fragte Carla.

»Die Kameras können nicht mehr als ein paar hundert Meter auseinander sein«, sagte er. »Er muß sich innerhalb weniger Blocks befinden, sonst würde das Signal zu stark verzerrt und ein Bild nicht mehr zum anderen passen. Und er muß draußen drehen, wegen des Verkehrslärms. Wir werden ihn finden.« Masaki legte einen Gang ein und trat aufs Gas. »So, was, sagtest du gerade, bin ich? Ein verängstigter was?«

»Schsch!« zischte Carla. »Ich will mir das anhören. Hat das Mädchen irgendwas über den toten Magier gesagt?«

»Noch nicht.« Masaki bog mit quietschenden Reifen um eine Ecke. »Bis jetzt war alles nur Einleitung. Der Reporter hat Pita vorgestellt und dann über die kommende Revolution und die Ungerechtigkeiten gegenüber den Metarassen schwadroniert. Der übliche Schwachsinn. Ungefähr das, was man von Amateurpropagandisten wie *Orks First!* erwarten würde. Natürlich schlucken sie die Story des Mädchens mit Haut und ...«

»Ruhe!« Carla beugte sich näher zu dem winzigen Schirm. Die Kamera war wieder auf das Orkmädchen gerichtet. Es war eine Nahaufnahme, die auch die Tränen in ihren Augenwinkeln zeigte. Carla vergewisserte sich, daß das Gerät aufzeichnete, um sich die Sendung später noch einmal ansehen zu können, falls sie irgend etwas verpaßte.

»Wir wurden ein paar Blocks entfernt von zwei Lone-Star-Cops angehalten«, begann Pita. »Wir waren zu viert. Ich, Chen Wah ...« Sie hielt inne und blinzelte heftig. »Und zwei jüngere Orks, Shaz und Mohan Gill. Die Cops nahmen uns unser SimSinn-Kopfset ab und ...«

Carla sah auf, als der Wagen anhielt. Sie hielten vor einer roten Ampel. Der Querverkehr war nicht der Rede wert. »Fahr weiter, Masaki!« sagte sie ungeduldig. »Der Pirat läßt sie ihre Geschichte erzählen und verschwindet dann.«

»Diese Kreuzung wird von Kameras überwacht!« protestierte Masaki. »Ich will keinen Strafzettel ...«

Carla rutschte zur Mitte, packte das Lenkrad und trat auf Masakis Fuß, so daß das Gaspedal durchgetreten wurde. Masaki keuchte vor Angst auf, als der Wagen vorwärts auf die Kreuzung schoß und dabei knapp einen von links kommenden Wagen verfehlte. Hupen blökten, aber sie hatten die Kreuzung bereits hinter sich gelassen und rasten die Rainier entlang. Masaki funkelte Carla an, als sie das Steuer losließ, und fuhr zähneknirschend weiter. Carla sah zu ihrer Freude, daß sie zügig vorankamen.

Sie richtete ihre Aufmerksamkeit wieder auf den Trideoschirm. Der Pirat stand neben Pita, einen Arm schützend um ihre Schultern gelegt. Er redete ernsthaft in die Kamera, und seine Augen glitzerten eindringlich.

»Die meisten von uns haben bereits durchgemacht, was Pita gerade beschrieben hat«, sagte er. »Lone Star beschlagnahmt unser Eigentum ohne jede Befugnis, hält uns fest, verhört uns ohne Grund und behandelt uns auf die abfälligste Art, die man sich vorstellen kann. Wir leben im Untergrund und haben Angst, uns auf die Straßen unserer eigenen Stadt zu wagen. Die Häuser, die uns einmal gehörten, werden uns verwehrt. Gouverneur Schultz und Lone Star Chief Loudon haben versprochen, Seattle zu ›säubern‹. Sie tun so, als redeten sie von Straßenkriminalität. Aber jeder, der sich noch an die Ereignisse des Jahres 2039 erinnert, wird auch zwischen den Zeilen lesen und erkennen, daß diese ›Säuberungen‹, von denen die Menschen reden, eine weitaus ernstere Sache sind als die Zusammentreibungen, die der Auslöser für die Nacht des Zorns waren. Wir von *Orks First!* werden Ihnen die wahre Geschichte über die Verbindungen zwischen den ›Sicherheitskräften‹ unserer Stadt und dem Policlub bringen, der berüchtigt ist für …«

»Wir sind jetzt ganz nah!« rief Masaki. »Sie müssen hier irgendwo sein.« Er überholte einen anderen Wagen, schnitt einen Lastwagen und fuhr dann wieder auf die rechte Spur.

Die Stimme des Piraten verlor sich in einem lauten statischen Rauschen. Der Bildschirm wurde blau.

»Verdammt!« Carla hieb auf das Armaturenbrett über dem Trideo. »Wir haben den Sender verloren.«

»Spielt keine Rolle.« Masaki bremste abrupt. »Da sind sie!«

Carla sah auf. Das Orkmädchen war vielleicht einen Block entfernt und stand am Randstein. Ihre Haltung war gebückt, erstarrt. Sie sah wie ein verängstigtes Tier aus, das vom Scheinwerferkegel eines Wagens erfaßt worden war und nicht wußte, in welche Richtung es fliehen sollte. Der Piratenreporter lag vor ihr auf dem Boden, halb unter dem Kamerastativ, als sei er darüber gestolpert. Er mühte sich, eine sitzende Stellung einzunehmen und etwas Schwarzes, das er in der Hand hielt, in eine bestimmte Richtung zu drehen. Zuerst glaubte Carla, es sei eine Handkamera. Doch dann erkannte sie, daß es sich um eine Pistole handelte. Sie ließ gerade ihr Fenster herunter, als Schüsse von der anderen Straßenseite ertönten. Der Orkreporter sackte zusammen und blieb reglos liegen.

»Das sind Schüsse!« sagte Masaki und trat auf die Bremsen. Ringsumher reagierten auch andere Fahrer, manche, indem sie beschleunigten, um so schnell wie möglich zu verschwinden, andere, indem sie das Steuer herumrissen und mitten auf der Straße wendeten. Auf der Kreuzung vor ihnen stießen zwei Wagen mit dumpfem Krachen und dem schrillen Kreischen berstenden Metalls zusammen.

Als ihr Wagen anhielt, spähte Carla um Masaki herum.

Auf der anderen Straßenseite schob ein Mann eine Pistole in ein Schulterhalfter. Ein kleinerer Mann rannte durch den Verkehr auf das Orkmädchen zu.

Den elektrischen Fensterheber wegen seiner Langsamkeit verfluchend, steckte Carla den Kopf durch die Öffnung. »Pita!« rief sie. »Hierher!«

Das Mädchen zögerte kaum eine Millisekunde, dann lief sie zum Wagen. Der Mann, der sie verfolgte, änderte seine Laufrichtung und rannte jetzt schräg über die Straße, um ihr den Weg abzuschneiden. Er entging nur knapp einem vorbeifahrenden Wagen, der wild hupte. Doch er holte gegenüber dem Mädchen auf.

Masaki hatte den Rückwärtsgang eingelegt. Der Wagen schoß mit durchdrehenden Rädern zurück.

»Was machst du da?« schrie Carla. »Warte auf das Mädchen!«

Masakis Atem ging laut pfeifend. Offensichtlich hatte er höllische Angst. Seine dicken, plumpen Hände hatten sich um das Steuer verkrampft, und die Knöchel traten weiß hervor. Er schüttelte den Kopf, die Augen weit aufgerissen. »Der Bursche hat 'ne Kanone! Schließ das Fenster, bevor er schießt!«

Statt dessen öffnete Carla die Wagentür. Durch die Rückwärtsbewegung des Wagens wurde sie aufgerissen. Sie beugte sich hinaus und griff nach Pita, die sich jetzt neben dem Wagen befand. Eine Hand an der Tür, die andere am Handgelenk des Orkmädchens, zog Carla. Gleichzeitig sprang Pita und schlug Carla förmlich in den Wagen zurück.

Der Mann, der Pita verfolgte, ein drahtiger Asiat, war nur ein paar Schritte hinter ihr. Sein Gesicht hatte sich zu einer Grimasse der Entschlossenheit verzogen. Irgend etwas zuckte aus der Kanone, die er in der Hand hielt, und leckte mit einem heißen elektrischen Knacken über Carlas Hand. Eine Schmerzwelle durchfuhr sie, während ihr Körper unkontrolliert zuckte. Für einen Augenblick drehte sich die Welt um sie. Oder vielleicht war es auch der Wagen. Sie schleuderten in einer engen Rückwärtskurve herum und ließen den Mann mit dem Taser hinter sich zurück. Die geöffnete Wagentür erwischte ihn an der Seite, riß ihm das Hemd auf und wirbelte ihn herum. Dann schoß der Wagen vorwärts, weg von der Stelle, wo der Piratenreporter niedergeschossen worden war. Etwas Schweres lag auf Carlas Schoß – das Orkmädchen, erinnerte sie sich benommen. Die Wagentür schlug zu. Dann kletterte das Mädchen auf den Rücksitz.

Carla schüttelte den Kopf, um ihre Gedanken zu klären. Ihr rechtes Handgelenk brannte wie Feuer. Als sie einen Blick darauf warf, sah sie einen hellen weißen Kreis auf dem Handrücken. Sie blinzelte und testete den Fokus ihres Cyberauges. Die Reaktionszeit der Miniaturkamera war einen Sekundenbruchteil zu lang, aber die Einheit schien unbeschädigt zu sein. Sie hoffte, daß sie eine saubere Aufnahme von ihrem Angreifer gemacht hatte. Im Laufe dieser Story konnte sie das Bild wahrscheinlich noch gebrauchen.

Neben ihr fluchte Masaki vor sich hin, während ihm der Schweiß in Strömen an den Schläfen herunterlief. Seine Lippen waren zusammengepreßt und kalkweiß. Dafür ignorierte er die Geschwindigkeitsbegrenzung, mißachtete rote Ampeln und fuhr mit verängstigter Entschlossenheit.

Das Orkmädchen saß auf dem Rücksitz und hämmerte die Faust in die Polster. »Verdammte Cops!« Ihre Stimme hatte einen hysterischen Unterton. »Verfluchte, verdammte Schweinehunde!«

»Hast du die Schultern dieses Burschen gesehen?« fragte Masaki mit leiser Stimme, während er immer wieder hastige Blicke in den Rückspiegel warf. »Sie waren voller Tätowierungen. Das waren keine Cops. Das waren Angehörige der Yakuza. Ich bete inständig, daß sie meine Zulassungsnummer nicht mitbekommen haben. Falls doch, sind wir alle tot.«

»Yakuza? Aber was kann die Yakuza von mir wollen?«

Das Mädchen drehte sich um und warf einen furchtsamen Blick aus dem Rückfenster. »Sie haben Yao getötet, nicht wahr? Sie müssen es auf mich abgesehen haben.«

Carla richtete ihre Wut gegen Masaki. »Du bist keine Hilfe!« sagte sie zu ihm. »Und fahr langsamer. Wir werden nicht verfolgt.«

Sie wandte sich an das Mädchen, das die Arme um die Hüfte geschlungen und sich zusammengekauert hatte, als friere es. Carla nahm sich einen Augenblick Zeit, um sich zu sammeln, dann sagte sie in beruhigendem Tonfall: »Jetzt ist alles in Ordnung, Pita. Wir nehmen dich mit zum Sender. Das Gebäude hat ein umfassendes Sicherheitssystem. Dort bist du sicher.«

Carla hielt inne und strich sich mit einer Hand das Haar zurecht. Ihr Herz schlug immer noch sehr schnell, aber ob aus Angst oder Aufregung konnte sie nicht sagen.

Einige Dinge fügten sich jetzt zusammen. Irgendwie mußte Mitsuhama herausgefunden haben, daß das Orkmädchen in den Besitz des Speicherchips mit den Einzelheiten des Forschungsprojekts gelangt war. Dann hatten sie ihre Lakaien losgeschickt – offenbar stimmten die Gerüchte, daß ein hohes Tier bei MCT Seattle Verbindungen zur Yakuza hatte. Die Yaks waren in Panik geraten, als sie gesehen hatten, daß das Mädchen von einem Reporter interviewt wurde, und hatten den Burschen gegeekt – während er auf Sendung war. Das war dumm und brutal, genau das, was man von Verbrechern erwarten würde. Aber es bedeutete auch, daß der Chip allerhöchste Priorität für sie hatte. Etwas, für das es sich zu töten lohnte.

Carla befeuchtete sich die Lippen und mühte sich nach Kräften, nicht zu eifrig zu wirken. »Diese Männer haben dich verfolgt, weil du etwas gefunden hast, Pita. Etwas, das du in einer Gasse einem Mann abgenommen hast, der verbrannt ist. Einen Datenchip, wie er in Cyberdecks benutzt wird. Hast du den Chip noch?«

Carla wagte kaum zu atmen. Wenn das Mädchen den Chip weggeworfen hatte ...

»Und wenn es so wäre?« fragte Pita trotzig. »Der Bursche war schon tot. Ich habe ihn nicht bestohlen oder so.«

»Das ist den Männern ziemlich egal«, sagte Carla beschwichtigend. »Sie wollen den Chip zurück, und sie werden erst aufhören, dich zu verfolgen, wenn sie ihn haben.«

»Dann gebe ich ihn eben zurück.« Das Kind tastete nach dem Knopf, der das Fenster senkte. »Am besten sofort.«

»Nein!« Carla kämpfte mit ihrer Beherrschung. Also hatte das Mädchen den Chip tatsächlich. Jetzt mußte sie es nur noch dazu bringen, ihr den Chip zu geben.

»Selbst wenn sie den Chip zurückbekämen, würden sie ganz sichergehen wollen, daß die Informationen, die er enthält, nicht verbreitet werden«, sagte Carla zu dem Mädchen. »Der Chip ist seit vierundzwanzig Stunden in deinem Besitz. Selbst wenn die Informationen auf dem Chip verschlüsselt sind, ist das mehr als genug Zeit für einen erfahrenen Decker, sie zu entschlüsseln. Du bist nur ein Mädchen von der Straße ohne Verbindungen, aber das wissen diese Schläger nicht. Sie müssen davon ausgehen, daß du die Daten auf dem Chip gelesen hast. Und das bedeutet ...«

Masaki fiel ihr ins Wort. »Hör auf damit, Carla!« sagte er. »Du machst ihr angst. Und du machst auch mir angst.«

»Ich wollte sagen«, fuhr Carla mit einem eisigen Unterton in der Stimme fort, »das bedeutet, wir müssen die Story über Mitsuhama so schnell wie möglich senden. Sobald die technischen Daten auf dem Chip der Öffentlichkeit bekannt sind, hat der Konzern keinen Grund mehr, uns zum Schweigen zu bringen.«

»Oh.« Masaki fuhr immer noch schnell, aber nicht mehr rücksichtslos. Sie waren nur noch ein paar Blocks vom KKRU-Gebäude entfernt. Es war schon spät, aber Carla war durch die aufregende Verfolgungsjagd wie aufgedreht. Diese Story würde ganz groß werden, das spürte sie in den Knochen. Schließlich hatte Mitsuhama den Magier getötet, um ganz sicherzugehen, daß ihr streng geheimes Projekt auch streng geheim blieb, und den Ausdruck, den er Masaki hatte geben wollen, verbrannt. Komisch, daß sie dabei den Chip übersehen hatten ...

Sie streckte die Hand aus. »Gib mir den Chip, dann sorge ich dafür, daß die Story verbreitet wird. Dann bist du die Yakuza los.«

Das Mädchen wühlte in ihrer Jackentasche. Sie zog eine winzige bronzefarbene Scheibe heraus. Doch als Carla danach griff, zog Pita die Hand zurück. »Zuerst müssen Sie mir etwas versprechen«, sagte sie.

»Was?«

»Daß Sie die Story über meine Freunde machen«, fuhr das Mädchen fort. »Darüber, wie die Cops sie umgebracht haben.«

»Sicher, Mädchen«, versprach Carla glatt. »Sobald die Mitsuhama-Story durch ist. Das ist im Moment das wichtigste. Wir müssen uns die Schläger vom Hals schaffen.«

Das Mädchen musterte Carla einen langen Augenblick und willigte dann widerstrebend ein. »Okay«, sagte sie, indem sie den Chip in Carlas Hand fallen ließ.

»Und jetzt«, sagte Carla, »erzähl uns alles, was in der Nacht passiert ist, als du die Leiche gefunden hast.«

7

Im Sender legte Carla den Chip sofort in ein Deck ein. Masaki schwafelte händeringend etwas von Verschlüsselungscodes und Selbstlöschprogrammen, doch wie sich herausstellte, war der Chip nicht einmal mit einem Paßwort gesichert.

Als die beiden Reporter auf den Bildschirm starrten, konnte Pita ihren verblüfften Gesichtern entnehmen, daß sie nicht begriffen, was sie sahen. Seltsame Diagramme und Symbole huschten über den Schirm, immer wieder unterbrochen von langen Textblöcken. Worum es dabei auch ging, es hatte anscheinend etwas mit Magie zu tun, weil sie Carla und Masaki etwas über ›hermetische Kreise‹, ›Astralraum‹ und ›Multi-irgendwas-Beschwörung‹ murmeln hörte. Schließlich kamen sie zu dem Schluß, daß es sich um irgendeine Art von Zauberformel handeln mußte.

Als sie es schließlich aufgaben, sich die Geschichte selbst zusammenreimen zu wollen, war es Morgen. Anstatt nach Hause zu gehen, um zu schlafen, beschlossen die beiden, einen mit Carla befreundeten Magier aufzusuchen. Trotz der Erschöpfung, die Pita jeden Augenblick zu überwältigen drohte, beschloß sie mitzukommen. Mittlerweile war ihr längst klargeworden, daß die Reporter wesentlich mehr an dem Chip als an ihr interessiert waren. Aber sie hatten ihr das Leben gerettet, und sie fühlte sich bei ihnen sicherer als in einem Büro mit lauter Fremden. Außerdem war sie neugierig wegen des Chips.

Ihr Ziel war ein komischer kleiner Laden auf dem Denny Way mitten in einem Block von Gebäuden, die aussahen, als seien sie im letzten Jahrhundert gebaut worden. Es gab kein Schild, keinen Hinweis, um welche Art Laden es sich handelte. Das große Schaufenster war vollständig mit komplizierten goldenen Mustern bedeckt. Pita fragte sich, ob es sich dabei um irgendwelche magischen Schutzvorrichtungen handeln mochte.

Während Carla klopfte, lugte Pita durch das Glas. Im Laden war es dunkel, aber sie konnte erkennen, daß er mit unordentlichen Stapeln gedruckter Texte mit kantigen Einbänden gefüllt war. Das waren Bücher – die altmodischen, schwer zu handhabenden Datenspeichereinheiten, die im letzten Jahrhundert so beliebt und weit verbreitet gewesen waren. Pita konnte nichts Anziehendes an ihnen erkennen und fragte sich, wie man mit einem Laden wie diesem überhaupt Geld verdienen konnte. Sie hätte jederzeit einen graphischen Pocketpad-Roman einer dieser staubigen Antiquitäten vorgezogen.

Die Tür öffnete sich unvermittelt, und die Messingglocke darüber läutete. Carla trat ein und bedeutete Masaki und Pita, ihr zu folgen. Als Pita die Tür hinter ihnen schloß, sprang eine kleine weiße Katze von einem der Bücherstapel und rieb sich schnurrend an ihren Waden. Sie bückte sich, um der Katze den Kopf zu kraulen, während sie sich in dem Laden umsah. Vom Inhaber war keine Spur zu sehen.

»Hallo. Willkommen bei Inner Secrets Thaumaturgical Textbooks. Aziz Fader, zu Ihren Diensten.«

Die Stimme kam von irgendwo vor ihnen. Pita zuckte zusammen, als ein oder zwei Schritte vor ihr plötzlich eine menschliche Gestalt aus dem Nichts erschien. Gerade hatte sich lediglich Luft vor ihr befunden, und jetzt stand irgendein Bursche dort. Es überlief sie kalt, als sie daran dachte, daß er vielleicht die ganze Zeit dort gestanden und sie unsichtbar beobachtet hatte. Masaki war gleichermaßen erschrocken, doch Carla lächelte nur. »Hallo, Aziz. Lange nicht gesehen.«

Der Ladeninhaber war ein großer Mann mit pechschwarzem Haar, das streng aus seiner hohen Stirn zurückgekämmt war. Er war ein Mensch, aber schlank genug, um als Elf durchzugehen. Seine Nase war leicht gekrümmt, und die Augen waren so dunkel, daß man kaum sehen konnte, wo die Iris endete und die Pupille begann. Er trug ein fließendes, knöchellanges Gewand mit weiten Ärmeln und verschränkte die Hände vor dem Bauch.

Seine Augen waren auf Carla gerichtet. Sie nahmen jeden Zentimeter der Reporterin auf, angefangen von ihren ordentlich geflochtenen Haaren über ihr maßgeschneidertes Kostüm bis hin zu ihren modisch schicken, teuren Lederpumps. »Das neue Gesicht gefällt mir«, bemerkte er mit hochgezogener Augenbraue. Auf Masaki mit seinem zerknitterten Hemd und den ungekämmten ergrauenden Haaren und Pita, die immer noch ihre zerrissene Jeans und die billige Kunstlederjacke trug, warf er kaum mehr als einen flüchtigen Blick.

Masaki räusperte sich. »Wir sind gekommen, weil ...«

»Ich weiß, warum du gekommen bist, Carla«, sagte Aziz, nur an die Reporterin gewandt. »Ich habe mir eine unbedeutende Gedankensonde erlaubt, bevor ich dich eingelassen habe. Eine kleine Schutzmaßnahme. Ich hoffe, es macht dir nichts aus.«

»Nicht das geringste«, sagte Carla glatt. »Dann können wir ja gleich zur Sache kommen, oder?«

Carla gab ihm den Chip.

Der Ladeninhaber winkte sie zu einem großen Holztisch im hinteren Teil des Geschäfts. Auf einer Ecke stand eine Telekomeinheit. Der Rest der Tischplatte war mit einem Durcheinander aus Büchern, losen Blättern und Chips übersät. Aziz schob alles beiseite, und darunter kam eine alte Datenanzeige mit Faltschirm und eine mitgenommen aussehende Tastatur zum Vorschein. Die Einheit besaß weder ein Mikro zur Stimmerkennung noch eine Buchse für ein Datenkabel. Der Ladeninhaber hatte offenbar eine Vorliebe für altmodischen Kram.

Aziz setzte sich an den Schreibtisch und schaltete das Datendeck ein. Carla und Masaki zogen sich Stühle heran und setzten sich neben ihn, und Pita, für die kein Stuhl mehr übrig war, hockte sich auf einen Stapel Bücher.

»Geh da runter!« bellte Aziz. »Die Bücher sind sehr wertvoll!«

Pita sprang auf, doch der Magier hatte seine Aufmerksamkeit bereits auf den flackernden Schirm vor sich gerichtet. Er ging den Text durch, wobei er leise vor sich hin murmelte. Pita zeigte ihm hinter seinem Rücken den Finger.

»Es ist mit Sicherheit ein Beschwörungszauber, aber keiner, den ich kenne«, sagte Aziz. »Eindeutig hermetisch und eindeutig mit Bezug auf die Beschwörung eines Geistes. Aber das Diagramm für den hermetischen Kreis ist anders als alle, die ich bis jetzt gesehen habe. Normalerweise enthält es ein quadratisches Muster, das die vier Elementarenergien darstellt. In diesem Diagramm fehlt das Quadrat völlig, und statt dessen befindet sich ein Pentagramm in der Mitte des Kreises. Die ersten vier Zeichen an den unteren Ecken kenne ich – das sind Standardglyphen für die Elemente Feuer, Wasser, Luft und Erde. Aber dieses fünfte hier an der Spitze des Pentagramms ist mir völlig unbekannt. Es erinnert mich fast an ein Yang-Symbol. Hmm ...«

Pita langweilten die Ausführungen des Ladeninhabers. Wenn sie noch länger nur dastand, würde sie im Stehen einschlafen. Sie ging zur Katze, um sie zu kraulen. Sie hatte sich in eine Spalte zwischen Bücher und Regal gequetscht, leckte sich die Pfote und stellte absolute Langeweile und Hochmut zur Schau. Als Pita sie unter dem Kinn streichelte, brach die Katze in ein lautes Schnurren aus. Nun, da sie das Gesicht der Katze sehen konnte, fielen Pita die ungewöhnlichen Augen des Tiers auf. Eines war leuchtend gelb, das andere himmelblau.

Die Katze wälzte sich auf den Rücken, so daß Pita ihren Bauch kraulen konnte. Sie stieß sich mit den Hinterpfoten von den Büchern ab, und dabei fiel ein Buch heraus. Instinktiv hob Pita es in der Absicht auf, es wieder zurückzustellen. Doch dann sah sie sich die Regale genauer an, in denen die Bücher völlig willkürlich gestapelt und in jeden verfügbaren Freiraum gezwängt waren. Sie war versucht, das Buch einfach auf den Boden zu werfen, aber das Bild auf dem Titel, das in leuchtenden Primärfarben gehalten und golden umrandet war, fiel ihr ins Auge. Es zeigte eine wunderschöne Frau, die mit den Armen vor sich auf dem Boden kniete, die Handflächen auf die sandige Erde gepreßt, während sie konzentriert nach vorn starrte. Über und hinter ihr war der schattenhafte Umriß einer Katze, der ihren Körper einrahmte. Die Augen der Katze waren zwei goldene Punkte. Zu beiden Seiten der Frau standen seltsame Skulpturen einer Kreatur mit dem Körper einer Katze und dem Kopf eines Menschen. Die Statuen kamen ihr vage bekannt vor, und nach einem Augenblick erinnerte sich Pita, wo sie sie schon einmal gesehen hatte – in einem ihrer Geschichtsvideos. Sie hatten einen komischen Namen: Finks oder Spinks oder etwas in der Art.

»Du empfiehlst dieses Buch, was?« fragte Pita die Katze scherzhaft. Als Antwort gab sie ein leises Maunzen von sich.

Langsam buchstabierte Pita den Titel des Buchs: *Der Weg der Katze: Die schamanistische Tradition vom Alten Ägypten bis zum heutigen Tag.* Das klang nicht sehr aufregend. Doch als sie das Buch rasch durchblätterte, sah Pita, daß es viele wunderschöne Bilder wie das auf dem Titel enthielt. Das Buch war nicht mit visuellen Hilfen wie animierten Graphiken und den icongesteuerten Infotexten zu vergleichen, die sie in der Schule benutzt hatten. Bei einer visuellen Hilfe brauchte man nur das Icon zu berühren, und eine Stimme erklärte, was man sich gerade ansah. Im Vergleich damit waren diese altmodischen Bücher mit ihren langen Passagen gedruckten Textes, die wie graue Blöcke aussahen, viel schwerer zu verstehen. Es war bestimmt ein echter Langweiler, wenn man die Wörter alle selbst aussprechen mußte, nur um zu sehen, wovon die Bilder handelten.

Eine der Illustrationen auf einer der Innenseiten fiel Pita ins Auge. Sie zeigte eine Frau mit einer katzenförmigen Kopfbedeckung, die in einem Gebäude stand, dessen weiße Wände mit merkwürdigen Symbolen bedeckt waren. Zu ihren Füßen saßen Dutzende von Katzen aller Art, die sie mit einer Mischung aus Ehrfurcht und Ergebenheit ansahen. Was Pita am besten gefiel, war die Aura des Selbstvertrauens und des Stolzes, welche die Frau umgab. Ihre Augen übermittelten eine klare Botschaft – sie war jemand, mit dem man sich nicht anlegen wollte.

Instinktiv berührte Pita eine der Katzen, wie sie es bei einer visuellen Hilfe getan hätte. Dann seufzte sie und schüttelte den Kopf. Ihre Lippen bewegten sich, als sie die Worte unter dem Bild formulierte: »Bastet, die Katzengöttin des alten Ägypten.«

Pita blätterte zum Anfang des Buchs auf der Suche nach Anweisungen und fand etwas, das sich Inhaltsverzeichnis nannte. Es schien sich um ein statisches Menü in der Art zu handeln, wie es am Anfang von Computer-Textdateien benutzt wurde. Das Menü war in Blöcke namens Kapitel organisiert. Jedes Kapitel war mit einem Titel und einem kurzen Text versehen, der wie eine Dialogbox darunter stand. Pita las ein paar davon. Es gab Kapitel über die alten Rituale zur Anbetung dieser Bastet, über etwas namens Mumifizierung, über die Jaguarpriester des alten Aztlan und über die Löwenkönige von Afrika. Doch das Kapitel, das sie wirklich neugierig machte, trug den Titel: ›Der Weg der Katze: Empathie und Gedankenkontrolle.‹ Ihr gefiel der Klang. Gedankenkontrolle. Katzen hatten eine Art, die Leute dazu zu bringen, das zu tun, was sie wollten. Pita hätte es nichts ausgemacht, dazu ebenfalls in der Lage zu sein.

Sie drehte den anderen den Rücken zu, dann steckte sie das Buch in eine Innentasche ihrer Jacke. Leise zog sie den Reißverschluß zu. Die Katze beobachtete sie, den Kopf fragend zur Seite geneigt.

»Du wirst mich nicht verraten, oder?« flüsterte Pita ihr zu.

Sie schnurrte und schloß die Augen.

Als Pita zu den anderen zurückkehrte, lehnte Aziz sich gerade zurück und strich sich nachdenklich über das Kinn. Plötzlich sprang er auf. Pita war besorgt, daß er vielleicht wieder Gedanken gelesen hatte und wußte, daß sie das Buch gestohlen hatte. Doch er beachtete sie gar nicht, sondern ging zu einem unordentlichen Stapel mit Papieren auf dem Boden. Er wühlte darin herum und brachte schließlich ein in rissiges rotes Leder gebundenes Buch zum Vorschein.

»Hier ist es«, sagte er, während er zu seinem Platz zurückkehrte. »Wißt ihr noch, was ich gerade über das Pentagramm gesagt habe? Dieses fünfzackige Symbol erinnert mich an die Schriften eines chinesischen Alchimisten aus dem vierzehnten Jahrhundert namens Ko Hung.« Aziz blätterte das Buch durch, während er weiterredete. »Er ging nicht von vier Elementen aus, sondern von fünf: Wasser, Feuer, Erde, Holz und Metall. Seine Zauberformeln sind Unfug – keine hermetische Formel, die die elementare Energie der Luft mißachtet, kann richtig funktionieren. Sie ist einfach zu unausgewogen. Und trotz intensiver Nachforschungen ist niemals ein fünftes Element entdeckt worden. Es ist ganz einfach eine Unmöglichkeit.

Aber was ist, wenn das *Pao P'u Tzu* falsch rekonstruiert wurde? Chinesische Alchimisten haben eine Menge verschlüsselte Wörter benutzt – so nannten sie Quecksilber ›Drache‹ und Blei ›Tiger‹. Es ist möglich, daß die Bezeichnungen der Elemente ebenfalls verschlüsselt waren.

In diesem Abschnitt hier« – Aziz tippte mit dem Finger auf eine Seite – »wird das vierte Element als ›Feuerholz‹ bezeichnet. Üblicherweise wird das einfach als

›Holz‹ übersetzt. Ich war schon immer der Ansicht, daß Holz eine kuriose Wahl für ein Element ist, aber was ist, wenn die ursprüngliche Übersetzung ›brennendes Holz‹ gelautet hat? Wenn Holz brennt, erzeugt es Rauch – nicht nur Rußpartikel, sondern auch verschiedene Gase. Ko Hung könnte ›brennendes Holz‹ als Metapher für ›Luft‹ benutzt haben. Das würde mehr Sinn ergeben.«

Aziz blätterte rasch ein paar Seiten um, bis er den gesuchten Abschnitt fand. »Hier, Ko Hung bezeichnet das angebliche fünfte Element als ›hell-leuchtendes Metall‹. Die Übersetzer haben das immer zu ›Metall‹ vereinfacht, aber was ist, wenn ihnen dabei das Wesentliche entgangen ist?«

Er sah die beiden Reporter an. Carla hatte sich vorgebeugt, die Lippen leicht geöffnet, und wartete auf die Pointe. Masaki hatte die Stirn gerunzelt. Er blinzelte träge, als sei er kurz davor einzuschlafen. Aziz drehte Pita zwar den Rücken zu, aber seine starre Haltung sprach Bände hinsichtlich seiner Erregung.

»Was wäre«, fragte er zögernd, »wenn Ko Hung sich nicht auf ein fünftes Element, sondern auf eine Energieform bezogen hat? Und was wäre, wenn der Text nicht das Metall hervorheben will, sondern die glänzende Oberfläche? Die richtige Übersetzung wäre dann nicht ›Metall‹, sondern ›glänzend‹ oder ...«

»Licht«, antwortete Carla.

»Genau.« Aziz tippte auf die Kreis-und-Pentagramm-Graphik auf dem Anzeigeschirm. »Was wir hier haben, ist ein experimenteller Zauber, der offenbar versucht, einen Geist zu beschwören, dessen physikalische Manifestation sich nicht aus den üblichen vier Elementarenergien zusammensetzt, sondern aus Licht.« Er hielt mit hochgezogenen Augenbrauen inne. »Natürlich ist das gar nicht möglich ...«

»Aber es stimmt mit der Aussage des Mädchens überein«, sagte Carla. »Sie sagte, sie hätte gesehen, wie der Magier kurz vor seinem Tod Licht abgestrahlt hätte.«

Pita schauderte bei der Erinnerung an das leuchtend weiße Licht und das brennende Fleisch.

Aziz drehte sich zu ihr um. »Du warst diejenige, die diesen Geist gesehen hat?« fragte er. Seine Augen bohrten sich in ihre. Pita war nicht in der Lage wegzusehen. Sie spürte unsichtbare Finger durch ihren Verstand tasten und versuchte wütend, sie wegzuschieben. Dann seufzte der Magier, als sei er plötzlich sehr müde. »Ja, ich verstehe.«

»Was?« fragte Carla scharf.

»Der Mann in der Gasse, den Masaki interviewen wollte. Er behauptete, alles über diesen Zauber zu wissen. Wenn er den Medien sein Wissen mitteilen wollte, muß er an der Forschung beteiligt gewesen sein – wahrscheinlich hat er bei der Erarbeitung der Formel geholfen. Mag das sein, wie es will, es klingt ganz so, als sei dies der Geist gewesen, der ihn getötet hat.«

»Aber warum sollte er das getan haben?« fragte Masaki.

Aziz zuckte die Achseln. »Sobald ein Geist beschworen wird, muß der Magier in der Lage sein, ihn zu kontrollieren. Wenn sich der Wille des Geistes als stärker erweist, kann er sich einer Bindung widersetzen. Manchmal erschöpft dieser Kampf den Magier bis zur Bewußtlosigkeit, und der Geist entkommt. Ein unkontrollierter Geist ist gefährlich – und gewalttätig. Oft versucht er, den Magier, der ihn beschworen hat, zu töten. Und hier ist das Merkwürdige«, fügte Aziz hinzu, indem er zum Ende des Textes scrollte. »Aus dieser an Sie, Masaki, gerichteten Botschaft am Ende des Textes geht hervor, daß Ihr Informant den Zauber im Magicknet veröffentlichen wollte, sobald Sie die Story gesendet haben würden. Sieht so aus, als hätte Ihr Magierfreund *gewollt*, daß andere Magier versuchen, den Zauber zu wirken. Aber für die meisten Magier wäre das gleichbedeutend mit Selbstmord gewesen. Dieser Geist gehört nicht nur zu einer Art, von der ich noch nie gehört habe, sondern er ist auch sehr mächtig. Das geht aus der Anzahl der Stunden hervor, die für das Ritual veranschlagt werden.«

Carla saß nachdenklich da und tippte sich mit einem manikürten Finger gegen das Kinn. »Also hat Mitsuhama den Magier vielleicht gar nicht umgebracht«, dachte sie laut nach. »Vielleicht war er so dumm zu versuchen, einen Geist zu beschwören, der zu mächtig für ihn war. Du hattest Glück, daß du nicht dabei warst, als sich der Geist befreit hat, Masaki. Er hätte dich vielleicht auch getötet.«

Masaki erbleichte und leckte sich über seine trockenen Lippen.

»Mich hat er nicht getötet«, stellte Pita fest.

Carla zuckte die Achseln. »Du hast wahrscheinlich nur Glück gehabt, würde ich sagen.«

»Ich verstehe das nicht«, sagte Masaki, indem er sich von seinem Stuhl erhob. »Dieser Chip sollte angeblich Einzelheiten über das Forschungsprojekt enthalten, an dem Mitsuhama arbeitet. Welchen Profit kann man damit erzielen, einen Geist zu beschwören, der aus Licht besteht?«

»Wie ich schon sagte, ich weiß nicht, wie das möglich sein soll, aber so ein Geist wäre eine tödliche Waffe«, stellte Aziz fest. »Wenn man berücksichtigt, wieviel Energie in dem Geist gebunden wäre, könnte sein Licht eine Person in Sekundenbruchteilen blenden, verbrennen oder verstrahlen. Stellt euch einen Attentäter vor, der sich mit einer Geschwindigkeit von dreihunderttausend Kilometern pro Sekunde bewegen kann – mit Lichtgeschwindigkeit. Man würde ihm schutzlos ausgeliefert sein ... *Wenn* so etwas möglich wäre«, wiederholte Aziz mit gerunzelter Stirn.

»Aber jetzt ist der Geist weg, nicht wahr?« fragte Masaki.

»Möglicherweise«, antwortete Aziz. »Ein Geist, der seinem Beschwörer entkommt, flieht gewöhnlich dorthin zurück, woher er gekommen ist. Doch manchmal, aus Gründen, die nur ihm selbst bekannt sind, bleibt er auch in der physikalischen Welt. Der technische Ausdruck für ein derart unkontrolliertes Wesen lautet ›freier Geist‹. Einige dieser Geister sind verspielt und friedlich, andere wiederum extrem gefährlich. Sogar tödlich. Und der einzige Weg, einen solchen Geist zu beschwören, besteht darin, seinen wahren Namen in Erfahrung zu bringen.«

Masaki schaute mit offensichtlichem Unbehagen zum Fenster. Draußen fielen ein paar Sonnenstrahlen durch eine Lücke in der Wolkendecke und in den Laden, wo sie bizarre Muster auf den Boden zeichneten. »Könnte solch ein Geist durch Ihr Fenster eindringen, Aziz?«

Der Magier zuckte die Achseln. »Dieser Laden weist jede magische Schutzvorrichtung auf, die ich erschaffen kann. Wände, Boden und Decke sind alle ...« Er wurde durch das Klingeln des Telekoms unterbrochen. Ein Icon auf dem Schirm blinkte und zeigte an, daß der eingehende Anruf akustisch und optisch war. Aziz drückte auf einen Knopf, um den Anruf zu beantworten.

Pita warf einen Blick auf das Datenkabel, das die Telekomeinheit mit der Buchse in der Wand verband. »Könnte der Geist durch ein Glasfaserkabel hereinkommen?« fragte sie.

Masakis Augen weiteten sich. »Verdammt!« knurrte er, indem er sich auf das Kabel hechtete. Er riß es aus der Wand, so daß nur noch ein ausgefranstes Ende aus der Metallbuchse hing.

»Was soll das?« schnauzte Aziz. »Der Geist weiß nicht, wer Sie sind, und noch viel weniger, daß Sie hier sind.« Er funkelte Masaki an. »Aber angenommen, der Geist wollte Sie aus irgendeinem Grund angreifen. In diesem Fall hätte er es draußen getan, auf der Straße. Sie wären längst tot. Was wollen Sie tun – sich für den Rest Ihres Lebens in meinem Laden verstecken, und das ohne Trideo?«

Masaki sah sich nervös um und warf dann Pita einen

gequälten Blick zu. Sie schnitt ihm eine Grimasse. Sie hatte lediglich eine Frage gestellt, und zwar eine, die ihr in diesem Augenblick völlig logisch vorgekommen war. Schließlich hatte sie ihm nicht befohlen, in Panik zu geraten.

»Entschuldigt, aber ich würde gern ein kleines Trideo drehen«, erinnerte Carla sie. »Das heißt, wenn wir alle ruhig genug sind, um das auf die Reihe zu kriegen«, fügte sie sarkastisch hinzu.

Der Magier wandte seinen funkelnden Blick widerstrebend von Masaki ab.

Carla lächelte ihn strahlend an. »Wenn du dich jetzt einfach mir zuwendest, Aziz, drehe ich jetzt ein kleines Trid, während du die Bedeutung des Zaubers auf diesem Chip erklärst. Mach es kurz und drück dich laienhaft aus, damit es unser Publikum auch versteht.«

Aziz entnahm dem Deck den Chip und drehte sich damit zu Carla um. Als sie danach griff, zog er die Hand zurück. »Wie wär's, wenn ich den für eine Weile als Bezahlung für meine Dienste behielte?« fragte er. »Ich will den Zauber studieren, denn so einen habe ich noch nie gesehen. Die Formel ist hochkompliziert und vom Ansatz her Neuland. Der Geist, der angeblich durch sie beschworen wird, paßt in keine Kategorie der hermetischen Magie. Ich wüßte gern mehr darüber.«

Als Carla zu einem Protest anhub, winkte er ab. »Wie ich dich kenne, hast du bereits eine Kopie davon angefertigt und irgendwo versteckt. Und mach dir keine Sorgen, ich könnte alles verraten, bevor die Story gesendet worden ist. Der Umgang mit einer Reporterin hat mich gelehrt, wie wichtig Vertraulichkeit ist und daß man seine Quellen nicht nennt. Niemand wird dir bei dieser Geschichte zuvorkommen.«

Carla musterte Aziz einen Moment lang und nickte dann. »In Ordnung«, erwiderte sie. »Wenn du glaubst, du kannst mehr darüber in Erfahrung bringen, nur zu, versuch es. Aber sei vorsichtig. Und versuch nicht, den

Zauber selbst zu wirken. Ich will nicht, daß du so wie Masakis Freund endest, von innen verbrannt.«

Aziz nickte ernst und beschrieb ein Kreuzzeichen über dem Herzen. Doch Pita sah den gierigen Glanz in seinen Augen. Carla mochte gerissen sein, aber in diesem Fall fiel sie auf ein hübsches Gesicht herein. Pita würde diesem Burschen nur so weit trauen, wie sie ihn werfen konnte.

8

Carla rieb sich mit den Fingerspitzen die Schläfen. Die Nacht ohne Schlaf hatte sie erschöpft. Nur die starken Coffetaminpillen, die sie genommen hatte, hielten sie noch wach. Sie widerstand dem Drang, auf dem Rücksitz des Taxis ein Nickerchen zu machen, und beschloß statt dessen, sich das Interview anzusehen, das Masaki vor fünf Jahren mit dem Magier geführt hatte, der in der Gasse gestorben war. Sie stöpselte sich in ihren Archiv-Bilderzeuger ein und legte einen Chip in die tragbare Einheit ein. Dann konzentrierte sie sich auf eines der Icons, die im Blickfeld ihres Cyberauges auftauchten, und ließ das Material ablaufen.

Es handelte sich um eine gewöhnliche Promo-Geschichte, in der die Neueröffnung eines Geschäfts für thaumaturgischen Bedarf beschrieben wurde. Der Besitzer war ein gewisser Farazad Samji, ein Jungunternehmer aus Indien, der in der hermetischen Tradition ausgebildet war. Der Laden hatte sich auf Taliskram aus dem Fernen Osten spezialisiert – seltene Kräuter, Phiolen mit Wasser aus dem Ganges, Rohseide-Kokons, polierte Edelsteine und Kobrahaut. Doch die Hauptattraktion waren gebrannte Ziegel mit eingemeißelter Keilschrift gewesen. Angeblich stammten die Ziegel aus einem altbabylonischen Zikkurat. Ob diese Behauptung der Wahrheit entsprach oder nicht, die Ziegel hatten sich bei Magiern, die sich ihren eigenen alchimistischen Brennofen bauen wollten, als äußerst populär erwiesen. Ein einziger dieser Ziegelsteine sollte reichen, um die magische Potenz eines Brennofens um den Faktor zehn zu steigern.

Farazad Samji war ein leutseliger Mann mit dunklem Haar und einem kantigen Kinn. Trotz der exotischen Natur seines Ladens kleidete er sich konservativ: Zweireiher und dunkle Hose. Er war sehr interessiert an seinem Gewerbe, von ernsthaftem Wesen und intelligent. Obwohl er aus einer ländlichen Gegend stammte, hatte er ungewöhnliche Ideen hinsichtlich der modernen technologischen Anwendungsmöglichkeiten der Magie. Carla konnte durchaus verstehen, daß Mitsuhama ihm einen Job in seiner Forschungs- und Entwicklungsabteilung angeboten hatte.

Der Promo-Streifen hatte in seiner endgültigen Fassung nicht länger als eine Minute gedauert, aber das ungeschnittene Trideomaterial lief über eine halbe Stunde. Carla stellte das Bild ab und vergegenwärtigte sich noch einmal, während sie mit einem Ohr dem Ton lauschte, was die KKRU-Recherchen bisher über den Magier zutage gefördert hatten. Farazad war mit einer Frau namens Ravinder verheiratet und hatte zwei kleine Kinder – Jasmine, sieben Jahre alt, und Bal, ein Junge von drei Jahren. Er wohnte in einer todschicken Eigentumswohnung in North Beach, einer exklusiven Seattler Wohngegend mit Blick auf das Meer. Seine finanziellen Verhältnisse waren solide, er hatte keine Vorstrafen, und er verreiste nur selten. Er war in jeder Hinsicht ein guter Konzernbürger und seiner Familie treu verbunden. Seine Nachbarn hielten ihn für einen anständigen, religiösen Mann, der manchmal sogar die Gebete in seinem Tempel vorsprach. Kaum die Sorte Mensch, die man tot in einer Hintergasse aufzufinden erwartet.

Farazad hatte sein Geschäft vor drei Jahren verkauft und sich Mitsuhama angeschlossen, und zwar zu einer Zeit, als der Konzern für seine magische Forschungsabteilung eine aggressive Einstellungspolitik betrieb. Das ausgeschriebene Anfangsgehalt für seine Stellung hatte 120 000 Nuyen betragen – das Doppelte von Carlas gegenwärtigem Verdienst. Was Farazad bei seinem Tod verdient hatte, ließ sich nur vermuten. Die Datenbänke verrieten es jedenfalls nicht. Doch unter Berücksichtigung des Werts seiner Eigentumswohnung, die bis auf eine geringe Summe abbezahlt war, mußte es eine Menge gewesen sein.

Carla sah aus dem Fenster und betrachtete den vorbeifahrenden Verkehr. Soweit sie wußte, wurde sie nicht verfolgt. Doch falls ihr irgendwelche Lakaien von Mitsuhama auf den Fersen waren, war ein Taxi der sicherste Aufenthaltsort. Das Fahrzeug war nicht nur kugelsicher, sondern auch vor magischen Angriffen geschützt.

Der Fahrer, ein untersetzter Mann mit einem runden Gesicht und einem schwarzen Barett mit dem Logo der Boston Celtics, begegnete Carlas Blick im Rückspiegel. »Komisches Wetter haben wir in letzter Zeit, nicht? Haben Sie diesen Blitz letzte Nacht gesehen?« Seine Stimme kam knisternd aus dem Lautsprecher, der in die Trennscheibe aus Plexiglas eingebaut war.

»Nein«, antwortete Carla. »Ich war die ganze Nacht im Haus und habe gearbeitet.«

»Er war gewaltig«, fuhr der Fahrer fort. »Hat den ganzen Himmel erleuchtet. Ich habe noch nie etwas …«

Seine Bemerkung wurde vom Klingeln von Carlas Mobiltelekom unterbrochen. »Entschuldigen Sie«, sagte sie. »Ich bekomme gerade einen Anruf. Er könnte privat sein. Würde es Ihnen etwas ausmachen, die Sprechanlage abzustellen?«

»Schon passiert«, antwortete der Fahrer. Er berührte ein Icon auf dem Armaturenbrett und griff dann in einen Beutel, der auf dem Sitz neben ihm lag. Er entnahm ihm einen Schokoriegel, den er in aller Ruhe aufaß, während er geradeaus auf die Straße starrte.

Carla drückte auf den Sprechknopf ihres Mobiltelekoms. »Ja?«

»Hi, Carla. Ich bin's.«

Carla erkannte an der Stimme, daß es Frances war, eine Deckerin von KKRU.

»Ja?«

»Unsere Zielperson hat gerade eine Blumensendung in

Empfang genommen«, antwortete Frances. »Sie ist also zu Hause.«

»Hast du die digitalen Muster bekommen?« fragte Carla.

»Worauf du dich verlassen kannst.« Frances klang sehr mit sich zufrieden. »Ich werde gleich daran arbeiten.«

»Perfekt. Und danke.«

Carla beendete das Gespräch und lächelte. Sie ging ein Risiko ein, indem sie unangemeldet zur Wohnung der Samjis fuhr. Zwar war es möglich, bei einem Interview über Telekom direkt vom Bildschirm aufzunehmen, aber Interviews von Angesicht zu Angesicht machten sich im Trid immer am besten. Natürlich mochte Mrs. Samji die Tür vor Carlas Nase zuschlagen, wenn sie bei ihr auftauchte. Andererseits mochte sie sie auch bereitwillig empfangen und Carla alles erzählen, was sie über die Arbeit ihres Mannes wußte. Carla brauchte nur ein Thema zu finden, das sie zum Reden veranlassen würde. Vielleicht die Kinder. Carla konnte immer so tun, als hätte sie Kinder im gleichen Alter wie die der Samjis. Oder auch Haustiere. Die Leute wurden immer warm, wenn man ihnen Fragen über etwas stellte, das sie liebten. Auf diese Weise bereitete man sie langsam auf die schwierigeren Fragen vor. Wie zum Beispiel die, warum ihr Mann Konzerngeheimnisse hatte ausplaudern wollen. Und ob Mitsuhama ihn deswegen getötet hatte.

Carla sah aus dem Fenster, während sie noch einmal durchging, was sie über den Arbeitgeber des Magiers wußte. Der Mitsuhama-Konzern hatte sich auf Computertechnologien wie neurale Interfaces und Lenksysteme für autonome Robotfahrzeuge spezialisiert. Außerdem war er in der Waffentechnologie sehr aktiv, insbesondere auf dem Gebiet der Smartguns und computergesteuerten Zielsysteme.

Von seinem Hauptquartier in Kyoto hatte Mitsuhama Computer Technologies in den wenigen Jahren seit seiner Gründung rasch expandiert und war jetzt wahrhaftig multinational. Seine verschiedenen Produktionszweige und Abteilungen umschlossen den ganzen Globus, und angeblich erreichte sein Umsatz das Bruttosozialprodukt einer mittelgroßen Nation wie zum Beispiel die Konföderierten Amerikanischen Staaten. MCT Nordamerika unterhielt Hunderte von Büros, Labors und Fabriken auf dem gesamten Kontinent. Allein in Seattle besaß der Konzern einige feudale Bürohochhäuser, eine Fabrik, die Datenprozessoren herstellte, und zwei separate Forschungslabors – das eine für den Bereich Kybernetik, das andere ausschließlich für Magie. Kopf des Unternehmens in Seattle war Tamatsu Sakura, Vizepräsident von MCTs UCAS-Niederlassung.

Sobald sie die Story besser überblickte, würde Carla versuchen, ein Interview mit Mr. Sakura zu bekommen. Doch zunächst mußte sie eine nachweisliche Verbindung zwischen Mitsuhama und der Zauberformel herstellen, die ihnen Farazad Masaki hatte geben wollen. Carla konnte über die Anwendungsmöglichkeiten eines Zaubers, der die ultimative Geheimwaffe beschwor, so viel spekulieren, wie sie wollte. Doch was sie bis jetzt hatte – eine Formel auf einem neutralen Datenchip, der von überall stammen konnte –, war kaum ein schlüssiger Beweis. Wenn der Magier lange genug gelebt hätte, um sich von Masaki interviewen zu lassen, hätten zumindest die Ziele, für die der Konzern den Zauber nutzen wollte, auf Trideo festgehalten werden können.

Pita konnte einen Augenzeugenbericht darüber abgeben, wie der Magier gestorben war, aber auch das bewies nichts. Er besagte lediglich, daß ein Magier – der zufällig für Mitsuhama arbeitete – von den Händen eines verrückten Geistes gestorben war, den er wahrscheinlich unter Benutzung des Zaubers auf dem Chip selbst beschworen hatte. Der Kerl war nicht einmal in der Nähe des Mitsuhama-Labors gestorben, sondern in einer Gasse hinter der Maklerfirma, für die seine Frau arbeitete. Das war kaum die belastende Verbindung zu Mitsuhama, die sie brauchten.

Carla trommelte mit den Fingern auf ihren Oberschenkel und hoffte, daß Masaki nicht so betrunken war, daß er das Interview mit Pita verpfuschte. Es sollte eine ganz einfache Aufnahme werden, nur der Oberkörper des Mädchens, das wiederholte, was es in jener Nacht in der Gasse gesehen hatte. Sie würden das Interview als Fenster in dem Trideo einblenden, das Masaki gedreht hatte, als er den toten Magier fand. Diese Aufnahme war unterbelichtet und wacklig. Masaki hatte nur einen Zehn-Sekunden-Streifen gedreht, bevor ein Rettungswagen von DocWagon eingetroffen war. Anstatt sich ihren Fragen zu stellen, hatte er sich aus dem Staub gemacht. Doch Wayne konnte die Bildqualität wahrscheinlich verbessern und den Film mittels Pixelsplicing auf eine halbe Minute oder noch mehr ausdehnen. Sollte die Story heute nacht gesendet werden, würde Carla noch das Interview benutzen, das sie in Kürze mit Farazads Frau drehen wollte. Morgen würde sie dann versuchen, eine Reaktion von Mitsuhama Seattle zu bekommen. Wahrscheinlich bekam sie ein ›Kein Kommentar‹ oder ein Dementi, aber wenn sie während einer Live-Sendung in die Konzernbüros platzte, würde die Story wahrscheinlich mit einem Knall enden.

Wenn Masaki ein paar Sekunden eher in der Gasse aufgetaucht wäre, hätte er vielleicht den Tod des Magiers mitbekommen. Das wäre ein Hit gewesen, ein Trid vom Tod des Magiers ablaufen zu lassen, während das Orkmädchen den Vorgang gleichzeitig als Augenzeugin beschrieb. Im nachhinein war es ein Wunder, daß Masaki überhaupt einen Fuß vor die Tür gesetzt hatte, um sich nachts mit dem Magier zu treffen. Vielleicht steckte doch noch so etwas wie ein Reporter in ihm.

Wenn ja, wurde das in seinem Interview mit dem jungen Farazad jedenfalls nicht deutlich. Als sie sich das ungeschnittene Material ansah, war Carla erstaunt über all die losen Enden, auf die Masaki nicht einging. Sie an seiner Stelle hätte den Ladeninhaber über die Ziegel ausgefragt, die ziemlich modern aussahen. Und an der Stelle, wo Farazad sich als ›Parse‹ bezeichnete, hätte sie gefragt, was das war. Wahrscheinlich war es eine obskure indische Kaste, aber Carla hätte es nicht einfach durchgehen lassen, wie Masaki es getan hatte.

Sie konzentrierte sich auf das Icon, welches das Gerät abschaltete, und holte dann ihr Datenpad mit der Kybernetischen Enzyklopädie aus ihrer Handtasche. Sie drückte das Icon für eine einfache Wortsuche im Wörterbuchformat, dann sprach sie das Wort ›Parse‹ in das Gerät. Einen Augenblick später flimmerte ein Text über den Mikrobildschirm.

Parsis. Buchstäbliche Übersetzung: »Volk von Persien.« Ein Name, der den Zoroastrern gegeben wurde, die im 7. Jahrhundert nach Christus nach Indien auswanderten.

Carla sah aus dem Fenster. Sie näherten sich langsam der Wohnung der Samjis. Sie versuchte es noch einmal, stellte die Einheit diesmal jedoch auf vollen Enzyklopädie-Modus.

»Zoroastrer.«

Zoroastrer. Ein Anhänger einer monotheistischen Religion, die vor etwa drei- bis viertausend Jahren von dem persischen Philosophen Zarathustra begründet wurde. Traditionell war sowohl die Laienmitgliedschaft als auch die Priesterschaft erblich. Die Religion akzeptierte weder Außenseiter noch Kinder, deren Eltern nicht beide Gläubige waren. Im Jahre 2047 hatte diese Religion weniger als 20 000 Anhänger, die meisten davon in der indischen Stadt Bombay.

Der Text wurde vorübergehend ausgeblendet, da der Schirm die Graphik einer Flamme zeigte, die in einem silbernen Kelch brannte. Diese Graphik ging langsam in eine andere über: eine menschliche Gestalt mit ausgestreckten Flügeln, die die Enzyklopädie als *Farohar* oder Engel identifizierte.

Wegen der Zunahme von Mischehen mit Angehörigen an-

derer Glaubensrichtungen war man der Ansicht, daß der zoroastrische Glaube in einer oder zwei Generationen gänzlich aussterben würde. Doch im Jahre 2048 öffnete die Religion ihre Türen auch für Außenseiter, und die ersten Konvertierungen wurden registriert. Heute nimmt die Anzahl der Mitglieder langsam zu, doch es bleibt abzuwarten, ob dieser relativ obskure Glaube dieses Jahrhundert überleben wird.

Der zoroastrische Gott, Ahura Mazda, wird in einem Tempel verehrt, der eine ewige Flamme enthält ...

Carla schaltete die Enzyklopädie aus, als das Taxi vor einer Ziegelmauer hielt, in die ein massives, schmiedeeisernes Tor eingelassen war. Die Mauer umgab eine Reihe von ultramodernen Eigentumswohnungen – eher Reihenhäuser –, die wie terrassenförmige Pueblos aus Adobeziegeln gestaltet waren. Die bräunlichen Wohnungseinheiten sahen vor dem grauen Seattler Himmel seltsam fehl am Platz aus.

Eine Wache in einer ordentlichen beigen Uniform beugte sich vor und tippte an Carlas Fenster. Sie ließ die Scheibe herunter und gab der Frau ihren Presseausweis. »Ich habe einen Termin für ein Interview mit Mrs. Samji in Einheit Nummer fünf.«

Die Wache zog den Ausweis durch einen Handscanner und ging dann in ihr Häuschen. Sie würde Mrs. Samji anrufen, um sich den Termin bestätigen zu lassen. Carla wartete in der Hoffnung, daß Frances ihren Job erledigt hatte. Wenn alles gutging, würde der Anruf der Wache zur Telekomeinheit des Senders umgeleitet, wo ein gesampeltes Bild von Mrs. Samji – von einem soeben beantworteten Telekomanruf kopiert und hastig neu zusammengemischt – ihre Erlaubnis geben würde, Carla einzulassen. Es war ein klassischer Reportertrick, äußerst wirksam, wenngleich illegal. Und es klappte. Die Wache trat aus ihrem Häuschen, gab Carla ihren Presseausweis zurück und winkte das Taxi durch das Tor.

Als der Wagen vor der Wohneinheit der Samjis vorfuhr, legte Carla ihren KKRU-Spesenkredstab in den

Scanner ein und fügte ein Trinkgeld zur geforderten Summe hinzu. Nachdem das Geld abgebucht war, entriegelte der Fahrer die Türen. Carla bat ihn, auf den Besucherparkplatz zu fahren und dort auf sie zu warten. Wenn die Schläger von Mitsuhama auftauchten, wollte sie einen sicheren Zufluchtsort in der Nähe haben. Dann wurde ihr klar, daß das Interview mit Mrs. Samji einige Zeit dauern möchte. Doch angesichts der Überstunden, die Carla in diese Story investierte, konnte der Sender für ein laufendes Taxameter zahlen.

Carla stieg aus dem Taxi, glättete ihren Rock und erklomm die drei Stufen bis zur Vordertür. Über ein kleines Display in der Tür scrollte eine Begrüßung und Warnung zugleich: »Willkommen bei den Samjis. Diese Wohnung wird von einem Beobachtergeist geschützt.«

Trotz des schlichten Äußeren der Wohnung war die Tür durchaus solide. Sie bestand aus einem schweren, massiven Holz mit kunstvollen Schnitzereien. Carla hatte den Verdacht, daß es sich um magische Schutzvorrichtungen handelte, die unerwünschte astrale Eindringlinge abhalten konnten. Es gab kein Magnetschloß, sondern lediglich einen Daumenabdruck-Scanner mitten in der Tür. Als Sicherheitssystem war der Scanner leicht zu täuschen, aber den größten Teil des Schutzes leisteten ohnehin die hohen Mauern und das bewachte Tor des Komplexes. Für Besucher gab es ein Sprechgerät im Mauerwerk aus imitierten Adobeziegeln neben der Tür.

Als Carla auf den Knopf drückte, meldete sich eine Frauenstimme aus einem verborgenen Lautsprecher. »Wer ist da?« Der Bildschirm in der Sprechanlage blieb schwarz.

Die Antwort war so schnell gekommen, daß es sich nur um ein automatisches Antwortprogramm handeln konnte. Doch Carla aktivierte die Kamera in ihrem Cyberauge und vergewisserte sich, daß auch das Mikro arbeitete, falls Mrs. Samji den Bildschirm doch noch aktivierte. Sobald Carla sich als Reporterin ausgewiesen hatte, war alles, was sie aufzeichnete, legitimes Nachrichtenmaterial und konnte gesendet werden.

»Hier ist Carla Harris von KKRU Trideo News«, antwortete sie.

»Ich habe nicht den Wunsch, mit Reportern zu reden.« Diesmal klang die Stimme echt.

»Es dauert nur einen Augenblick, Mrs. Samji.«

»Ich habe bereits genug Fragen beantwortet«, fuhr die Stimme fort. »Natürlich habe ich die Leiche meines Mannes erkannt, obwohl sie stark verbrannt war. Ich mußte sie für die Polizei identifizieren. Es war ein furchtbares Erlebnis. Ich wünsche … Bitte lassen Sie mich in Ruhe. Ihr Reporter stellt so entsetzliche Fragen.« Die Frau hörte sich an, als sei sie den Tränen nahe.

Carla runzelte die Stirn. Hatte Mrs. Samji bereits mit anderen Reportern geredet? Soweit Carla wußte, hatte sich kein anderer Nachrichtensender die Mühe gemacht, die Sache weiterzuverfolgen. Sie betrachteten es als gewöhnlichen Kriminalfall in einer Stadt, in der Verbrecher ebenso oft Magie einsetzten wie Muskeln. Soweit es sie betraf, war Farazad Samji nur ein weiterer wohlhabender Konzernexec, der bei einem Raubüberfall am falschen Ende einer unüblichen Form von Feuerball gelandet war. Kaum eine Schlagzeile, wenn man die Anzahl der Toten pro Nacht bedachte. Doch vielleicht hatte jemand einen Saure-Gurken-Tag und beschlossen, eine Reaktion der betroffenen Familie einzuholen. Zu ihrem Pech waren sie Mrs. Samji auf die Nerven gegangen. Sie würde jetzt wahrscheinlich mit niemandem mehr reden wollen. Doch wenn Carla sie nur dazu bringen konnte, die Tür zu öffnen, konnte sie vielleicht die eine oder andere Frage stellen und ihre Reaktion filmen, bevor sie ihr die Tür vor der Nase zuschlug.

»Ich bin nicht gekommen, um gräßliche Fragen zu stellen, Mrs. Samji«, sagte Carla rasch. Nach einer Eingebung suchend, fiel ihr die Information aus der Enzyklopädie wieder ein. »Mein Fachgebiet ist Religion. Wie ich hörte, war Mr. Samji ein wichtiges Mitglied seines Tempels. Ich will ein Kurzporträt über ihn machen, einen ehrenden Nachruf. Ich bin der Ansicht, die Story könnte helfen, den Bekanntheitsgrad des zoroastrischen Glaubens zu erhöhen. Ich bin sicher, Ihr Mann hätte eine Zunahme der Mitgliederschaft im Tempel gern gesehen, und diese Story könnte vielleicht dazu ...«

Der Schirm der Sprechanlage erwachte flackernd zum Leben und rahmte Ravinder Samjis Kopf und Schultern ein. Carla richtete rasch ihr Cyberauge auf das Bild.

Mrs. Samji war eine kleine Frau mit langen schwarzen Haaren, die im Nacken zu einem Knoten zusammengebunden waren. Sie trug einen malvenfarbenen Overall, der aussah, als sei er aus Rohseide, und goldene Ohrringe, die auf ihrer dunklen Haut funkelten. Ihre Augen waren blutunterlaufen und geschwollen, als habe sie geweint. Darunter lagen dunkle Ringe, die sie nicht überschminkt hatte. Obwohl sie Carlas Blick begegnete, schien sie die Augen niederzuschlagen.

»Farazad hätte eine Story über den Tempel begrüßt«, sagte Mrs. Samji leise. Sie nagte mit weißen Zähnen an ihrer Unterlippe. »Ich muß nicht über den Tod meines Mannes reden?«

»Nicht, wenn Sie nicht wollen«, antwortete Carla. Sie hoffte, daß kein Lügendetektorzauber in die Sprechanlage integriert war. Im Hause eines Magiers war alles möglich.

Mrs. Samji warf einen Blick auf etwas außerhalb des Aufnahmebereichs der Kamera, zögerte und nickte dann. »Also gut.«

Schlösser klickten, und die Tür schwang auf.

Mrs. Samji stand in der Tür. Carla schaute nach unten, um zu sehen, was sie betrachtet hatte. Es war eine nebelhafte hundeähnliche Gestalt – irgendein magischer Geist. Als das Wesen hinter der Tür hervortrat, konnte Carla erkennen, daß es sich nur teilweise auf der physikalischen Ebene manifestiert hatte. Es hatte einen durchscheinenden, geisterhaften Körper von der Größe eines Terriers mit dem Kopf eines chinesischen Löwen.

»Das muß der Beobachter sein, vor dem Ihr Display warnt«, sagte Carla. »Ist es eine der magischen Schöpfungen Ihres Mannes?«

»Ein Beobachter?« Mrs. Samji trat unbehaglich von einem Fuß auf den anderen. »Ja, das nehme ich an. Aber es ist eines von Miyukis Geschöpfen, nicht von Farazad. Sie hat es mir gestern als ... Schutz für die Kinder und mich selbst dagelassen. Sie sagte, daß die Leute versuchen könnten, eine Frau auszunutzen, deren Mann gerade gestorben ist. Es ist viel mächtiger als unser normaler ...«

»Das war sehr nett von Miyuki«, sagte Carla lächelnd. »Sie muß eine gute Freundin sein.«

Ein merkwürdiger Ausdruck huschte über Mrs. Samjis Gesicht. »Ja. Eine gute Freundin. Meines Mannes.« Die Bemerkung schien ebenso an den löwenköpfigen Hund gerichtet zu sein wie an Carla.

Carla merkte sich das für später. Mrs. Samji mochte diese Miyuki ganz eindeutig nicht – wer immer sie auch sein mochte. Doch sie akzeptierte ein magisches Wesen von ihr, das sie nervös machte. Interessant.

»Darf ich hereinkommen?« fragte Carla. Sie stellte einen Fuß in die Tür, falls Mrs. Samji ihre Meinung änderte und versuchte, die Tür plötzlich zu schließen.

»Ich nehme an, daß das möglich ist«, antwortete Mrs. Samji mit einem Blick auf die Kreatur.

Der löwenköpfige Hund wich zurück, ließ Carla jedoch nicht aus den Augen. Sie glaubte zu sehen, wie winzige Nebeltröpfchen von seinen gebleckten Zähnen troffen, aber das mochte auch Einbildung sein. Trotz ihrer geringen Größe strahlte die Kreatur eine spürbare Aura der Bedrohung aus.

Mrs. Samji führte Carla in ein Wohnzimmer, das mit zwei Ledersofas und einer teuer aussehenden Trideo-Unterhaltungseinheit möbliert war, welche den größten

Teil einer Ecke einnahm. Kinderspielzeuge lagen sauber aufgereiht wie Soldaten bei einer Parade vor einer Wand. Der Teppich war, dem flauschigen Gefühl nach zu urteilen, aus echter Wolle. Der löwenköpfige Hund folgte ihnen ins Zimmer, wobei seine Füße blaßgraue Abdrücke auf dem weißen Teppich hinterließen. Als Mrs. Samji sich auf eines der Sofas setzte, hockte er sich neben ihre Beine. Sie warf einen unbehaglichen Blick auf ihn, bevor sie anfing zu reden. Carla glaubte zu sehen, wie die Kreatur den Kopf auf und ab bewegte, als nicke sie.

»Wo ist Ihre Kamera?« fragte Mrs. Samji.

Carla setzte sich auf das andere Sofa. »Ich brauche keine«, sagte sie. »Dies ist ein inoffizielles Interview – eher eine Art Vorgespräch.« Während sie redete, ließ sie ihr Cyberauge auf Mrs. Samjis Hände zoomen. Die Frau drehte die Ringe an ihren Fingern. Die Aufnahme konnte in Carlas Geschichte als Beleg für den Kummer einer Witwe hineingeschnitten werden. Als ihr auffiel, daß ihr eine Vase auf dem Tisch zwischen den beiden Sofas teilweise die Sicht versperrte, schob sie sie ein wenig zur Seite. Kaum hatte sie sich wieder zurückgelehnt, als Mrs. Samji sich vorbeugte, um die Vase wieder auf ihre ursprüngliche Position zu schieben. Es war eine unbewußte Handlung, die Angewohnheit von jemandem, dem es gefiel, wenn alles an seinem richtigen Platz war. Exakt an seinem richtigen Platz.

»Sie wollten etwas über die Arbeit meines Mannes im Tempel wissen?« fragte Mrs. Samji.

»Der Tempel, ja«, antwortete Carla. »Bitte erzählen Sie mir etwas über ihn.« Nun, da sie unter einem Vorwand in die Wohnung gelangt war, beschloß sie, Mrs. Samji reden zu lassen und abzuwarten, was dabei herauskam. Sie würde Fragen über Mitsuhama einflechten, wenn sich eine Gelegenheit ergab.

Als sie wegzoomte, um Mrs. Samji wieder vollständig ins Bild zu bekommen, während diese redete, entdeckte

Carla ein Holobild von Farazad auf dem Beistelltisch. Sie ließ den Blick langsam das Sofa entlangwandern, bis es in ihrem Blickfeld über Mrs. Samjis Schulter auftauchte. Das Holo des Magiers, der ein Baby auf dem Arm hielt – vermutlich eines seiner Kinder –, würde ein nettes Detail abgeben.

»Farazad hat sehr oft im *Mabad* – im Tempel – gesprochen«, begann Mrs. Samji. »Sein Vater war ein *Mubad* – ein Priester – und vor ihm sein Großvater. Mein Mann hätte diesen Titel ebenfalls beanspruchen können, aber statt dessen zog er es vor, Magie zu studieren. Er betrachtete seine Studien als religiöse Übung, als Methode, Gott näher zu kommen. Er sprach sehr oft davon im Tempel und ermutigte andere, der hermetischen Tradition zu folgen. Er sagte, Magie sei eine Manifestation des göttlichen Funkens, der in allen ...«

»Entschuldigen Sie, wenn ich Sie unterbreche, Mrs. Samji, aber ich will mich nur vergewissern, daß ich den Werdegang Ihres Mannes richtig verstanden habe«, fiel Carla ihr ins Wort. »Anstatt Priester zu werden, arbeitete Mr. Samji als Magier. Für welche Gesellschaft?«

»Mitsuhama Computer Technologies«, antwortete Mrs. Samji nach einem kurzen Blick auf die Kreatur zu ihren Füßen.

»Er war dort auch noch zur Zeit seines Todes angestellt?«

Mrs. Samjis Lippen wurden weiß, als sie sie aufeinanderpreßte. »Ja.«

»Und er arbeitete in der magischen Forschungs- und Entwicklungsabteilung?«

Diesmal dauerte die Pause länger. »Ja.«

»Welche Tätigkeit hat er für den Konzern ausgeübt?«

»Was spielt das für eine Rolle?« erwiderte Mrs. Samji. »Farazad hatte vor, sich von Mitsuhama beurlauben zu lassen und sich ganz dem Tempel zu widmen.«

»Aber wenn Sie mir noch etwas mehr über seine Arbeit bei Mitsu ...«

»Ich dachte, Sie wollten über den *Tempel* reden«, sagte Mrs. Samji stirnrunzelnd.

»Gewiß«, antwortete Carla glatt. »Das ist nur Hintergrundmaterial – die üblichen Fragen, die ein Reporter stellt, wenn er einen Nachruf verfaßt. Name, Beruf, Alter, Namen der noch lebenden Familienangehörigen, Anzahl der Arbeitsjahre für einen Konzern, die Art der Arbeit, die er geleistet hat, ob er an etwas besonders Wichtigem arbeitete, als er starb ...«

»Ich habe Sie für eine Religionsreporterin gehalten.« In Mrs. Samjis Stimme hatte sich ein Anflug von Feindseligkeit geschlichen.

»Das bin ich auch«, sagte Carla, indem sie einen raschen Rückzieher machte. »Ich halte die zoroastrische Religion für eine der interessantesten auf der ganzen Welt. Ich würde gern mehr über ihre Geschichte und ihren Begründer Zarathustra hören. Vielleicht könnten Sie beginnen, indem Sie mir mehr über ihn erzählen. Und über die Bedeutung der ewigen Flamme, die in Ihrem Tempel brennt.«

Sie schien Mrs. Samjis Argwohn zerstreut zu haben, wenigstens für den Moment. Die Frau nahm ein eingerahmtes Porträt Zarathustras vom Tisch neben sich und hielt es Carla hin, so daß sie es ansehen konnte. Es zeigte einen jungen Mann mit einem braunen Vollbart und fließendem Haar in einem weißen Gewand und mit einer ebensolchen Kopfbedeckung. Seine Augen blickten ernsthaft und waren nach oben gerichtet – zum Himmel, nahm Carla an. Mrs. Samji fing an, über das Leben des Propheten zu reden, und erklärte, wie er den Armen geholfen und die Tugenden der Moral und Gerechtigkeit gepredigt hatte. Carla wartete auf eine weitere Gelegenheit, nach Mitsuhama zu fragen. In der Zwischenzeit richtete sie ihr Cyberauge auf eine Stelle über der Schulter der Frau. Eine Tür in der Wand hinter ihr stand teilweise offen. Unter Benutzung ihrer Lichtverstärker und Bildvergrößerer konnte Carla erkennen, daß die Tür in ein Arbeitszimmer führte. Bei dem Schreibtisch in dem Zimmer schien es sich um einen typischen Arbeitsplatz zu handeln. Alles in dem Raum war sauber und ordentlich, von den zwei Paar Männerschuhen, die mit absoluter Präzision ausgerichtet an der Wand standen, bis zu der Reihe von Familienporträts in dem Regal über dem Schreibtisch. Die einzige Ausnahme in dieser starren Ordnung war der Arbeitsplatz selbst. Ein Verbindungskabel lag in einem unordentlichen Haufen auf dem Boden, und der Schreibtischstuhl war mit leeren Chipetuis belegt. Ein Cyberdeck lag verkehrt herum auf dem Tisch, die Schaltkreise entblößt. Es sah aus, als sei die Prozessoreinheit des Decks kürzlich entfernt worden.

Carla erhob sich und ging auf die offene Tür zu. »Ist das das Arbeitszimmer Ihres Mannes?« fragte sie. »Vielleicht sollten wir das Interview dort fortsetzen. Das würde mir ein Gefühl für seine ...«

»Nein!« Mrs. Samji sprang auf und hielt Carla am Arm fest. Mit verängstigter Miene riß sie Carla förmlich wieder zum Sofa zurück. »Sie können dort nicht hinein«, sagte sie. »Das Zimmer ist ein einziges Durcheinander. Ich hatte noch keine Zeit, es aufzuräumen, seit Miyuki ... seit Farazad gestorben ist. Er hat es in sehr unordentlichem Zustand zurückgelassen.«

Carla hielt inne. Die Erklärung ergab keinen Sinn. Mrs. Samji war eine Ordnungsfanatikerin, die sogar das Spielzeug ihrer Kinder aufreihte. Der Anblick des unordentlichen Arbeitszimmers hätte sie mittlerweile längst wahnsinnig gemacht. Es sei denn ...

Der löwenköpfige Hund richtete seine ungeteilte Aufmerksamkeit auf Carla. Er hatte seinen Platz an Mrs. Samjis Knöchel verlassen und versperrte Carla mehr oder weniger den Weg in das Arbeitszimmer. Plötzlich fiel es Carla wie Schuppen von den Augen. Der Schreibtisch war so unordentlich, weil Mitsuhama bereits hier gewesen war und alle verräterischen Spuren beseitigt hatte, die Farazad vielleicht zurückgelassen hatte. Sie mußten eine Art Ahnung gehabt haben, daß er bei seinem Tod bereit gewesen war, ihr Forschungsprojekt an die große Glocke zu hängen, und waren zu ihm nach Hause gegangen, um sich zu vergewissern, daß er keine Dateien in seinem Deck zurückgelassen hatte. Und für den Fall, daß Farazad beim Bettgeflüster mit seiner Frau Informationen über den neuen Zauber weitergegeben hatte, war das magische Wesen als Warnung zurückgelassen worden, um ihr Schweigen zu gewährleisten.

Kein Wunder, daß Mrs. Samji nicht reden wollte. Ein Wort über die Arbeit ihres Mannes, und sie war Hundefutter. Die Geisterkreatur mochte in der wirklichen Welt nur halb manifestiert sein, aber Carla war sicher, daß sie einen gefährlichen Biß hatte. Oder ihre Halter.

Mrs. Samji geleitete Carla jetzt zur Tür. Sie war eindeutig verängstigt und versuchte offenbar, das Interview zu beenden. Carla wollte sie wieder zum Reden bringen. Sie konzentrierte sich auf das Wiederholungs-Icon in ihrem Cyberauge und sah sich noch einmal die letzten zehn Sekunden der Aufnahme an. »Äh, Sie haben gerade von Zarathustra berichtet«, sagte sie. »Sie wollten mir vom Ursprung seines Namens erzählen ...«

Sie hatten die Tür erreicht. Carla warf einen raschen Blick zurück und sah, daß ihr der löwenköpfige Hund dicht auf den Fersen war. Nun, da er ihr näher war, konnte Carla die eisige Kälte spüren, die von ihm ausging.

»Das Wort ist persisch«, antwortete Mrs. Samji. »In der alten Sprache bedeutet es so viel wie ›das goldene Licht‹. Wir stellen uns Ahura Mazda als die Quelle allen Lichts und aller Liebe vor. Und so ging dieses Attribut auch auf seinen Prophet über. – Jetzt muß ich aber wirklich darauf bestehen, daß Sie gehen. Der Tod meines Mannes hat mich sehr mitgenommen. Wir werden diese Unterhaltung zu einem späteren Zeitpunkt fortsetzen.« Sie hielt ihr die Haustür auf und bedeutete Carla, daß sie gehen solle.

»Die Quelle allen Lichts«, sann Carla. »Wie interessant.« Sie wandte sich Mrs. Samji zu, um eine gute, deutliche Aufnahme von ihr zu bekommen. Der löwenköpfige Hund hockte hinter der Frau. Seine Mähne war zerzaust. Carla hatte keine Ahnung, wie die Kreatur auf die Frage reagieren würde, die sie stellen wollte, aber sie beschloß, es darauf ankommen zu lassen. Sie trat näher an Mrs. Samji heran und ging auf Nahaufnahme.

»Ist das der Grund, warum Ihr Mann die Zauberformel für die Beschwörung eines Geistes aus Licht publik machen wollte?« fragte sie plötzlich. »Hat er tatsächlich geglaubt, es gäbe Boten, die von Ahura Mazda, Ihrem Gott, gesandt werden? Hat Mitsuhama Ihren Mann aufgrund seiner Handlungsweise getötet, die ihm von seiner religiösen Überzeugung vorgeschrieben wurde?«

Mrs. Samji traten Tränen in die Augen. »Farazad hat sich geirrt«, schluchzte sie. »Wenn dieses Wesen ein Farohar gewesen wäre, hätte es niemals ...«

Der löwenköpfige Hund sprang. Er war erstaunlich schnell – schneller als Carla erwartete. Sie keuchte und wich einen Schritt zurück, während sie damit rechnete, seine kalten Fänge an ihrer Kehle zu spüren. Doch statt dessen sprang er gegen die Tür und schlug sie zu.

»Drek!« Carla hämmerte gegen die Tür. Sie hatte die Aufnahme beinahe im Kasten gehabt. Und was ging dort drinnen vor? Carla drückte den Knopf des Sprechgeräts an der Wand. »Mrs. Samji! Sind Sie noch da? Ist alles in Ordnung?«

»Bitte«, sagte Mrs. Samji durch den Lautsprecher. »Ich muß an das Wohlergehen meiner Kinder denken. Das Interview ist beendet. Wenn Sie nicht gehen, lasse ich Sie vom Sicherheitsdienst entfernen.«

Carla verspürte eine Woge der Erleichterung. Der Frau war nichts geschehen. Dann setzten sich ihre Reporterinstinkte durch. »Mrs. Samji! Können Sie eine Aussage zu diesem Fall machen? Können Sie bestätigen, daß der

Geist, der Ihren Mann getötet hat, im Zuge eines Mitsu-hama-Forschungsprojekts beschworen wurde?«

»Die Samji-Familie bedankt sich für Ihren Besuch«, er-widerte eine Automaten-Stimme. »Bedauerlicherweise empfangen wir im Augenblick keine Besucher. Bitte beehren Sie uns wieder.«

Die Wirkung der Pillen, die Carla zuvor genommen hatte, ließ langsam nach. Sie blinzelte und versuchte eine plötzliche Woge der Erschöpfung abzuwehren. Sie war so nahe daran gewesen, die Verbindung zwischen dem Zauber auf dem Speicherchip und Mitsuhama zu bewei-sen. Wenn doch nur dieser löwenköpfige Hund nicht ...

Dann kam ihr plötzlich ein Gedanke. Der hundeähnli-che Geist hatte sich sehr intelligent verhalten. Was, wenn er auf direktem, telepathischem Weg mit Mitsuhama in Verbindung stand? Der Konzern verfügte mit Sicherheit über die Mittel, um sofort jemanden hierher zu schicken, vielleicht sogar die Schläger, die letzte Nacht versucht hatten, Pita zu erschießen. Und wenn man das Wissen berücksichtigte, das Carla soeben über den Inhalt des Speicherchips zur Schau gestellt hatte, mochten sie durchaus bereit sein, Maßnahmen zu ergreifen, um sie ruhigzustellen. Maßnahmen wie diejenigen, die sie gegen den Piratenreporter ergriffen hatten. Maßnahmen, die die Story erledigen konnten – und Carla gleich mit.

Carla rannte zu ihrem Taxi. Die Story wurde langsam heiß. Es wurde Zeit, zum Sender und hinter seine netten kugel- und zaubersicheren Fensterscheiben zurückzu-kehren.

9

Pita wälzte sich im Schlaf herum. Sie wußte, daß sie träumte, war jedoch nicht in der Lage, die schreckenerregenden Bilder abzuschütteln. Sie wurde von Leuten verfolgt, deren tätowierte Haut aus dicken Schichten wasserlöslicher Farbe bestand. Die Leute folgten ihr durch den Regen, und ihre Haut lief an ihnen herunter, so daß das Skelett darunter sichtbar wurde. Das Klicken ihrer knochigen Füße kam näher, immer näher ...

»Hey, Mädchen, wach auf.«

Eine Hand schüttelte Pitas Schulter. Sie erwachte augenblicklich mit klopfendem Herzen.

Wayne aus der Schneideabteilung sah sie an. Er war ein rothaariger Mann Mitte Dreißig mit einem leichten Bauchansatz. Unter einen Arm hatte er sich ein Miniaturdeck geklemmt, auf dessen Schirm das Standbild eines Tanklastzugs zu sehen war, der gerade in Flammen aufging. Wayne lächelte und zeigte mit dem Daumen auf die Tür. »Da hat jemand nach dir gefragt, Mädchen.«

»Tatsächlich?« Pita war augenblicklich auf der Hut. »Wer?« Sie schwang die Beine über den Rand der Schaumstoffmatratze, die in einem Lagerraum in der Nähe der Nachrichtenzentrale auf dem Boden lag. Durch die halbgeöffnete Tür konnte Pita das Durcheinander von Stimmen und Geräuschen hören, die gerade im Studio abgemischt wurden.

»Irgendein Bursche mit idiotisch aussehenden Haaren. Er wollte der Empfangsdame seinen Namen nicht nennen. Er sagte nur, man solle dir sagen, daß er mit dir über ›Little Pork Dumpling‹ reden wolle.«

Pita sprang auf. »Yao ist hier?« Ihre aus Erfahrung gewonnene Skepsis rang mit Hoffnung und Erleichterung. »Aber ich dachte, er sei tot.«

»Kommt mir nicht so vor.« Wayne öffnete die Tür.

96

»Sieh selbst nach. Ich habe ein Bild des Burschen von der Überwachungskamera in der Lobby auf den Monitor gelegt. Vielleicht solltest du dir das Bild ansehen, nur für alle Fälle.«

Pita folgte Wayne ins Studio. Es war offen angelegt: winzige Schneideräume mit Glastüren an einer Wand, Arbeitsplätze in der Mitte des Raums und überall Tische mit Telekomausrüstung und Computerterminals. Eine ganze Wand war mit Hunderten von Bildschirmen besetzt. Auf jedem lief ein anderer Trideokanal. Auf mehreren Bildschirmen blinkte das Wort ›AUFZEICHNUNG‹.

»Welcher Monitor?« fragte Pita.

Wayne wollte gerade antworten, als es an seinem Handgelenk piepte. Er warf einen Blick auf die in seine Haut implantierte Uhr. »Oje. Noch dreißig Minuten bis zur Sendung. Ich mache mich besser wieder an die Arbeit, wenn ich das Interview noch fertigschneiden will, das Masaki mit dir geführt hat.« Er zeigte auf die linke Seite der Bildschirmwand. »Er ist auf dem Monitor dort drüben. Zwischen den Schirmen mit dem Satellitenempfang und den fremdsprachigen Sendern.«

Einer der Reporter rief durch den Raum. »Hey, Wayne! Bist du mit der Quetzalcoatl-Story fertig? Die Zeit wird knapp!«

»Ist fast erledigt!« rief Wayne und eilte davon.

Pita betrachtete die Bildschirme, aber ihre schiere Anzahl überwältigte sie. Sie sah keinen, der die Lobby zeigte. Aber spielte es wirklich eine Rolle? Nur Yao kannte den ›Little-Pork-Dumpling‹-Code. Er mußte es sein.

Pita eilte durch den Flur, der zur Lobby führte, blieb jedoch stehen, bevor sie die Tür öffnete, um sich zu vergewissern. Sie spähte durch das getönte Glas am Empfangspult vorbei. Ein Ork in ausgefranster Jeans und einer weiten Kunstlederjacke stand mit dem Rücken zur Eingangstür in der Lobby. Er hielt einen Arm gegen die Brust gepreßt und hatte die Schultern eingezogen, als habe er Schmerzen. Als er zu einem der Sessel ging und sich setzte, erkannte Pita ihn sofort an seinem schmalen Kinn und dem wachsamen Ausdruck seiner Augen. Es war Yao, kein Zweifel. Zum erstenmal seit Tagen lächelte sie.

Irgendwie war Yao den Konzernschlägern entkommen. Pita war neugierig, wie er es geschafft hatte, den Kugelhagel zu überstehen, der ihn niedergemäht hatte. Aber sie scheute sich auch, ihm gegenüberzutreten. Sie hatte ihn auf der Straße im Stich gelassen, nachdem er niedergeschossen worden war. Genau wie Chen. Es würde leichter sein, sich im Sender zu verstecken und Yao von der Empfangsdame fortschicken zu lassen. Aber er hatte versprochen, eine Story daraus zu machen, was Lone Star Chen und den anderen angetan hatte. Anders als Carla und Masaki würde er sein Wort halten. Schließlich war sein eigener Bruder dabei getötet worden. Pita sollte ihren Teil der Abmachung einhalten und das Interview beenden. Vorausgesetzt, Yao wollte das noch.

Sie öffnete die Tür und ging zum Empfangstisch. Yao sah auf und lächelte ihr zu. »Ich dachte mir, daß ich dich hier finden würde«, sagte er. »Alles in Ordnung mit dir?«

»Tut mir leid, daß ich weggerannt bin, Yao. Ich hielt dich für ...«

Er winkte ab. »Es war nichts, womit meine kugelsichere Weste nicht fertig geworden wäre. Ich habe nur ein paar Schrammen und Kratzer abbekommen, mehr nicht.«

»Aber ich sah Blut auf deiner ...«

»Eine Kugel hat mich am Arm erwischt.« Er bewegte ihn vorsichtig. »Wer war die Frau in dem Wagen?«

»Sie heißt Carla. Sie ist Reporterin.«

»Woher kennst du sie?«

Pita trat von einem Fuß auf den anderen. »Äh, ich hatte sie gebeten, eine Story darüber zu machen, wie die Cops Chen umgebracht haben.« Sie warf rasch einen

Blick auf Yao, um festzustellen, ob er wütend war. »Ich wäre zuerst zu dir gekommen, aber ich wußte nicht, wo du warst. Also bin ich statt dessen zu Carla gegangen. Aber sie war nicht interessiert. Sie schien sich einen Drek um Chen zu scheren.«

»Warum ist sie dann aufgekreuzt, als ich dich interviewt habe?«

Pita zuckte die Achseln. »Ich nehme an, sie hat ihre Meinung geändert. Sie sagt jetzt, daß sie die Story machen will.«

»Ich verstehe«, erwiderte Yao mit einem höhnischen Grinsen. »Also wolltest du meine Story der Konkurrenz anbieten.«

Pita sah auf. »Ich hielt dich für tot, Yao. Ich wußte nicht, was ich sonst ...«

»Vergiß es.« Er stand unbeholfen da, die Schultern immer noch gebeugt. »Also, bist du bereit, unser Interview zu beenden?«

Pita nagte an ihrer Unterlippe. »Ich finde, ich sollte den Sender nicht verlassen. Masaki glaubt, daß ich auf der Straße nicht sicher bin. Er sagt, die Burschen, die auf dich geschossen haben, gehören zur Yakuza.«

»Wir werden nicht auf der Straße drehen«, versicherte ihr Yao. »Ich habe ein Zimmer in einem Hotel ganz hier in der Nähe gemietet. Wir beenden das Interview dort. Ich bringe dich anschließend wieder hierher zurück, wenn du willst.« Er deutete auf die Tür, die zum Nachrichtenraum führte. »Hast du deine Sachen? Mußt du noch irgendwas holen, bevor wir gehen?«

»Ich habe nur das, was du vor dir siehst«, antwortete Pita. »Mit anderen Worten, nicht viel. Woher wußtest du, wo ich zu finden bin?«

»Ich hatte die Zulassungsnummer des Wagens, und ein Freund von mir ist in die Datenbank des Straßenverkehrsamts gedeckt, um den Besitzer zu ermitteln. Ich war ziemlich überrascht, als ich herausfand, daß der Wagen Jun gehört.«

»Wem?«

»Jun Masaki. Das ist der Reporter, der den Wagen gefahren hat. Ich habe ihm einmal bei einer Story geholfen, bevor ich bei *Orks First!* anfing. Aber wahrscheinlich würde er sich heute nicht mehr an mich erinnern.«

»Oh«, sagte Pita. »Hier nennt ihn jeder nur bei seinem Nachnamen.«

Yao öffnete die Tür. »Jedenfalls wußte ich, daß Masaki Reporter bei KKRU ist. Ich dachte mir, daß er mit dir vielleicht zum Sender zurückgefahren ist.« Er hielt Pita die Tür auf. »Und ich hatte recht.«

Pita zögerte. »Ich sollte ihm sagen, wohin ich gehe.«

»Warum?« fragte Yao. »Du bist gleich wieder zurück. Er wird deine Abwesenheit nicht mal bemerken.«

Pita seufzte. Yao hatte wahrscheinlich recht. Masaki hatte seit ihrer Rückkehr aus Aziz' Laden pausenlos gearbeitet, und der Schlafmangel hatte ihn reizbar gemacht. Er hatte ihr während des Interviews praktisch den Kopf abgerissen, sie angeschnauzt, weil sie nuschele und mit dem Drek in ihrer Jeanstasche spiele. Er hatte gesagt, das Klappern ruiniere den Ton und sie solle ihre Taschen leeren. Mürrischer alter Wichser.

»Okay«, sagte Pita zu Yao. »Wenn wir in einer halben Stunde zurück sind.« Sie wollte zu den Sechs-Uhr-Nachrichten wieder im Sender sein, um sich zu vergewissern, daß Masaki sein Versprechen gehalten und ihr Gesicht unkenntlich gemacht hatte, um ihre Identität zu verbergen. Diese Konzernschläger wußten mittlerweile, wie sie aussah. Aber es bestand zumindest die Möglichkeit, daß diese Wichser von Lone Star es noch nicht wußten.

Sie folgte Yao nach draußen. »Hey«, sagte sie, als ihr Blick auf sein Ohr fiel, »du hast deinen Scanner verloren.«

»Ja. Komm endlich.«

Er führte sie die Treppe hinunter, wobei er ihr schützend eine Hand um die Schulter legte. Während sie die

Stufen hinabgingen, störte sie irgend etwas, obwohl sie den Finger nicht darauflegen konnte.

Plötzlich traf sie die Erkenntnis. Sie hatte hochschauen müssen, um Yaos Ohr zu sehen. So groß war der Ork aber nicht. Und einiges von dem, was er gesagt hatte, war ziemlich merkwürdig. Chen hatte ihr einiges über seinen Bruder erzählt, aber nie erwähnt, daß Yao einmal als richtiger Reporter gearbeitet hatte. Er hatte nur Piratensendungen gemacht. Auch die Körpersprache stimmte nicht. Yao achtete immer ganz genau auf Türen. Er stellte sich nicht mit dem Rücken zu ihnen, wie er es in der Lobby getan hatte.

Pita warf einen nervösen Blick auf den Mann neben ihr.

Das war nicht Yao.

Sie wollte nicht herausfinden, wer er wirklich war. Sie duckte sich unter seinem Arm hinweg, wirbelte herum und rannte wieder die Treppe zum Haupteingang des KKRU-Gebäudes hinauf. Doch bevor sie zwei Stufen genommen hatte, bellte der Mann hinter ihr einen Satz in einer fremden, rhythmischen Sprache. Plötzlich verlor Pita den Boden unter den Füßen. Sie schlug wild mit Armen und Beinen um sich, um wieder Kontakt zum Boden herzustellen, aber die Treppe befand sich einen guten halben Meter unter ihren Füßen. Sie wandte den Kopf und sah, wie sich das Aussehen des Mannes, der sich als Yao ausgegeben hatte, von einem Augenblick zum anderen veränderte. Kleidung, Haare, Gesichtszüge – alles verschwamm und wechselte. Der Mann war plötzlich dünner, dunkler. Mit nicht geringem Schrecken erkannte Pita in ihm den Elf mit den Dreadlocks, der schon einmal einen Zauber gegen sie gewirkt hatte. Der Magier! Derjenige, der die Schläger zu ihr geführt hatte! Wie ein Trottel war sie ihm in die Falle gegangen, trotz der Warnung in ihrem Traum, trotz Waynes Ermahnung, sich den Besucher zuerst auf dem Monitor anzusehen – wo sich sein wahres Aussehen gezeigt hätte. Jetzt saß sie in der Falle, und er würde sie umbringen. Pita schrie auf, doch im gleichen Augenblick zuckte ein gelblicher Strahl von den Fingern des Elfs auf sie zu und hüllte sie ein. Pitas Augen schlossen sich, und sie fiel in die Dunkelheit.

Pita erwachte in einem Hotelzimmer. Sie lag auf der Seite in einem Bett, die Hände hinter dem Rücken gefesselt. Ihre Augen fühlten sich klebrig an, und ihre Atmung war trotz des wild hämmernden Herzschlags langsam und tief. Es fiel ihr schwer, sich zu konzentrieren. Es war, als erwache sie aus einem Traum, von dem man nicht wollte, daß er endete – nur daß dies ein Alptraum war. Mit jähem Schreck fiel ihr plötzlich auf, daß sie nackt war.

Die beiden Männer, die sie anstarrten, waren dieselben, die sie zuvor verfolgt hatten. Der untersetzte Mann saß auf einem Stuhl am Fußende des Bettes und hatte die Füße auf die Matratze gelegt. Er betrachtete sie mit einer Ausdruckslosigkeit, die Pita beängstigend fand. Er hatte die Arme vor der Brust verschränkt, und seine Hemdsärmel waren ein wenig hochgerutscht, so daß Pita die dunkelblauen Tätowierungen sehen konnte, die sich die Arme hinunterzogen und bis zu den Handgelenken reichten. *Yakuza*, dachte sie, und bei diesem Gedanken verlor sie alle Hoffnung.

Der schlanke Mann stand mit dem Rücken an den Tisch gelehnt und hatte die Hände darauf gestützt. Als er die Hand bewegte, klickten die Ringe an seinen Fingern gegen das Plastik. Die Spitze seines kleinen Fingers fehlte. Als Pita stöhnte, sagte er etwas auf japanisch zu dem anderen Mann, der eine Antwort grunzte. Dann beugte er sich zu Pita vor.

»Du hast etwas an dich genommen, das dir nicht gehört«, sagte er in perfektem, akzentfreiem Englisch. »Eine kleine bronzefarbene Scheibe, etwa so groß.« Er hielt Daumen und Zeigefinger etwa drei Zentimeter auseinander. »Einen Speicherchip. Wir wollen ihn zurück.«

»Ich weiß nicht, wovon Sie reden«, sagte Pita.

Die Ohrfeige überraschte sie vollkommen. Der Mann hatte sich so schnell wie eine zustoßende Schlange bewegt. Pitas Kopf prallte von der Wucht des Schlages gegen das Bettgestell, und ihr kamen die Tränen. Ihre Wange brannte.

Der Mann lehnte sich wieder gegen den Tisch. Er betrachtete Pitas nackten Körper von oben bis unten. Sie fühlte sich auf einmal schrecklich verletzlich.

»Wir können alles mit dir machen, was wir wollen«, sagte der schlanke Mann. »Absolut alles.« Er ließ die Worte einen Moment lang in der Luft hängen. »Und versuch gar nicht erst, um Hilfe zu rufen. Wir töten dich, wenn du das tust.«

Der massigere Mann bewegte sich auf seinem Stuhl. Pita sah ihn voller Furcht an und blinzelte ihre Tränen weg.

»Wir wissen, du Chip genommen«, sagte er mit leiser Stimme, der jedes Gefühl fehlte. »Chip nicht in Tasche von totem Mann. DocWagon ihn nicht genommen. Cops ihn nicht genommen. Magier spürt und sagt, du ihn genommen. Aber Chip nicht in deiner Kleidung. Du uns sagen, wo Chip ist.«

Pita nagte an ihrer Unterlippe, um nicht laut zu schluchzen. »Und wenn ich es Ihnen sage?« fragte sie. »Lassen Sie mich dann gehen?«

Die Lippen des schlanken Mannes verzogen sich zu einem Lächeln, das nicht bis zu seinen Augen vordrang. »Natürlich.«

Pita wußte, daß sie in der Falle saß. Es gab keinen Ausweg. Sie konnte sich bestenfalls noch ein wenig Zeit erkaufen. »Ich hielt den Chip für ein SimSinn-Spiel«, sagte sie. »Ich habe ihn in meinem Digideck ausprobiert, aber es war kein Spiel darauf. Da waren nur diese komischen Diagramme. Sie sahen aus wie etwas, das viel-

103

leicht ein Magier benutzen würde. Ich dachte, ich könnte ihn vielleicht für ein paar Nuyen verkaufen, also habe ich den Chip zu einem Laden am Denny Way gebracht. Der Inhaber hat mir zehn Nuyen dafür gegeben.«

Der massigere Mann nahm die Füße vom Bett und stand auf. »Wie heißt Mann?« fragte er.

Pita versuchte die Achseln zu zucken, so beiläufig wie möglich, aber ihre gebundenen Hände verhinderten jede Bewegung. »Ich weiß nur seinen Vornamen: Aziz.«

»Und wie heißt der Laden?« fragte der schlanke Mann.

»Secret irgendwas«, antwortete Pita.

Der schlanke Mann warf dem anderen einen Blick zu und sagte etwas auf japanisch. Dann ging er zur Tür.

»Warten Sie«, sagte Pita. »Ich habe meinen Teil der Abmachung eingehalten. Ich habe Ihnen gesagt, wo der Chip ist. Lassen Sie mich frei!«

»Erst wenn wir den Chip haben.«

»Aber Sie könnten mich wenigstens losbinden und mir meine Sachen geben, damit ich mich anziehen kann«, flehte sie. Sie warf einen vielsagenden Blick auf den massigeren Mann, der offenbar zurückbleiben wollte, um sie zu bewachen. »Auch wenn ich die Hände frei habe, komme ich nicht an ihm vorbei.«

»Du kannst dich anziehen«, sagte er nach einem Augenblick des Nachdenkens. »Ich bin sicher, daß Tomoyuki deinen Anblick leid ist. Aber danach wirst du wieder gefesselt. Und wenn ich herausfinde, daß du mich belogen hast, wirst du sterben. Eine zweite Chance wirst du nicht bekommen.«

10

Das Summen des Telekom-Weckrufs riß Carla aus dem Schlaf. Sie stöhnte und rieb sich die Augen, dann setzte sie sich auf und sah sich in ihrer Wohnung um. Sie hatte in ihren Kleidern geschlafen, nachdem sie die Schuhe ausgezogen und ihre Jacke ordentlich über eine Stuhllehne gehängt hatte. Sie hatte nur ein rasches Nickerchen machen wollen, den Wecker aber vorsorglich auf 18:00 Uhr gestellt, falls sie zu lange schlief. Jetzt lief gerade das Logo von KKRU Trideo News über den Bildschirm, da die Nachrichten begannen.

Die Kamera zoomte auf Rita Lambrecht und Tim Lang, die heutigen Berühmtheiten, die jetzt die Nachrichten sprachen. Carla zuckte zusammen. Rita war eine alberne Elfe, die auch noch lächelte, wenn sie die Todesstatistik der vergangenen Nacht rezitierte, und Tim war ein Zwerg und ein Catch-Champion, der wegen seines guten Aussehens und seiner tiefen Baritonstimme ausgewählt worden war. Es sah so aus, als würde Rita die Einleitung für die Topstory sprechen, Carla hoffte, daß sie ihren Text nicht vermasselte.

Überraschenderweise ging es in der Topstory nicht um den toten Magier, sondern um eine Rebellengruppe, die eine Ölraffinerie in Yucatan in die Luft gejagt hatte. Bei der Explosion waren 127 Techniker ums Leben gekommen. Ein Aztlan-Sprecher kündigte mit grimmiger Miene ›rasche und gründliche‹ Vergeltung für den Angriff an. Das Bildmaterial, das diese Nachricht begleitete, war grausig und sehr anschaulich, aber Carla glaubte dennoch nicht, daß die Story die drei Minuten verdient hatte, die KKRU ihr gegeben hatte.

Bislang wurde der tote Magier an keiner Stelle in den Nachrichten aus aller Welt erwähnt. Carla kochte nach den ersten sieben Minuten der Sendung vor Wut und erwog bereits, den Sender anzurufen. Doch dann kamen die Lokalnachrichten, und Tim ›Tiny Terror‹ Lang las die erste Nachricht vor.

»Bei dem Bürger Seattles, dessen Leiche vor zwei Tagen in einer Gasse gefunden wurde, scheint es sich nicht um das Opfer des Diebs zu handeln, der bereits der ›Magiemörder‹ getauft wurde. Er starb offenbar von der Hand einer neuen Art von magischem Geist, der sich immer noch in den Straßen unserer Stadt auf freiem Fuß bewegen könnte. Hier ist Jun Masaki mit dem Bericht einer Augenzeugin.«

Carla saß nervös auf der Kante ihres Sessels und wartete auf das Interview. Sie mußte das Ende eines Zehn-Sekunden-Werbespots zwischen der Einleitung und dem Interview abwarten. Ärgerlich, aber diese Werbespots waren es, die KKRU am Leben hielten. Indirekt bezahlten sie ihr Gehalt.

Das Interview begann mit einer Aufnahme, bei der ein gerahmtes Bild von Pita über das Material gelegt wurde, das Masaki in der Gasse aufgenommen hatte. Als das Orkmädchen auf den Boden zeigte und beschrieb, was es gesehen hatte, schien es direkt auf die Leiche und dann auf die spiegelartigen Fenster zu zeigen, von denen die Lichtstrahlen wie Querschläger abgeprallt waren. Während sie redete, schienen weiße Lichtstrahlen aus der Leiche zu schießen, wobei gleichzeitig die Worte GRAPHISCHE SIMULATION über den unteren Bildschirmrand liefen. Es war die übliche Schneidetechnik. Die gepunkteten Linien sahen zu wenig wie echte Lichtstrahlen aus, um Beschwerden wegen Nachrichtenverfälschung hervorzurufen, während der Rahmen um Pita den Zuschauern verriet, daß es sich bei ihr um eine eingespielte Aufnahme handelte. Die Szene endete damit, daß Pita beschrieb, wie der Sterbende einen Speicherchip hatte fallen lassen, den er in der Hand gehalten hatte, und daß sie ihn aufgehoben hatte. Komisch, daß sie ihn einen »persönlichen Chip« nannte. Das hätte Masaki ändern müssen.

Diese Bezeichnung mochte die Mitsuhama-Verbindung schwächen.

Außerdem vermerkte Carla gereizt, daß Masaki ein anonymes Gesicht benutzt hatte, um die Züge des Mädchens digital zu maskieren. Wenigstens hielt es sich beim Sprechen nicht schlecht, da es eine lebhafte Schilderung dessen ablieferte, was sie gesehen hatte.

Der Bildschirm teilte sich in zwei Fenster. Die linke Hälfte zeigte Aziz, der inmitten der Unordnung seines Ladens saß, während die rechte Mrs. Samji zeigte. Wayne hatte seinen Job tadellos erledigt. Die beiden schienen einander Bemerkungen an den Kopf zu werfen, was die langweilige Aufnahme beträchtlich aufpeppte.

Aziz: »Der Zauber auf diesem Chip ist der hermetischen Tradition unbekannt.«

Mrs. Samji: »Mein Mann ist ein Anhänger des zoroastrischen Glaubens.«

Aziz: »Es handelt sich um eine Formel zur Beschwörung eines Geistes.«

Mrs. Samji: »Farazad betrachtete Magie als religiöse Praxis. Er hat sie oft bei seinen Predigten eingesetzt.«

Aziz: »Die Formel scheint einen Geist zu beschwören, wie ich ihn nicht kenne.«

Mrs. Samji: »Wir als Anhänger der zoroastrischen Religion stellen uns Gott als Licht vor.«

Aziz: »Die Einzigartigkeit des Rituals scheint darauf hinzudeuten, daß sich der Geist als blendendes Licht manifestiert.«

Mrs. Samji: »Farazad hat sich geirrt ... dieses Wesen ... zu rufen.«

Carla hörte die leichten Schwankungen in der Tonhöhe heraus, die darauf hinwiesen, daß Wayne diese letzte Bemerkung gespleißt hatte. Doch sie waren äußerst subtil, und der durchschnittliche Zuschauer würde sie nie bemerken. Die Story würde jetzt jeden Augenblick auf den Punkt kommen und die Mitsuhama-Verbindung enthüllen. Sie beugte sich erwartungsvoll vor, als die rechte Schirmhälfte zu einem Interview mit dem Leichenbeschauer wechselte, der die Leiche untersucht hatte. Die Ärztin berichtete, daß der Magier an einer massiven Hitzeentwicklung im Innern seines Körpers gestorben war – »lebendig von innen geröstet«, wie sie es so beredt formulierte. Außerdem spekulierte sie darüber, daß die Verbrennungen möglicherweise magischer Natur seien, da es in der unmittelbaren Umgebung der Leiche keine Hinweise auf einen Brand gegeben habe.

Die Hälfte mit dem Bild der Ärztin löste sich flackernd auf, als verbrenne sie. Carla lächelte und hob den Daumen. »Netter Gag, Wayne«, sagte sie zu sich selbst.

Doch gleich darauf verging ihr das Lächeln. Es folgte ein letzter Ausschnitt des Interviews mit Aziz. Der Magier spekulierte darüber, daß Farazad möglicherweise einen mächtigen Geist beschworen hatte, der sich dann irgendwie seiner Kontrolle entzogen habe, um ein freier Geist zu werden – ein magischer Wanderer. Die Story wurde mit einem raschen Abstecher zu einem Meteorologen fortgesetzt, der bemerkte, daß in den vergangenen zwei Nächten Wetterleuchten über der Stadt beobachtet worden sei – ein seltenes Phänomen über Seattle. Dann erschienen Carla und Masaki für einen schnellen Abspann.

Und das war alles. Die Story endete mit einem Schnitt zurück ins Studio.

»Nun ja«, bemerkte Tiny Terror. »Ein gefährlicher neuer Geist, der in Seattle sein Unwesen treibt. Aber so schnell lassen wir uns nicht hinters Licht führen.«

Rita lachte schallend über seinen Witz. »Also, haltet heute nacht die Augen offen, Leute. Weitere Nachrichten ...«

»Was?« Carla sprang auf. »Das ist alles?« Sie nahm die Fernbedienung für das Telekom und drückte wütend auf die Speichertaste für die Nummer des Senders. Nach ein, zwei Sekunden erschien das Gesicht von Gil Greer auf dem Bildschirm, dem Produzent der Sechs-Uhr-Nachrichten. Er war ein Mensch, aber groß genug, um bei Dämmerlicht mit einem Troll verwechselt zu werden. Seine Schultern drohten den Stoff seines Anzugs zu sprengen, und normalerweise schlenderte er wie ein großer ungezähmter Bär aus dem Büro, der sich den Rücken am Türrahmen kratzte und die Reporter einschüchterte. Er bedachte Carla mit einem strengen Stirnrunzeln. Mehr als ein einziges Wort war nicht erforderlich, weil diese Leitung ausschließlich für KKRU-Reporter reserviert war. »Was?«

»Die Story über den toten Magier – Farazad Samji«, sagte Carla. »Wieso läuft sie bei den Lokalnachrichten?«

»Der Fall ist zwei Tage alt«, antwortete Greer. »Das einzig Aktuelle an der Geschichte ist der Aspekt mit dem freien Geist als Todesursache. Sie hatten Glück, daß Ihr Freund so gut aussieht und die Story zum Wetterbericht paßt, sonst hätten wir sie überhaupt nicht gesendet.«

Carla verkniff sich, darauf hinzuweisen, daß Aziz schon seit über drei Jahren nicht mehr ihr ›Freund‹ war. Statt dessen bewahrte sie sich ihre professionelle Kühle. »Aber was ist mit dem Mitsuhama-Aspekt? Schließlich handelt es sich hier um eine Story über einen Konzern, der mit gefährlicher neuer Magie herumpfuscht – nicht um verdammte unübliche Wettereffekte!«

»Was meinen Sie mit Mitsuhama-Aspekt?« knurrte Greer.

»Hat Masaki Ihnen das nicht erzählt?« fragte Carla wie vom Donner gerührt. »Der Chip aus der Tasche des toten Magiers. Der Zauber. Er ist ein Mitsuhama-Projekt.«

»Ich habe kein Material gesehen, das diese Verbindung zeigt.«

»Farazad Samji hat für Mitsuhamas Forschungsabteilung gearbeitet«, erklärte Carla. »Am Tag vor seinem Tod hat er sich mit Masaki in Verbindung gesetzt und ihm gesagt, er wolle ihm alle Informationen über ein streng geheimes Forschungsprojekt übergeben, an dem der Konzern gerade arbeite. In der Nacht, in der er starb, war er gerade auf dem Weg zu dem Treffen mit Masaki!«

»Ich nehme an, Masaki ist der Ansicht, daß seine eigene Aussage nicht reicht, um eine Verbindung herzustellen. Ohne Bestätigung von außen und hieb- und stichfeste Beweise haben wir keine Story.«

Carla war völlig überrascht. Sie konnte nicht glauben, daß Masaki so leicht aufgegeben hatte. Wahrscheinlich war er der Ansicht, eine Story über den Inhalt des Chips, in der Mitsuhama absichtlich *nicht* erwähnt wurde, sei für ihn ungefährlich. Er konnte sich in seiner gemütlichen kleinen Welt harmloser Features zusammenrollen, und der große böse Konzern und dessen Schläger würden von allein verschwinden. Das Traurige daran war, daß er sich wahrscheinlich irrte.

»Wir haben immer noch eine Story«, wandte Carla ein. »Sogar eine gute. Über einen Konzern, der mit gefährlicher neuer Magie experimentiert.«

»Nein, haben wir nicht«, konterte Greer. »Wenigstens so lange nicht, wie ich keinen Beweis sehe, der dieses verrückte Geisterding direkt mit Mitsuhama in Verbindung bringt.« Er klang gereizt. Offenbar war seine Geduld erschöpft. Dennoch gab Carla eine Story grundsätzlich nicht ohne Gegenwehr auf.

»Wir hätten den Bericht wenigstens so formulieren können, daß …«

»Man legt sich mit den großen Jungens nicht an, ohne einen Beweis in der Hand zu haben«, fiel Greer ihr ins Wort. »Man verzichtet sogar auf Anspielungen. Vor allem dann, wenn Mitsuhamas Rechtsabteilung ein größeres Budget hat als unser gesamter Nachrichtensender.«

»Geben Sie mir noch einen Tag«, flehte Carla. »Ich weiß, daß da noch etwas zu holen ist. Wenn ich mich um den Aspekt kümmere, der …«

Greers Aufmerksamkeit war auf etwas neben ihm gerichtet, und er hörte Carla nicht mehr richtig zu. »Wir sind auf Sendung«, erinnerte er sie. »Ich habe keine Zeit für eine ausgedehnte Debatte über die Vorzüge dieser angeblichen Story.«

»Noch ein Tag!« beharrte Carla.

»Also schön«, willigte Greer schließlich ein. »Aber wenn Sie dann nichts Neues in der Hand haben, ist die Story gestorben.«

11

Pita ging zaghaft um das Bett herum zu der Stelle, wo ihre Kleider in einem unordentlichen Haufen lagen. Der massige Yakuza-Mann stand an der Tür, die Arme vor der Brust verschränkt. Der Ausdruck in seinen Augen warnte sie davor, etwas zu versuchen. Pita hatte noch nie so einen leeren, gnadenlosen Gesichtsausdruck gesehen. Sie wußte ganz tief in ihrem Innern, daß dieser Mann sie töten konnte, wie er einen Moskito zerquetschte.

Sie drehte ihm den Rücken zu und zog ihre Unterwäsche und Jeans an, dann streifte sie sich das Hemd über den Kopf. Sie rümpfte die Nase, als ihr klar wurde, wie verdreckt ihre Kleidung war. Es war warm in dem Zimmer, aber sie zog ihre Jacke trotzdem an. Falls sie eine Chance zur Flucht bekam ...

Der Yakuza-Mann baute sich mit Polizeihandschellen aus Plastik vor ihr auf. Pita rieb sich ihre wundgescheuerten Handgelenke. Die Handschellen waren eng gewesen und hatten tief in ihr Fleisch geschnitten. Ihre Handgelenke wiesen kreisrunde, dunkelrote Striemen auf. Ihre Hände kribbelten immer noch.

»Bitte«, sagte sie. »Sie brauchen mich nicht zu fesseln. Ich versuche ganz bestimmt nichts. Ich verspreche es. Wenn Ihr Freund zurückkommt, werden Sie sehen, daß ich die Wahrheit gesagt habe. Sie brauchen mich nicht ...« Sie konnte es nicht über sich bringen, den Satz zu beenden: Sie brauchen mich nicht umzubringen.

Das Buch, das Pita aus Aziz' Laden gestohlen hatte, lag auf dem Boden. Sie bückte sich, um es aufzuheben. Der Yakuza-Mann hatte es offenbar durchsucht. Vielleicht hatte er geglaubt, der Chip sei darin verborgen. Der Buchrücken war verbogen, und der Einband hatte sich gelöst.

Der Yakuza-Mann schob sie aufs Bett und packte einen Arm mit seinen großen Händen. »Du still sein. Nicht reden.«

»Warten Sie!« sagte Pita. »Könnten Sie diesmal nicht meine Knöchel fesseln? Ihr Freund wird eine Weile unterwegs sein. Der Magie-Laden hat wahrscheinlich bereits geschlossen. Wenn meine Hände nicht gefesselt sind, kann ich mir die Bilder in diesem Buch ansehen, um mir die Zeit zu vertreiben. Auf die Art störe ich Sie nicht, indem ich rede oder irgendwas anderes tue. Ich werde still sein. Und da meine Beine gefesselt sind, kann ich auch nicht fliehen.«

Der Yakuza-Mann grunzte, dann packte er Pitas Knöchel und fesselte sie mit den Handschellen. Er setzte sich wieder auf den Stuhl am Fußende des Bettes. »Du dir Bilder ansehen«, sagte er, wobei er sie immer noch ungerührt beobachtete. »Still sein.«

Pita sah ihr schmutziges Gesicht in einem Spiegel hinter dem Yakuza-Mann und wischte unwillkürlich mit dem Handrücken über die schwarzen Flecken. Sie war schon oft verdreckt und verschwitzt gewesen, aber diesmal störte es sie irgendwie mehr als sonst. Doch dann wandte sie sich dem Buch zu und blätterte, bis sie das Bild von Bastet gefunden hatte, der Frau, deren Miene des Selbstvertrauens ihr so gefallen hatte. Auf der nächsten Seite war ein Bild derselben Frau in einer anderen Haltung. Diesmal hatte sie die Finger zu Klauen gekrümmt. Ihre Augen waren geschlossen, aber die Augen in dem Katzen-Kopfschmuck, den sie trug, starrten mit glühender Intensität. Pita überflog den Text auf der Seite daneben und fand das Wort, das ihr zuvor aufgefallen war: Gedankenkontrolle. Zaghaft berührte sie das Bild mit dem Finger, strich über die erhöhten Punkte der goldenen Augen in dem Katzen-Kopfschmuck und dann über die klauenähnlichen Hände der Frau. Ohne es bewußt zu wollen, imitierte Pita die Geste mit ihrer eigenen Hand.

Sie versuchte den Text zu lesen, aber der Yakuza-Mann, der nur ein paar Schritte entfernt saß, lenkte sie durch seine bedrohliche Gegenwart ab. Sie wagte es nicht, sich in dem Zimmer nach etwas umzusehen, das ihr bei einer Flucht helfen konnte. Seine Augen folgten jeder ihrer Bewegungen. Sogar, als er sich eine Zigarette anzündete, starrte er sie durch den sich kräuselnden blauen Rauch an. Unfähig, sich zu konzentrieren, schloß sie die Augen in dem Versuch, ihn aus ihren Gedanken zu verbannen.

Sie mißachtete das Geräusch seines quietschenden Stuhls und konzentrierte sich statt dessen auf das leise Summen des Heizlüfters in der Ecke. Er hatte ein Gebläse, dessen Geräusch fast wie Atmen klang. Es erinnerte Pita an das Schnurren einer Katze. Irgendwie war es beruhigend, und als Pita sich darauf konzentrierte, spürte sie, wie sich ihr eigener Atem verlangsamte und mit ihm synchronisierte.

Obwohl sie mit einigen Wörtern Schwierigkeiten hatte, gelang es Pita, einen Abschnitt des Textes zu lesen, in dem beschrieben wurde, wie Schamanen in alter Zeit ihre Mitmenschen beherrscht hatten, indem sie sich die Geduld und Entschlossenheit der Katze zu eigen machten. Jetzt berührte Pita wieder das Bild und spürte die leichte Erhebung des Golddrucks, den man für die Umrisse von Bastets Kopfschmuck verwendet hatte. Pita wünschte sich plötzlich, der Kopfschmuck wäre ein Computer-Icon gewesen, bei dessen Berührung die beruhigende Stimme der Frau ertönte.

Ohne Vorwarnung kam Pita plötzlich ein Gedanke. Sie sah eine Hauskatze vor sich, die unbedingt nach draußen wollte, es aber wegen einer geschlossenen Tür nicht konnte. Vor ihrem geistigen Auge sah Pita die Katze dasitzen und die Tür anstarren, vollkommen darauf konzentriert, als wolle sie den Besitzer der Wohnung zwingen, zu kommen und sie zu öffnen. Sie sah eine Hand nach dem Türknauf greifen. Das Schnurren des Heizlüfters wurde immer lauter, während die Hand sich um den Türknauf schloß, ihn drehte …

Das Bild löste sich auf, als Pita Schritte vor der Tür hörte. Sie öffnete die Augen. Kam der andere Yakuza-Mann zurück? Würden die beiden sie jetzt töten? Ihr Mund wurde trocken, und in ihrem Magen breitete sich ein Gefühl eisiger Kälte aus. Sollte sie zur Tür laufen – oder vielmehr hoppeln – und einen Fluchtversuch unternehmen? Sie warf einen verstohlenen Blick auf den Yakuza-Mann am Fußende des Bettes. Er richtete sich ein wenig auf, als rechne er mit einem Fluchtversuch. Pita kaute auf ihrer Unterlippe und wand sich innerlich vor Unentschlossenheit. Was sollte sie tun?

Die Schritte hallten weiter durch den Flur an der Tür ihres Hotelzimmers vorbei. Irgendwo draußen wurde eine Tür geöffnet und wieder geschlossen. Dann herrschte Stille.

Der Yakuza-Mann entspannte sich wieder.

Pita starrte auf die Tür des Hotelzimmers, auf die Tür, die in die Freiheit führte. Sie konzentrierte sich auf den Türknauf, stellte sich vor, wie er sich drehte, stellte sich vor, wie sie durch die Tür ging. So stark war ihre Einbildungskraft, daß sie jede Einzelheit deutlich vor Augen hatte. Sie krümmte die Hand zu einer Klaue und stellte sich vor, wie lange, scharfe Krallen in den Kopf des Yakuza-Mannes schlugen. Gefangen in ihrem Griff würde er aufstehen, den Türknauf drehen und die Tür weit öffnen. Pita würde zuerst durch die Tür und dann weiter den Flur entlang hoppeln. Anstatt sie zu verfolgen, würde der Yakuza-Mann leise die Tür schließen, sich wieder auf seinen Stuhl setzen und …

Der Yakuza-Mann stieß ein leises Stöhnen aus und schüttelte den Kopf, als habe er Kopfschmerzen. Die Hand, die seine Zigarette hielt, hing schlaff und vergessen herab. Die andere Hand hielt die Armlehne des Stuhls umklammert. Die Knöchel waren weiß. Seine ausdruckslose Miene war einem Stirnrunzeln gewichen, und er blinzelte mehrmals schnell hintereinander. Dann wurde sein Blick plötzlich völlig leer. Sein Mund öffnete sich ein wenig, und sein Kopf schwang zur Tür, die er mit starrem Blick betrachtete.

»Öffne sie«, flüsterte Pita. »Bitte. Öffne sie.«

Der Yakuza-Mann erhob sich ruckartig und ging mit schweren, hölzernen Schritten zur Tür. Er griff nach dem Türknauf, und seine Hand rutschte zweimal ab, bevor sie sich schließlich darum schloß. Dann drehte er ihn langsam. Er zog die Tür auf und hielt inne, als sie gegen seinen Fuß stieß.

Ein oder zwei Sekunden war Pita zu verblüfft, um zu reagieren. Dann wurde ihr klar, was sie getan hatte. Wie die Frau auf dem Bild hatte sie einen anderen Menschen kontrolliert, hatte ihm stumme Befehle übermittelt. Doch sie hatte jetzt keine Zeit, darüber zu staunen. Sie schwang sich vom Bett, schnappte sich das Buch und hoppelte so schnell sie konnte zur Tür, wo sie dem massigen Yakuza-Mann auswich, und dann weiter auf den Hotelflur. Mit mehreren wenig eleganten Hüpfern schaffte sie es bis zum Aufzug. Während sie auf den Rufknopf drückte, drehte sie sich ängstlich zu dem Raum um, den sie gerade verlassen hatte. Die Tür schloß sich gerade mit einem leisen Klicken.

»Und jetzt setz dich hin«, flüsterte Pita. Sie stellte sich vor, daß sie durch die Tür sehen konnte, wie der Yakuza-Mann sich setzte und über das jetzt leere Bett wachte. Sie stellte sich vor, daß sie immer noch darauf saß und sich stumm das Buch ansah.

Die Türen des Aufzugs öffneten sich mit einem Zischen. Pita, die sich dagegen gelehnt hatte, fiel kopfüber in die Kabine. Glücklicherweise war der Aufzug leer. Ein Blick auf die Zahlenreihe über der Tür verriet ihr, daß sie sich im fünften Stock befand. Als eine Automatenstimme nach der gewünschten Etage fragte, gab sie das Kellergeschoß an, in dem sich der Eingang zur Tiefgarage befand. Das gab ihr hoffentlich genug Zeit.

Sie zog den Jackenärmel herunter, um ihre Hand zu schützen, dann schlug sie mit der Faust gegen die Glasscheibe vor dem Knopf für den Nothalt. Sie hob eine Glasscherbe vom Boden auf und fing an, die Plastikfesseln an ihren Fußknöcheln durchzusägen. Das Plastik war so hart, daß nicht einmal ein Troll die Handschellen mit roher Kraft sprengen konnte. Aber wenn sie seitlich durchschnitten wurden ...

Im Erdgeschoß hielt der Fahrstuhl plötzlich an. Pita sägte hektisch mit ihrer Scherbe, als sich die Türen öffneten. Was ihr jetzt gerade noch fehlte, war eine Begegnung mit dem kleineren Yakuza-Mann, der vielleicht gerade in diesem Augenblick zurückkehrte. Der letzte Plastikstrang teilte sich. Pita rappelte sich auf, aber sie sah nur eine leere Lobby. Wer auch immer auf den Rufknopf gedrückt hatte, mußte den zweiten Aufzug genommen haben, dessen Türen sich gerade mit einem leisen *ping* schlossen.

Vor Erleichterung laut lachend, lief Pita zu einem Seitenausgang. Sie war frei! Sie stürmte durch die Tür und weiter in den vertrauten Schutz dunkler Straßen.

12

Carla steckte ihren Magschlüssel ins Schloß und wartete darauf, daß die Stimmerkennung um eine Stimmenprobe bat. Eine Reihe roter Lämpchen blinkte auf der Tastatur an der Wand auf, aber das System war unglaublich träge. Fünf volle Sekunden waren verstrichen, und sie war immer noch nicht aufgefordert worden, sich zu identifizieren.

Carla wartete und tippte gereizt mit der Fußspitze auf den Boden. Sie war müde und wollte ganz einfach nur in ihre Wohnung. Sie würde sich einen doppelten Martini mixen, sich in die Badewanne setzen und die Massagedüsen einschalten und versuchen, den Frust des Tages zu vergessen.

Sie hatte sich den ganzen Morgen und den ganzen Nachmittag die Hacken abgelaufen, um mit der Mitsuhama-Story voranzukommen. Doch alle Versuche, ein Interview mit Vizepräsident John Chang zu bekommen, waren gescheitert. Der Direktor des Hermetischen Versuchslabors von Mitsuhama, Seattle, hatte sich ebenso geweigert, sich mit ihr zu treffen, wie der Projektleiter des Labors. Keiner der Angestellten, denen sie auf den Pelz gerückt war, hatte sich geäußert, und niemand wollte ihr die Namen der Magier nennen, die im Labor arbeiteten. Schließlich war es Carla gelungen, die Leiterin von Mitsuhamas PR-Abteilung zu interviewen, aber die Frau war unerfreulich unkooperativ gewesen. Nein, Mitsuhama sei nicht bereit, Einzelheiten über die gegenwärtig im Forschungslabor laufenden Projekte zu enthüllen – jedenfalls nicht, bevor nicht hieb- und stichfeste Patente und Urheberrechte an den Zauberformeln angemeldet seien. Und nach ihrem ›besten Wissen und Gewissen‹ experimentiere Mitsuhama gegenwärtig nicht mit Zaubern, die Ähnlichkeiten mit dem von Carla beschriebenen hätten.

Ja, klar.

Carla nahm ihren Magschlüssel aus der Handtasche und steckte ihn noch einmal ins Schloß. Endlich reagierte das System. »Bitte geben Sie eine Stimmenprobe ab.«

»Ich bin müde, ich bin hungrig, und mir tun die Füße weh«, sagte Carla. »Und jetzt laß mich in meine Wohnung, du dämliche Maschine.«

Die Lämpchen auf der Tastatur wechselten auf grün. »Stimmenprobe akzeptiert. Alarmsystem ist ... aus.«

Carla öffnete die Tür. Sie trat ein, schälte sich aus ihrer Jacke und schaltete das Licht und die Klimaanlage ein. Dann hielt sie plötzlich inne. Irgend etwas stimmte nicht. Die Kissen auf ihrem Sofa lagen auf dem Boden, und die Türen des Schranks danebenstanden offen. Ein Ende des Teppichs im Wohnzimmer war umgeklappt, und es sah so aus, als sei eine Schublade aus dem Telekomschrank herausgezogen und auf dem Boden ausgeleert worden.

»Verdammt«, flüsterte Carla. Sie schloß leise die Wohnungstür hinter sich und zog eine Narcoject-Pistole aus ihrer Handtasche. Die Waffe war so klein, daß sie in jede Tasche paßte, und sie konnte überallhin mitgenommen werden, weil ihre Plastikteile keinen Sicherheitsalarm auslösten. Carla hob die Waffe und entsicherte sie. Wenn der Einbrecher noch in ihrer Wohnung war ...

Abgesehen vom Ticken der Küchenuhr und dem leisen Summen der Telekomeinheit im Wohnzimmer war nichts zu hören. Der Bildschirm des Geräts war an und fütterte die Lautsprecher mit Niederfrequenztönen, welche an die tonalen Harmonien gregorianischer Gesänge erinnerten.

Leise glitt Carla um die Ecke, die Pistole im Anschlag. Das Wohnzimmer war leer. Küche, Badezimmer und Schlafzimmer ebenfalls. Die Einbrecher mußten geflohen sein, aber um ganz sicherzugehen, sah Carla noch in den Schränken und unter dem Bett nach. Nichts.

Sie senkte ihre Pistole und begann mit einer Inventur. Offensichtlich hatten sie ihre persönlichen Elektronikspielzeuge gefunden, sie aber auf dem Boden liegen lassen. Das war sonderbar, weil der Laptop und die digitale Kamera einen Haufen Geld wert und leicht zu verhökern waren. Eigentlich hätten die Einbrecher diese Gegenstände zuallererst mitnehmen müssen.

Die Einbrecher hatten auch ihren Schmuck nicht angerührt, obwohl sie den Inhalt der Wäscheschublade, in der er versteckt war, über das ganze Bett verstreut hatten. Außerdem hatten sie den Krug mit den Münzen in eine Ecke ausgeleert, doch keine einzige angerührt. Die Einbrecher hatten sich auch in den Küchenschränken umgesehen – und im Kühlschrank, bemerkte Carla, als sie sich etwas zu trinken holte. Sie war dankbar, daß sie ihre Lebensmittel nicht auf den Fußboden geworfen hatten.

Sie mixte sich einen Gin-Tonic und setzte sich an den Küchentisch, wo sie ihre verstreuten Besitztümer begutachtete. Lone Star zu verständigen, war sinnlos. Die Cops würden sich lediglich kurz umsehen, sich ein paar Notizen machen und dann wieder gehen. Einbrüche waren so alltäglich, daß die Polizei manchmal erst nach ein, zwei Tagen reagierte. In aller Regel waren die Opfer bis dahin völlig frustriert und hatten das Durcheinander bereits aufgeräumt.

Je länger Carla darüber nachdachte, desto weniger überzeugt war sie, daß Raub das Motiv für diesen Einbruch war. Die Einbrecher hatten so gut wie jeden Wertgegenstand in ihrer Wohnung übersehen. Ja, gewiß, sie hatten alle ihre SimSinn-Spiele und auch ein paar von ihren Computerchips mitgenommen – Dinge also, auf die normalerweise Jugendliche scharf waren. Aber hier waren keine Jugendlichen am Werk gewesen, sondern Profis. Sie waren an ihrem Stimmenerkennungssystem vorbeigekommen – und es war ein gutes System, das sich auch von einer digitalen Aufnahme nicht leicht täuschen ließ – und auch am Bewegungsmelder und der Sensoreinheit im Flur. Um so weit zu kommen und nicht

120

entdeckt zu werden, mußten die Einbrecher gut sein. Und motiviert.

Plötzlich wurde Carla klar, worauf sie es abgesehen haben mußten. Wäre sie nicht so müde gewesen, wäre sie gleich darauf gekommen. Während sie bei Mitsuhama alle möglichen Klinken geputzt hatte, war der Konzern zu ihr gekommen. Sie eilte in ihr Schlafzimmer und hob die Jacke vom Boden auf, die sie gestern getragen hatte. Sie schob eine Hand in die Tasche. Leer. Die Einbrecher hatten nicht bekommen, wonach sie ursprünglich gesucht hatten, aber sie hatten das Zweitbeste mitgenommen: Der Chip, auf den Carla den Zauber kopiert hatte, war verschwunden.

Das spielte keine große Rolle. Aziz hatte immer noch das Original, und sie konnte es sich von ihm jederzeit zurückholen. Und die Cops hatten eine Kopie. Sie hatten eine verlangt, kaum daß die Story gesendet worden war. In der Zwischenzeit glaubten die Einbrecher wahrscheinlich, sie hätten das Original bekommen. Ein Speicherchip sah aus wie der andere, und derjenige, den Carla für die Kopie benutzt hatte, war genauso bronzefarben wie das Original. Da er die Zauberformel enthielt, nach der die Einbrecher gesucht hatten, würden sie wahrscheinlich nicht zurückkommen. Sie hatten alle anderen Speicherchips ebenfalls mitgenommen, obwohl sie sie nur ins Telekom hätten einlegen müssen, um festzustellen, was sich darauf befand. Aber wahrscheinlich hatten sie es dafür zu eilig gehabt.

Es war ärgerlich, die anderen Chips zu verlieren. Die SimSinn-Spiele waren teuer gewesen, und das Heimtrideo, das sie von ihrer Nichte aufgenommen hatte, war unersetzlich. Was den Rest der Chips betraf, so waren alle leer, außer ...

»Ach, Drek«, stöhnte Carla und schloß die Augen. »Nicht mein persönliches Zeug.«

Aber sie hatten es gefunden. Die Schublade, in der Carla ihre ›privaten‹ Aufzeichnungen versteckte, war ausgeleert worden. Die Chips, die sie hinter ihren ordentlich gefalteten Pullovern versteckt hatte, waren verschwunden.

Sie setzte sich aufs Bett und starrte an die Decke – auf die Stelle, wo dekorative Würfel aus getöntem Glas die Linse einer Holokamera verbargen. Die Kamera wurde automatisch aktiviert, wenn jemand ins Schlafzimmer kam. Carla benutzte sie, um ihre romantischen Erlebnisse aufzuzeichnen, und spielte sie dann später ab, um die besten Augenblicke noch einmal zu genießen. Sie war nicht sicher, ob es der Reporter in ihr war, der sie zwang, ihre Affären aufzuzeichnen, oder ob es sich um irgendeinen verdrehten sexuellen Tick handelte. Aber das spielte jetzt auch keine Rolle mehr. Zweifellos amüsierte sich jemand im Moment gerade auf ihre Kosten und geilte sich an ihren Privattrideos auf. Oder vielleicht waren die Chips auch schon zu einem Pornoladen unterwegs. Oder vielleicht zu einem konkurrierenden Sender, der sie in den Abendnachrichten zeigen würde.

Carla stöhnte und vergrub das Gesicht in den Händen. Wie hatte sie nur so dumm sein können? Sie hätte diese Chips schon vor langer Zeit löschen oder die Holokamera ausschalten sollen, bevor die Einbrecher …

Die Einbrecher! Die Kamera mußte sie aufgezeichnet haben! Carla zog einen Stuhl zu der Stelle unter der verborgenen Kamera und kletterte hinauf. Dann reckte sie sich zur Decke und schwang die falsche Vorderseite des Glaswürfels beiseite. Sie schaltete die Kamera aus und entnahm ihr den Speicherchip. Im Wohnzimmer legte sie den Chip in ihr Schneidegerät ein und drückte auf die Abspieltaste. Sie mußte ein wenig suchen. Die erste Aufnahme, die sie sich ansah, zeigte sie selbst, wie sie auf dem Bett saß und in die Kamera starrte, während es sich bei der nächsten um einen romantischen Abend von vor drei Wochen handelte. Doch schließlich fand sie die richtige Aufnahme. Sie beugte sich gespannt vor, als der erste Einbrecher das Schlafzimmer betrat.

Die Kamera zeichnete von oben auf, und folglich sah sie Kopf und Schultern des Mannes aus der Vogelperspektive. Doch unter Benutzung des in die Holoeinheit eingebauten Logik-Rotationssystems konnte Carla den Rest ausfüllen, indem sie alle Bilder, welche die Kamera von dem Einbrecher aufgenommen hatte, während dieser im Schlafzimmer beschäftigt war, zu einem detaillierten Ganzen zusammensetzte.

Er war ein Mensch – ein Amerindianer – und vielleicht Mitte Zwanzig. Seine Haare waren stoppelkurz geschnitten, und auf dem rechten Handrücken trug er die Tätowierung eines schwarzen Vogels. Seine linke Hand war glänzender Chrom. Er trug Jeans, eine braune Lederjacke mit fransenbesetzten Ärmeln und schwere schwarze Stiefel. Er hielt nur kurz inne, um sich in dem Raum umzusehen, dann ging er zur Kommode und begann methodisch, die Schubladen herauszuziehen und auszuleeren.

Nach ein oder zwei Minuten rief eine Stimme aus einem anderen Zimmer. Carla hielt die Aufzeichnung an, spulte ein paar Sekunden zurück und verstärkte dann den Ton.

»Irgendwas gefunden, Raven?«

Der Einbrecher mit dem Bürstenschnitt durchwühlte die Kleidung auf dem Boden und suchte Carlas versteckte Speicherchips zusammen. »Ja«, antwortete er. »Aber es ist mehr als einer da. Weißt du, welche Farbe er hat?«

»In den Nachrichten hat er bronzefarben ausgesehen«, sagte die andere Stimme. »Aber nimm alles mit, was du findest. Vielleicht waren sie ganz raffiniert und haben einen anderen Chip für die Story genommen.«

»Glaubst du wirklich, die Sache ist es wert, Kent?« rief Raven zurück. »Die Reporter haben vielleicht gelogen, was den Inhalt des Chips angeht. Vielleicht finden wir hier gar nichts, was für Ren ...«

»Sei nicht so ein verdammter Pessimist«, sagte die

Stimme außerhalb des Bildes. »Natürlich ist der Zauber wertvoll. Und selbst wenn nicht, was kümmert es dich? Ich bezahle dich doch gut genug, oder nicht?« Die Stimme wurde lauter, als die dazugehörige Gestalt ins Blickfeld der Kamera trat. Wiederum setzte Carla verschiedene Bilder zu einem Ganzen zusammen.

Der zweite Mann war ein blaßhäutiger Elf mit lichter werdendem blonden Haar, das zu einem Pferdeschwanz zusammengebunden war. Er sah wie Ende Dreißig aus und trug eine weite Hose, ein weißes Hemd und einen schwarzen Regenumhang. Ein Glasfaserkabel mit Universalanschluß hing aus einer Tasche, und über die Hände hatte er OP-Handschuhe gestreift – wahrscheinlich um keine Fingerabdrücke zu hinterlassen.

Er bückte sich, um einen Speicherchip aufzuheben, der unter die Kommode gefallen war. Carla, die den Schirm beobachtete, zuckte zusammen, als er ihn in eine Tasche steckte. Sie hoffte, daß es sich nicht um die Aufzeichnung von dem Typen handelte, der gewollt hatte, daß …

Raven redete wieder. »Also, nur um das klarzustellen. Der Magier hat dich angeworben, um ihn zu extrahieren, damit seine Bosse seine Familie nicht geeken würden, wenn er alles über ihr streng geheimes Forschungsprojekt ausplaudert. Er wollte die Trideofritzen darum bitten, das Interview wie eine Aufzeichnung aussehen zu lassen, die sie von seinen Entführern bekommen hatten, richtig? Warum ist er dann aber tot?«

Der Elf lehnte sich gegen den Türrahmen. Seinen wachsamen Augen entging nichts in dem Zimmer. »Bist du sicher, daß du das Sicherheitssystem ausgeschaltet hast?« fragte er.

Carla hielt den Atem an. Sie konnte nur hoffen, daß sie nicht aufhörten zu reden.

Der erste Mann sah mit blasierter Miene auf. »Ich bin sicher. Hast du mich nicht genau dafür angeworben, Chummer? Dafür – und um auf dem Boden herumzu-

124

kriechen und nach Chips zu suchen, damit du dir deine
hübschen Klamotten nicht schmutzig machst?«

Der Elf lächelte dünn. »Du willst wissen, warum er gegeekt wurde? Benutz deinen Verstand. Es ist ganz einfach. Offensichtlich ist Mitsuhama dahintergekommen,
was ihr Goldjunge vorhatte, und dann haben sie schlicht
und einfach beschlossen, ihn zum Schweigen zu bringen.
Aber dabei haben sie den Geist aus der Flasche gelassen.
Jetzt kennt jeder das Geheimnis – obwohl niemand weiß,
wessen Geheimnis es ist. Es war schlampig von ihnen,
den Speicherchip in seiner Tasche zu übersehen.«

»Tststs«, machte Raven, der halb in Carlas Wand-
schrank verschwunden war. »Die dämlichen Wichser«,
sagte er mit einem höhnischen Unterton. »Regel Nummer eins: Sieh immer in den Taschen nach.« Er kam aus
dem Schrank heraus, eine von Carlas Hosen in der
Hand, und durchsuchte deren Taschen. Er warf dem Elf
die Hose spielerisch zu und durchwühlte dann die anderen Kleidungsstücke.

»Also bist du für den Hit nicht verantwortlich?« fragte
Raven. »Ich dachte, du hättest gesagt, du hättest Mister
Magier verkauft.«

»Nicht an Mitsuhama. Und jetzt wird mein Auftragge-
ber langsam nervös. Er will für seinen Vorschuß Resul-
tate sehen.«

»Und du bist sicher, daß der Bursche, der in der Gasse
gegeekt worden ist, dein Magier war? Vielleicht hat er
herausgefunden, daß du ihn hintergehen wolltest, und
ein paar andere Runner angeworben, die seinen Tod vor-
getäuscht haben.«

»Ich bin sicher, daß er es war«, antwortete der Elf.
»Seine Frau hat es bestätigt, als ich sie am nächsten Morgen anrief.«

»Einfach so?«

Der Elf kicherte. »Ich habe mich als Reporter ausgegeben.«

Carla nickte bei sich. Kein Wunder, daß Mrs. Samji

sich von ›schrecklichen Fragen‹ belästigt gefühlt hatte. Diese beiden sahen aus, als seien sie alles mögliche, nur nicht subtil.

Auf dem Schirm nickte der Elf wie zur Bestätigung dessen, was er gerade sagte. »Wenn wir den Chip finden, können wir immer noch ganz anständig an der Geschichte verdienen. Meinem Johnson würde der Chip wahrscheinlich noch besser gefallen als ein möglicherweise unkooperativer Magier. Bei einem Speicherchip dauert es nicht so lange, bis er seine Geheimnisse preisgibt.«

Der erste Mann schloß die Tür des Wandschranks. »Das war's. Ich habe alles in diesem Zimmer durchsucht.«

Der Elf sah auf die Uhr. »Wir sind seit zwanzig Minuten hier«, sagte er. »Wir verschwinden besser, wenn wir unseren zweiten Besuch auch noch machen wollen.« Er verließ das Schlafzimmer.

»Gehen wir noch zu dem Laden?« fragte Raven, der ihm folgte.

»Dafür ist es zu spät«, antwortete der Elf. »Letzte Nacht ist er …«

Die Aufzeichnung endete abrupt, als der Amerindianer das Schlafzimmer verließ. Der Bildschirm flackerte, und dann zeigte er, wie Carla mit ihrer Narcoject in der Hand den Raum betrat.

Sie spulte die Aufzeichnung ein paar Sekunden zurück. Die Uhr in einer Bildschirmecke zeigte auf die Sekunde genau an, wann die Aufzeichnung gemacht worden war. Sie endete um genau 14:16 Uhr – also vor über fünf Stunden. Die beiden Einbrecher konnten mittlerweile überall sein.

Carla fuhr zusammen, als ihr Mobiltelekom klingelte. Sie zog es aus der Tasche, schaltete es ein und sah Masakis Gesicht auf dem winzigen Schirm. Er sah verstört und nervös aus. Ein dünnes Rinnsal Schweiß lief ihm die Schläfe hinab. Er wischte den Schweiß ab, und dann ergoß sich ein hektischer Schwall von Worten aus seinem Mund, während Carla die kleine Kamera ihres Mobiltelekoms einschaltete.

»Gott sei Dank, daß du wohlauf bist, Carla«, keuchte er.

»Was ist los, Masaki?«

»Während wir heute gearbeitet haben, ist jemand in meine Wohnung eingebrochen und hat dort alles auf den Kopf gestellt. Sobald ich das Chaos sah, schlug ich die Tür zu und rief die Cops. Ich ließ sie zuerst reingehen. Ich gehe kein Risiko ein, nachdem die Yaku…« Er sah sich wachsam um, als rechne er damit, daß ihn jeden Augenblick die Yakuza aus irgendeiner Ecke ansprang, dann befeuchtete er seine Lippen. »… nach unserer Begegnung mit diesen Schlägern vorgestern nacht. Sie müssen den Chip gesucht haben. Du gehst besser nicht in deine Wohnung. Wenn sie dich dort allein antreffen …«

»Ich sitze gerade allein in meiner Wohnung, Masaki«, sagte Carla. Sie lächelte über seinen entsetzten Gesichtsausdruck. »Und vielen Dank für die Warnung, aber sie kommt zu spät. Meine Wohnung ist ebenfalls auf den Kopf gestellt worden. Und wahrscheinlich von denselben Leuten.«

»Hast du die Cops geholt?« fragte Masaki.

»Ach, komm schon, Masaki. Du weißt doch, wie sinnlos das ist.«

»Wahrscheinlich hast du recht«, stimmte Masaki ihr zu. Dann warf er ihr einen anklagenden Blick zu. »Sagtest du nicht, diese Schläger würden uns in Ruhe lassen, wenn wir die Story erst einmal gesendet haben?«

»Das waren andere Leute«, sagte Carla. »Es waren Shadowrunner.«

»Was?«

»Shadowrunner«, wiederholte Carla. »Sie haben unsere Story im Trid gesehen und wollten sich den Chip holen, um die Zauberformel zu verkaufen. Ursprünglich sind sie angeworben worden, um eine Entführung Fara-

127

zads vorzutäuschen. Er sagte ihnen, er brauche einen Vorwand für einen nicht genehmigten Urlaub, aber die Extrahierung war darauf angelegt, Mitsuhama davon abzuhalten, sich an ihm zu rächen, wenn er mit ihrem Forschungsprojekt an die Öffentlichkeit ging. Farazad wollte am Morgen nach seinem Interview mit dir verschwinden. Aber es hat den Anschein, als seien die Runner, die er angeworben hatte, gierig geworden. Sie hatten jedenfalls vor, ihn an den Meistbietenden zu verkaufen.«

Masaki sah Carla ungläubig an. »Woher weißt du das alles?«

Carla hätte Masaki beinahe von der Aufzeichnung ihrer versteckten Kamera erzählt. Doch dann hielt sie inne. Masaki liebte Tratsch. Wenn Carla ihm erzählte, daß sie eine Kamera im Schlafzimmer hatte, hatte die Geschichte im ganzen Sender die Runde gemacht, bevor Carla ihren Morgenkaf getrunken hatte. Und sie war auch nicht sicher, ob sie auf einer unverschlüsselten Leitung sagen wollte, daß sie einwandfreie Bilder von den beiden professionellen Shadowrunnern hatte. Mit dem richtigen Scanner konnte jeder ein Gespräch über ein Mobiltelekom abhören.

»Ich habe meine Quellen«, sagte Carla, indem sie ihm ein Auge zukniff.

»Du sagtest, sie wollten Farazad verkaufen. An wen?«

Carla ließ sich noch einmal das Gespräch durch den Kopf gehen, das ihre Kamera aufgezeichnet hatte. Was hatte der Shadowrunner namens Raven noch gleich gesagt? Er hatte einen Namen nennen wollen – einen Namen, der mit ›Ren‹ begann. Zuerst hatte Carla angenommen, es müsse sich um den Namen eines Mannes handeln. Renny. Oder vielleicht Reynolds. Aber jetzt fiel es ihr wie Schuppen von den Augen. ›Ren‹ war kein *Wer*, sondern ein *Was*. Ein Konzern.

»Renraku«, flüsterte sie.

Masaki hörte das Flüstern. »Renraku Computer Systems? Das paßt. Renraku ist Mitsuhamas Hauptkonkurrent. Natürlich will man dort wissen, was Mitsuhama vorhat.«

»Und jetzt wissen sie es«, antwortete Carla. »Die Runner haben gefunden, was sie gesucht haben.«

Masaki runzelte die Stirn, dann erkannte er, was ihre Bemerkung bedeutete. »Du meinst, sie haben deine Kopie von dem Zaub ...«

»Masaki!« sagte Carla abrupt. »Ich halte es für besser, wenn wir dieses Gespräch morgen im Sender fortsetzen.«

Masakis Augen weiteten sich. »Oh. Richtig.« Er versuchte sich gefaßt zu geben. »Tja, dann gute Nacht. Wir sehen uns morgen.«

Der Schirm von Carlas Mobiltelekom wurde schwarz.

13

Pita saß in einer Ecke der Seattler Bibliothek, zwischen zwei Stapel archaischer Bücher aus dem zwanzigsten Jahrhundert gequetscht. Sie war hierher gelaufen, nachdem sie den Yakuza-Männern im Hotel entkommen war, und hatte sich seitdem nicht vom Fleck gerührt. Die Bibliothek bot alles, was jemand von der Straße brauchte – Wärme, Schutz vor dem Regen, Waschräume, in denen man sich säubern konnte, kostenlose Unterhaltung, und in der Cafeteria gab es jede Menge Verkaufsautomaten mit Schokoriegeln, Soykaf und Nutrisoy-Snacks. Das beste daran war, daß die Bibliothek vierundzwanzig Stunden am Tag geöffnet war. Das einzige Problem war, daß man den Wachmännern aus dem Weg gehen mußte, die jeden hinauswarfen, den sie schlafend vorfanden.

Das Geheimnis bestand darin, von einem Bereich des Gebäudes zum nächsten zu ziehen. Zuerst tat man so, als sehe man sich im Lesesaal einen Chip an einem der Lesegeräte an und sei dabei eingeschlafen, weil er langweilig war. Dann machte man ein Nickerchen in einer der Ansichtskabinen im ersten Stock. Dann ging es weiter in die Kinderbücherei, wo beständig animierte Holos liefen. Die Lautstärke war ein wenig übertrieben, aber die gepolsterten Bänke waren weich. Dann hinüber in die Nachschlageabteilung, wo man ein altes Stück Datenkabel benutzen konnte, um es so aussehen zu lassen, als sei man in eines der Bücherei-Decks eingestöpselt. Wenn man im Sitzen schlafen konnte, war es leicht, so auszusehen, als hätte man nur die Augen geschlossen, um alle nicht-kybernetischen Reize auszuschließen.

Aber der beste Schlafplatz war die winzige, überfüllte Abteilung, die altmodische Bücher enthielt. Die Gänge waren schmal und staubig, und man konnte kaum jemandem die beschwerliche Aufgabe zumuten, Seiten umzublättern und jede manuell durchzusehen. Die Datenanzeigeeinheiten mit ihren Schlüsselwort-Suchroutinen, animierten Holographiken und automatischen Kopiersystemen waren wesentlich beliebter.

Indem sie von einem Bereich der Bibliothek zum nächsten zog, war es Pita gelungen, ein wenig zu schlafen. Als der Morgen graute und ihr Magen zu knurren anfing, ging sie zu einem der Automaten und zog sich einen Schokoriegel und einen Kaf, dann kehrte sie in die Buch-Sektion zurück. Sie nahm das Taschenbuch, das sie Aziz gestohlen hatte, aus der Tasche und blätterte es durch. Die bunten Bilder sprachen sie auf unbestimmte Weise an, und sie konnte nicht aufhören, sie zu betrachten. Sie erregten in ihr eine Neugier, wie es die optischen Hilfen in der Schule nie geschafft hatten. Von dem Verlangen getrieben, mehr über diese faszinierenden Bilder zu erfahren, zwang sie sich, den Begleittext zu lesen.

Das meiste war ziemlich kompliziert und schwer zu verstehen. Doch es gelang Pita, einige der grundlegenden Prinzipien zu durchschauen. Das Buch besagte, daß es sogenannte Totems gab, in erster Linie Tiere, die aber nicht einfach dieses Tier waren, sondern der Archetypus dieses Tiers, seine Essenz, sein Geist, was immer das bedeuten mochte. Wie zum Beispiel das Totem *Katze*.

Jeder Schamane folgte einem Totem, aber es war das Totem, welches den Schamanen wählte, nicht umgekehrt. Es ging nicht darum, daß einem jemand eine magische Ausbildung gab oder man ein ›Medizinzelt‹ anlegte – was immer das auch war. Man konnte diesen ganzen Quatsch tun und wurde deshalb noch lange kein Schamane. Das wurde man erst, wenn man von *Katze* gerufen wurde.

Darüber mußte Pita lächeln. Es klang ziemlich albern. Sie stellte sich eine Katze vor, die sie rief, so wie ihre alten Nachbarn immer ihre Katze zum Essen gerufen hatten. Anstatt »Kätzchen, komm! Lecker! Hol dir dein

Essen!« würde sie rufen, »Hallo, Pita! Komm und hol dir deine Magie!«

Als sie des Lesens müde war, legte Pita das Buch beiseite, zog die Knie an und legte den Kopf darauf, um nachzudenken. In den letzten Tagen hatte sie einen Haufen merkwürdigen Drek erlebt. Zuallererst war da der Traum, der sie im Studio vor der Maske gewarnt hatte, die der Elfenmagier anlegen würde, um sie aus dem Sender zu locken. Dem hätte sie mehr Beachtung schenken müssen. Und dann war da diese seltsame Trance, in die Pita den Yakuza-Mann im Hotelzimmer versetzt hatte. Bedeutete das, daß sie irgendein magisches Talent besaß? Sie hoffte es. Weil das außerdem bedeuten würde, daß sie nicht einfach irgendein Gossenpunk war – irgendein häßliches Orkmädchen, das zu nichts nütze war. Sie war magisch. Sie war etwas Besonderes.

Pitas Gesicht verzog sich zu einem breiten Grinsen, als sie an die Möglichkeiten dachte. Wenn sie zum Beispiel ein paar Mitschüler von früher traf, die sie immer ›Porky‹ genannt hatten. Denen würde sie es zeigen.

Sie hörte Schritte und sah auf. Ein Wachmann – derselbe, der sie zuvor schon aus einer anderen Ecke der Bibliothek aufgescheucht hatte – umrundete eines der Regale. Als er sie sah, blieb er stehen und zeigte mit dem Finger auf sie.

»Also schön, Mädchen, das ist deine letzte Chance«, sagte er. »Das hier ist eine Bibliothek, kein Hotel für Abfall von der Straße. Du bist seit Stunden hier, und jetzt wird es Zeit für dich zu verschwinden. Schaff deinen traurigen Arsch hier raus.«

Pita schenkte ihm ein selbstzufriedenes Lächeln. Sie starrte den Mann an, und dann stellte sie sich vor, wie er sich umdrehte und wegging. Sie krümmte die Hand zu einer Klaue. »Geh«, flüsterte sie. »Laß mich in Ruhe.«

Nichts geschah. Pitas Herz klopfte plötzlich schneller. Die Kraft, von der sie zuvor erfüllt gewesen war, hatte sie jetzt verlassen. Sie war wieder allein. Nur ein machtloses Mädchen, das jetzt wieder auf die Straße geworfen wurde, wo die Yakuza sie finden konnte.

Sie sah sich hektisch nach einer Fluchtmöglichkeit um. Aber sie konnte sich nicht richtig konzentrieren. Irgend etwas stimmte mit ihren Augen nicht. Die Regale ringsumher schimmerten irgendwie nebelhaft, und die Bücher darauf waren durchsichtig. Der Wachmann war von einem komischen Leuchten umgeben, ein häßlicher rötlich-violetter und grüner Klecks, in dem sie instinktiv seine Wut erkannte.

Pita stellte sich plötzlich vor, daß ihre Augen klein und rund geworden waren und geschlitzte Pupillen wie die einer Katze hatten. Die Ohren hatte sie vor Angst flach angelegt. Drehte sie durch? War dies ein Flashback von den Sorgenfreis? Oder erlebte sie gerade, wie sich eine neue Art von magischer Macht manifestierte? Wenn ja, nützte sie ihr nichts. Ihr war so schwindlig, daß sie sich nicht traute, sich zu bewegen.

Der Wachmann packte Pita am Kragen und riß sie auf die Beine. Und auf einmal sah alles wieder normal aus.

»Ich sagte, beweg dich!«

»Aber mein Buch ...« Pita wandte den Kopf, um nachzusehen, wo es geblieben war. Das Buch war auf den Boden gefallen.

»Willst du dir ein Buch ausleihen, Mädchen? Hast du einen Büchereiausweis?«

»Ich brauche keinen«, protestierte Pita. »Das Buch gehört mir. Ich habe es mitgebracht.«

»Klar, Mädchen.« Er hob das Buch auf und machte Anstalten, es in ein Regal zu stellen.

Pita hielt seinen Arm fest. »Es gehört mir«, beharrte sie, indem sie ihm das Buch aus der Hand riß. Sie schlug den Deckel auf. »Sehen Sie. Kein Bücherei-Code.«

»Das reicht jetzt.« Der Wachmann wurde richtig wütend. »Raus!« Er packte Pita am Kragen und schleifte sie durch die Bibliothek zur Tür. Sie drehte und wand sich, sie protestierte, aber der Wachmann nahm ihre Beschwerden ebensowenig zur Kenntnis wie zuvor ihre stummen geistigen Befehle. Sie wurde durch die Drehtür auf den Gehsteig befördert.

Pita stand vor der Bibliothek und zitterte in der kalten Nachtluft. Sie schob das Buch in eine Tasche, dann schlug sie mit der Faust gegen eine Stange, die eine Markise hielt. Sie wurde mit einem Guß Regenwasser belohnt, der ihre Haare durchnäßte. Auf der anderen Seite der Drehtür im Innern des Gebäudes beobachtete sie der Wachmann, um sich zu vergewissern, daß sie tatsächlich ging. Pita versuchte in seine Gedanken einzudringen, um ihn dazu zu bewegen, sich abzuwenden, aber obwohl sie sich so stark konzentrierte, daß ihr Kopf schmerzte, geschah nichts. Ihre magischen Talente schienen sich nur dann bemerkbar zu machen, wenn ihnen danach war. Sie konnte sie nicht willentlich beeinflussen. Und damit waren sie völlig nutzlos. Es sei denn …

Pita zeigte dem Wachmann den Finger, dann wandte sie sich ab und ging die Straße entlang. Wenn sie zu Aziz' Laden zurückkehrte, machte der Magier sie vielleicht mit einem Schamanen bekannt, der ihr helfen konnte. Zuallermindest brauchte sie jemanden, der ihr erklärte, was gerade mit ihr geschehen war, und der ihr versicherte, daß sie nicht verrückt wurde. Aziz würde wahrscheinlich ziemlich sauer auf sie sein, weil sie der Yakuza erzählt hatte, daß er den Mitsuhama-Chip besaß. Aber wenn sie ihm sagte, daß man sie gezwungen hatte, es ihnen zu sagen, daß man sie andernfalls umgebracht hätte, würde er das wahrscheinlich verstehen. Schließlich war sie nur ein Mädchen. Kein mächtiger Magier wie er. Und wie sie den gerissenen Burschen kannte, hatte er wahrscheinlich mittlerweile längst ein Dutzend Kopien von dem Chip angelegt. Er würde den Yaks das Original gegeben, sie mit einem Zauber verwirrt und dann weggeschickt haben.

Einstweilen machte Pita sich keine Gedanken, wie sie

Aziz dazu bringen sollte, ihr zu helfen. Vielleicht mußte sie sich für ihn auf den Rücken legen oder ihm sonst einen Gefallen erweisen. Aber so oder so war sie entschlossen, die Neugier zu befriedigen, die ihre seltsamen Erlebnisse in ihr geweckt hatten.

Pita stand im Regen und fühlte sich schuldig. Auf der anderen Straßenseite, wo Aziz' Laden gestanden hatte, befand sich nur noch eine leere, geschwärzte Ruine. Die Läden rechts und links daneben waren unversehrt, aber das Gebäude dazwischen war nur noch eine Betonhülle, die mit durchweichten Stapeln verkohlter Bücher und herabgefallenen Deckenplatten gefüllt war. Regen lief über die Glasscherben, die noch vom Schaufenster übriggeblieben waren, und verschmierte den Ruß über die verschnörkelte Goldschrift. Der Gestank nach verbranntem Holz, nassem Papier und geschmolzenem Plastik hing wie eine Wolke in der Luft.

Die Leute, die auf dem Gehsteig an der Ladenruine vorbeigingen, schienen die Katastrophe überhaupt nicht zur Kenntnis zu nehmen. Sie hasteten wegen des Regens mit gesenkten Köpfen und hochgeschlagenem Kragen vorbei. Der ausgebrannte Laden war leer, ohne Leben. Pita fragte sich, ob Aziz darin gestorben war, und ob das Inferno von dem neuen Geist ausgelöst worden war, dem es vielleicht irgendwie gelungen war, durch eine Lücke in den magischen Schutzvorrichtungen einzudringen. Aber vielleicht war er auch gewarnt worden und hatte den Laden noch rechtzeitig verlassen.

Ein weißer Fleck inmitten der verkohlten Überreste erregte Pitas Aufmerksamkeit. Etwas bewegte sich dort zwischen den ruinierten Büchern. Pita zog sich in den Schatten eines Hauseingangs zurück und hoffte, daß es sich nicht um irgendeinen Geist handelte, der von dem Yakuza-Magier zurückgelassen worden war, um nach ihr Ausschau zu halten. Doch dann sprang der weiße Fleck durch die Schaufensteröffnung, und Pita sah, worum es sich handelte. Sie stieß einen Seufzer der Erleichterung aus, als sie die weiße Katze erkannte.

Die Katze war sicher hungrig und suchte ihren Herrn und Meister. Pita griff in die Tasche und fand den Nutrisoy-Riegel, den sie aus dem Verkaufsautomat in der Cafeteria der Bibliothek gestohlen hatte. Angeblich roch und schmeckte er nach geräuchertem Schinken. Sie wußte nicht, ob die künstlichen Aromastoffe eine Katze täuschen konnten, aber es war einen Versuch wert.

Pita wartete auf eine Lücke im Verkehr, dann lief sie über die Straße. Sie hockte sich neben das Fenster, wickelte den Riegel aus seiner Schutzfolie und hielt ihn der Katze hin. Das Tier näherte sich vorsichtig und mit zitternden Schnurrhaaren, um den Riegel zu beschnüffeln. Dann leckte sie mit ihrer rosa Zunge über die salzige Oberfläche. Pita brach eine Ecke des Riegels ab und ließ sie auf den Boden fallen. Die Katze fraß die Ecke auf und sah sie dann flehentlich mit einem gelben und einem blauen Auge an und miaute.

Pita gab der Katze noch mehr von dem Riegel, dann kraulte sie sie hinter den Ohren, während sie fraß. »Das war's, Kätzchen«, sagte sie. »Du kannst dir nicht erlauben, pingelig zu sein, wenn du auf der Straße lebst. Du ißt, was du kriegen kannst, und schläfst, wo sich eine Gelegenheit ergibt. Ich hoffe, du hast ein trockenes Plätzchen, wo du dich heute nacht zusammenrollen kannst.«

Die Katze drehte sich um und trottete den Gehsteig entlang. Neugierig, wohin die Katze gehen mochte, folgte Pita ihr um die Ecke. Das Tier spazierte noch einen halben Block weiter und bog dann in eine Gasse ein. Zuerst konnte Pita nicht sehen, wohin sie gegangen war, doch dann erspähte sie den Schwanz der Katze, der gerade durch ein Loch in einer Fensterscheibe verschwand.

Das Fenster befand sich dicht über dem Boden und führte in den Keller eines Kaufhauses. Das Glas war zerbrochen, und der Maschendraht, der das Loch bedeckte, war an einer Seite locker. Es würde ganz leicht sein, den

Draht abzureißen, hineinzugreifen und den Riegel zu öffnen.

Pita kniete sich neben das Fenster und lugte in den dunklen Raum und auf ein Durcheinander uralten Schrotts. Schaufensterpuppen lagen auf Styroporkisten, in einer Ecke waren große Preisschilder gestapelt, und mitten auf dem Boden lag ein altes zerbrochenes Waschbecken. Alles war von einer dicken Lage Staub bedeckt. Pita konnte die Pfotenabdrücke der Katze auf mehreren Kisten sehen. Es war offensichtlich, daß der Raum schon seit Jahren von niemandem mehr betreten worden war.

Pita spähte in die Gasse, um sich zu vergewissern, daß niemand vorbeikam. Dann löste sie den Maschendraht von dem Fenster. Es quietschte ein wenig, aber kurz darauf konnte sie hineingreifen. Sie drehte den verrosteten Riegel, und das Fenster ging auf. Mit den Füßen voran glitt sie hinein. Dann schloß sie das Fenster und griff durch die Glasscherben, um den Maschendraht wieder zurückzuziehen.

In dem Raum war es ziemlich dunkel. Durch die schmutzige Scheibe des zerbrochenen Kellerfensters fiel nur wenig Licht. Über ihr war alles ruhig. Das Kaufhaus hatte bereits geschlossen.

Davon überzeugt, daß niemand sie stören würde, legte Pita sich hinter ein paar Kisten neben einen Heizungsschacht. Die Katze sprang neben ihr auf den Boden und rieb den Kopf an ihrer Hand. Pita streichelte sie und gähnte dann. Sie hatte in der Nacht zuvor nicht gut geschlafen. Die Wachmänner in der Bibliothek hatten sie davon abgehalten, mehr als nur ein paarmal kurz einzunicken. Hier war es viel besser. Warm und trocken, ein wenig staubig zwar, aber ein guter Platz, um sich hinzulegen. Hier konnte sie eine Weile unterkriechen, um sich vor der Yakuza zu verstecken. Sie drückte die Katze an ihre Brust und stellte sich dabei vor, es sei Chen. So sicher hatte sie sich schon seit ...

Sie erwachte aus einem erholsamen Schlaf, als über ihr

Fußbodendielen knarrten. Sonnenlicht fiel durch das zerbrochene Fenster, und Leute liefen in dem Kaufhaus
über ihr herum. Irgendwo gurgelte Wasser in Leitungen.

Pita setzte sich auf und streckte sich. Sie war hungrig,
immer noch müde und mußte auf die Toilette. Sie stand
auf, klopfte sich penibel den Staub von der Jeans und
ging zur Tür. Sie öffnete sie einen Spalt und lugte hinaus.
Wie der Raum, in dem sie geschlafen hatte, war auch der
Flur mit Schrott vollgestellt. Pita bahnte sich einen Weg
durch Kisten und uralte Verkaufsdisplays, wobei sie alle
Türen probierte, auf die sie unterwegs stieß. Die meisten
waren verschlossen, darunter auch die am Ende einer
kurzen Treppe. Sie legte ein Ohr an die Tür und lauschte,
hörte jedoch nichts. Sie kam zu dem Schluß, daß die Tür
in den Laden führen mußte. Der Staub auf dem Treppenabsatz deutete darauf hin, daß die Tür seit Monaten
nicht mehr geöffnet worden war.

Pita ging zurück und fand eine unverschlossene Tür.
Sie griff hinein und tastete nach einem Lichtschalter. Das
Licht ging noch, und sie sah, daß es sich um einen
Waschraum mit Toilette handelte. Die Armaturen waren
alt und fleckig, aber als sie die Wasserhähne ausprobierte, stellte sie fest, daß sie in Ordnung waren. Sie
schloß sie rasch wieder. Das fließende Wasser verursachte ein hohles, ächzendes Geräusch in den Leitungen.

Pita lächelte angesichts ihrer Entdeckung. Wenn sie
den Waschraum benutzen wollte, mußte sie nur warten,
bis ein Kaufhausbesucher den Waschraum in dem Laden
über ihr aufsuchte. Das Wasser, welches dann durch die
Leitungen rauschte, würde jedes Geräusch übertönen,
das sie verursachte.

In der Zwischenzeit konnte sie hier bleiben. Einen halben Block weiter gab es ein Growlie Gourmet und ein
Stuffer Shack. Es sollte ihr gelingen, ein paar Snacks aus
dem Stuffer Shack zu stehlen, und wenn sie den Müllcontainer hinter dem Restaurant zur rechten Zeit aufsuchte, würde sie die Küchenabfälle retten können,

bevor sie verdarben. Sie fragte sich, wie spät es war, und versuchte sich zu erinnern, wann sie zuletzt eine anständige Mahlzeit zu sich genommen hatte. Sie war entsetzlich hungrig. Und obwohl sie ausgiebig geschlafen hatte, fühlte sie sich nervös und irgendwie merkwürdig. Sie konnte sich noch so oft sagen, daß sie jetzt in Sicherheit war, daß sie ein Versteck vor den beiden Yaks gefunden hatte, die hinter ihr her waren. Aber sie war trotzdem unruhig und gereizt.

Etwas Weiches rieb sich an Pitas Waden. Sie erschrak, dann wurde ihr klar, daß es nur die Katze war. Sie hob sie auf, streichelte ihren Kopf und lauschte dem kehligen Schnurren. Wenn die Katze dem Feuer entkommen war, dann hatte Aziz es vielleicht auch geschafft. Und wenn er noch in der Stadt war, würde er ihr vielleicht helfen und sie mit einem Schamanen bekannt machen, der ihr sagen konnte, ob sie tatsächlich ein magisches Talent besaß. Bei der Art von Laden, die Aziz geführt hatte, mußte er einen Haufen Leute kennen, die Magie ausübten.

Es gab nur ein Problem. Abgesehen von dem Laden – der jetzt eine verkohlte Ruine war – hatte Pita keine Ahnung, wo sie nach Aziz suchen sollte. Er stand vielleicht im Telefonverzeichnis der Stadt, aber sie bezweifelte, daß er einfach zu Hause sitzen und darauf warten würde, daß ihn die Yakuza holte. Nein, es war hoffnungslos. Sie würde ihn nie finden.

Pita hörte Schritte in der Gasse und duckte sich, als sie jemanden an dem schmierigen Fenster vorbeigehen sah. Es war jemand mit teuren Schuhen und einer Anzughose. Ein Yak? Das Herz hämmerte ihr in der Brust, bis sich die Schritte in dem allgemeinen Verkehrslärm verloren.

Sie hielt die Katze fest an sich gepreßt und streichelte sie mit zitternder Hand. Das Tier miaute leise und rieb die Wange an ihrem Kinn. Pita schloß die Augen und kuschelte sich an das weiche Fell. Sie würde noch warten und sich erst nach draußen wagen, wenn nicht mehr so viele Leute auf der Straße waren. Sie mußte das Magenknurren und das Schwindelgefühl einfach ignorieren. Schließlich stand ihr Leben auf dem Spiel, und sie wollte es nicht für einen dämlichen Schokoriegel riskieren.

14

Carla saß vor einem Datenterminal im KKRU-Nachrichtenraum und sah sich die Dateien an, die der Computer für sie herausgesucht hatte. Sie hatte ihm befohlen, alles zu laden, was mit Mitsuhama zu tun hatte, und obwohl sich alle Meldungen auf die letzten vierundzwanzig Stunden bezogen, war die Anzahl der Dateien bereits enorm. Sie drückte auf das Icon am unteren Bildschirmrand und ging die Artikel rasch durch. Es sah aus wie viel Lärm um nichts – PR-Geschwafel über Termine wichtiger Konzernexecs, Verlautbarungen in bezug auf die Inbetriebnahme neuer Produktionsanlagen in Osaka und London, Wirtschaftsartikel, in denen die Entwicklung von MCTs Aktienkurs analysiert wurde, eine lächerliche ›Verbraucherinformation‹ über einen Kunden, der behauptete, sein neurales Interface von MCT sei die Ursache seiner Eheprobleme, Werbefilme über eine neue Minidrohne, die der Konzern entwickelt hatte, eine Story über Geschäftsführer Toshiro Mitsuhama, der mit dem japanischen Kronprinzen Tee trank …

Carla seufzte. Von der Durchsicht dieses ganzen Dreks schmerzten ihr die Augen. Vielleicht sollte sie die Suche auf Artikel beschränken, die irgendwie mit Seattle zu tun hatten.

Sie lehnte sich zurück und warf einen Blick auf Greers Büro. Offiziell war ihre Mitsuhama-Story gestorben. Doch das hielt sie nicht davon ab, in ihrer Freizeit weiterzugraben und nach Hinweisen zu suchen, die der Story neues Leben einhauchen würden. Diese passive Suche führte jedoch zu nichts. Vielleicht war es an der Zeit, daß ihre Nachforschungen in eine konkretere Richtung gingen.

Offiziell arbeitete sie heute an einer Story über die Matrix. Eine ganze Reihe von Systemzugangsknoten im

Seattler Telekommunikationsgitter hatten in den vergangenen Tagen mit Problemen zu kämpfen gehabt. Namen waren verstümmelt worden, Paßcodes und Netzhautscans wurden nicht anerkannt, und der Verkehr in der Matrix hatte durch alternative Server umgeleitet werden müssen. Anderswo in der Matrix waren ganze Systeme ausgefallen. Eines der jüngsten Opfer war das System der Theologischen Fakultät der Universität von Washington. Die Telekom-Unternehmen beeilten sich, ihren Kunden zu versichern, daß alles in bester Ordnung war und es sich um ein unbedeutendes lokales Problem handelte. Doch die Systemexperten, die Carla an diesem Morgen befragt hatte, äußerten Spekulationen, daß ein neues, machtvolles Virus sein Unwesen treiben könne. Die nervöseren unter ihnen hatten Vergleiche mit dem Zusammenbruch von 2029 angestellt, der auf ähnliche Weise begonnen hatte.

Das war ein tolles Interview gewesen, bei dem sich alle Decker vor Angst in die Hose machen würden, wenn es um sechs Uhr gesendet wurde. Aber es war reine Spekulation. Wenn man sich auf die harten Fakten beschränkte, blieb von der Story nicht viel übrig. Wen interessierte es schon, wenn die Datenspeicher einer obskuren Universitätsfakultät hoffnungslos verstümmelt waren? Carla mußte zugeben, daß der endgültige Absturz des Computersystems der Theologischen Fakultät Anlaß für einige Witze der Art gab, daß es sich bei dem Virus um eine ›Tat Gottes‹ handelte. Die Decker hatten ihm sogar einen entsprechenden Namen verpaßt: Heiliger Geist. Das Virus hatte außerdem in den Datenbanken eines evangelistischen Trideosenders in Denver zugeschlagen.

Carla hatte es geschafft, der Story zusätzliches Leben einzuhauchen, indem sie den Ausschnitt eines Interviews hinzufügte, das sie mit einer Frau geführt hatte, die das Virus wie ein Magnet anzuziehen schien. In welchen Computer Luzi Ferraro sich auch einloggte, das

Virus fand sie. Sie hatte ihr eigenes Telekom ruiniert, sechs öffentliche Terminals und eines in der Zahnarztpraxis, in der sie arbeitete. Das Interview war ziemlich lustig gewesen, insbesondere Luzis Bemerkung, daß ihr Sohn sie aus seinem Zimmer ausgesperrt hatte, weil er Angst davor hatte, sie könne sein Holospiel anfassen. Das gab der Story den letzten Schliff, der ihr noch gefehlt hatte, um in den heutigen Metronachrichten zur Hauptschlagzeile zu werden. Was auch gut so war. Die einzige andere bemerkenswerte Nachricht war die neuerliche Forderung der Initiative für Orkrechte nach einer Zusammenkunft mit dem Gouverneur. Diese Nachricht war schon vor einer Woche ein alter Hut gewesen.

Carla bahnte sich einen Weg durch den geschäftigen Nachrichtenraum und ging zur Recherchenabteilung des Senders. Sie befand sich in einem Raum weit weg von dem Lärm und der Hektik des Studios. Der Raum enthielt eine Ruheliege und eine voll ausgerüstete Küche. Ein privater Waschraum garantierte, daß die Datenbeschaffer nicht wie alle anderen kostbare Zeit mit Warten verschwenden mußten, wenn einmal die Toilette besetzt war.

Die drei jungen Decker, aus denen diese ›Abteilung‹ bestand, standen rein technisch jederzeit allen Reportern auf Abruf zur Verfügung, aber normalerweise war nur einer körperlich anwesend und spielte SimSinn-Spiele oder schrieb Utility-Programme, um sich die Zeit zu vertreiben. Die anderen beiden waren über ihr Terminal zu Hause zu erreichen.

Der diensthabende Decker war heute Corwin Schofeld, ein junger Ork, der kaum den Kinderschuhen entwachsen war. In Fleisch und Blut sah er groß, träge und dumm aus. Aber Carla wußte, daß er in der Matrix so schnell und aalglatt war, wie man dort nur sein konnte.

Corwin sah auf, als Carla den Raum betrat. Er wollte sich gerade einstöpseln und saß mit dem Deck auf den Knien da, das Datenkabel in der Hand. »Hoi, Carla«, sagte er mit breitem Grinsen. »Wie geht's, wie steht's, Schnüffler? Was liegt an?«

Carla lächelte über Corwins Straßenslang. Sie wußte, daß er in Rosemount Beach aufgewachsen war, einem Oberschicht-Vorort von Bellevue. Die affektierte Redeweise gehörte ebenso zu seinem Image wie das Kunstleder-T-Shirt, die hohen Turnschuhe und die eingerissene Jeans. An jedem anderen Tag hätte sie ihn damit aufgezogen, doch heute hatte sie dafür keine Zeit.

»Ich will, daß du einen Run für mich erledigst, Corwin«, sagte sie zu ihm.

»Sahne.« Der Ork nickte eifrig mit dem Kopf. »Sag mir nur den Knoten.«

»Es ist eine harte Nuß. Forschungsdateien eines Konzerns. Sie werden mit Sicherheit vereist sein. Vielleicht sogar mit Schwarzem Ice.«

»Ja? Und?« Er setzte eine gelangweilte, selbstsichere Miene auf. »Worum geht's?«

Carla zog sich einen Stuhl heran und setzte sich neben die Ruheliege, auf der Corwin herumlümmelte. »Es geht um Mitsuhamas magisches Forschungslabor«, sagte sie. »Es könnte gefährlich sein.« Sie hoffte, daß Corwin dem gewachsen war. Die Vorstellung, Greer mit der Nachricht unter die Augen zu treten, daß einer seiner ach so geschätzten Decker bei einem unbefugten Run die Ausrüstung des Senders ruiniert hatte, war nicht gerade angenehm. Der Produzent würde ihr den Kopf abreißen und sie dann in die Sportabteilung strafversetzen, wo sie dann über die Urban-Brawl-Spiele würde berichten dürfen, nur um zu sehen, wie sie sich wand.

Corwin stieß einen langgezogenen Pfiff aus. »Mitsuhama, sagst du? Sicher, ein hartes System. Aber ich kann es mit ihm aufnehmen. Worum geht's?«

»Ich suche nach Informationen über ein geheimes Forschungsprojekt, an dem Mitsuhama arbeitet oder gearbeitet hat«, erklärte Carla. »Ich will, daß du in die Projektdateien deckst und nach allem suchst, was irgendwie

144

mit den Wörtern Licht und Geist und dem Namen Farazad Samji zu tun hat. Das Projekt ist aktuell, also wirst du keine Zeit damit vertrödeln müssen, alte Dateien durchzusehen.«

»Mitsuhama Computer Technologies, ja? Diese Story, an der du arbeitest, hat nicht zufällig etwas mit Mitsuhamas neuer Deck-Hardware oder ASIST-Interfaces zu tun? Von einem Decker in Kobe habe ich gehört, daß MCT an der Entwicklung eines neuen Coprozessors arbeitet, der die Reaktionszeiten eines MPCP-Chips exponentiell beschleunigt.« In seiner Aufregung hatte Corwin sogar seinen Straßenslang vergessen.

»Soweit ich weiß, hat dieses Forschungsprojekt nichts mit Computern zu tun«, sagte Carla kopfschüttelnd. »Wenn überhaupt, hängt es vermutlich mit Mitsuhamas Rüstungsgeschäften zusammen.«

»Oh.« Corwins Hand schwebte über dem Ein/Aus-Schalter des Decks. »Dann gibt es mit Sicherheit Schwarzes Ice. Aber was soll's. Es könnte trotzdem ein Spaziergang werden. Wir sehen uns in ein paar Millisekunden.«

»Warte.« Carla legte Corwin eine Hand auf den Arm. »Ich komme mit.«

»Auf keinen Fall.« Corwin schüttelte nachdrücklich den Kopf. »Dieser Cowboy reitet allein.«

Carla stöpselte das eine Ende eines Datenkabels in die Trampbuchse an Corwins Deck und wirbelte das andere in der Hand herum. »Nicht, wenn er will, daß dieser Run von einem Reporter genehmigt wird.«

»Du hast keine Angst vor Schwarzem Ice?« fragte Corwin. »Es kann dir das Gehirn rösten, weißt du?«

Carla lächelte. »Ich habe keine Angst. Wie steht es mit dir? Bist du sicher, daß du nicht nach einem Vorwand suchst, den Run abzulehnen?«

Corwin warf ihr einen langen, gemessenen Blick zu. Dann erwiderte er ihr Lächeln. »Okay, Cowgirl. Stöpsle dich ein.«

Carla ließ das andere Ende des Datenkabels in ihre

145

Schläfenbuchse einrasten und schloß die Augen. Einen Moment später befand sie sich in der strahlenden Landschaft flackernder Neonfarben, komplizierter Gitter und schwebender dreidimensionaler Icons. Corwins Icon in der Matrix schien einen Meter vor ihr zu schweben. Es war ein grau-weißer Zeichentrick-Hase mit weißen Handschuhen, großen Schlappohren und einem schelmischen Gesichtsausdruck. Der Hase drehte sich um und zwinkerte Carla zu. »Was liegt an, Doc?«

Carla sah nur Teile der Gestalt, die sie in der Matrix angenommen hatte. Als sie eine Hand ausstreckte, leuchtete sie, eine etwas eckige Nachbildung einer menschlichen Hand. Ihre Beine waren sich verjüngende Zylinder, die in runden Stummeln endeten. Offensichtlich hatte Corwin sich die Zeit genommen, ein Persona-Programm für seine Tramper zu entwerfen. Carla wollte sprechen, stellte jedoch fest, daß sie keinen Mund hatte. Auf diesem Run würde sie nur stummer Beobachter sein.

»Es geht loooos!« schmetterte Corwin gutgelaunt.

Sein Hasen-Icon streckte die Hand nach einem der Stäbe aus blauem Neonlicht aus, die ein Gitter bildeten, welches sie umgab. Der Arm dehnte sich wie Gummiband und schnappte dann zu seiner ursprünglichen Größe zurück. Als er sich zusammenzog, stellte Carla fest, daß sie durch den Raum hinter dem Hasen herflog wie ein Ballon an einer Schnur. Gittermuster zischten unglaublich schnell an ihnen vorbei, als sie durch die Landschaft aus sich beständig verändernden geometrischen Formen rasten. Sie änderten mehrfach die Richtung, da Corwin sie durch eine verwirrende Kombination lokaler und regionaler Telekommunikationsgitter schleuste. Das war eine gebräuchliche Decker-Taktik, die ihren Ursprungsknoten verheimlichen sollte.

Sie hielten für einen Moment am Ende einer röhrenartigen Leitung inne, als der Hase mit dem Finger auf ein Icon drückte, das wie eine Silbermünze aussah. Wiederum rasten sie durch den Raum, diesmal durch ein

146

rotes Feld, das mit dreidimensionalen Konzernlogos übersät war, die wie Sterne in der Ferne am Elektronenhimmel hingen. Direkt vor ihnen erhob sich eine große Pagode, die in strahlendes Licht gehüllt war. Die Pagode schien aus Glasfaser-Spiralkabeln zu bestehen, die vor Datenbuchsen strotzten. Das Zeug sah wie Stacheldraht aus. Sie rasten der Pagode entgegen, um dann an ihrer Basis abrupt anzuhalten. Der Hase verschränkte die Arme vor der Brust und führte einen eleganten Kopfsprung aus, der ihn zwischen zwei Drähten hindurchschlüpfen ließ.

Carlas Perspektive änderte sich abrupt. Jetzt befanden sie sich offenbar in einem Empfangsbereich. Wände, Boden und Decke bestanden aus Chrom. Hinter einem Pult aus Mattglas hing ein Robotkopf in der Luft. Seine Augen waren wirbelnde Kaleidoskope, sein Mund ein dunkles Oval. Worte huschten über die Vorderseite des Empfangspults. SIE HABEN DAS SYSTEM VON MITSUHAMA COMPUTER TECHNOLOGIES BETRETEN. BITTE GEBEN SIE IHREN IDENTIFIKATIONSCODE EIN.

Der Hase zog einen Schlüssel aus der Tasche und warf ihn auf den Robotkopf. Der Schlüssel fuhr in das Mundoval, dann drehte er sich, und der Kopf löste sich in einem Blitz aus grünem Licht auf.

IDENTIFIKATIONSCODE AKZEPTIERT. ZUGANG GESTATTET.

Der Hintergrund wechselte zu einem sanften Grün. Das Geräusch plätschernden Wassers umgab sie, und Streifen dunkleren Grüns zogen vorbei. Es war so, als stünden sie in einer vertikalen Röhre langsam fließenden Wassers. Ringsumher schwebte ein Kreis von Icons in Hüfthöhe. Der Hase betrachtete sie eine Millisekunde, dann streckte er die Hand aus und umschloß eines, das wie ein Mikroskop aussah. Das Icon schimmerte ...

Plötzlich konnte Carla nicht mehr richtig sehen. Ringsumher brach alles auseinander und löste sich zu einem verschwommenen Durcheinander unregelmäßig geformter Splitter auf. Sie spürte, wie in der realen Welt ihre

Fingerspitzen zu kribbeln anfingen. Und das ängstigte sie. Schwarzes Ice griff nicht nur die Hardware, sondern auch den Decker an. Etwaige Tramper waren nicht ausgenommen. Doch sie hatte Zutrauen in Corwins Fähigkeit gehabt, allen ICs auszuweichen, denen sie begegneten. Es schien so, als hätte sie einen Fehler gemacht – möglicherweise einen tödlichen.

Carla spürte, wie sich in der wirklichen Welt ihre Hand langsam – zu langsam – ihrem Kopf näherte. Sie bewegte sich quälend langsam, Millimeter für Millimeter, während sich ihre Gedanken überschlugen. Sie mußte sich ausstöpseln, mußte …

Die Welt setzte sich wieder zusammen. Der Hase hielt einen Zeigefinger hoch. Auf seiner Spitze drehte sich ein Kinderkreisel mit unglaublicher Geschwindigkeit. Der Kreisel schien einen Strudel im Raum zu schaffen, der allmählich die Polygone anzog, die sich zuvor auseinanderbewegt hatten. Schließlich kamen die Polygone zur Ruhe. »Unangenehm«, kommentierte der Hase. Dann zog er ein weiteres Icon aus seiner Hüfttasche. Es sah wie eine Zusammenballung von Zahlen in den Primärfarben aus. Der Hase warf es auf das Mikroskop.

Die Zahlen tanzten einen Augenblick in der Luft, dann ließen sich drei von ihnen auf dem Mikroskop nieder und blieben an seinen Seiten haften. Die anderen Zahlen lösten sich auf. Gleichzeitig hatte Carla den Eindruck, daß sie mit unglaublicher Geschwindigkeit schrumpfte. Das Okular des Mikroskops ragte vor ihr wie ein großes rundes Portal auf – und dann waren sie hindurch.

Sie trieben in einem samtigen schwarzen Raum. Ringsumher schwebten zahlreiche weiße Rechtecke – Standard-Dateiicons, die den altmodischen Karteikarten nachempfunden waren, die man früher benutzt hatte, um manuell Daten abzulegen. Jede Karteikarte wies eine farbige Lasche an ihrem oberen Rand auf.

Der Hase zückte eine Nähnadel. Ihr Faden bestand aus

148

einer Reihe von Wörtern: LICHT.GEIST.FARAZAD.SAMJI. Der Hase warf die Nadel wie einen Pfeil und sah dann zu, wie die Nadel jede Karteikarte durchdrang und den Wortfaden hinter sich her zog. Als der Vorgang beendet war, hingen zwei kleinere Dateiicons an dem Faden zwischen den Wörtern. Wie die großen Dateien waren auch die kleinen mit einer farbigen Lasche gekennzeichnet. Der Hase zog etwas aus seiner anscheinend bodenlosen Tasche, das wie ein Markierungsstift aussah, und zog die Spitze über die Lasche der ersten Datei. Die Farbe verwandelte sich in Buchstaben: PROJEKT-PERSONAL.

Der Hase sah Carla an. »Kopieren?« fragte er.

Carla nickte.

Der Hase steckte die Datei in seine Tasche. Dann zog er den Marker über die Lasche der zweiten Datei. Weitere Buchstaben wurden sichtbar: PROJEKT LUZIFER.

»Kopie …?«

Ein jäher Blitz aus weißem Licht löschte alles aus. Carla hatte das Gefühl, sich wild im Raum zu überschlagen. Es gab nichts, woran sie sich festhalten konnte, keine Orientierungspunkte. Die gesamte Matrix und alle ihre graphischen Konstrukte waren augenblicklich ausgelöscht worden. Sie wirbelte unkontrolliert dahin, einen Knoten eisiger Furcht im Magen. Sie fiel, ertrank in einem Meer aus wesenlosem Weiß, verbrannte in einer unsichtbaren weißen Flamme …

Es endete so plötzlich, wie es begonnen hatte. Carla war auf ihrem Stuhl in der Recherchen-Abteilung zusammengesunken. Neben ihr hielt Corwin den Stecker des Datenkabels, den er aus der Buchse in ihrer Schläfe gerissen hatte. Sein Gesicht war aschfarben und hatte jeden Ausdruck von Überheblichkeit verloren.

Beide atmeten schwer. Einen Moment lang befürchtete Carla, die ICs, auf die sie gestoßen waren, hätten eine Biorückkopplungsschleife benutzt, um ihren Herzschlag unkontrollierbar zu beschleunigen. Sie sah auf die Uhr an der Wand. Nur zehn Sekunden waren vergangen, seit sie in die Matrix eingedrungen waren. Ihr kam es wie eine Ewigkeit vor.

»Was, zum Teufel, war *das?*« fragte sie. »Irgendwelches Ice?«

Corwin schüttelte den Kopf. »Das glaube ich nicht. Es hat alles in dem Abschnitt lahmgelegt – nicht nur uns.«

»Glaubst du, es war ...«

»Augenblick«, fiel Corwin ihr ins Wort. »Ich muß was überprüfen.«

Er stöpselte sich wieder in sein Deck ein und beugte sich darüber, die Augen blicklos. Während die Sekunden verstrichen, sah Carla, wie sich seine Finger verkrampften und dann wieder entspannten. Dann öffnete sich sein Mund, und seine Atmung beschleunigte sich. Seine Augen ruckten hin und her, als überfliege er irgendeinen Text. Als Carla sich gerade fragte, ob sie irgend etwas tun solle, blinzelte er und zog sich das Kabel aus der Schläfe.

»Wow«, sagte er.

»Was?« Carla barst vor Ungeduld. »Was war es?«

»Es war auf keinen Fall Ice«, sagte Corwin nachdenklich. »Es war mehr wie ein Virus. Ich war gerade noch mal im Mitsuhama-Mainframe, um nachzusehen, was da abgeht. Rat mal, was ich gefunden habe, als ich auf die Forschungsdateien zugreifen wollte.«

Carla zuckte die Achseln. Sie hatte keinen blassen Schimmer.

»Nada. Null. Leeres Rauschen. Rein gar nichts. Der Datenspeicher in diesem Sektor ist absolut sauber, völlig leergefegt. Da war kein einziger Pixel Graphik, nicht ein Byte Daten. Und keines der Programme hat funktioniert. Das System ist abgestürzt. Finito.« Er hielt inne. »Weißt du, woran mich das erinnert?« fragte er.

Carla nickte. Diesmal konnte sie es sich denken. »An die Datenbänke der Theologischen Fakultät der Universität Washington?«

»Ja. Exactamundo. Genau derselbe Effekt.«

»Was ist mit den Dateien, die du kopiert hast?« fragte Carla. »Hast du sie retten können?«

Corwin drückte eine Taste an seinem Deck. Mit leisem Surren glitt ein Speicherchip aus dem Schlitz an der Seite. »Ich habe die Personal-Datei«, antwortete er. »Aber die zweite Datei ist zusammen mit dem Rest der Labordaten gelöscht worden. Das Deck hatte nicht einmal mehr Zeit, den Dateinamen zu kopieren.«

Carla fluchte im stillen vor sich hin. Sie war so nah daran gewesen … Aber wenigstens hatte sie jetzt ein winziges Stück des Puzzles. Sie hatte eine Personal-Datei, die zweifellos die Namen der Magier enthielt, die mit Farazad an dem Projekt gearbeitet hatten. Die Informationen in ihren Dossiers mochten ihr bei den Interviews, die sie mit ihnen zu führen gedachte, einen Hebel liefern. Und sie kannte jetzt außerdem den mutmaßlichen Namen des Forschungsprojekts: Luzifer.

Es war ein kurioser Name für etwas, von dem Carla angenommen hatte, daß es sich um ein Waffen-Forschungsprojekt handelte. Luzifer war ein lateinisches Wort, das man mit ›Lichtbringer‹ übersetzen konnte. Es war außerdem der Name des Engels, der aus dem Himmel verstoßen worden und in Form eines Blitzes auf die Erde gefallen war. Dieser Teil paßte mit Sicherheit. Der Beschreibung des Orkmädchens zufolge hatte der Geist wie ein Blitz ausgesehen, als er sich aus der Leiche des Magiers gelöst hatte. Wie ein einziger unglaublich heller Blitz …

Plötzlich wurde ihr klar, daß ihre bisherigen Annahmen alle falsch gewesen waren. Mitsuhama hatte nicht mit Geistern experimentiert, um sie als Waffe einzusetzen. Sie hatte sich von der Tatsache, daß der Geist den Magier getötet hatte, zu dieser voreiligen Schlußfolgerung hinreißen lassen. Statt dessen war es bei diesem Forschungsprojekt von vornherein um Computer gegangen – Mitsuhamas Hauptindustriezweig.

Carla spürte ihr Herz in der Brust hämmern. »Corwin?« fragte sie leise. »Ist es möglich, daß ein Geist in die Matrix eindringt?«

Der Ork schüttelte den Kopf. »Auf keinen Fall. Die Matrix ist eine künstliche Realität, nicht mehr als eine Reihe computererzeugter SimSinn-Impressionen, während Magie inhärent mit lebendigen Organismen assoziiert ist. Die beiden sind absolut inkompatibel. Das ist auch der Grund, warum Magier solche Schwierigkeiten mit SimSinn haben. Unabhängig davon, woraus er tatsächlich besteht, ist ein Geist ein lebendiges Wesen. Und nichts Lebendiges kann in die Matrix eindringen.«

»Ich dachte, wir hätten gerade genau das getan.«

»Falsch. Wir haben nur sensorische Daten aus der Matrix direkt in unser Hirn herabgeladen, und zwar durch diese.« Er tippte an die Datenbuchse in seiner Schläfe, während er gleichzeitig mit einem Auge den Bildschirm der Diagnose-Einheit beobachtete. »Wir waren nicht wirklich *in* der Matrix – wir haben es nur so empfunden. In Wirklichkeit haben wir codierte Photonenstöße herabgeladen, die direkt in Signale umgewandelt wurden, welche unser Gehirn verstehen und interpretieren konnte. Immer dann, wenn ich mir scheinbar an einem Icon zu schaffen machte, habe ich tatsächlich nur einen Befehl ausgeführt, nämlich die Information heraufgeladen, die das tat, was ich wollte. Meine neuralen Synapsen haben gefeuert, und der Gedanke wurde in einen codierten Lichtimpuls verwandelt, der das Programm in meinem Deck aktivierte.« Er hielt inne und musterte Carla. »Hast du das alles begriffen?«

»Ja. Aber was ist, wenn der Körper des Geistes aus Licht besteht?« fragte Carla. »Könnte er dann nicht wie jeder andere Lichtstrahl durch ein Glasfaserkabel in die Matrix eindringen?«

Der Decker überlegte einen Augenblick, dann zuckte er die Achseln. »Vielleicht für eine Millisekunde oder zwei. Er würde einfach mit dreihunderttausend Stun-

denkilometern hindurchjagen und sofort wieder draußen sein.«

»Wie würde das aussehen?«

»Wie ein Blitz aus ...« Corwin sah plötzlich auf, und
seine Augen weiteten sich. »Das haben wir also gesehen«, flüsterte er leise. »Megacool.« Sein Deck lag unbe-
achtet auf seinem Schoß. Er beugte sich vor, und der
Schaumstoff in seiner Ruheliege quietschte leise, als sie
sich seiner neuen Stellung anpaßte.

»Ein Wesen aus Licht wäre ein höllisches Virus«,
sprach er seine Gedanken laut aus. »ICs hätten keine
Wirkung, weil sie darauf ausgerichtet sind, das Deck
oder den Decker anzugreifen. Es wäre praktisch unmöglich zu entdecken, weil es keine Interferenzen mit anderen Datenübertragungen gäbe. Zwischen verschiedenen
Lichtstrahlen treten nur dann Interferenzen auf, wenn sie
phasengleich sind – das ist der Grund dafür, warum ein
Glasfaserkabel Tausende von Befehlen und Sendungen
gleichzeitig übertragen kann. Ein Lichtimpuls mehr hätte
keinerlei Auswirkungen. Und der Hardware würde es
auch nicht schaden – wenigstens glaube ich das nicht.
Aber es gibt eine Sache, die dieser Geist tun würde – er
würde gespeicherte Daten durcheinanderbringen.«

Seine Gesten wurden lebhafter. »Paß auf, die Information wird mit einem Lichtstrahl auf Speicherchips und
Festplatten geschrieben und auf dieselbe Weise gelesen.
Einzelne Impulse innerhalb des Strahls und die Berge
und Täler im Muster der Lichtwelle sind Teil des Codes,
der die Information trägt. Wenn ein Wesen aus Licht
plötzlich durch einen Datenspeicher raste, würde es den
zuvor niedergeschriebenen Code völlig verstümmeln. Es
würde ein ganz neues Muster niedergelegt, das aber
nicht kohärent wäre. Und das macht diesen Geist als
Virus so perfekt. Es gibt keine Möglichkeit, ihn daran zu
hindern, die Daten zu verstümmeln. Daran würde auch
die Installation eines Paßwortsystems nichts ändern,
weil jedes Wort oder Bild, das man benutzt, in Form von

153

Lichtimpulsen verschlüsselt ist. Der Geist brauchte sich nur zu rekonfigurieren, um das Paßwort zu emulieren, den Datenspeicher beschreibbar zu machen und direkt hineinzudüsen. Nur eine fest verdrahtete Sperre könnte ihn aufhalten – und das würde bedeuten, das System gänzlich von der Matrix zu trennen. Das wäre ökonomisch einfach nicht machbar ... Man würde irgendeine Methode brauchen, um den Geist zu steuern. Andernfalls würde er einfach jede Datei löschen, der er unterwegs begegnete. Vielleicht könnte man ihn auf ein Schlüsselwort ausrichten ...«

»Das ist es!« rief Carla aus. »Der Geist ist in dem Moment im Forschungslabor-Knoten des Mitsuhama-Systems aufgetaucht, als wir den Namen der Projektdatei entschlüsselt hatten. Außerdem hat er die Datenspeicher einer Theologischen Fakultät und eines religiösen Senders gelöscht, und schließlich greift er eine Frau namens Luzi Ferraro jedesmal an, wenn sie sich Zugang zu einer Computer- oder Telekom-Einheit verschaffen will, die mit der Matrix verbunden ist. Was haben diese vier Dinge gemeinsam?« Sie lächelte, zufrieden mit sich, weil es ihr gelungen war, die Teile zu einem Ganzen zusammenzusetzen, und wartete darauf, daß Corwin dasselbe tat.

Der Decker runzelte verwirrt die Stirn, dann grinste er breit. »Das Wort *Luzifer.*«

»Und da hast du dein Schlüsselwort«, schloß Carla.

Corwin schüttelte den Kopf. »Aber das ergibt keinen Sinn«, konterte er. »Du sagtest, dieser Geist sei im Mitsuhama-Forschungslabor entwickelt worden. Warum sollten sie ihre eigene Anlage aufs Korn nehmen?«

»Vielleicht als eine Art Test?«

Corwin prustete vor Lachen. »Ein Test, bei dem ihr gesamter Datenspeicher leergefegt werden könnte? Auf keinen Fall!«

»Nein, nicht als Test«, stimmte Carla zu. Plötzlich wurde ihr alles klar. »Der Geist versucht die Dateien über sich selbst zu löschen. Dabei löscht er auch viele Daten, die gar nichts mit ihm zu tun haben – jede Datei, die das Wort Luzifer enthält. Aber warum tut er das? Er hat bereits den Mann getötet, der ihn beschworen hat, und ist ein freier Geist geworden. Selbst wenn er einmal unter jemandes Kontrolle stand, jetzt kontrolliert ihn niemand mehr.«

Corwin griff nach seinem Deck. »Das ist völlig daneben. Am besten, ich warne meine Chummer ...«

»Nicht!« Carla hielt den Arm des Orks fest. »Behalte das für dich, okay? Wenigstens so lange, bis ich meine Story beendet habe. Den Run hast du für KKRU ausgeführt, und als Angestellter des Senders mußt du dein Vertraulichkeitsgelöbnis einhalten. Einverstanden?«

Corwin seufzte schwer. »Ja, ich denke schon.«

»Gut.« Während Corwin verdrossen auf sein Deck starrte, eilte Carla in den Nachrichtenraum zurück.

15

Pita saß in dem Kellerraum und streichelte die weiße Katze. Sie starrte auf den Sonnenstrahl, der durch das zerbrochene Fenster fiel, und versuchte den Hunger zu ignorieren, der in ihren Eingeweiden nagte. Gedankenverloren lauschte sie den Geräuschen der Leute, die über ihr durch den Laden gingen, dem Verkehrslärm draußen und dem Schnurren der Katze auf ihrem Schoß. Ohne es zu wollen, fing sie an, eine Ballade zu summen, die sie letzte Woche auf einem der Schmalz-Sender gehört hatte. Zuerst hatte sie gelacht, als sie das Lied gehört hatte. Es war echt kitschig, ganz anders als der Scream-Rock, den sie normalerweise hörte. Doch als sie es jetzt summte, fühlte sie sich irgendwie besser.

Sie streichelte das weiche Fell der Katze und konzentrierte sich auf die Struktur ihres Fells in dem Bemühen, ihre Gedanken zu ordnen. Sie fühlte sich ein wenig schwindlig, und während ihre Gedanken dahintrieben, fühlte sich ihr Körper immer dünner, immer weniger stofflich an. Es existierten nur noch die Staubflocken, das Sonnenlicht und das Schnurren der Katze. Oder war es ihr Summen? Die beiden Geräusche waren zu einer harmonischen Einheit verschmolzen.

Langsam, zuerst unmerklich, versank der Boden unter ihr. Pita schwebte, trieb dahin wie eine Staubflocke in der Luft. Mit einem Gefühl des Staunens streckte sie die Beine aus, die sie überkreuzt hatte, und stellte die Füße auf den Boden. Durch ihre Beine, die durchsichtig geworden waren, konnte sie ihren Körper sehen, der immer noch an der Wand saß. Ihre Augen waren geschlossen, und ihr Kopf war mit offenem Mund auf eine Schulter gesunken. Ihre Brust bewegte sich nicht. Es sah nicht so aus, als würde sie atmen.

Überraschenderweise ängstigte sie der Anblick nicht.

Es kam ihr natürlich vor, richtig. Diese losgelöste Perspektive war irgendwie besser, als ihr Gesicht in einem Spiegel zu sehen. Aus diesem Blickwinkel kamen ihr das breite Gesicht, die vorstehenden Zähne und die massigen Schultern perfekt proportioniert vor. Sie streckte die Hand aus, um sich zu berühren, schoß jedoch über das Ziel hinaus, und ihre Hand drang durch die Wand. Verblüfft zog sie sie zurück. Sie konnte feste Gegenstände durchdringen, als seien sie gar nicht da.

Sie betrachtete noch einmal ihren Körper. Die Katze, die noch immer zusammengerollt auf ihrem Schoß lag, stieg plötzlich aus ihrem Körper heraus, und ihre geisterhafte Gestalt trat behutsam zur Seite und streckte jedes ihrer schwarzen Beine aus, als sie sich der Länge nach reckte. Und dann verwandelte sie sich. Sie wurde größer, schlanker, geschmeidiger. Ihr Fell nahm ein getigertes Muster an, aber die Streifen hatten die Farbe des Regenbogens. Die Augen fingen an zu leuchten und verwandelten sich in kleine Seen aus geschmolzenem Gold, die Schnurrhaare summten mit einer merkwürdigen elektrischen Kraft. Als die Verwandlung beendet war, sah die Katze zu ihr auf und stieß ein leises, geisterhaftes *miau* aus.

Ein paar Augenblicke lang war Pita unfähig, etwas zu sagen. Schließlich brachte sie ein einziges Wort heraus: »Katze?«

Das Tier nickte. Dann drehte es sich um und sprang elegant auf eine Kiste und von dort auf das Fensterbrett.

Pita empfand keine Furcht – nur eine brennende Neugier festzustellen, wohin dieses magische Wesen wohl ging. Sie folgte Katze, indem sie aufstieg und durch die Wand drang, als sei sie gar nicht da. Sie erlebte einen kurzen Augenblick der Desorientierung, als sie den Beton durchdrang. Sie sah jedes einzelne Sandkorn, jeden Partikel. Dann stand sie in der Gasse neben *Katze*. Das Tier sah sich rasch nach ihr um, dann trottete es um eine Mülltonne und in eine Hausmauer.

Pita folgte ihm, wobei sie innerlich vor Wonne laut auflachte, als sie ihre neugewonnenen Sinne erforschte. Sie konnte durch Wände gehen oder auch über eine vielbefahrene Straße, während die Autos durch ihre geisterhafte Gestalt fuhren. Einmal wurde sie herumgerissen, als sie der Fahrer eines Wagens streifte, und kurz darauf stellte sie fest, daß Bäume sich gleichermaßen solide anfühlten. Aber sie konnte, wenn sie wollte, eine Treppe erklimmen, ohne eine einzige Stufe zu berühren, oder brusttief durch einen Fußboden waten, als bestünde er aus Wasser. Die einzigen Dinge, die sich als Barriere erwiesen, waren lebendig – Menschen, Tiere, Pflanzen und die Erde selbst.

Und die Dinge, die sie sehen konnte! Magische Energien wirbelten und flossen ringsumher wie bunter Nebel. An einigen Stellen spürte sie starke emotionale Rückstände – hier, an dieser Kreuzung, hatte jemand sehr gelitten. Dort in dem Raum war eine Sonne der Freude. Auf den Straßen wimmelte es von seltsam aussehenden magischen Wesen. Manche hatten die Größe einer Maus, mehrere Köpfe und schimmerndes Fell. Sie huschten über die Straße oder lugten aus Gullys. Andere Präsenzen waren natürlicher – oder noch fremdartiger. Als Pita durch einen Park ging, pulsierten Bäume, Gras und Erde vor Leben und Emotion.

Auf einem belebten Gehsteig konnte sie eindeutig die violette Aura erkennen, die einem der Männer in der Menge anhaftete. Als sie ihn im Vorübergehen eingehender betrachtete, sah sie seine wahre Gestalt – er war kein Mensch, sondern eine abscheuliche, mißgestaltete Bestie mit Reptilienschuppen und gespaltenen Füßen. Die Gestalt sonderte ein Miasma aus Haß und Wut ab. Pita machte einen großen Bogen um die Kreatur, aber sie schien ihre Anwesenheit ebensowenig zur Kenntnis zu nehmen wie die anderen Leute, denen sie begegnete.

Sie folgte *Katze* eine Zeitlang. Sie hatte keine Ahnung, welche Straßen sie entlanggingen. Sie konnte die Schilder sehen, aber die Wörter darauf waren sinnlose Zeichen. Einige waren wirre Kritzeleien, andere asymmetrische Muster aus Kreisen, Dreiecken und Quadraten. Sie wußte ungefähr, wo sie sich befanden, weil sie die Arcologien von Renraku und Aztechnology im Auge behielt. Doch obwohl sie die Mauern mit Leichtigkeit durchschreiten konnte, war sie nicht in der Lage hindurchzusehen. Meistens versperrten die Gebäude ihr die Sicht.

Schließlich führte *Katze* sie zu einem alten Holzhaus an der Ecke einer ruhigen Wohnstraße. Es sah aus, als sei es einmal ein Stuffer Shack gewesen. Das Schild über der Eingangstür hatte die richtige Form, auch wenn Pita es nicht lesen konnte. Die Fenster waren mit Brettern vernagelt und die Tür mit Kette und Vorhängeschloß gesichert. Irgendwann in der Vergangenheit war ein Wagen in eine Ecke des Hauses gerast. Große Plastikbohlen bedeckten ein klaffendes, gezacktes Loch. *Katze* blieb vor dieser notdürftig reparierten Mauer stehen, sah Pita an und verschwand dann im Innern.

Pita folgte ihr und fand sich in einem großen Raum wieder. Staubige Theken und zerbrochene Regale waren gegen die Wände geschoben worden, so daß der Platz in der Mitte frei war. Dort lag Aziz auf dem Rücken, Arme und Beine ausgebreitet. Sein dunkles Haar umgab seinen Kopf wie ein Heiligenschein, und die weiten Ärmel seines Gewandes ließen ihn so aussehen, als habe er Engelsflügel. Zuerst dachte Pita, er sei tot. Doch dann sah sie, daß sich sein Mund bewegte. Obwohl es so aussah, als rede er sehr laut, konnte Pita nur ein schwaches Flüstern hören. Seine Worte waren ein unverständliches Kauderwelsch.

Auf dem Boden erstrahlte ein Muster aus leuchtenden magischen Linien. Es sah aus, als habe jemand eine kirschrote, kreisrunde Neonröhre auf den Boden gelegt. Innerhalb des Kreises befanden sich fünf gerade Linien, jede in einer anderen Farbe, welche die Seiten eines Pentagramms bildeten. An jede Ecke des Pentagramms war ein anderes Symbol gezeichnet worden. Aziz lag mit dem Kopf auf einer dieser Ecken, Hände und Füße bedeckten die anderen. In einer Hand hielt er eine brennende Kerze, in der anderen einen Klumpen Erde. Eine durchsichtige Glasschüssel neben einem Fuß enthielt Wasser, und neben dem anderen Fuß stand eine leere Schüssel. Sein Kopf lag auf etwas, das wie eine gezackte Glasscherbe aussah. Seine Augen waren auf die Decke gerichtet. Er schien Pita nicht wahrzunehmen.

Pita hörte ein leises Fauchen und sah zu *Katze*. Ihr bunter Leib hatte sich zu einem Buckel gekrümmt. Jedes einzelne ihrer durchsichtigen Haare war gesträubt und zitterte. Ihre Krallen waren ausgefahren und in den Boden gegraben. Ihr Blick war auf das Oberlicht in der Decke gerichtet.

Pita sah auf. Jetzt konnte sie ebenfalls sehen, was Katze erschreckt hatte. Ein Spiralmuster bildete sich an der Decke, wirbelte durch das schmierige Glas und sammelte sich an der Stelle, auf die Aziz starrte. Es war unglaublich hell, so grell wie die Sonne. Eine Sekunde später hatte es die Gestalt des Trichters eines Wirbelsturms angenommen, der sich abwärts wand, Aziz entgegen, dessen Beschwörungsgesänge – denn darum handelte es sich – immer hektischer wurden. Ein verängstigter Ausdruck schlich sich in seine Augen. Das Gesicht zu einer Grimasse verzogen, schrie er das Ding an, das sich über ihm gebildet hatte. Sein Kopf war in grelles Licht gehüllt. Die Kerze in seiner rechten Hand flackerte auf und verschwand in einem Blitz. Die Erde in seiner linken Hand verwandelte sich in Asche. Aziz schrie auf, als sein Gesicht und seine Hände plötzlich Blasen warfen. Er drehte den Kopf zur Seite und schloß die Augen, schien sich darüber hinaus aber nicht mehr bewegen zu können.

Mit einem wütenden Fauchen fuhr *Katze* herum und floh.

»Aziz!« rief Pita. Sie hob den Arm, um die Augen vor dem grellen Licht abzuschirmen. Es war furchtbar. Aziz starb, wurde bei lebendigem Leib von demselben Geist verbrannt, der den Magier in der Gasse getötet hatte. Pita war entsetzt. Doch sie konnte nicht fliehen. Es war nicht Furcht, sondern ein Schuldgefühl, das sie festhielt. Wie oft hatte sie in den vergangenen Tagen jemanden im Stich gelassen und war einfach davongelaufen? So wenig sie Aziz mochte, sie konnte der Liste seinen Namen nicht auch noch hinzufügen. Nicht, nachdem sie für das Niederbrennen seines Ladens verantwortlich war. Außerdem war sie nicht wirklich hier – ihr Körper war im Keller des Kaufhauses. Nichts konnte ihr etwas anhaben, richtig?

Sie betete, daß sie recht hatte, als Pita loslief, den Arm immer noch erhoben, um ihre Augen abzuschirmen. Sie versuchte den leuchtenden Streifen zu überspringen, der den Kreis bildete, und prallte gegen eine unsichtbare Mauer. Benommen wankte sie zurück.

Pita hörte ein reißendes, bebendes Geräusch über sich und sah auf. Der leuchtende Geist hatte sich zurückgezogen, schraubte sich wieder zur Decke empor. Als Pita ihm nachschwebte, schien er vor ihr zurückzuweichen. Dann schoß er mit unglaublicher Geschwindigkeit durch das Oberlicht nach draußen und verschwand in einem grellen Blitz.

Aziz stöhnte und wälzte sich steif herum. Er richtete sich zögernd auf, blinzelte und griff sich an den Kopf. Dann sah er sich in dem Raum um. Es sah nicht so aus, als würden seine Augen richtig funktionieren. Die Pupillen waren so klein wie Stecknadelköpfe. Doch dann wandte er den Kopf, als habe er Pitas Anwesenheit gespürt. Er richtete sich auf die Knie und kroch auf sie zu wie ein Blinder. Dann hielt er inne und legte die Fingerspitzen an die Schläfen. Pita sah ein Leuchten magischer Energie, die sich um seinen Kopf sammelte und sich dann auf seine Augen konzentrierte.

Ihm fiel die Kinnlade herunter. »Pita?« keuchte er. »Warst du das? Aber was machst du im Astralraum?«

161

Pita wollte antworten, stellte jedoch fest, daß sie nicht reden konnte. Dann hörte sie ein hallendes *Miau*, das sie unwiderstehlich anzog, und die Wände des Hauses fingen an zu wabern. Sie verspürte ein Ziehen irgendwo hinter sich. Sie fühlte vage ihren Körper. Er war schwach, sein Herzschlag unregelmäßig. Plötzlich wußte sie mit absoluter Gewißheit, daß sie zu ihm zurückkehren mußte.

Sie fuhr herum und lief durch die Wand.

16

A ziz! Was ist passiert? Du siehst schrecklich aus.«
Carla eilte dem Magier entgegen. Seine Kleider
waren dreckverschmiert, und ihnen haftete ein rußiger
Geruch nach Lagerfeuer an. Gesicht und Hände waren
krebsrot und mit nässenden Blasen übersät, als habe er
sich verbrannt. Sein dunkles Haar war zerzaust und sah
aus, als sei es dicht über der Stirn abgeschnitten worden.
Und mit seinem Gesicht stimmte irgend etwas nicht.
Nach einem Augenblick wußte Carla auch, was es war.
Sowohl Brauen als auch Wimpern waren verschwunden.
Aziz stand in der Lobby des Nachrichtensenders und
tropfte den Boden naß. Draußen war die Morgensonne
verschwunden, und es regnete.

Er sah an Carla vorbei auf die Tür, die ins Studio
führte. Seine dunklen Augen waren wäßrig und blinzel-
ten. »Wo ist das Mädchen?« fragte er.

»Welches Mädchen?« Carla war in Gedanken immer
noch dabei, die Erkenntnisse zu verarbeiten, die sie und
der Decker Corwin gesammelt hatten. Sie sah sich gerade die Personalakten an, die sie kopiert hatten, und
fütterte sich mit den Informationen über die drei Magier,
die mit Farazad am Luzifer-Projekt gearbeitet hatten.

»Das Orkmädchen«, sagte Aziz. »Pita.«

»Ich habe keine Ahnung. Masaki sagte, sie sei vorgestern nacht verschwunden, etwa zur Zeit der Nachrich-
tensendung. Er hat sich den ganzen Tag ans Telekom
gehängt und mit allen möglichen sozialen Einrichtungen
und Suppenküchen geredet, aber niemand hat sie gesehen.« Sie zuckte die Achseln. »Wenn du mich fragst, hat
sie sich wahrscheinlich gelangweilt und ist zu ihren
Straßenfreunden zurückgekehrt. Wayne sagte, einer von
ihnen sei kurz vor ihrem Verschwinden hier vorbeigekommen. Vielleicht war sie auch nur das braune Spül-

wasser leid, das man hier als Soykaf bezeichnet. Jedenfalls bin ich nicht sonderlich traurig darüber, daß sie weg ist. Ich glaube, gebadet hat sie das letztemal vor ...«

»Ich muß sie finden«, fiel Aziz ihr ins Wort. »Es ist wichtig. Sie ist der Schlüssel zu ...«

»Hast du dich schon im Spiegel betrachtet?« fragte Carla plötzlich. »Du sieht völlig daneben aus. Und diese Blasen müßten eigentlich ziemlich weh tun.« Sie gab einen Code in die Tür hinter sich ein, öffnete sie und bedeutete Aziz, ihr zu folgen. »Komm mit ins Studio. In der Kantine gibt es einen Erste-Hilfe-Koffer. Ich verarzte erst einmal diese Brandwunden. Was ist passiert? Hat sich wieder mal einer deiner Zauber selbständig gemacht?«

Aziz trottete ihr nach. »So würde ich das nicht nennen.«

Carla wirbelte herum, als es ihr plötzlich wie Schuppen von den Augen fiel. »Aziz! Du hast doch nicht etwa versucht, den Zauber aus dem Mitsuhama-Labor zu wirken? Den Zauber, von dem du gesagt hast, es sei Selbstmord, ihn auszuprobieren?«

»Nein.« Aziz schüttelte den Kopf und zuckte zusammen, als sich dabei seine Gesichtshaut spannte. »Ich habe etwas anderes versucht. Ich wollte mehr über das Wesen des Geistes in Erfahrung bringen, den Farazad Samji beschworen hat. Ich dachte, es könne sich um eine neue Form von Elementar handeln. Wenn die Schriften Ko Hungs zuverlässig sind, gibt es vielleicht doch eine fünfte Metaebene – die bisher noch nicht entdeckt wurde. Eine Metaebene des Lichts. Ich dachte mir, wenn ich diese Metaebene finden könnte, würde ich mehr über diesen Geist in Erfahrung bringen. Und so habe ich ein Stück Fensterglas aus der Gasse, in der der Geist offenbar seine Freiheit erlangt hat, als Fokuspunkt für meine Meditation benutzt und versucht, seine Ursprungsebene zu finden.«

»Und hattest du Erfolg?« fragte Carla. Trotz ihrer Sorge um Aziz war ihre Reporterneugier geweckt.

»Nein. Soweit ich weiß, stimmt alles, was wir bisher geglaubt haben. Es existiert keine fünfte Metaebene. Ende der Geschichte. Der Geist, den Farazad beschworen hat, stammt nicht von einer neuen Metaebene, und er ist auch kein Elementar. Er ist eine völlig andere Lebensform. Ich bin nicht einmal sicher, ob wir ihn überhaupt Geist nennen sollten, aber es ist die einzige Bezeichnung, die paßt. Nach allen Gesetzen der Magie dürfte dieses Wesen gar nicht existieren.«

Er zuckte die Achseln. »Was diese astrale Wesenheit auch sein mag, meine astrale Suche erregte ihre Aufmerksamkeit. Vielleicht glaubte sie, ich wolle ihren wahren Namen in Erfahrung bringen, und sie versuchte mich deshalb daran zu hindern. Aus welchem Grund auch immer, der Geist ist zu mir gekommen. Er hat mich … äh … angegriffen.«

»Er hat dich angegriffen!«

Sie gingen gerade durch den Nachrichtenraum. Einige der Reporter und Schnitt-Techniker hoben den Kopf und starrten sie neugierig an. Sie nahm Aziz' Arm und führte ihn energisch zur Kantine, die dankbarerweise leer war. Sie schob Aziz in den Raum und schloß die Tür, dann holte die den Erste-Hilfe-Koffer aus einer Schublade, fand die Tube mit der Brandsalbe und schraubte den Verschluß ab. Aziz ließ sich auf einen Stuhl sinken und hielt seine Hände ein paar Zentimeter über dem Schoß, als befürchte er, es könne weh tun, wenn er sie irgendwo auflegte. Carla trug die Salbe sanft auf seine Brandwunden auf. Ein stechender Geruch breitete sich in der Kantine aus. »Erzähl mir, was passiert ist«, drängte sie ihn.

»Der Geist kam mir so nah, daß er mich verbrannt hat«, sagte Aziz. Beim bloßen Gedanken daran schien er bereits zusammenzuzucken. »Ich dachte, ich sei erledigt – daß ich lebendig gebraten würde wie der Bursche in der Gasse. Aber dann spürte ich, wie jemand versuchte, meinen hermetischen Kreis zu durchbrechen. Der Kreis hielt, aber die Störung schien den Geist zu verunsichern. Er verschwand – einfach so.« Er wollte mit den Fingern schnippen, hielt dann aber eingedenk seiner Brandwunden im letzten Augenblick inne.

»Ich muß ein oder zwei Sekunden lang ohnmächtig gewesen sein. Als ich wieder zu mir kam, konnte ich nichts sehen. Ich dachte …« Er sah zu Carla auf und blinzelte mit seinen wäßrigen Augen. »Ich dachte, ich sei für alle Zeiten blind. Aber dann fielen mir meine astralen Sinne ein. Ich schaute in den Astralraum, und rate mal, wer vor dem Kreis stand?«

»Pita?« fragte Carla, während sie vorsichtig sein Gesicht mit der Salbe einrieb. »Willst du mir etwa sagen, daß du sie bei dir hattest, als du deine Magie gewirkt hast?«

»Nicht absichtlich«, antwortete Aziz. »Und nicht in Fleisch und Blut. Ich versuchte sie zu berühren, konnte es aber nicht. Sie hatte sich in den Astralraum projiziert.«

»Was?« fragte Carla ungläubig. »Wie in aller Welt soll sie es geschafft haben …«

»Ich nehme an, sie ist ein ungeschliffenes magisches Talent«, sagte Aziz mit einem neiderfüllten Seufzer. »Und noch dazu ein ziemlich beachtliches. Ich habe nichts getan, um den Geist zu vertreiben. Ich war so gut wie erledigt, als Pita kam. Sie war diejenige, die den Geist vertrieben hat.«

Carla ließ sich auf den Stuhl neben Aziz sinken. »Wow«, sagte sie schließlich. »Das ist schon fast eine Geschichte für sich. Hinter diesem Mädchen steckt mehr, als es den Anschein hat.«

»Ganz genau«, sagte Aziz. »Und deshalb will ich sie bei mir haben, wenn ich das nächstemal versuche, mehr über diese astrale Wesenheit herauszufinden. Pita scheint so etwas wie eine natürliche Macht über sie zu haben. Das Ding ist geflohen, als sie versuchte, in meinen hermetischen Kreis einzudringen. Sie muß irgendwas getan haben, um es zu bannen. Ich habe einen Verdacht, was es gewesen sein könnte, aber das ist zu unglaublich, um wahr zu sein.« Er drehte seine Hände, beugte die Finger ein wenig und zuckte zusammen. Dann lächelte er Carla an. »Das fühlt sich schon besser an. Danke.«

Carla schüttelte den Kopf. »Du bist verrückt«, sagte sie zu ihm. »Dieser Geist hätte dich beinahe umgebracht. Warum willst du dich noch mal mit ihm einlassen?«

»Meine Güte, Carla« – Aziz hob eine Augenbraue –, »wenn du weiter so redest, bringst du mich noch dazu zu glauben, daß du dir noch etwas aus mir machst.« Er streckte die Hand aus, um ihre Wange mit seinen Fingern zu berühren, die nach Brandsalbe rochen.

Carla wich seiner Hand aus. Jetzt tat es ihr leid, daß sie ihre Gefühle offenbart hatte. Aziz war noch derselbe dämliche Kerl wie früher. Er stellte seine Suche nach magischem Wissen über seine eigene Sicherheit. Über sie.

Der Magier ließ die Hand sinken und seufzte. »Wenn jemand das verstehen sollte, dann du, Carla«, sagte er. »Dies ist eine brandneue Form von Geist. Etwas, das in der hermetischen Tradition bislang gänzlich unbekannt war. Ich muß mehr darüber wissen.« Er schaute ihr in die Augen. »Es ist dasselbe, als wärst du hinter einer großen Story her. Du mußt ihr bis zum Ende nachgehen. Und bei Magiern ist es genauso. Wenn wir uns einmal in etwas verbissen haben …«

Carla hob eine Hand. »Ich will diesen alten Streit nicht wieder aufwärmen«, entgegnete sie schroff. »Dafür habe ich jetzt keine Zeit. Ich habe eine Story, der ich nachgehen muß.« Sie stand auf. »Du kannst mir helfen, wenn du willst. Aber ich will mir keine Sorgen darüber machen müssen, daß du vielleicht getötet wirst, weil du dich mit unkontrollierbaren Geistern einläßt. Es wäre mir lieber, wenn ich dich in deinem Laden hinter deinen Schutzvorrichtungen wüßte.«

»Das ist die andere Sache«, sagte Aziz zögernd. »Der Laden. Den gibt's nicht mehr.«

167

»Es gibt ihn nicht mehr? Bei dir hört sich das so an, als habe er sich in Luft aufgelöst.«

»Es gab ein Feuer. Vor zwei Nächten, während ich das Material gesammelt habe, das ich brauchte, um den Zauber zu wirken. Der Laden ist völlig ausgebrannt. Die ganzen Bücher ...« In seinem Gesicht arbeitete es, und Carla glaubte, daß er tatsächlich anfangen würde zu weinen.

»Mein Gott«, sagte Carla. »Dieser Brand auf dem Denny Way. Das war dein Laden? Ich war so mit der Matrix-Story beschäftigt, daß ich in der Nacht überhaupt nicht auf die Nachrichten geachtet habe. Es tut mir leid, Aziz. Ich weiß, wieviel der Laden dir bedeutet hat.«

»Immerhin war ich versichert«, sagte der Magier verbittert. »Und ich hatte einen Ausdruck des Mitsuhama-Zaubers«, fügte er hinzu, indem er auf eine dick ausgebeulte Tasche klopfte. »Der Speicherchip, den du mir gegeben hast, ist in dem Feuer verbrannt.«

»Das glaube ich nicht«, sagte Carla zögernd. Sie schraubte den Verschluß auf die Brandsalbe und spielte mit der Tube herum, während sie Aziz' Blick mied. »An dem Morgen, als wir in deinen Laden gekommen sind, habe ich dir etwas verschwiegen. Das Mädchen, das den Magier sterben sah – Pita –, wurde von zwei Yakuza-Männern verfolgt, als wir sie aufgelesen haben. Sie waren hinter dem Chip her. Ich war der Ansicht, sie würden aufgeben, sobald wir die Story über den Geist gesendet hatten. Offensichtlich war es für sie zu spät, das Leck zu stopfen. Aber ich habe mich wohl geirrt. Vielleicht dachten sie, daß sich etwas auf dem Chip befindet, das eine Verbindung zwischen dem Zauber und Mitsuhama herstellt. Wahrscheinlich haben sie mein Interview mit dir gesehen, sind in deinen Laden eingebrochen und haben dann das Feuer gelegt, um ihre Spuren zu verwischen, als sie hatten, wonach sie suchten.« Sie seufzte. »Es tut mir leid, Aziz. Wirklich. Mir war nicht klar, daß das passieren würde.«

»Also hat Mitsuhama seine Schläger losgeschickt, um den Chip wiederzubeschaffen, nicht wahr?« Aziz runzelte die Stirn und zuckte dann zusammen, weil sich bei der Bewegung seine Haut spannte. »Und du hast Pita seit zwei Tagen nicht mehr gesehen? Das klingt nicht sonderlich gut.«

»Ich dachte, du hättest sie gerade noch gesehen.«

»Nur ihre astrale Gestalt«, korrigierte Aziz. »Ihr Körper könnte überall sein. Sogar in den Klauen der Yakuza. Vielleicht wollte sie mich um Hilfe bitten.«

Carla empfand einen Anflug von Schuldbewußtsein. Vielleicht hätte sie ein Auge auf das Mädchen haben sollen. Aber sie war eine Reporterin mit einer Story, die es zu verfolgen galt. Masaki war besser darin, Mutter zu spielen, als sie. Sollte er sich mit dem Straßengör befassen. »Dem Mädchen geht es wahrscheinlich prächtig«, sagte sie in absichtlich unbeschwertem Tonfall. »Masaki hat eine Menge Kontakte. Er wird sie früher oder später aufspüren. Aber da ist etwas, wobei du mir helfen kannst. Ich habe die Namen dreier Magier in Erfahrung gebracht, die mit Farazad an der Entwicklung des Zaubers gearbeitet haben. Wenn ich einen dieser drei zu einem Interview bewegen kann, bekomme ich bestimmt die Bestätigung, daß der Geist bei einem Mitsuhama-Forschungsprojekt entwickelt worden ist. Und vielleicht finde ich dabei auch mehr darüber heraus, was es mit dem Zauber auf sich hat.«

»Wie heißen diese Magier?« fragte Aziz, der sofort anbiß. »Vielleicht kenne ich einen von ihnen. Im Laufe der Jahre habe ich über den Laden viele Seattler Magier kennengelernt.«

Carla rasselte die Namen aus der Personal-Datei herunter. »Evelyn Belanger, Rolf Hosfeld und Miyuki Kishi.«

»Belanger. Hmm … Ist sie eine große Frau in den Dreißigern mit dunklen Haaren und einer weichen Stimme?«

»Ich habe keine Ahnung, wie ihre Stimme klingt, aber die dunklen Haare passen zu dem Bild in ihrer Personalakte. Kennst du sie?«

Aziz nickte. »Sie ist Stammkundin bei mir, obwohl sie seit Monaten nicht mehr im Laden war. Sie hat immer nach seltenen Büchern über Botanik und Kräuterkunde gesucht. Sie ist eine begeisterte Gärtnerin. Nach allem, was sie mir über ihren Garten erzählt hat, nehme ich an, daß er ziemlich beeindruckend ist. Sie züchtet Kräuter und exotische Pflanzen für Fetische. Ich weiß, daß sie eine Lohnmagierin ist, habe sie aber nie danach gefragt, für welchen Konzern sie arbeitet. Also Mitsuhama, wie? Kein Wunder, daß sie so viel Geld für antike Bücher ausgeben kann.«

»Würde sie sich an dich erinnern?«

»Ja, sicher. Ich habe mehr als einmal eine Auslandsbestellung für sie getätigt.«

»Fände sie es merkwürdig, wenn du sie besuchtest?«

»Nicht, wenn ich sage, daß ich endlich eines der Bücher gefunden habe, hinter denen sie her ist.«

»Und könntest du kurzfristig eines auftreiben?« fragte Carla. »Und es heute nachmittag abliefern? Und gleichzeitig ein Gespräch über den Beschwörungszauber beginnen, zu dem du dich auf Wunsch irgendeiner KKRU-Reporterin geäußert hast?«

Ein verschlagenes Grinsen huschte über Aziz' Gesicht. »Ich habe ein Buch zu Hause, das perfekt wäre. Leider hat es eine Menge Wasserflecken, und ein paar Seiten fehlen. Ich glaubte nicht, daß ich es verkaufen kann, also habe ich einige der einwandfreien Illustrationen eingescannt und on-line verkauft. Aber vielleicht würde unsere Lohnmagierin gern das Original besitzen. Das Buch ist so alt und so selten, daß es sie mit Sicherheit interessiert – trotz seines Zustands.«

»Perfekt.« Carla schlug Aziz auf den Rücken. »Dann laß es uns holen.«

Die List funktionierte noch besser, als Carla gehofft hatte. Evelyn Belanger war zu Hause, als Aziz anrief. Sie sagte, sie sei bei der Arbeit und ziemlich beschäftigt. Carla konnte sich denken, warum. Nach dem Systemabsturz im Forschungslabor würden die Magier nach Hause geeilt sein, um zu sehen, was sich von ihren privaten Dateien retten ließ. Doch nachdem sie gehört hatte, daß ein äußerst seltenes Buch über Kräuter zu einem Sonderpreis zu haben und ein zweiter Käufer interessiert war, der das Buch kaufen würde, wenn sie sich nicht rasch entschied, war Evelyn bereit, eine Pause einzulegen und sich später am Nachmittag mit Aziz zu treffen.

Belanger wohnte in einem bescheidenen Holzhaus, das vielleicht ein Jahrhundert alt war, in Brier, einem halb ländlichen Teil von Snohomish. Die Gegend befand sich größtenteils im Besitz der Agrar-Konzerne, aber hier und da gab es noch ein paar kleinere Hobby-Farmen. Evelyns Haus war einer dieser Bauernhöfe, aber anstelle einer Scheune hatte sie einen großen, mit Blumen bewachsenen Garten hinter dem Haus.

Als Aziz ihr das Buch zeigte, lud Evelyn Belanger ihn zu einer Tasse Tee ein und ging danach bereitwillig auf seine Bitte ein, ihm ihren Garten zu zeigen. Offensichtlich gab sie gerne mit ihm an. Carla, die vom Gehsteig aus zuhörte, während sie in einen Unsichtbarkeitszauber gehüllt war, den Aziz aufrechthielt, schlüpfte um das Haus durch ein Seitentor. Sie holte die beiden Magier ein, als diese gerade durch die Tür auf der Rückseite des Hauses nach draußen gingen, und schlich auf Zehenspitzen hinter ihnen her, wobei sie besonders darauf achtete, nichts umzustoßen und kein Geräusch zu verursachen.

Aziz hatte sich ebenfalls in einen Zauber gehüllt, der jedoch einfacher war als Carlas: eine Maske, welche die geröteten Blasen auf Gesicht und Händen verbarg. Es hatte keinen Sinn, sich zu früh zu verraten. Evelyn

171

Belanger würde wahrscheinlich nur einen Blick auf die Blasen zu werfen brauchen, um sich denken zu können, warum er gekommen war.

Der Garten hinter dem Haus war groß und erinnerte an einen Park. Kieswege wanden sich vorbei an Beeten und Kästen mit einem Überfluß an Vegetation. Es gab Büsche mit fleischigen Blättern, vielfarbige Ranken, die über die Zedernholz-Leisten der erhobenen Beetkästen hingen, stark duftende Kräuter und Blumen mit großen, sonnegelben Blüten. Zwischen den anderen Pflanzen wuchs Schnittlauch, dessen violette Blüten einen angenehmen Duft absonderten. Der Wind ließ die Bambusstauden in einer Ecke des Gartens rascheln, und in einem von Felsen eingerahmten und mit Seerosen bedeckten Teich gurgelte Wasser.

Belanger führte Aziz zu zwei überdachten Bänken etwa in der Mitte des Gartens, die im rechten Winkel zueinander standen. Sie stellte das Tablett mit dem Tee auf den kleinen Tisch zwischen den Bänken und bedeutete ihrem Besucher, sich zu setzen.

Eingedenk der knirschenden Geräusche, die ihre Füße auf dem Kies verursachten, blieb Carla ein paar Schritte von den Bänken entfernt. Hinter ihr fiel sanft der Regen auf die Blätter.

Carla sah sich wachsam um. Sie konnte keine offensichtlichen Sicherheitsvorkehrungen entdecken, weder technologischer noch magischer Art. Entweder glaubte Evelyn Belanger, daß diese ländliche Gegend sicher war, oder sie war der Ansicht, daß sie sich mit ihrer Magie ausreichend schützen konnte.

Mitsuhama schien Belanger mehr zu vertrauen als Mrs. Samji. Nichts deutete auf einen Beobachter oder einen paranormalen Wachhund hin. Das einzige im Haus anwesende Tier war eine gescheckte Katze, die über den Kiesweg lief, um sich Belanger auf der Bank anzuschließen. Die Schnurrhaare des Tiers zuckten, als es an Carla vorbeilief und dann innehielt, um ihre Knöchel

172

zu beschnüffeln. Glücklicherweise nahm Belanger die Reaktion des Tiers nicht zur Kenntnis.

Aziz saß auf der Bank und bewunderte den Garten, wobei er Kamillentee trank und höfliche Bemerkungen machte, als Belanger die verschiedenen Pflanzen beschrieb, die ringsumher wuchsen. Es gab eine Senfpflanzenart, die von den alten keltischen Kriegern benutzt worden war, um ihren Körper blau zu färben, und die jetzt bei Magiern beliebt war, die sich auf Kampfzauber spezialisiert hatten. Alraune, deren dunkle gegabelte Wurzel als Fetisch bei Zaubern benutzt wurde, welche die Gefühle beeinflußten – insbesondere bei Liebeszaubern. Minze, die bei Reinigungszaubern Verwendung fand. Und Misteln und Ulmen, die von europäischen Druiden und amerindianischen Schamanen gleichermaßen bevorzugt wurden.

Belanger sprach geradezu liebevoll über jede einzelne Pflanze und beschrieb sie mit sanfter Stimme. Sie war groß, größer als Aziz, und wahrscheinlich doppelt so schwer wie der spindeldürre Magier. Sie trug schlichte, erdbraune Kleidung. Wenn sie wollte, hätte sie eine imposante Erscheinung sein können. Aber sie hatte die weichen Züge und die leise Stimme einer Frau, die ihr Vergnügen darin fand, sich zurückzulehnen und zuzusehen, wie sich die Ereignisse entfalteten wie die Blüten einer Rose.

Aziz lenkte das Gespräch langsam auf die Ereignisse der vorgestrigen Nacht. Carla fokussierte ihre Cyberkamera und zoomte langsam auf Belanger. Gleichzeitig legte sie eine Hand hinter das Ohr, so daß das mit ihrem Ohr gekoppelte Mikro die Stimme der Lohnmagierin aufzeichnen konnte. Sie erhöhte die Lautstärke und die Filterleistung, um das leise Prasseln des Regens auszuschalten.

»... Sie mich vorgestern abend im Trideo gesehen?« fragte Aziz. »Ich bin von einer KKRU-Reporterin interviewt worden, die meine Meinung über eine Zauberformel wissen wollte. Die Zauberformel befand sich auf einem Speicherchip, den sie bekommen hatte. Der Chip war in der Tasche eines Magiers, äh … gefunden worden, der für Mitsuhama arbeitete. Er hieß Farazad Samji. Die Reporterin hat mir den Chip vorübergehend überlassen, so daß ich den Zauber studieren konnte, und seitdem arbeite ich an der Entschlüsselung der Formel. Ich dachte, da Sie mit dem Burschen zusammengearbeitet haben, der ursprünglich im Besitz des Zaubers war, könnten Sie mir vielleicht dabei helfen, den Zauber zu entschlüsseln …«

Seine Stimme verlor sich, als er bemerkte, daß sich Belangers Augen verengt hatten. »Was bringt Sie zu der Annahme, ich könnte Ihnen irgendwas über diesen Zauber sagen?« fragte sie.

Aziz zuckte die Achseln. »Die Datei war mit dem Mitsuhama-Logo gekennzeichnet«, log er. »Also nehme ich an, daß er in Ihrem Labor entwickelt wurde.«

»Kein schlechter Versuch«, sagte die Lohnmagierin leise. Sie griff nach dem antiken Buch, das Aziz auf die Bank gelegt hatte, und schob es zu ihm zurück. »Ich war einer Ihrer Stammkunden, aber ich habe Ihnen nie erzählt, für wen ich arbeite. Wer hat Sie geschickt? Die Reporterin?«

Carla fluchte im stillen, da Aziz seine zuvorkommende Art im Stich zu lassen schien. Wenigstens hatte er so viel Verstand, sich nicht umzusehen, um festzustellen, ob Carla plötzlich sichtbar geworden war. Damit würde er sich völlig verraten haben.

»Niemand hat mich geschickt«, sagte Aziz, wobei er sich nervös die Lippen leckte. »Ich wollte nur herausfinden, warum Mitsuhama die Zauberformel unbedingt zurückhaben wollte.«

Seine Stimme wurde hart. »Haben die Schläger, die Ihr Konzern auf den Chip angesetzt hat, Ihnen nicht erzählt, was sie getan haben, nachdem sie ihn gefunden hatten? Nicht? Nun, sie haben meinen Laden niedergebrannt.

Alle meine Bücher – in Flammen aufgegangen. Bücher, für deren Erwerb ich Jahre gebraucht habe. Wertvolle Bücher. Seltene magische Werke. Verbrannt. Vernichtet.« Er beschrieb eine Geste mit der Hand, als hacke er etwas ab, dann holte er tief Luft. »Ungebildete Schweinehunde«, sagte er leise.

»Es tut mir leid, das zu hören. Ich habe Ihren Laden wirklich gemocht. Und all die schönen Bücher ...« Evelyn Belangers Bedauern klang aufrichtig.

»Ich habe auch versucht, mehr über den Zauber auf dem Chip in Erfahrung zu bringen«, sagte Aziz. »Dabei ist es mir gelungen, die Aufmerksamkeit der astralen Wesenheit auf mich zu lenken, die Farazad getötet hat – mit katastrophalem Ergebnis, wie Sie selbst sehen können.« Mit einer raschen Geste beendete er den Zauber, der seine Blasen und die gerötete Gesichtshaut maskierte.

Belangers Augen weiteten sich. Dann wurden ihre Lippen weiß, als sie sie zusammenpreßte. »Sie hatten Glück, daß Sie es überlebt haben. Farazad war der einzige, der je in der Lage war, das Ding zu kontrollieren, und es hat ihn trotzdem getötet. Was brachte Sie zu der Annahme, Sie könnten es besser, nun, da es ein freier Geist ist?«

»Ich habe ... Hey, Augenblick mal.« Aziz richtete sich auf, und seine Augen funkelten. »Farazad hat den Geist nicht nur beschworen und dann die Kontrolle über ihn verloren? Er hat ihn zuvor tatsächlich an sich gebunden? Aber wie konnte der Geist ihn dann töten?«

Evelyn starrte Aziz an. Einen Moment lang dachte Carla, sie würde nicht antworten, sondern Aziz schlicht auffordern zu gehen. Doch dann schien sie ihre Meinung zu ändern.

»Farazad sagte, es sei nicht richtig, den Geist in Gefangenschaft zu halten«, antwortete Evelyn. »Vielleicht war er so dumm, ihn freizugeben.«

Dann seufzte sie. »Wie die Erklärung dafür auch lau-

175

ten mag, das Geheimnis, wie man das Wesen kontrollieren kann, ist mit ihm gestorben.«

Carla runzelte die Stirn, da sie nicht wußte, was sie davon halten sollte. Wenn Evelyn die Wahrheit sagte – und sie schien aufrichtig zu Aziz zu sein –, war keiner der anderen Magier, die an dem Luzifer-Projekt gearbeitet hatten, in der Lage gewesen, den Geist nach seiner Beschwörung zu kontrollieren. Und das trotz der Tatsache, daß sie ihren Personalakten zufolge bewanderter in den magischen Küsten waren als Farazad. Irgendwie hatte nur Farazad gewußt, wie er den Geist binden konnte, und seinen Kollegen diese kritische Information vorenthalten.

Falls Farazad sich geweigert hatte, den Geist weiterhin an sich zu binden und er ihn freigesetzt hatte, hing dies vermutlich mit seinem zoroastrischen Glauben zusammen. Möglicherweise hatte er tatsächlich geglaubt, der Geist sei ein Bote seines Gottes. Und einen heiligen Boten versklavte man nicht. Er hätte bestimmt nicht gewollt, daß ein anderer Magier dazu in der Lage war, auch keiner von denjenigen, die an der Entwicklung des Zaubers beteiligt waren. Gleichzeitig war Farazad aber auch ein hermetischer Forscher und ebenso gewissenhaft wie seine Frau. Er mußte sich irgendwo Notizen gemacht haben, die den Vorgang beschrieben, wie er den Geist gebunden hatte. Vielleicht hatte Mitsuhama angenommen, daß sich diese Notizen auf Farazads Speicherchip befanden, den er Masaki während des Interviews hatte geben wollen. Das würde auch erklären, warum der Konzern so erpicht darauf gewesen war, den Chip in seinen Besitz zu bringen. Irgend jemand mußte bei Mitsuhama bitter enttäuscht gewesen sein, als er den Chip endlich in der Hand gehalten hatte.

Aziz beobachtete die Magierin ganz genau, als er fortfuhr. »Ich kann den Geist nicht kontrollieren, der Farazad getötet hat«, sagte er zögernd.

Belangers Lippen preßten sich vor Enttäuschung zusammen.

»Aber ich kenne jemanden, der es kann.«

Belanger merkte auf. »Tatsächlich? Wer ist es?«

Carla fuhr sich instinktiv mit der Hand über den Hals – das Zeichen für »Schnitt«, wenn man auf Sendung war. *Laß jetzt nicht die Katze aus dem Sack, Aziz,* dachte sie eindringlich. *Sag ihnen nichts von Pitas Fähigkeiten, sonst werden sie ...*

Aziz wedelte mit einem blasigen Finger. »Das bleibt einstweilen mein Geheimnis«, sagte er selbstgefällig. »Wenn man bei Mitsuhama eine Antwort will, sollen sie dafür zahlen.« Er hob die Hand, um Belangers Protest zu ersticken. »Nicht viel, wohlgemerkt. Ich bin nicht gierig. Ich will nur genug, um wieder ins Geschäft einsteigen zu können, sagen wir dreihunderttausend Nuyen. Ich hätte gern einen neuen Laden, und zwar einen mit privatem thaumaturgischen Labor. Ich bin sicher, Mitsuhama kann die Nuyen erübrigen. Der Konzern kann einen Vertrag aufsetzen, in dem er mich als zeitweiligen privaten thaumaturgischen Berater verpflichtet, so daß alles seine Ordnung hat. Und vergessen Sie nicht, Ihren Bossen zu sagen, daß sie mir in der Zwischenzeit nicht ihre Schläger auf den Hals schicken sollen. Ich würde ohne ihre ›Überredungskünste‹ gewiß bereitwilliger mit ihnen zusammenarbeiten.«

»Wie soll ich meine Vorgesetzten davon überzeugen, daß Sie tatsächlich etwas anzubieten haben?«

Aziz deutete auf seine verbrannte Wange. »Ich habe die Begegnung mit dem Geist überlebt, oder nicht? Das beweist, daß ich – und mein Kollege – eine gewisse Kontrolle über ihn haben. Dieses Wissen sollte einiges wert sein.«

»Wir werden sehen.« Belanger versuchte ein lässiges Achselzucken, aber ihrer Schulterhaltung war die innere Anspannung, unter der sie stand, deutlich anzusehen. Sie erhob sich. »Bleiben Sie mit mir in Verbindung. Ich lasse Sie wissen, was der Labordirektor sagt.«

Drek! Ist das schon alles? Carla zoomte für eine Ganzkörperaufnahme weiter weg, als Evelyn Belanger ihren Gast durch den Garten zurückbegleitete. Sie hatte immer noch nicht den dokumentarischen Beweis, den sie brauchte, um ihre Story abzuschließen. Belanger hatte zwar mehr oder weniger zugegeben, daß der Zauber ursprünglich aus dem Mitsuhama-Forschungslabor stammte, dabei aber nichts gesagt, was deutlich genug gewesen wäre, um es in den Nachrichten verwenden zu können. Aziz war zu gierig und die Antworten der Magierin auf seine Fragen waren zu vage gewesen.

Carla war versucht, sich zu erkennen zu geben und Evelyn Belanger mit ihrem Wissen zu konfrontieren. Vielleicht bekam sie eine eindeutige Antwort. Doch dann hielt sie sich zurück. Belanger gehörte nicht zu der Sorte, die sich vor Schreck verplapperte. Hier war Raffinesse angebracht, doch hier hatte sie versagt.

Aziz und Belanger hatten das Tor erreicht. Mit einem Seufzer schaltete Carla ihre Kamera aus und schlich sich nach draußen. Sie hatte nicht viel bekommen, aber vielleicht konnte sie das, was sie bisher erfahren hatte, irgendwie benutzen. Wenn sie eine Zusammenkunft mit einem der beiden anderen Magier arrangierte, die mit Farazad an dem Projekt gearbeitet hatten, bekam sie vielleicht noch etwas mehr heraus. Das Interview mußte rasch geführt werden, bevor Aziz das Orkmädchen verkaufte – wenn er das tatsächlich vorhatte. Carla glaubte nicht, daß ihr Exfreund so hinterhältig war, aber andererseits hatte sie auch nicht mit der Wendung gerechnet, die er dem Gespräch gerade gegeben hatte. War sein Angebot, als Berater für Mitsuhama zu arbeiten, ein spontaner Entschluß, oder hatte er schon länger mit diesem Gedanken gespielt?

Carla würde ihn danach fragen müssen.

17

Pita bahnte sich einen Weg durch die Menge, die eifrig Beifall klatschte. Hunderte von Orks – vielleicht sogar Tausende – saßen auf der Straße vor dem Rathaus und weigerten sich zu gehen. Sie waren gekommen, um an der Demonstration der Initiative für Orkrechte teilzunehmen. Das dreißigstöckige Bürohochhaus an der Ecke Vierte und Seneca, vor dem sie saßen, beherbergte den Stadtrat und die Büros des Gouverneurs. Es hatte geschlossen. Die gewählten Beamten der Stadtverwaltung und das Personal waren bereits vor einer Stunde nach Hause gegangen. Doch das hielt die Demonstranten nicht davon ab, ihren Protest an die Wände aus verspiegeltem, getöntem Glas zu schreien.

Seit mehreren Wochen versuchte die Initiative für Orkrechte ein Treffen mit Gouverneur Schultz zu erreichen, um ihrer Besorgnis angesichts der Tatenlosigkeit Lone Stars im Hinblick auf die jüngsten Greueltaten des Humanis Policlub Ausdruck zu verleihen. Früher am Tag hatten sich zwölf Mitglieder der Initiative Einlaß in das Büro des Gouverneurs verschafft und dort ein Sit-in veranstaltet. Sie waren von den Sicherheitsbeamten der Metroplex-Garde hinausgeschleift und ohne viel Federlesens auf den Gehsteig geworfen worden. Jetzt hatte die Initiative ihre Leute zu einer Protestkundgebung mobilisiert.

Pita hatte davon erfahren, als sie ein altes Trideo eingeschaltet hatte, das sie im Keller des Hauses, in dem sie untergekrochen war, entdeckt hatte. Sie hatte den Ton leise drehen müssen, und das Bild hatte ständig geflackert. Doch was sie in den Nachrichten über den Protest sah, hatte sie wütend gemacht. Kein Wunder, daß der Gouverneur nicht gewillt war, etwas zu unternehmen, dachte sie grimmig, als sie sich noch einmal den

Tod ihrer Chummer vor Augen führte. Die Cops von Lone Star waren schließlich für die Morde verantwortlich.

Zwar war die Story über das Sit-in kurz gewesen, aber sie war doch in den Sechs-Uhr-Nachrichten mehrerer Sender gebracht worden. Die engagiertesten Berichte waren von den Piraten von *Orks First!* gekommen, die sich in die Nachrichtensendungen eingeschaltet und Seattles Orkbevölkerung aufgefordert hatten, sich »aus dem Untergrund zu erheben und Gouverneur Schultz zu zeigen, was ihr von der Art und Weise haltet, wie die Stadt Orks behandelt«.

Pita fühlte sich verpflichtet, sich dem Protest anzuschließen. Etwas zu sagen. Sie schuldete es Chen, Shaz und Mohan – ihren toten Chummers. Sie mußte hingehen. Sie würde dort in Sicherheit sein – nur ein Orkgesicht unter vielen. Falls die Schläger immer noch nach ihr suchten, war es höchst unwahrscheinlich, daß sie sie in der Menge ausmachen würden. Und da sie Menschen waren, würden sie sich deutlich von der Menge abheben.

Orks aller Art – und auch ein paar Trolle – hatten sich vor dem Rathaus versammelt. Der leichte Nieselregen, der mittlerweile niederging, schien sie nicht im geringsten zu stören. Die Straße vor dem Gebäude war von Orks überfüllt. Auf beiden Seiten der Menge war das wütende Hupen festsitzender Wagen zu hören. Der Verkehr war völlig zum Erliegen gekommen. Zwei Cops versuchten das Verkehrschaos zu beheben, indem sie vergeblich mit den Armen ruderten und mit ihren Trillerpfeifen den Lärm noch verstärkten.

Eine Frau mit einem Megaphon stand vor dem Eingang des Rathauses. Pita erkannte in ihr ein Mitglied der Initiative für Orkrechte. Die Frau stand im Schatten der überlebensgroßen Statuen des amerindianischen Häuptlings Seattle und von Charles C. Lindstrom – dem ersten Gouverneur des Seattler Metroplex –, aber ihre Stimme war deutlich zu hören. Sie führte die Menge durch eine

Reihe von Sprechchören: »Orks, vereinigt euch! Besteht auf eure Rechte!« Hinter ihr beäugte das Sicherheitspersonal des Rathauses die Menge durch das Dreifachglas des Haupteingangs. Die Frau stimmte einen anderen Slogan an: »Eins, zwei, drei, vier. Uns allen steht's bis hier! Fünf, sechs, sieben, acht. Die Cops sind nie da, wenn es kracht!«

Pita arbeitete sich durch die sitzenden Orks und versuchte weiter nach vorn zu kommen, wo die Frau mit dem Megaphon stand. Je näher sie kam, desto dichter drängten sich die Leute. Schließlich setzte sie sich zwischen zwei stämmige Männer. Die Frau hatte eine Rede begonnen – Pita verstand die Worte ›Prioritäten‹, ›inadäquate Präsenz‹ und ›Lone-Star-Verfahrensweise‹. Sie wartete auf eine Pause in der Tirade, während sie gelegentlich winkte und gleichzeitig all ihren Mut zusammennahm. Sie hoffte, daß das Ausschußmitglied sie reden lassen würde. Sie wollte allen erzählen, daß ihre Chummer von Cops niedergeschossen worden waren. Das war noch besser, als damit zum Trid zu gehen – das Publikum war live dabei. Carla und Masaki von KKRU hatten sie mit falschen Versprechungen an der Nase herumgeführt, aber diese Leute – diese Orks – würden zuhören. Sie mußte nur die Aufmerksamkeit der Frau erregen ...

Die Sprecherin hielt verblüfft inne, als plötzlich ein paar Meter entfernt etwas durch die Luft flog. Es war eine Bierflasche. Sie prallte gegen das Gebäude und überzog das getönte Glas mit einer schaumigen Flüssigkeit. Die Sprecherin richtete ihr Megaphon auf den Teil der Menge, aus der die Flasche gekommen war. »Bitte!« begann sie. »Dies soll ein friedlicher Protest sein. Laßt uns dabei bleiben! Wir wollen der Polizei keinen Vorwand liefern ...«

Ein paar Meter von Pita entfernt sprang ein Ork auf. Er war Anfang Zwanzig, hatte wirres, ungekämmtes Haar und trug einen schwarzen, mit Chrom beschlagenen Ledertrenchcoat. Er ruderte wild mit den Armen, um die Aufmerksamkeit der Menge auf sich zu lenken, und nutzte die Pause in der Rede, um einen neuen Sprechchor anzustimmen: »Schlagt zurück!« – *klatsch klatsch* – »Schlagt zurück!« – *klatsch klatsch* – »Schlagt zurück!« Im Takt mit dem Sprechchor reckte er jedesmal die Faust in den Himmel und klatschte zwischen der einfachen Parole in die Hände. Als die Leute aufsprangen, um in den neuen Sprechchor einzustimmen, versuchte die Frau mit dem Megaphon die Menge zu beruhigen. Doch immer mehr Leute nahmen die wütende Parole des jüngeren Orks auf und stampften mit den Füßen. Schließlich erhob Pita sich ebenfalls. Die Alternative bestand darin, getreten zu werden.

Eine weitere Flasche segelte durch die Luft. An einer Ecke des Gebäudes drängte die Menge vorwärts, bis die vorderen Reihen direkt vor der Glaswand standen. Sie schlugen mit Fäusten, Stöcken und Flaschen dagegen, ein wilder Trommelschlag der Wut, der sogar die Sprechchöre und das Klatschen übertönte.

Hinter Pita entstand ein Tumult, als die Menge auf eine Seite wogte. Pita drehte sich um, stellte sich auf die Zehenspitzen und versuchte etwas zu erkennen. Am Ende der Straße waren Lone-Star-Beamte wie aus dem Nichts aufgetaucht – in voller Rüstung und behelmt – und hatten eine Linie quer über die Straße gebildet. Diejenigen in den vorderen Reihen hielten Schockstäbe in den Händen und schlugen damit rhythmisch gegen ihre Schilde. Sie rückten langsam gegen die Versammlung der Orks vor, bei jedem Schlag auf die Schilde einen Schritt. Hinter ihnen waren andere Cops mit Anti-Aufruhr-Ausrüstung und übergroßen Gewehren bewaffnet, die mit Gelgeschossen geladen waren. Wenigstens hoffte Pita, daß es Gelgeschosse waren.

Der Anblick der bewaffneten Cops verwandelte ihren Magen in einen Eisklumpen. Sie stieß ein leises Wimmern der Furcht aus. Sie mußte verschwinden. Sofort.

Die Dinge hier würden eine häßliche Wendung nehmen, und zwar bald.

Eine Drohne des Star schoß um die Ecke des Rathauses. Sie flog tief über die Menge hinweg und verkündete dabei immer wieder dieselbe Botschaft: »Dies ist eine nicht genehmigte Versammlung. Bitte zerstreuen Sie sich. Kehren Sie friedlich nach Hause zurück. Dies ist eine nicht genehmigte Versammlung ...«

Eine Flut von Leuten stürmte die Treppe zum Haupteingang des Rathauses hinauf, und Pita wurde von ihr mitgerissen. Die Woge brandete gegen die Tür und preßte Pita gegen das harte, unnachgiebige Glas. Die Frau, die zur Menge gesprochen hatte, war verschwunden, aber ein stämmiger Troll hatte sich ihr Megaphon geschnappt. »Öffnet die Türen!« rief er hindurch. Hände hämmerten gegen die verschlossenen Türen. »Laßt uns rein!« In dem Gebäude wichen die Sicherheitsbeamten von den Türen zurück und wechselten unsichere Blicke.

Pita kämpfte sich durch die wogende Masse die Treppe zur Straße hinunter. Der größte Teil der Menge war jetzt in Bewegung und floh vor den vorrückenden Cops. Doch dann versperrte ihnen ein gepanzertes Fahrzeug des Star den Weg. Es hielt mitten auf der Kreuzung, scheinbar ohne die Leute zur Kenntnis zu nehmen, die sich in alle Himmelsrichtungen zerstreuten. Luken öffneten sich, und Pita hörte dumpfes Knallen, als Kanister abgeschossen wurden. Die Kanister fielen mit lautem Krachen auf den Asphalt und sonderten augenblicklich zischende Wolken eines weißen Dunstes ab. Ein Wolkenfetzen trieb auf Pita zu, die sofort blinzelte, als ihre Augen zu tränen begannen. Tränengas.

Sie hörte Schreie und wütende Protestrufe, als die Orks erkannten, daß sie zwischen der Linie der vorrückenden Cops auf der einen und dem Panzerfahrzeug auf der anderen Seite eingeschlossen waren. Flaschen flogen durch die Luft und prallten gegen das Panzerfahrzeug, das die Kreuzung jetzt abgeriegelt hatte. Andere, mutigere Orks hatten sich ihre T-Shirts über den Kopf gezogen und hoben die Tränengaskanister auf, um sie in die Reihen der vorrückenden Cops zu schleudern. Es war eine sinnlose Geste. Die Cops trugen nicht nur Rüstungen, sondern auch Gasmasken. Die mit Gewehren bewaffneten Cops feuerten Gelgeschosse in die Menge. Leute schrien, preßten die Hände auf die Stellen, wo sie getroffen worden waren, und wogten gegeneinander.

Der Anblick der schießenden Cops entsetzte Pita. Tränen liefen ihr übers Gesicht – entweder eine Folge der weißen Schwaden, die jetzt überall umhertrieben, oder nackter Angst. Sie kämpfte, um das Ende der Menge zu erreichen, um zu entkommen. Körper stießen unentwegt gegen sie. Hände griffen nach ihr oder schoben sie hierhin und dorthin. Jemand riß an ihrer Jacke, und für einen Augenblick bekam sie keine Luft mehr. Jemand stolperte über die Bordsteinkante, fiel gegen sie und stieß sie beinahe zu Boden. Was zuvor ein organisierter, friedlicher Protest gewesen war, entwickelte sich mehr und mehr zu einem durchgedrehten Pöbelhaufen. Jeder – Pita eingeschlossen – hatte nur noch einen Gedanken: Flucht. Und keiner von ihnen wußte, wohin er laufen sollte.

Pita ballte in ohnmächtiger Wut die Fäuste und schluchzte. Es war dumm von ihr gewesen, sich der Protestkundgebung anzuschließen, gedacht zu haben, daß ihre Anwesenheit wichtig sein könnte. Sie hätte niemals hierher kommen dürfen. Was hatte es genützt? Nichts. Der Protest hatte den Cops lediglich einen Vorwand gegeben, ihren Vorurteilen gegen die ›Porkys‹ Ausdruck zu verleihen. Sie in ihre Schranken zu weisen. Sie wieder in den Untergrund zu jagen, wo sie hingehörten.

Für einen Moment hatte Pita mehr Platz, so daß sie wieder etwas Luft bekam. Ein Orkjunge, vielleicht sechs oder sieben Jahre alt, hockte auf dem Boden und umklammerte sein blutiges Knie, während er krampfhaft versuchte, nicht zu weinen. Pita wollte ihm helfen und erstarrte dann, als die vorderste Linie der Cops mit erhobenen Schockstäben vorwärtsstürmte. Ein Teenager mit leuchtend violetten Federn im Haar lief wild gestikulierend an Pita vorbei auf die Linie der Cops zu. Eine unsichtbare Kraft prallte gegen die Schilde zweier Beamter und warf sie um. Dann zielte einer der Cops hinter ihnen mit seinem Gewehr und schoß. Violette Federn und Blut spritzten in alle Richtungen, als das Gelgeschoß das Auge des Teenagers durchbohrte und seinen Schädel zerschmetterte.

Pita balle die Fäuste. »Ihr verdammten Schweine!« schrie sie ungeachtet des Schildwalls, der immer näher kam. »Warum könnt ihr uns nicht einfach in Ruhe ...«

Sie sah den Schockstab kaum, der gegen ihren Schädel prallte. Ein Rauschen explodierte in ihrem Kopf, und plötzlich stürzte ihr der Asphalt entgegen. Sie fiel auf die Straße und spürte, wie Hände sie grob umdrehten. Während sie benommen auf dem regennassen Asphalt lag und farbige Punkte vor ihren Augen tanzten, wurden ihre Arme auf den Rücken gerissen. Etwas Enges legte sich um ihre Handgelenke. Sie sah Stiefel und die Aufschläge von Kevlarhosen – und dann waren die Cops an ihr vorbei und liefen die Straße entlang, während sie ihre Schockstäbe schwangen. Sie lag auf dem Asphalt und kämpfte darum, ihren Mageninhalt bei sich zu behalten. Der tote Junge lag nur einen oder zwei Meter entfernt. Aus seinem Kopf sickerte Blut.

Während sich ihr Kopf langsam klärte, wurde Pita klar, daß sie in großen Schwierigkeiten steckte. Sie wurde gefilzt. Und zwar von demselben verdammten Rollkommando, das Chen umgelegt hatte. Sie schloß die Augen und weinte.

18

Carla stand vor der Absperrung aus gelbem Plastikband, die den Tatort eingrenzte, und reckte sich, um besser sehen zu können. Innerhalb der Absperrung standen zwei Streifenwagen mit blinkendem Blaulicht, das die Umgebung stroboskopartig blau und rot beleuchtete. Über ihnen machte eine Überwachungsdrohne Luftaufnahmen von der Straße, während sich auf dem Gehsteig Beamte in Zivil über die drei Leichen beugten, die mit durchsichtiger Plastikfolie zugedeckt waren, um sie vor dem Nieselregen zu schützen. Andere Zivile durchkämmten die Straße, sammelten Patronenhülsen ein und verstauten sie in kleinen Plastikbeuteln.

Die Schießerei hatte vor dem Underworld 93 stattgefunden, einem Nachtclub in Puyallup, ein Stadtteil von Seattle, der vom organisierten Verbrechen kontrolliert wurde. Zwei untersetzte Männer in teuren Anzügen – wahrscheinlich Mitglieder der hiesigen ›Familie‹ – standen etwas abseits und beobachteten die Cops. Berücksichtigte man die Art und Weise, wie die Dinge hier liefen, würden sie über die Einzelheiten der Untersuchung vermutlich eher Bescheid wissen als Lone Star selbst.

Ein paar junge Stammkunden, die alle schicke, modische Kleidung trugen, standen in einer Traube im Eingang des Nachtclubs, beantworteten Fragen und zeigten dabei immer wieder auf den Gehsteig, wo die Leichen lagen. Musik dröhnte aus der offenen Tür.

Trotz ihrer kybernetischen Verstärkungen konnte Carla die Gesichtszüge der Opfer nicht ausmachen. Der Regen perlte über die durchsichtige Plastikfolie und ließ ihr Profil verschwimmen. Der Rest war von roten Schlieren verdeckt. Auf dem Beton war jede Menge Blut; der Regen hatte noch keine Zeit gehabt, es wegzuspülen.

Carla senkte ihren Regenschirm, duckte sich unter der

gelben Absperrung hinweg und näherte sich dem Lone-Star-Beamten, der die Handvoll Leute im Auge hielt, die sich auf der Straße versammelt hatten, um der Polizei bei der Arbeit zuzusehen. Wenn man die Gegend in Betracht zog, würde er einem kleinen finanziellen ›Anreiz‹ nicht abgeneigt sein und sie wissen lassen, was hier vorgefallen war.

Als der Beamte Carla sah, wandte er sich sofort zu ihr um und trat ihr entgegen, eine Hand am Schockstab, der an seinem Gürtel hing. »Entschuldigen Sie, Miss. Nur für Polizeibeamte. Bitte treten Sie wieder hinter die ...« Seine Stimme verlor sich, und er legte den Kopf ein wenig schief. Dann klappte er das getönte Visier seines Helms herauf. »Carla?«

Carla lächelte, als sie das Gesicht erkannte. Corporal Enzo Samartino. Welch ein Glück! Vor ein paar Monaten hatte sie anläßlich der Veröffentlichung des Pin-Up-Kalenders ›Die Männer Lone Stars‹ ein Interview mit ihm geführt. Die Beamten, die dafür posierten, hatten sich damit ein wenig in die Nesseln gesetzt, obwohl mit dem aus dem Verkauf erzielten Gewinn eine Kinderstation im Seattle General Hospital finanziert werden sollte. Anscheinend gefiel den hohen Tieren von Lone Star die Vorstellung nicht, daß ihre Beamten nur mit Mütze und Stiefeln bekleidet auftraten. Oder vielleicht lag es auch an der kreativen Art, wie einige der Models das Lone-Star-Abzeichen benutzten, daß die hohen Tiere so genervt waren. Jedenfalls hatte Enzo sie mit einigen der besten Zitate dieser Story versorgt. Und er hatte von dem ganzen Haufen am besten ausgesehen. Sie nahm ihren Schirm etwas zurück, um seinen dichten, dunklen Schnurrbart und die langwimprigen Augen besser sehen zu können.

»Enzo. Schön, Sie wiederzusehen! Was macht ein gutaussehender Bursche wie Sie an einem Ort wie diesem?«

Enzo erwiderte ihr Lächeln und tippte mit dem Finger gegen das Visier seines Helms. »Ich erledige nur meinen Job, Ma'am.«

Carla lachte. »Ich auch.«

»Sollten Sie nicht mit all den anderen Reportern in der Innenstadt sein? Scheint so, als würden sich die Orks vor dem Rathaus mit unseren Leuten vom Innenstadtrevier anlegen.«

Carla schüttelte den Kopf. »Ich nicht. Ich hatte über Tag Dienst. Offiziell habe ich längst Feierabend.« Sie deutete mit dem Kopf auf die Stelle, wo die Beamten arbeiteten. »Ich habe während der Heimfahrt von dieser Schießerei über den Scanner in meinem Ohr gehört. Wegen der Gegend hielt ich die Geschichte zuerst nur für eine gewöhnliche Schießerei. Aber dann hörte ich die Beschreibung eines der Opfer. Amerindianer, linke Hand vercybert und verchromt, rechte Hand mit einem schwarzen Vogel tätowiert ...«

Enzo zeigte mit seinem Daumen über die Schulter auf eines der Opfer. »Das ist er. Kennen Sie den Burschen? Wir haben ihn noch nicht identifiziert. Er stammt nicht von hier. Und er hatte nur einen einfachen Kredstab ohne Personalien bei sich.«

Carla warf einen Blick auf die Gestalt, die in einem unkenntlichen Haufen auf dem Boden lag. Die Art, wie die Plastikfolie am Kopfende eingefallen war, ließ darauf schließen, daß nicht mehr viel vom Kopf des Burschen übrig war. »Er ist ein Shadowrunner namens Raven. Bildet ein Team mit einem blonden Elf kaukasischer Abstammung um die Dreißig. Aber dessen Namen kenne ich nicht.«

»Wir haben uns schon gefragt, wer er ist. Der Sergeant hielt ihn für einen Passant, der ins Kreuzfeuer geraten ist. Also war der Elf auch in die Sache verwickelt, wie? Obwohl das jetzt auch keine Rolle mehr spielt. Wir haben ihn in einen Krankenwagen verfrachtet, aber bei der Ankunft in der Klinik war er bereits tot. Er wird keine Fragen mehr beantworten.« Enzo runzelte die Stirn. »Die beiden waren doch wohl keine Freunde von Ihnen, oder?«

»Kaum. Nur Quellen, mehr nicht.« Sie zwinkerte ihm zu. »Mit solchen Leuten verkehre ich nur auf der richtigen Seite des Gesetzes.«

Enzo ließ sich nicht ablenken. »Warum dann das Interesse an ihnen?«

»Ich habe zwar dienstfrei, aber alte Gewohnheiten lassen sich nur schwer ablegen«, antwortete Carla. »Wo es tote Shadowrunner gibt, wartet meistens auch eine Story. Was können Sie mir über die Ereignisse hier sagen?«

Enzo kaute auf seinem Schnurrbart herum und warf dann einen raschen Blick auf die Zivilbeamten. »Ist das ein offizielles Interview? Ich darf keine Namen nennen, bis die nächsten Anverwandten verständigt worden sind. Ich dürfte eigentlich nicht einmal mit Ihnen reden. Wenn der Sergeant vom Morddezernat herausfindet, daß ich Informationen weitergegeben habe...« Er beäugte die Frau, die den beiden Zivilbeamten Anweisungen gab, dann warf er einen noch nervöseren Blick auf die beiden Gangster in Anzügen.

Carla erkannte, daß sie dabei war, den kleinen Vorsprung zu verlieren, den sie sich erarbeitet hatte. Wenn sie Enzo in den nächsten paar Sekunden nicht zum Reden brachte, würde er sie hinter die Absperrung zurückscheuchen, und sie würde bis zur Pressekonferenz am nächsten Morgen warten müssen, um herauszufinden, was hier vorgefallen war. Natürlich immer unter der Voraussetzung, daß die hiesigen Unterweltkönige überhaupt eine Presseveröffentlichung gestatteten. Die Schießerei mochte nichts mit dem Besuch der Shadowrunner in ihrer Wohnung zu tun haben. Aber vielleicht war sie auch ein wichtiges Glied in der Kette, das es ihr ermöglichen würde, die Mitsuhama-Story zu knacken.

»Ich mache Ihnen einen Vorschlag«, sagte sie, indem sie ihr Cyberauge abschaltete. »Wir lassen alles auf einer inoffiziellen Ebene. Ich werde Ihren Namen nicht nennen und weder Ihr Bild noch Ihre Stimme aufzeichnen, und ich verspreche Ihnen, alle Namen, die Sie mir verraten, bis zur offiziellen Veröffentlichung für mich zu behalten. Ich werde die Verwandten der Opfer nicht belästigen, und ich gebe alle Informationen an Sie weiter, auf die ich stoße, welche bei der Lone-Star-Untersuchung von Nutzen sein könnten.« Sie bedachte ihn mit ihrem gewinnendsten Lächeln. »Wenn der Sergeant fragt, worüber Sie mit mir geredet haben, können Sie ihr sagen, daß Sie sich endlich dazu durchgerungen haben, sich mit mir zu verabreden. Abgemacht?«

Zu ihrer Belustigung sah sie, daß der Cop errötete.

»Also schön«, sagte er widerstrebend. »Ich kann Ihnen etwas erzählen, aber Sie müssen mit den Zivilen reden – offiziell –, um die ganze Geschichte zu erfahren. Ich weiß nur, daß der Runner, den Sie als Raven identifiziert haben, Opfer Nummer eins zwingen wollte, einen Spaziergang mit ihm zu unternehmen. Opfer Nummer zwei hat sich eingemischt, um zu verhindern, daß seine Freundin verschleppt wird. Jemand fing an zu schießen, jemand anders fing an, mit Manablitzen herumzuschleudern, und ein paar Minuten später waren alle drei tot. Oder alle vier, sollte ich sagen, wenn der blonde Elf auch in die Sache verwickelt war.«

»Name und Beruf der beiden Opfer?« hakte Carla nach.

»Opfer Nummer eins – eine Menschenfrau namens Miyuki Kishi – ist ein Konzernexec. Opfer Nummer zwei – Akira Hirota – ist ein japanischer Staatsangehöriger, der sich eine Adresse in Puyallup mit Opfer Nummer eins teilt. Den Tätowierungen nach zu urteilen, war er ein ganz schlimmer Junge. Ein hiesiger Yakuza. Er und die Frau geben nach jedermanns Maßstäben ein merkwürdiges Paar ab. Aber wie man so schön sagt, Liebe macht eben blind.« Enzo zuckte die Achseln. »Wenn Sie mich fragen, sieht diese Geschichte wie ein Eifersuchtsdrama aus. Abgesehen davon, daß Shadowrunner und ein Konzernexec daran beteiligt waren. Dadurch könnte es sich auch um den Versuch einer Extrahierung gehandelt haben. Und jetzt sind Sie an der Reihe, Carla. Sie können mir nicht erzählen, daß Sie ganz zufällig auf dem Nachhauseweg hier vorbeigekommen sind. Sie wohnen in Renton. Haben Sie Insider-Informationen zu diesem Fall?«

Carla zwang sich dazu, eine ausdruckslose Miene zu bewahren. Miyuki Kishi! Sie war eine der Lohnmagierinnen, die mit Farazad Samji am Luzifer-Projekt gearbeitet hatte. Nicht nur das, Carla war auch auf dem Weg zu ihr gewesen, um ihr einen Überraschungsbesuch abzustatten, als sie auf dem Scanner von der Schießerei gehört hatte. Sie hatte versucht, ein Interview mit Rolf Hosfeld zu bekommen, dem anderen Lohnmagier von Mitsuhama, war aber nicht an der Sicherheit seiner Wohnung vorbeigekommen. Und jetzt war ihre einzige andere Interviewpartnerin tot. Drek. Es war einfach nicht ihr Tag. Und Miyukis auch nicht.

Wahrscheinlich war Miyuki ihrem Arbeitgeber Mitsuhama gegenüber loyal geblieben. Durch die Beschwörung des löwenköpfigen Hundes im Samji-Haus hatte sie zu verhindern versucht, daß etwas über das Forschungsprojekt des Konzerns nach außen drang. Und daher war es äußerst zweifelhaft, daß sie wie Farazad ihre Extrahierung selbst in die Wege geleitet hatte. Und wenn doch, hätte sie die Extrahierung niemals an einem Abend stattfinden lassen, an dem sie mit ihrem Yakuza-Freund unterwegs war. Was bedeutete, die versuchte Entführung hatte sie überrascht. Es handelte sich um eine gewaltsame Extrahierung – also um eine Entführung.

Interessant war, daß sie von denselben Shadowrunnern hatte ausgeführt werden sollen, die vorgehabt hatten, Farazad an den Renraku-Konzern zu verkaufen. Wahrscheinlich hatten die Runner Renraku mittlerweile längst eine Kopie des Zaubers zur Beschwörung des Geistes verkauft – die Kopie, die sie gestern aus Carlas Wohnung gestohlen hatten. Eine Kopie, die ohne Farazads

Wissen, wie man den Geist nach seiner Beschwörung kontrollieren konnte, wertlos war.

Falls Renraku tatsächlich der ›Mr. Johnson‹ hinter diesem Job war, würde der Konzern über den Kauf eines unvollständigen Pakets ziemlich verärgert sein. Zweifellos hatten die Execs von den Runnern verlangt, ihnen das fehlende Puzzleteil zu besorgen. Und die Shadowrunner mußten von der Annahme ausgegangen sein, daß einer der Magier, die mit Farazad zusammengearbeitet hatten, den Schlüssel haben mußte. Zu ihrem Pech hatten sich die Lohnmagierin und ihr Freund als zähe Brocken erwiesen. Trotzdem, die Runner hatten gewußt, daß sie es mit einer Magierin zu tun hatten – auch wenn ihnen vielleicht nicht klar gewesen war, daß ein Yakuza mit von der Partie sein würde. Die Bezahlung mußte in der Tat ziemlich gut gewesen sein.

Enzo wartete auf Carlas Antwort.

»Es sieht jedenfalls wie ein Extrahierungsversuch aus«, antwortete sie. »Wahrscheinlich waren die Runner hinter Miyuki Kishi her, weil sie bei Mitsuhama Computer Technologies in der Forschungsabteilung arbeitet. Mit ihrem Wissen über Mitsuhamas Forschungsprojekte war sie auf jeden Fall ein wertvolles Ziel.«

Enzos Augen verengten sich zu Schlitzen. »Woher wissen Sie, wo sie gearbeitet hat? Das habe ich mit keinem Wort erwähnt.«

Carlas Mut sank, als der Cop ihr eine Hand auf den Arm legte und sie halb zu den Zivilbeamten herumdrehte. »Ich glaube, ich sollte den Sergeant hinzuziehen«, sagte er. »Sie kennen drei der vier Opfer – kaum ein Zufall, wenn Sie mich fragen.«

»Ich kenne Miyuki nicht persönlich«, erklärte Carla eiligst. »Tatsächlich bin ich der Frau in meinem ganzen Leben noch nie begegnet. Ich habe nur ihren Namen wiedererkannt, weil ich eine Story über einen Kollegen von ihr gemacht habe – einen Mitsuhama-Angestellten namens Farazad Samji, der vor vier Tagen gestorben ist.

Ich wollte Farazads Mitarbeiter für die Story interviewen, die KKRU über seinen Tod gemacht hat. Miyuki war eine von denen, die mit Farazad im Forschungslabor zusammengearbeitet haben.«

Enzo drehte sich wieder zu ihr um und hörte zu. Er hatte ihren Arm losgelassen, ließ sie aber nicht aus den Augen, als befürchte er, sie könne in einem unachtsamen Augenblick die Flucht ergreifen. »Wie ist dieser Mitarbeiter gestorben?«

»Er hat offenbar eine Art Geist beschworen. Ich weiß nicht warum, aber anscheinend hat der Geist ihn getötet. Der Zauber, den Farazad benutzt hat, war auf einem Speicherchip aufgezeichnet, den ein Augenzeuge in seiner Tasche gefunden hat.«

»Ich erinnere mich jetzt«, sagte Enzo. »Sie meinen den Exec, der in der Gasse starb. Ich habe Ihre Story darüber gesehen. Aber wo ist die Verbindung? Warum glauben Sie, daß es sich hier um eine versuchte Extrahierung handelt?«

»Die beiden Runner, die heute abend gestorben sind, haben an dem Tag, nachdem wir die Story über Farazad gesendet haben, äh … Kontakt mit mir aufgenommen«, sagte Carla. Sie beschloß, Dichtung und Wahrheit zu vermischen. »Sie wollten uns überreden, ihnen unsere Kopie der Zauberformel zu geben, wahrscheinlich, um sie dann an jemand anders zu verkaufen. Es besteht die Möglichkeit, daß der Zauber in dem Mitsuhama-Labor entwickelt wurde und daß ein anderer Konzern bereit war, einen Haufen Geld dafür zu bezahlen. Doch KKRU hat sich geweigert, Geschäfte mit ihnen zu machen.

Raven und sein Elfen-Freund schienen ziemlich scharf auf die Zauberformel zu sein«, fuhr Carla fort. »Vielleicht dachten sie, sie könnten sie von Miyuki bekommen. Aber wenn man es genau nimmt, ist meine Schlußfolgerung, daß es sich um eine Konzern-Extrahierung handelt, wirklich nur eine Vermutung.«

Enzo starrte sie schweigend an. Sie wußte nicht, ob er ihr die Story abkaufte.

»Hören Sie«, fügte sie hinzu. »Ich erzähle Ihnen noch etwas, wenn Sie nicht fragen, woher ich es weiß – und ihrem Sergeant verschweigen, von wem Sie es erfahren haben. Etwas, das dem Morddezernat helfen könnte, den heutigen Fall zu lösen. Wenn ich es Ihnen erzähle, lassen Sie mich dann gehen, ohne mir weitere Fragen zu stellen?«

Enzo verschränkte die Arme vor der Brust, dachte einen Moment lang nach und nickte dann. »Also schön«, willigte er schließlich ein. »Aber es wäre besser, wenn Ihre Story stimmt. Wenn nicht, weiß ich, wo ich Sie finden kann.«

»Sie stimmt.« Carla holte tief Luft, dann fuhr sie fort. Es konnte nicht schaden, wenn die Cops ein paar Nachforschungen für sie anstellten. Vielleicht ergab sich etwas daraus. »Ich weiß aus zuverlässiger Quelle, daß die beiden toten Runner für Renraku gearbeitet haben. Vorausgesetzt, der Konzern hat noch andere Runner auf der Lohnliste – und in dieser Stadt, in der es keinen Mangel an Runnern gibt, kann man das als gegeben betrachten –, könnte es noch einen Versuch geben, einen anderen Lohnmagier Mitsuhamas zu extrahieren. Farazad und Miyuki hatten noch zwei Mitarbeiter. Sie heißen Evelyn Belanger und Rolf Hosfeld.«

Enzos Augen weiteten sich. »Sie sagen, sie könnten als nächste an der Reihe sein?« Er griff nach dem Funkgerät an seiner Hüfte. »Ich melde das wohl besser. Mitsuhama möchte vielleicht zusätzliche Sicherheit für die beiden bereitstellen.«

Carla hob die Absperrung und machte Anstalten, sich darunter hinwegzuducken. »Versprechen Sie, daß Sie meinen Namen da raushalten?« fragte sie. Sie warf einen bedeutungsvollen Blick auf die beiden untersetzten Männer in Anzügen. »Da eines der Opfer ein Yakuza ist, wird es einige Aufregung geben. Und ich will die Yaks nicht im Nacken haben. Ich glaube nicht, daß das sehr gesund wäre.«

»In Ordnung«, antwortete Enzo. »Solange Sie Stillschweigen darüber bewahren, daß ich Ihnen die Namen der Opfer genannt habe.« Er warf einen Blick auf die beiden Yaks. »Aus denselben Gründen.«

»Abgemacht. Und was die Verabredung angeht, rufen Sie mich doch einfach in ein, zwei Tagen an, okay?« Carla hauchte ihm einen Kuß zu und eilte zu ihrem Wagen zurück.

19

Pita beobachtete durch das schmierige, mit Draht verstärkte Fenster des Lone-Star-Gefangenentransporters, wie das Fahrzeug vor einem Gebäude mit grauen Betonmauern und einer großen Metalltür vorfuhr. Sie schwankte, als der Wagen rückwärts vor der Metalltür in der Betonmauer anhielt. Langsam und mit lautem Kreischen glitt die gepanzerte Tür des Gebäudes auf. Dann klickten schwere mechanische Schlösser in den hinteren Türen des Transporters. Die Türen öffneten sich einen Spalt, durch den ein Streifen flackernden, fluoreszierenden Lichts fiel.

Ein Lautsprecher im Laderaum des Transporters erwachte knisternd zum Leben. Eine angenehme, gut modulierte weibliche Stimme ertönte. »Sie sind im Untersuchungsgefängnis Lone Stars in der Innenstadt von Seattle angelangt. Bitte verlassen Sie das Fahrzeug durch die hinteren Türen in ruhiger und geordneter Weise ...«

Einer aus dem Dutzend Orks, die sich den Laderaum des Transporters mit Pita teilten, brüllte auf und übertönte den Rest der Anweisungen. Er sprang von der Bank an der Wand auf und zielte mit einem bestiefelten Fuß auf den Lautsprecher. Der Ork war ungewöhnlich geschmeidig und in der Lage, das Gleichgewicht zu halten und gegen ein Ziel hoch über seinem Kopf zu treten, obwohl ihm die Hände mit Handschellen auf den Rücken gefesselt waren. Doch sein Fuß prallte von dem dicken, perforierten Plexiglas ab, das den Lautsprecher umgab, und hinterließ lediglich einen Schmutzfleck.

»... werden einer nach dem anderen in die Registratur des Gefängnisses geführt, wo man Ihre Personalien aufnehmen wird, bevor Sie in Ihre Zellen gebracht werden. Bitte gehen Sie jetzt durch die Metalltür.«

Eine Orkfrau etwa Mitte Zwanzig, deren kahler Schädel von der Tätowierung eines biolumineszierenden goldenen Spinnennetzes überzogen wurde, schob die Wagentüren mit der Schulter auf und sprang hinaus. »Da wären wir, Chummers. Erdgeschoß: Cyberwarescans, Netzhautscans, Bluttests und DNS-Proben. Für null Nuyen ein echtes Sonderangebot.«

Die anderen brachen in müdes Gelächter aus und schlurften mit leicht gesenktem Kopf vorwärts, um nicht an die niedrige Decke des Transporters zu stoßen. Einer nach dem anderen sprangen sie auf den Zementboden der Röhre jenseits der Metalltür. Pita, die immer noch ein wenig benommen von den Nachwirkungen des Schockstabs war, stolperte. Die Frau mit der Tätowierung fing sie auf und stützte sie.

»Alles in Ordnung, Mädchen?« fragte die Frau.

Pita nickte, da sie ihrer Stimme nicht traute.

»Du bist wohl noch nie verhaftet worden, was?« fuhr die Frau fort. »Ich kann dir nur raten, nichts gegen einen Cop zu unternehmen, wenn sie dir die Handschellen abnehmen, oder irgendwas mit Magie zu versuchen. Wenn du das tust, verpassen sie dir Puls-Handschellen oder ziehen dir eine Magiermaske über den Kopf.«

Als der letzte Gefangene den Transporter verlassen hatte, ertönte eine Stimme aus einem Lautsprecher an der Decke. Die Stimme war diesmal männlich, aber gleichermaßen mechanisch. »Die Außentür wird geschlossen. Bitte halten Sie sich von der gelben Linie fern.« An der Wand neben der Tür blinkte eine rote Lampe, und ein Summer ertönte im Rhythmus des Blinkens. »Die Tür schließt sich in fünf, vier, drei, zwei, eins …«

Mit demselben ohrenbetäubenden Kreischen, das sie beim Öffnen von sich gegeben hatte, glitt die Tür zu, versiegelte das eine Ende des Ankunftstraktes und versperrte die Sicht auf den Gefangenentransporter. Die Gefangenen fingen an, den Lärm mit Sprechchören zu übertönen. »Drek, nein, wir geh'n nicht rein! Drek, nein …«

Ihre Stimmen hallten in dem engen Trakt. Die Orks

stampften im Rhythmus des Sprechchors mit den Füßen und verstärkten dadurch den Lärm. Nach einem Augenblick fiel Pita mit ein und stampfte auch mit dem Fuß. Dadurch würde sie zwar nicht hier rauskommen, aber mit den anderen Häftlingen Parolen zu brüllen, bewirkte, daß sie sich besser fühlte. Sie schien durch die kleine Schar beschützt zu sein, und ein Gefühl des Trotzes erwachte in ihr. Es spielte keine Rolle, daß einer der Gefangenen aus einer Schramme an der Wange blutete und sich ein anderer seinem Hinken nach zu urteilen den Fuß gebrochen hatte. Wenn sie zusammenhielten, sich gegen die Cops wehrten ...

Pita spürte plötzlich eine Vibration tief in ihren Knochen. Ihr Magen fühlte sich auf einmal an, als werde er von unsichtbaren Händen gedreht. Sie krümmte sich und kämpfte gegen das Übelkeitsgefühl an. Sie hörte, wie sich jemand neben ihr übergab, dann lag der stechende Geruch nach Erbrochenem in der Luft. Neben ihr preßte die tätowierte Frau durch zusammengebissene Zähne: »Die Schweine. Sie beschallen uns mit Niederfrequenzwellen.« Dann gab Pita ihr Mittagessen von sich. Sie mußte sich jetzt auf ihre Eingeweide konzentrieren, die sich anfühlten, als seien sie mit Eiswasser gefüllt.

Gnädigerweise hörten die Vibrationen auf, bevor sie völlig die Beherrschung verlor. Die Orks im Ankunftstrakt richteten sich zögernd auf, die Hände immer noch vor den Bauch gepreßt. Ein oder zwei weinten – entweder aus Furcht oder aus ohnmächtiger Wut –, während sie sich Erbrochenes aus den Mundwinkeln wischten.

Pita spie auf den Boden, um den Geschmack halb verdauter Konzentratriegel loszuwerden. In der Röhre roch es widerlich. Sie atmete so flach sie konnte. Ihr Magen befand sich immer noch in Aufruhr. Die Tatsache, daß der Boden bei ihrer Ankunft sauber gewesen und jetzt vom Erbrochenen glitschig war, konnte nur bedeuten, daß sie von den bei der Demonstration Verhafteten die ersten waren, die hier eintrafen. Oder vielleicht waren sie auch nur die lautesten. Sie beschloß, sich so ruhig und friedlich wie möglich zu verhalten. Vielleicht würden sie die Cops gar nicht weiter beachten.

Die Stimme setzte ihre tonlosen Anweisungen fort. »Bitte gehen Sie einer nach dem anderen durch die Schleuse zwecks Aufnahme der Personalien. Bitte gehen Sie …«

Diesmal gingen die Orks schweigend weiter. Während die Stimme ihren Spruch immer wieder aufsagte, bildeten sie eine Reihe und schlurften einer nach dem anderen durch eine kleinere Tür am anderen Ende der Röhre. Die kahlköpfige Frau mit der Tätowierung war genau vor Pita. Sie bedachte Pita mit einem breiten Grinsen und trottete dann trotzigen Schrittes und mit hoch erhobenem Kopf durch die Luftschleuse. Mit einem leisen Zischen schloß sich die Tür hinter ihr.

Nach einer oder zwei Minuten war Pita an der Reihe. Sie betrat nervös die winzige Fläche zwischen den beiden Türen der Luftschleuse. Die Tür hinter ihr schloß sich, und sie war in völlige Dunkelheit gehüllt. Sie hatte das unbestimmte Gefühl, daß sie von unsichtbaren Augen beobachtet wurde, und verspürte ein Kribbeln, bei dem sich die Haare auf ihren Armen sträubten. »Magie«, flüsterte sie zu sich selbst. Sie kannte das Gefühl seit dem Angriff des Magiers mit den Dreadlocks. Sie stellten irgendwas mit ihr an. Was? Sie nagte an ihrer Unterlippe und betete, daß es sich nur um irgendeine magische Abtastung der harmloseren Art handelte. Sie glaubte nicht, daß sie in der Lage waren, ihre neu erwachten magischen Fähigkeiten zu entdecken, wenn sie nicht mit *Katze* in Kontakt stand, war aber nicht sicher.

Pita wollte gar nicht erst an andere Möglichkeiten denken – daß die Cops ihren Verstand verwirrten, ihre Lebensenergie anzapften oder … Sie verdrängte diese Ängste und strengte ihre Augen an, um etwas zu sehen. Doch die Schwärze war undurchdringlich. Sie konnte nicht einmal die Tür sehen, die ein paar Zentimeter vor ihr aufragte. Warum öffneten die Cops sie nicht? Sie blinzelte ein paarmal und kämpfte gegen die Tränen an. Sollte sie um Hilfe rufen? Hatte man sie vergessen? Sollte sie gegen die Tür treten, oder würde das die Cops nur gegen sie aufbringen ...?

Die Tür vor ihr öffnete sich. Durch die plötzliche Helligkeit geblendet, war Pita unfähig, irgend etwas zu erkennen. Hände packten ihre Arme und Schultern und zerrten sie aus der Luftschleuse. Als sie vorwärts stolperte, hörte sie Stimmengewirr und das Summen elektrischer Geräte. Dann wurde sie auf einen Stuhl gedrückt. An der Lehne des Stuhls war etwas befestigt, das sich in ihren Nacken preßte – eine Art Klammer, der Kälte nach zu urteilen aus Metall. Pita schluckte und fragte sich, welchen Zweck die Klammer erfüllte.

Endlich kehrte ihr Sehvermögen zurück. Sie schaute sich um und sah, daß sie sich in einer von mehreren kleinen Nischen an den Wänden eines großen Raums befand, in dem bewaffnete und uniformierte Posten Wache standen. Die Wände der Nischen bestanden aus Plexiglas, das einmal klar und durchsichtig gewesen sein mochte, jetzt aber schmutzig und zerkratzt war. Pita konnte undeutlich ein paar der Orks sehen, die im Ankunftstrakt bei ihr gewesen waren. Jeder wurde von uniformierten Beamten einem anderen Test unterzogen. Bevor sie die Möglichkeit hatte, nach der Frau mit der Kopftätowierung zu suchen, kamen zwei Beamte in ihre Nische. Pita verkroch sich vor ihnen förmlich in den Stuhl, indem sie ihre mit Handschellen gefesselten Arme in sein hartes Plastik bohrte. Doch die beiden sahen sie kaum an. Einer zwang ihren Kopf in die Metallklammer an der Rückenlehne, während der andere eine Kamera herunterzog, die an einem ausziehbaren Arm an der Decke befestigt war.

»Schauen Sie bitte in den Netzhautscanner«, sagte einer der Cops mit gelangweilter Stimme. »Und halten Sie die Augen still, sonst dauert es länger.«

»Und versuchen Sie nicht, besonders schlau zu sein und die Augen zu schließen«, fügte der andere Cop hinzu.

Die Abtastung dauerte nur einen Augenblick. Die Kamera gab ein schwaches Summen von sich, und Pita wurde von einem roten Blitz geblendet. Dann scheuchte sie ein Cop mit seinem Schockstab in die nächste Nische.

In rascher, geordneter Folge machten die Cops ein Holobild von Pita, stachen ihr in den Finger, um ihr eine Blut- und DNS-Probe abzunehmen, schnitten ihr für irgendeinen obskuren Test eine Haarlocke ab und nahmen schließlich mit einem elektronischen Scanner, der auf jeden Finger gedrückt wurde, während ihre Hände immer noch auf den Rücken gefesselt waren, ihre Fingerabdrücke. Wahrscheinlich bestand eine Direktverbindung zwischen den elektronischen Geräten und Lone Stars Zentralcomputer, denn die einzige Person, die Daten in einen Computer eingab, war die Polizistin, die sie nach Name, Alter, Rasse – als sei das nicht offensichtlich – Adresse und nächsten Anverwandten fragte. Pita wurde gefragt, ob sie Drogen genommen hatte, und dann noch einmal über ihre Rechte aufgeklärt. Dann wurde sie von einer gelangweilt aussehenden Polizistin mit Latexhandschuhen gründlich gefilzt. Die Polizistin entfernte alles aus Pitas Taschen: ihr Buch über Schamanismus, die paar Münzen, die sie hatte mitgehen lassen, nachdem früher am Tag irgendein dämlicher Kunde in einem kleinen Restaurant ein Trinkgeld auf dem Tisch hatte liegen lassen, den silbernen Ring, den Chen ihr gegeben hatte und der für ihre fetten Orkfinger jetzt zu klein war, sogar einen halb aufgegessenen Konzentratriegel in seiner zerknitterten Einwickelfolie. Ihre bescheidenen Habseligkeiten wanderten in einen Plastikbeutel, der verschweißt wurde. Mit einem schwarzen Marker schrieb sie darauf: ›Patti Dewar, PID 500387378.‹

Pita ließ den Plastikbeutel nicht aus den Augen, als er

beiseite gelegt wurde. »Wann kriege ich meine Sachen zurück?« fragte sie mit zitternder Stimme.

»In den Verwahrungszellen sind keine persönlichen Besitztümer gestattet«, antwortete die Polizistin mit gereizter Stimme. »Diese Gegenstände werden Sie nach Ihrem ersten Gerichtstermin zurückerhalten. Das heißt, wenn Sie auf Kaution freigelassen werden.«

»Aber könnte ich nicht wenigstens ...«

»Gehen Sie weiter, bitte.« Die Polizistin widmete sich bereits der nächsten Frau. »Die nächste!«

Mit einem letzten Blick auf den Plastikbeutel mit ihren Habseligkeiten ließ Pita sich widerstrebend zu einer Tür in der Seitenwand führen. Als sie sich öffnete, wurde sie von zwei mit Schockstäben bewaffneten Beamten in Empfang genommen. Sie ging in die Richtung, die sie angaben, und schlug ein forsches Tempo ein, um Entfernung zwischen sich und die Schockstäbe zu legen. Ihr gefiel die Art nicht, wie einer der Cops den Daumen immer dicht über dem Auslöser hielt.

Der Flur führte zu einer Reihe von Zellen. Die erste wurde von zwei schmuddelig aussehenden Menschen und einem Dutzend Orkfrauen belegt. Die Häftlinge marschierten wütend vor sich hin murmelnd in der Zelle auf und ab. Sie überschütteten die Cops, die Pita eskortierten, mit Buhrufen. Die Cops ignorierten sie und drehten Pita um, so daß sie mit dem Gesicht zu der vergitterten Zellentür stand. Dann gaben sie etwas Heißes auf die Plastikhandschellen, mit denen sie gefesselt war. Sie roch verbranntes Plastik, und dann konnte sie die Arme wieder bewegen, als sich die Handschellen öffneten.

Die Cops bedeuteten den Frauen in der Zelle zurückzutreten und machten Anstalten, nach denjenigen, die sich zu langsam bewegten, mit ihren Schockstäben zu stoßen. Dann öffneten sie die Tür und schoben Pita hinein. Bevor sie sich umdrehen konnte, fiel die Zellentür hinter ihr mit lautem Knall ins Schloß.

Pita betrachtete die anderen Orks, die die Zelle mit ihr

teilten. Drei von ihnen waren bei ihr im Gefangenentransporter und im Ankunftstrakt gewesen. Doch die
Frau, die ihr zuvor geholfen hatte, sah sie nicht. Trotz der
körperlichen Nähe der anderen Frauen fühlte sie sich
vollkommen allein. Ihre Augen fingen an zu tränen, und
sie blinzelte rasch, um ihre Tränen zu verbergen. *Benimm
dich nicht so hirnrissig,* sagte sie sich. *Du bist in einem Untersuchungsgefängnis. Selbst wenn die Cops auftauchen, die
Chen und die anderen gegeekt haben, können sie dir nichts
tun, solange du hier bist.* Sie holte tief Luft und schaute
sich um.

Die Zelle maß ungefähr zehn mal zehn Meter. Sie
füllte sich rasch. Die Cops brachten ständig neue Orkfrauen. Mehr als eine blutete am Kopf oder hatte weiße
Stellen, wo sie ein Schockstab erwischt hatte. Ein paar
schienen einander zu kennen und wurden mit erhobener
Faust und einer Parole der Initiative für Orkrechte begrüßt. Diese Frauen schrien und spuckten die Cops an,
welche die Häftlinge an den Zellen vorbeiführten, und
lachten ihnen ins Gesicht, wenn die Cops sie ›Porkys‹
nannten. Andere Häftlinge – besonders jene, die besser
gekleidet waren – schienen über ihre Inhaftierung ebenso
verwirrt zu sein wie Pita.

Pita sah von einem Gesicht zum anderen, da sie nach
jemandem Ausschau hielt, mit dem sie sich anfreun-
den konnte. Dann hörte sie ein klirrendes Geräusch, als
etwas Metallenes gegen die Gitterstäbe schlug.

»Hey, du!« sagte eine Männerstimme. »Das junge
Mädchen. Dreh dich mit dem Gesicht zur Zellentür!«

Pita warf einen Blick über die Schulter. Auf der anderen Seite der Tür stand ein Cop, der durch die Gitterstäbe in die Zelle schaute. Er trug die wattierte Lederjacke und die schweren Stiefel eines Streifenpolizisten
und dazu einen Helm. Das getönte Visier verbarg seine
Augen vollkommen, so daß er noch bedrohlicher aussah.
Irgendwo hinter dem Visier blinkte kurz ein rotes Licht.
Er hatte wohl ein Cyberauge. Licht wurde von den ver-

chromten Zahlen auf der oberen rechten Seite seiner Jacke reflektiert: 709.

Pita wandte sich ab und ging langsam in den rückwärtigen Teil der Zelle, in der sich jetzt mehr als zwei Dutzend Frauen befanden. Wenn sie sich hinter einigen von ihnen verstecken konnte, gelang es ihr vielleicht, dem suchenden Blick des Cops auszuweichen. Vielleicht – nur vielleicht – hielt er tatsächlich nach jemand anders Ausschau. Doch Pita glaubte es nicht. Sie war die jüngste in der Zelle.

Sie fing an, das Mantra herunterzubeten, das sie in der Gasse gerettet hatte, in der Nacht, als sie sich in dem Müllcontainer versteckt hatte. *Er sieht mich nicht. Er bemerkt mich nicht.* Aber dann ließ sie das Klirren von Metall zusammenfahren, und ihre Konzentration war dahin.

»Hey, du!« sagte der Cop, lauter diesmal. »Das Mädchen in der schwarzen Jacke und mit der eingerissenen Jeans. Häftling Nummer 500387378. Ich sagte, dreh dich um. Sofort!«

Pita hatte plötzlich viel Platz. Soviel zu den Solidaritätsparolen der Initiative für Orkrechte. Die ›Schwestern‹ ließen sie im Stich. Pita schluckte ihre Furcht herunter und drehte sich zu dem Cop um. Sie fiel beinahe in Ohnmacht, als sie sah, was das Klirren an den Gitterstäben verursacht hatte. Seine Hand. Sie bestand aus chromglänzenden Metallgelenken. Sie erkannte das charakteristische Klicken und Surren, als er einen Finger ausstreckte und auf sie zeigte. Dasselbe Geräusch hatte sie gehört, als er die Machete geschwungen hatte, mit der Chen und ihre beiden Chummer zerstückelt worden waren.

Ihr Magen flatterte plötzlich. Pita war sicher, daß ihr wieder übel würde. Sie streckte blindlings eine Hand in der Hoffnung aus, einer der anderen Häftlinge würde ihre Notlage spüren und zu ihr eilen, um sie zu stützen.

Niemand tat es.

»Gehört dir das?« fragte der Cop. In seiner anderen

Hand, derjenigen aus Fleisch und Blut, hielt er das Buch, das Pita aus Aziz' Laden gestohlen hatte.

Pita öffnete den Mund, bekam jedoch kein Wort heraus. Ihr gelang lediglich ein schwaches Nicken. Ihre Augen waren rund und geweitet und starr auf die Metallhand des Cops gerichtet.

»Bist du eine Schamanin?«

»Ich …« Pitas Stimme versagte. Ihre Beine fühlten sich an, als hätten alle Muskeln ihre Kraft verloren. Sie war sicher, daß sie jeden Augenblick unter ihr nachgeben würden.

»Wo ist deine thaumaturgische Lizenz?« fragte der Cop. »Wenn du innerhalb der Stadtgrenze Magie praktizierst, brauchst du eine Lizenz.«

Pita hätte beinahe vor Erleichterung aufgelacht. War das alles, was der Cop von ihr wollte? Ihr die Übertretung irgendeines unwichtigen Gesetzes nachzuweisen? Vielleicht hatte er sie doch nicht erkannt. Die Straße, auf der Chen und die anderen erschossen worden waren, war nicht sonderlich hell beleuchtet gewesen. Vielleicht hatten die Cops sie durch die getönten Scheiben ihres Streifenwagens nicht richtig gesehen.

Der Cop krümmte einen Metallfinger. »Du kommst mit mir. Auf dich wartet noch eine besondere Prozedur.«

Pitas Hände fingen an zu zittern. Hatte der Cop das Wort ›besondere‹ betont? Was meinte er damit? Sie wollte es gar nicht herausfinden. Sie suchte verzweifelt nach irgendeiner Versteckmöglichkeit.

Doch es war zu spät. Der Cop hatte sich das Buch bereits unter einen Arm geklemmt und öffnete die Zellentür.

20

Es war nicht kalt. Trotzdem zitterte Pita. Sie saß auf einem Schaumstoffstuhl, der schwach nach abgestandenem Schweiß roch, und ihre Hände kneteten nervös den abgewetzten Stoff ihrer Jeans. Der Raum war klein und völlig kahl: nackte Betonwände und eine grüne Metalltür. Es gab keine Fenster. Die einzige Lichtquelle war eine Halogenleuchte an der Decke.

Der Cop, der sie aus der Zelle geholt hatte – derselbe, der Chen getötet hatte –, umkreiste Pita mit den langsamen und bedächtigen Bewegungen eines Raubtiers. Er blieb nur einmal kurz stehen, um die Kamera abzuschalten, die den Raum überwachte. Abgesehen von dem schroffen Befehl, diesen Raum zu betreten, hatte er seit Verlassen der Untersuchungszelle kein einziges Wort zu ihr gesagt. Er hatte das Visier seines Helms hochgeklappt, doch was sich darunter befand, war noch schlimmer: ein kaltes blaues Auge und ein kybernetisches Implantat aus glitzerndem Metall mit einer flachen Linse im Zentrum.

Pita konzentrierte sich darauf, auf den Boden zu starren, da sie nicht wieder in dieses Gesicht schauen wollte.

Plötzlich stand der Cop vor ihr. »Hey, Porky!« rief er.

Pita schrak zurück, dann versuchte sie das Zittern ihrer Hände zu verbergen, indem sie die Hände um den Stoff ihrer Jeans zu Fäusten ballte.

Der Cop kicherte leise. Er setzte seine Umkreisungen fort, dann blieb er hinter ihr stehen, wo sie ihn nicht sehen konnte. Aber sie spürte seinen Blick auf ihrem Rücken.

»Ich habe dir eine Frage gestellt«, sagte der Cop in einem leisen, bedrohlichen Tonfall. »Bist du eine Schamanin oder nicht?«

»Nein«, flüsterte Pita, die nicht einmal wußte, ob sie

log. Schließlich hatte sie keine Ausbildung erhalten. »Ich bin nur ein Kind.« Sie versuchte sich zu konzentrieren wie zuvor, als sie die Gedanken des Yakuza-Mannes kontrolliert hatte. Doch sie konnte sich lediglich Chens blutige Leiche und das unmenschliche Ungeheuer hinter ihr vorstellen, das sich über Chen beugte, ihn zerstückelte und seine Cyberhand in das Blut tauchte, um eine Parole an die Mauer zu schmieren ...

»Für mich siehst du nicht wie ein Kind aus. Du siehst ziemlich ... entwickelt ... für das Alter aus, das du angegeben hast.« Er ließ die Worte einen Moment lang in der Luft hängen.

Pita schluckte. Was meinte er damit? Sie war groß für ihr Alter – groß für einen Menschen, um genau zu sein, aber nicht sehr groß für einen Ork. Doch der Mensch, der hinter ihr stand, war noch größer als sie und doppelt so muskulös. Und er hatte eine kybernetische Hand, die ihren Kopf zerquetschen konnte wie ein rohes Ei.

»Du hast keine Adresse angegeben.« Er sagte es hart und kategorisch, wie eine Anklage.

»Ich habe keine. Aber ich habe früher in Puyallup gewohnt, bis ...« *Bis zu meiner Goblinisierung,* dachte sie. *Bis meine Eltern mich rausgeworfen haben.*

»Du bist also eine Göre aus den Barrens«, vermutete er. Doch er irrte sich. Pita und ihre Familie hatten auf der anderen Seite der Schienen in einer Gegend gewohnt, in der Metamenschen nicht willkommen waren.

Der Cop beugte sich über sie. Pita spürte seinen Atem im Nacken. »Du hättest in den Barrens bleiben sollen. Es sind Gossenpunks wie du, die all die Probleme in der Innenstadt verursachen. Bettelei, Ladendiebstähle, verstopfte Gehsteige, indem ihr dort auf euren schmutzigen Decken schlaft, Verbreitung von Läusen und Krankheiten ... Was sollen anständige Leute tun, wenn sie euch in Gangs auf der Straße rumhängen sehen, wo ihr Drogen und Sex verkauft? Meine Freundin hat wegen Abfall wie dir Angst, nachts auf die Straße zu gehen. Aber nein –

ihr Porkys vermehrt euch wie die Karnickel. Kriecht in einer nie endenden Welle der Degeneration aus den Barrens. Es wird Zeit, daß jemand dem ein Ende bereitet. Jemand mit dem Mumm, das Richtige zu tun.«

»Jemand wie der Humanis Policlub?«

Die Worte rutschten ihr einfach so heraus. Kaum hatte sie sie ausgesprochen, als Pita sich duckte. Sie spannte die Schultern an und wartete auf seinen Schlag. Doch statt dessen hielt der Cop inne – entweder um Luft zu holen oder um ihre Furcht zu genießen –, um dann das Thema zu wechseln. »Ihr und eure kostbare Initiative wollt Sonderrechte, ja? Und ihr glaubt, daß ihr sie bekommt, indem ihr die Straßen verstopft und unsere Regierungsgebäude mit Drek bewerft? Ihr seid es nicht wert, vor dem Rathaus in der Gosse zu sitzen, geschweige denn zur Vordertür zu marschieren und Sonderrechte zu verlangen. Warum bleibt ihr Porkys nicht im Untergrund, wo ihr hingehört?«

Pita saß während dieser Tirade mit verkrampften Schultern da. Sie wagte nicht, etwas zu sagen. Wäre sie ein Mensch gewesen, würde nichts von alledem geschehen. Sie würde zu Hause sitzen, noch zur High School gehen und ihren alten Freundeskreis haben. Sie haßte es, ein Ork zu sein – haßte die Art, wie sie aussah. Doch nicht so sehr, wie es dieser Mann tat.

Der Cop machte ein paar Schritte, bis er vor Pita stand, dann hob er ihr Kinn mit der Spitze seines Schockstabs. Er hielt den Stab auf Armeslänge von sich entfernt, als benutze er ihn dazu, einen Haufen stinkenden Unrats beiseite zu schieben. »Sag mir, Mädchen, wie verdienst du dir auf der Straße deinen Lebensunterhalt? Indem du dich verkaufst?« Sein Blick ruhte nicht mehr auf ihrem Gesicht, sondern wanderte über ihren Körper.

Pita spürte, wie ihr eine Träne über die Wange lief. Sie haßte diesen Mann für das, was er ihr antat, und dafür, wie sie sich bei seinen Worten fühlte. Billig. Und schmutzig. Sie hatte sich verkauft – aber nur zweimal und erst nach Chens Tod – um die Drogen bezahlen zu können, die ihren Kummer gemildert hatten. Beide Male an Menschen, die sie ebenso betrachtet hatten, wie es der Cop jetzt tat, mit einer Mischung aus Verachtung und Wollust. Die ›etwas Exotisches‹ haben wollten. Nicht jemanden – etwas, irgendein *Ding.* Aber was konnte sie diesem Cop sagen? Daß sie überlebte, indem sie stahl? Wahrscheinlich suchte er nur nach einem Vorwand, um ihr weh zu tun. Entweder mit seinem Schockstab oder ...

Sie riß den Kopf zurück, da sie endlich den Mut fand zu reden. »Sie würden mir das nicht antun, wenn ich ein Mensch wäre«, sagte sie mit bebender Stimme. »Die Frau, die meine Personalien aufgenommen hat, sagte, ich würde einen Anwalt bekommen. Also gut, ich will einen sehen. Jetzt.«

Der Cop lachte laut auf. »Die Warteliste für bestellte Verteidiger ist drei Wochen lang«, sagte er. »Aber ich nehme an, du redest von einem richtigen Anwalt. Wie willst du einen bezahlen, Straßendrek?« Sein Schockstab glitt über ihren Körper. »Damit?«

»Mir steht ein Telekomanruf zu«, protestierte Pita.

Der Cop legte ihr den Schockstab auf die Schulter. »Ja? Bei wem? Du hast keine Angehörigen angegeben. Vielleicht bei deinem Zuhälter?«

Pita dachte daran, was Chen ihr erzählt hatte. Er war einmal wegen Ladendiebstahls verhaftet worden. Dafür hatte er ein Jahr in einer Jugendstrafanstalt abgesessen. Sie hoffte, die Regeln waren immer noch dieselben. Und daß dieser Cop sie befolgen würde. »Das brauche ich Ihnen nicht zu sagen.«

Der Cop hielt immer noch das Buch über Katzenschamanen in seiner fleischlichen Hand. Er schlug Pita damit ins Gesicht. »Werd nicht frech, Porky.«

Pita rieb sich die Wange. »Mir steht ein Anruf zu«, sagte sie stur. Sie krümmte sich, als er die Hand hob. Doch diesmal hielt er ihr das Buch nur vor die Nase.

»Dir steht gar nichts zu, bevor ich es nicht sage. Du bist eine Schamanin, nicht wahr?«

Ein Telekomanruf, dachte Pita verzweifelt. *Laß mich nur einen Anruf machen.* Sie hatte keine Ahnung, wen sie anrufen sollte – wer würde ihr helfen wollen? Bestimmt nicht ihre Eltern. Und auch nicht ihre früheren Freundinnen, die sich alle von ihr abgewandt hatten, als ihre Goblinisierung begann. Aber wenn sie aus diesem Raum herauskam …

Der Cop wedelte mit dem Buch. »Für Schamanen haben wir eine besondere Verfahrensweise. Sie wird Magiermaske genannt. Es ist eine enge Plastikhaube mit einer kleinen Röhre, um zu atmen. Wenn du diese Maske trägst, kannst du nichts mehr hören und sehen. Und wenn der Rauschgenerator eingeschaltet wird, kannst du auch nicht mehr denken.« Er hielt inne, und Pita hörte seine Cyberhand surren, als er seinen Schockstab fester umklammerte. »Ich glaube, das ist genau das, was du brauchst.«

Pita schloß die Augen und sperrte den Raum aus ihrem Bewußtsein aus. Wenn sie einen Vorwand finden konnte, hier rauszukommen, in eine Abteilung, wo andere Leute waren, konnte sie vielleicht um Hilfe rufen.

Ein Anruf. Ein Anruf. Ein Anruf. Sie wiederholte es immer wieder im Geiste, ihre Lippen flüsterten es leise. Gleichzeitig ließ sie ihre Gedanken schweifen und suchte verzweifelt *Katze. Bitte, Katze*, rief sie. *Hilf mir. Bitte.*

Als die Antwort kam, hätte Pita sie fast überhört. Die Berührung war samtweich wie eine Pfote auf ihrer Haut. Eine Pfote mit eingezogenen Krallen.

Als die unsichtbare Präsenz über ihre Hand strich, kam Pita ein Gedanke. Von einer Hand, die in einen Samthandschuh glitt. Auf einmal wußte sie, was sie zu tun hatte. Sie mußte – weich wie Samt – in den Geist ihres Gegners schlüpfen. Eins werden mit seinen Gedanken. Ihn sanft führen, anstatt ihn direkt anzugreifen, wie sie es mit dem Yakuza-Mann im Hotel getan hatte.

Katze schnurrte und übermittelte Zufriedenheit darüber, daß die Botschaft verstanden worden war. Die Berührung verschwand.

Pita zwang ihre Gedanken nach außen in Richtung des Cops. Sie stellte sich vor, wie sie dahinschwebte und behutsam durch sein Ohr in seinen Verstand glitt. Als seine Gedanken schließlich wie ein zorniger Mahlstrom an ihr vorbeischossen, hätte sie sich beinahe zurückgezogen und den Kontakt unterbrochen. Sein Verstand war ein brodelnder Kessel des Hasses, der von seinem Drang überfloß, ihr weh zu tun, sie zu demütigen. Sie stieß auch auf Erinnerungen – auf einen Blick aus einem Lone-Star-Streifenwagen auf eine Gruppe von vier halbwüchsigen Orks auf einem dunklen Gehsteig. Auf das Bild, wie einer der Orks – ihr Freund Shaz – ein Stück Beton aufhob und gegen den Wagen warf. Wie der Partner des Cops – ein Mann, dessen Spitzname Reno lautete – lächelte und den Hebel umlegte, der ein in den Kühler des Streifenwagens eingebautes Maschinengewehr aktivierte. Wie drei der Orks zu Boden gingen und dabei ruckten wie blutige Marionetten, während einer in die Nacht floh. Wie sie den fliehenden Ork verfolgten, dessen Gesicht in der Erinnerung des Cops mit dem Gesicht jedes Orks verschmolz, den er je gesehen, den er je gehaßt hatte ...

Pita wurde plötzlich klar, daß dieser Cop sie tatsächlich nicht erkannt hatte. Sie war nur eine junge Meta, die er aus der Untersuchungszelle geholt hatte, weil sie kleiner als die anderen war und er glaubte, sie einschüchtern zu können. Er glaubte überhaupt nicht, daß sie magische Fähigkeiten besaß, und betrachtete sie nicht als Bedrohung. Er hatte ihr Buch über Katzenschamanen nur als Vorwand benutzt, um sie in diesen Raum zu bringen. Doch die Gedanken, die durch seinen Verstand wirbelten, als er sie jetzt ansah – während sie sich durch seine Augen betrachtete, wie sie sich mit geschlossenen Augen und sich bewegenden Lippen auf dem Stuhl krümmte –, ließen keinen Zweifel daran, daß ihr das nicht helfen würde. Es war ihm egal, an welchem Ork er seine irregeleitete Rache nahm. Er war nur darauf bedacht, ihr so große Angst einzujagen, daß sie hinterher den anderen Cops nichts davon erzählen würde.

In die Gedanken des Cops einzudringen, hatte nur ein oder zwei Sekunden gedauert. Pita änderte ihr Flüstern, paßte es seinem Gedankengang an. *Laß das Mädchen einen Anruf machen*, drängte sie ihn. *Es sieht besser aus. Du kannst sie später wieder hierher bringen, in ein paar Stunden, wenn sich der Wirbel etwas gelegt hat. Auf diese Weise wirst du keinen Argwohn erregen. Aber wenn du sie den Anruf nicht machen läßt, werden die Wachen im Zellenblock anfangen zu reden. Sie werden sich fragen, warum das Mädchen aus der Zelle geholt worden ist. Und warum du dich nicht an die Vorschriften hältst.*

Pita war immer noch in den Gedanken des Cops, als sie spürte, wie seine Lippen sich bewegten. »Ein Anruf.« Er sagte es im Gleichklang mit ihrem Flüstern.

»Ein Anruf, dann wanderst du wieder in die Zelle. Wir setzen dieses Verhör später fort.«

Pita lief durch den Gang zu der vergitterten Tür, die alles war, was noch zwischen ihr und der Freiheit stand. »Masaki!« rief sie. »Sie sind gekommen!«

Der Reporter winkte ihr aus dem öffentlichen Warteraum zu. Nach einem Retter sah er nicht aus. Sein Hemd hing halb aus der Hose und locker über seinen rundlichen Bauch. Seine Wangen waren von grauen Stoppeln bedeckt, doch selbst das reichte noch nicht, um ihn mit der Masse der zäh aussehenden Orks, ausgemergelten Menschen und Leuten von der Straße, die sich im Wartezimmer des Untersuchungsgefängnisses drängten, verschmelzen zu lassen. Er sah alt und weich aus, sein Gesicht war zu offen und freundlich. Wenn Pita ihn auf der Straße gesehen hätte, würde sie ihn als leichtes Opfer für einen Bettelversuch angesehen haben. Doch im Augen-

212

blick betrachtete sie ihn als ihren Ritter in einer verdammten glänzenden Rüstung.

Sie wartete ungeduldig darauf, daß der Lone-Star-Wachmann hinter der Tür den Code eingab. Als sich die Tür öffnete, ging sie schnell hindurch, da sie immer noch Angst hatte, irgendein Wichser könne seine Meinung ändern und sie wieder zurück in die Zelle schicken.

Masaki hob ein wenig die Arme, als erwarte er eine Umarmung. Doch als Pita ein paar Schritte entfernt stehenblieb, ließ er die Hände sinken. Sie grinste nervös. »Äh, danke, Masaki.«

Der Reporter nickte. Im Moment sah es so aus, als nähme er es ganz cool, daß er ihre Kaution gestellt hatte, aber wahrscheinlich würde er später einen konkreteren Dank verlangen. Das taten sie alle. Doch einstweilen spielte das keine Rolle. Pita war froh, ein freundliches Gesicht zu sehen – irgendeines.

»Du hattest Glück, daß die Zelle voll war. Sie waren scharf darauf, ein paar Häftlinge zu entlassen«, sagte er. »Und du hattest auch Glück, daß dir nur ein minderes Vergehen zur Last gelegt wird. Wäre es etwas Ernstes gewesen, hätten sie keine Kaution bewilligt. Jedenfalls nicht schon in der Nacht deiner Verhaftung.«

»Das weiß ich.« Pita konnte ihre Verärgerung nicht unterdrücken. Masaki klang, als wolle er sie belehren. Für wen hielt er sich eigentlich? Für ihren verdammten Vater?

»Sie sagten, du könntest deine Sachen in der Aufbewahrung abholen«, sagte er. »Hier entlang.«

Pita folgte ihm aus dem Wartezimmer und durch einen Flur. In der Aufbewahrung ließen die Cops sie eine Quittung unterschreiben, bevor sie ihr die Dinge zurückgaben, die sie ihr abgenommen hatten. Pita stieß einen Seufzer der Erleichterung aus, als sie sah, daß sich das Buch über Schamanismus bei ihren Sachen befand. Ihr letzter geistiger Befehl für den Cop, der sie gequält hatte, schien gefruchtet zu haben. Sie öffnete den Plastikbeutel und nahm Chens Ring, das Kleingeld und das Buch heraus, dann ließ sie den Beutel auf den Boden fallen. Sollte ihn doch irgendein Wichser von Cop aufheben.

»Ich parke auf dem Besucherparkplatz«, sagte Masaki. »Laß uns gehen.«

Pita folgte ihm nach draußen und lächelte, als sich die Tür hinter ihr schloß. Es war dunkel. Es mußte ungefähr ein Uhr früh sein. Die Nachtluft war kühl und frisch. Der leichte Regen hatte einen Großteil des Staubs herausgewaschen. Am Himmel funkelten ein paar Sterne zwischen den Wolken.

Pita genoß ihre Freiheit, als sie die Treppe zum Parkplatz und zu Masakis Wagen hinuntergingen. Das Gefühl war überwältigend, besser als das, wenn man auf Sorgenfrei war. Natürlich abgesehen von der Besorgnis, die sie im Hinterkopf verspürte. Wie lange würde es dauern, bis ihr dieser Cop – Nummer 709 – wieder über den Weg lief? *Das wird nicht passieren*, sagte sie sich. *Er sucht nicht nach mir. Er wird jemand anders finden, auf dem er herumhacken kann.* Aber sicher war sie sich nicht.

Masaki fuhr langsam und hielt sich trotz des schwachen Verkehrs genau an die vorgeschriebene Höchstgeschwindigkeit. Erst als mehrere Blocks zwischen ihnen und dem Untersuchungsgefängnis lagen, dachte Pita daran, ihn zu fragen, wohin sie fuhren.

»In meine Wohnung«, antwortete er. »Du kannst dort übernachten.«

Pita warf ihm einen verstohlenen Seitenblick zu. »Ich habe bereits einen Schlafplatz«, sagte sie zaghaft. »Nicht weit vom Denny Way in der Nähe der Autobahn. Sie könnten mich dort auf dem Nachhauseweg absetzen. Ich kann auch laufen, wenn Sie nicht ...«

»Ich glaube nicht, Pita. Auf der Straße ist es zu gefährlich. Bei mir bist du besser aufgehoben. Fürs erste wenigstens.«

»Ich wäre ja nicht auf der Straße. Ich wäre ...«

Ein Anflug von Verärgerung schlich sich in Masakis

214

Stimme. »Pita, ich habe gerade fünfhundert Nuyen bezahlt, um dich aus dem Untersuchungsgefängnis zu holen. Ich glaube, das gibt mir ein gewisses Mitspracherecht bei der Frage, wo du heute schlafen wirst. Findest du nicht auch?«

Pita schwieg. Sie starrte aus dem Fenster. Plötzlich fühlte sie sich sehr müde. Sie hatte geglaubt, daß Masaki ein guter Mensch war, daß sie ihn richtig eingeschätzt hatte. Jetzt war sie sich nicht mehr so sicher. Sie war noch keine zehn Minuten aus dem Knast, und schon mußte sie ihre Schulden bezahlen.

Die Fahrt zu Masakis Wohnung dauerte ungefähr fünfzehn Minuten. Er wohnte in einem Wohnkomplex in Bellevue. Die Zufahrt zum Parkplatz war durch ein Tor gesichert, das dem Fahrer zwei unabhängige Netzhautscans abverlangte, bevor es sich öffnete, und die Lobby des Wohnkomplexes wurde von einem Wachmann anstelle der sonst üblichen Kameras überwacht. Pita kam zu dem Schluß, daß dieses Haus entweder für den extrem vorsichtigen Stadtbewohner konzipiert war – oder für den extrem paranoiden.

Der Bursche warf Pita einen langen Blick zu, als sie Masaki durch die Lobby folgte. Warum starrte er sie so an? Waren in diesem Gebäude keine Orks erlaubt? Oder fragte er sich nur, was Masaki sich dabei dachte, in den frühen Morgenstunden ›Straßendrek‹ anzuschleppen?

Ein Fahrstuhl brachte sie in den fünfundzwanzigsten Stock. Masaki führte Pita durch einen Flur, der mit weichem Teppichboden ausgelegt war, und dann zu einer Tür, die vor Sicherheitseinrichtungen nur so strotzte. Er mußte nicht nur einen Magnetschlüssel ins Schloß schieben, sondern auch noch eine Stimmenprobe abliefern und einen weiteren Netzhautscan über sich ergehen lassen.

Als die Tür schließlich offen war, folgte Pita Masaki widerstrebend in die Wohnung. Sie war ein wenig unordentlich – Jacken, die an einer Garderobe gehangen hatten, waren auf den Boden gefallen, und in der Spüle stapelte sich schmutziges Geschirr –, aber es war eine nette Bude. Netter als die ihrer Eltern und mit Sicherheit netter als die Straße. Die Miete mußte einen Haufen Nuyen kosten. Das Mobiliar war ein wenig spärlich. Wahrscheinlich fraß die Miete den größten Teil seines Gehalts auf.

Masaki warf seine Jacke auf den Haufen und berührte einen Sensor in der Wand, so daß das Licht im Badezimmer anging. Dann wandte er sich an Pita. »Ich dachte, du würdest vielleicht gern duschen, bevor … Das heißt, dich etwas frisch machen.« Er versuchte es mit einem lahmen Achselzucken. »Nicht, daß du schmutzig aussiehst, aber nachdem du im Gefängnis warst, willst du dir die Erinnerung daran wahrscheinlich herunterspülen. Äh … während ich das Bett mache.«

Pita versuchte, nicht den Mund zu verziehen. Sie war kaum in seiner Wohnung, und er machte sie bereits an. Und er wollte sie sauber. Wenn man bedachte, wie vorsichtig er war, war es ein Wunder, daß er sie nicht auch noch bat, sich einem VITAS-Test zu unterziehen. »In Ordnung«, sagte sie und ging ins Badezimmer. Er hätte sie nicht auffordern brauchen, unter die Dusche zu gehen – sie konnte es kaum erwarten. Doch nachdem sie die Tür hinter sich geschlossen hatte, zeigte sie ihm dennoch den Finger. Sie würde es ihm zeigen. Sie würde eine Dusche nehmen. Keine sehr lange – es machte ihr keinen großen Spaß mehr, naß zu werden. Aber sie würde das Wasser lange laufen lassen.

Zwanzig Minuten später öffnete sie die Badezimmertür und lugte durch den Spalt. Draußen im Flur lag ein Männerpyjama – schlampig gefaltet, aber sauber. Pita angelte ihn sich mit einer Hand, schloß die Tür und probierte ihn an. Sie hatte gedacht, er sei ihr zu groß. Masaki hatte schließlich einen ziemlichen Bauch. Aber er paßte. Und das erinnerte sie nur daran, wie groß und plump sie war.

Sie ließ sich einen Augenblick Zeit, um sich zu kämmen, wobei sie sich nicht die Mühe machte, den Wasserdampf vom Spiegel zu wischen. Als sie ihr undeutliches Spiegelbild betrachtete, konnte sie sich vorstellen, wie sie einmal ausgesehen hatte. Ein großes Mädchen, ja. Aber mit einem schmalen Kinn, geraden weißen Zähnen und ohne die spitzen Ohren, die in schiefem Winkel aus ihren Haaren lugten. Das einzig Gute an ihrer Verwandlung war die Tatsache, daß ihre Brüste ebenso gewachsen waren wie alles andere an ihr. Vom Hals abwärts – wenn man die übermäßig langen Arme und die Behaarung außer acht ließ – hatte sie den Körper einer erwachsenen Frau anstatt eines Teenagers. Chen hatte ihr immer gesagt, wie schön sie sei. Doch er war ein Ork, von Geburt an. Woher sollte er wissen, wie eine richtige Frau auszusehen hatte?

Drek. Sie tat es schon wieder, Chen runterzumachen. Sich selbst runterzumachen. Pita schalt sich im stillen für das, was sie gerade gedacht hatte. Richtige Frau – pah. Menschliche Frau, das meinte sie. Das war ihr Vater, der aus ihr sprach. Sie hatte zu viele Jahre den Haß mit angehört, der aus seinem Mund sprudelte.

Sie wischte den Spiegel ab und sah sich lange und gründlich an. Sie versuchte sich vorzustellen, was Masaki in ihr sah. Dann seufzte sie. »Zeit, unsere Schulden zu bezahlen, Mädchen. Die ganzen fünfhundert Nuyen.«

Masaki stand im Wohnzimmer der Wohnung und starrte aus dem deckenhohen Fenster, das auf den Lake Washington hinausging. Auf der anderen Seite des Sees befand sich das Lichtermeer der Innenstadt. Die unverkennbaren Formen der Aztechnology-Pyramide und der hoch aufragenden Renraku-Arcologie waren leicht zu erkennen.

Masaki hatte sich einen Pyjama angezogen, und als Pita den Raum betrat, gähnte er gerade ausgiebig. Er bemerkte ihr Spiegelbild im Fenster, drehte sich um und räusperte sich.

»Das war eine lange Dusche«, sagte er.

217

Pita fühlte sich augenblicklich angegriffen. »Machen Sie sich Sorgen, daß ich Ihre verdammte Stromrechnung in die Höhe treibe?« fragte sie. »Ich zahle Ihnen alles zurück. Das und auch die Kaution.«

Masaki lachte. »Keine Bange«, sagte er. »Das heiße Wasser ist in der Miete enthalten. Du kannst so viel verbrauchen, wie du willst.«

Pita warf einen Blick auf den Flur und wappnete sich gegen das, was da kommen würde. »Wo ist das Schlafzimmer?« fragte sie mürrisch.

»Die letzte Tür links. Wenn du irgendwas brauchst, kannst du mich ruhig wecken. Ich habe ohnehin einen ziemlich leichten Schlaf.« Er ging zu ihr und deutete dann auf das Sofa. »Du kannst hier schlafen. Ich habe dir ein Bett gemacht.«

Pita warf einen Blick über die Sofalehne. Es stimmte. Auf dem Sofa lag ein Haufen Decken und an einem Ende ein Kopfkissen.

Masaki berührte einen Sensor in der Wand und drehte das Licht herunter. »Also dann, gute Nacht. Wir sehen uns morgen früh.«

Er ging durch den Flur in sein Schlafzimmer. Die Tür schloß sich leise hinter ihm. Pita schüttelte ungläubig den Kopf. Erstaunlich. Also war Masaki doch ein netter Kerl. Entweder das, oder er fand sie so abstoßend, daß …

Sie schaltete das Licht ganz aus und vergrub sich in die Decken auf dem Sofa. Dann schmiegte sie die Wange an ein Kopfkissen, das frisch gewaschen roch, und starrte auf die Seattler Skyline. Sie mochte das Gefühl, sich hoch über den Dingen zu befinden, aus einer gewissen Höhe auf alles herabzusehen. Sich sauber zu fühlen und sich einzurollen und sich in die Decken zu kuscheln.

Mit einem zufriedenen Seufzer schloß sie die Augen und war einen Augenblick später fest eingeschlafen.

Pita starrte Masaki über den Küchentisch hinweg an, als dieser zwei Fertigfrühstückspakete in die Mikrowelle warf und den Timer einstellte. Während sie aufgewärmt wurden, holte er eine Tüte mit richtiger Milch aus dem Kühlschrank. Er roch daran, verzog das Gesicht und schüttete die dickliche, klumpige weiße Flüssigkeit in den Ausguß. Er ging zum Schrank, holte eine Dose mit einem Instant-Orangengetränk vom Regal und füllte zwei Gläser mit Wasser aus der Filteranlage auf.

»Du bist kein großer Koch, was?« stellte Pita fest. Doch sie beschwerte sich nicht wirklich. Nicht angesichts des angenehmen Dufts nach Rührei und gebratenem Schinken, der plötzlich in der Luft lag und bei dem ihr das Wasser im Munde zusammenlief.

»Normalerweise frühstücke ich nicht«, erklärte Masaki. »Ich trinke nur eine Tasse Soykaf und esse einen Toast auf dem Weg zum Sender. Aber da ich Gesellschaft habe, dachte ich, ich sollte häuslich werden und ein selbstgemachtes Frühstück zubereiten.«

Darüber mußte Pita lächeln. Selbstgemacht? Trotzdem würde es für sie die beste Mahlzeit seit Wochen sein.

Ein *ping* der Mikrowelle verkündete, daß das Frühstück fertig war. Masaki nahm die Pakete heraus, zog die Plastikfolie ab, mit dem sie versiegelt waren, und stellte eines auf den Teller vor Pita. Er gab ihr eine Gabel, dann setzte er sich, um das andere zu essen, solange es heiß war.

Pita aß, bis der ärgste Hunger gestillt war. Dann hielt sie inne und versuchte die Frage zu formulieren, die sie stellen wollte. Schließlich beschloß sie, ganz direkt zu sein.

»Warum hast du letzte Nacht nichts versucht? Liegt es daran, daß ich …« Pita wollte eigentlich ›häßlich‹ sagen, benutzte aber absichtlich ein anderes Wort. »… ein Ork bin?«

Masaki kicherte und aktivierte ein Holobild, das mit einem Magnet am Kühlschrank befestigt war. »Siehst du ihn?«

Pita betrachtete das dreidimensionale Bild und nickte.

219

Es zeigte einen Ork mittleren Alters, einen stämmigen Burschen mit blonden Haaren und einem vollen, krausen Bart. »Ja.«

»Das ist ein Bild meines Partners.«

»Deines was?«

»Meines Freundes.«

»Oh.« Pita errötete. Sie hatte in Masaki einen Verlierer gesehen, der keine ständige Begleiterin abbekommen hatte. Jetzt wurde ihr klar, daß sie ihn nach dem äußeren Schein beurteilt hatte, also etwas, das sie ihm gerade vorgeworfen hatte. Es war lustig, sich vorzustellen, daß jemand in seinem Alter einen ›Freund‹ hatte.

Sie hatte noch eine andere Frage.

»Carla wird die Story nicht machen, wie Lone Star meine Freunde umgebracht hat, nicht wahr?«

»Nein«, gab Masaki nach einem Augenblick des Schweigens zu. »Wird sie nicht.«

»Wirst du es tun?«

Masaki seufzte und legte seine Gabel auf den Teller. »Nein, Pita, das werde ich nicht.«

»Warum nicht? Glaubst du mir nicht?«

»Doch, ich glaube dir«, sagte Masaki. »Ich glaube, was du mir letzte Nacht am Telekom erzählt hast. Daß du den Cop wiedererkannt hast, der deine Freunde niedergeschossen hat. Wahrscheinlich ist er ein Mitglied des Humanis Policlub. Aber wir haben keine Chance gegen Lone Star. Gegen so einen riesigen Konzern kommt man nicht an – nicht einmal mit KKRU im Rücken. Sie sind einfach zu mächtig. Sie würden eine Möglichkeit finden, die Story abzuwürgen, bevor sie gesendet würde.«

Pitas Nasenflügel bebten. »Du bist ein Feigling«, sagte sie.

Masakis Blick war auf seinen Teller gerichtet. »Mag sein.« Er stand auf und räumte die leeren Frühstückspakete vom Tisch ab.

»Es hat keinen Sinn zu versuchen, deine Freunde zu rächen, indem du auf Lone Star losgehst – und sei es auch nur mit Worten«, sagte er zu ihr. »Dieser Konzern würde dich schneller löschen als die Nachrichten von gestern. Wichtig ist jetzt einzig und allein, daß dieser Cop dich nicht wieder in die Finger bekommt.«

»Und was ist, wenn er ein anderes Orkmädchen in die Finger bekommt?« murmelte Pita. »Oder deinen Freund?«

Masaki ignorierte sie und warf die Päckchen in den Abfall. »Ich versuche einen Platz für dich in einem Heim in Portland zu bekommen. Ich habe einen Bekannten dort unten, der mir noch einen Gefallen schuldet und deinen Namen vermutlich ganz oben auf die Liste setzen kann. Bis der Antrag für das Visum genehmigt wird, kannst du hier bleiben.«

»Ein Heim?« Pita verzog das Gesicht. Sie wollte verzweifelt einen sicheren Hafen finden, aber der Gedanke daran, in einer Stadt voller hochnäsiger Elfen zu leben und von Sozialarbeitern herumkommandiert zu werden, stieß sie ab. Portland gehörte zur Elfennation Tir Tairngire, und in Gesellschaft dieser zierlichen, schlanken Rasse würde sie sich ihrer körperlichen Plumpheit noch bewußter sein. Sie würde viel lieber in Seattle bleiben – gleich hier in Masakis komfortabler Wohnung. Was hatte er vor, wollte er sie loswerden? Er hatte einen Freund. Vielleicht machte er sich Sorgen, daß sie ihn umkrempelte.

Masaki redete immer noch. »... und verlaß die Wohnung nicht. Du kommst nicht wieder hinein, und der Wachmann in der Lobby läßt dich nicht wieder ins Haus, wenn du keinen Schlüssel hast. Aber fühl dich ruhig wie zu Hause. Du kannst das Telekom benutzen, aber bleibe im lokalen Telekommunikationsgitter und führe keine Ferngespräche.«

Masaki nahm seinen Magnetschlüssel und hob seine Jacke auf. »Ich muß ein paar Sachen erledigen. Am Nachmittag bin ich wieder zurück. Bis dann, okay?«

Pita erwiderte seinen Gruß nicht und sah auch nicht

auf, als sich die Tür hinter ihm schloß. Sie war immer noch verstimmt darüber, daß er sich weigerte, die Story über Lone Star zu bringen. Wäre Yao doch noch am Leben gewesen! Er hätte die Story gemacht und dann mit Freuden jedem Cop ins Gesicht gespuckt, der versucht hätte, sich mit ihm anzulegen.

Pita ging ins Wohnzimmer und schaltete Masakis Telekom ein. Sie brauchte nicht lange, um die Bestätigung zu finden, daß Yao tatsächlich tot war. Im öffentlichen Kanal fand sie eine Bekanntmachung der Polizei, vor drei Tagen datiert, in der der Tod eines männlichen Orks namens Yao Wah gemeldet wurde. Die Cops vertraten die Ansicht, daß es sich um einen Raubüberfall gehandelt hatte. Yao Wah war als Trideopirat bekannt. Man glaubte, er sei wegen seiner Trideokamera getötet worden. Zeugen hatten einen Troll gesehen, der sich mit der Kamera vom Tatort entfernt hatte. Der Bericht endete mit einer kurzen Beschreibung des Verdächtigen, die auf neunundneunzig Prozent aller Trolle in Seattle zutraf. Die wirklichen Mörder, die beiden Yaks, die Yao tatsächlich gegeekt hatten, wurden mit keiner Silbe erwähnt.

Pita starrte auf den Telekomschirm. Sie war versucht, Tokio oder Paris anzuwählen und ein oder zwei Stunden mit irgend jemandem zu reden, der sich dort meldete. Dem mürrischen alten Wichser würde sie es zeigen. Keine Ferngespräche, wie? Sie konnte ihn an einem einzigen Morgen in den Ruin treiben, wenn sie das wollte.

Aber sie wollte nicht. Trotz seiner Feigheit war Masaki letzte Nacht freundlich zu ihr gewesen, und zwar anscheinend ohne Hintergedanken. Er hatte ihr diese tolle Wohnung mit dem unglaublichen Ausblick zur Verfügung gestellt. Er vertraute ihr. Und Pita war nicht viel Vertrauen entgegengebracht worden. Nicht in den letzten zwei Jahren, in denen sie auf der Straße gelebt hatte. Ladenbesitzer starrten sie an, Wachmänner beobachteten sie jedesmal, wenn sie in ein Einkaufszentrum ging, mit mißtrauischen Blicken, und die Passanten steckten rasch die Hände in die Taschen, um ganz sicherzugehen, daß sie ihre Brieftaschen behielten, wenn sie auf dem Gehsteig an ihr vorbeigingen. Es war ein gutes Gefühl, daß ihr jemand nicht mit Wachsamkeit und Mißtrauen begegnete. Und es war auch ein gutes Gefühl, sauber zu sein und im Trockenen zu sitzen.

Pita schaltete das Trideo ein, stellte es auf die lokalen Sender und zappte sich durch die Kanäle. Sie setzte sich auf das Sofa und legte die Füße auf den Kaffeetisch. Sie beschloß, das gute Leben zu genießen, solange sie konnte. Man wußte nie, wie lange es dauerte.

21

Carla saß vor einem Bildschirm im KKRU-Nachrichtenraum und sah die Storys durch, die das Programm ausgewählt hatte. Sie hatte die Parameter ihrer Suche auf alles erweitert, was mit Renraku Computer Systems zu tun hatte. Wer konnte wissen, welche Lawine die Cops über Nacht in Gang gesetzt haben mochten?

Sie war zum Sender gefahren. Sie hätte das Material auch zu Hause herabladen können, aber ihr gefiel das Gefühl, im Nachrichtenraum zu sein, sogar an einem Samstag, ihrem freien Tag. Es fiel ihr schwer, ohne das Summen der Studioausrüstung, das Stimmengewirr von den Trideomonitoren und die Reporterstimmen im Hintergrund zu arbeiten. In der Ruhe ihrer Wohnung war es nicht leicht, das Adrenalin aufzubringen, das nötig war, um einer guten Story nachzuspüren.

Und dies würde eine gute Story. Daran zweifelte sie nicht. Die Systemfehler und Datenverstümmelungen breiteten sich aus und betrafen ganz unterschiedliche Bereiche der Matrix. Die Häufigkeit der Abstürze nahm beständig zu. Sie beschränkten sich mittlerweile nicht mehr auf Systeme, von denen man erwarten konnte, daß sie Dateien enthielten, in denen das Wort ›Luzifer‹ vorkam.

Der Geist schien mit zunehmender Regelmäßigkeit in die Matrix einzudringen und sich dabei an irgendeinen vorherbestimmten Fahrplan zu halten. Dem zeitlichen Auftreten von Protokollproblemen, Konfigurationsdiskrepanzen und Systemabstürzen nach zu urteilen, drang der Geist einmal pro Stunde in die Matrix ein. Aziz hatte gesagt, daß es dem Geist in der Matrix nicht gefallen würde. Tatsächlich hätte es ihm überhaupt nicht möglich sein dürfen, in die Matrix einzudringen. Die starre Organisation der lichtcodierenden Hardware würde ihn einengen, würde ihn verdrehen wie eine vierdimensionale Brezel und dann wieder ausspeien. Doch wie eine Motte zum Licht kehrte der Geist immer wieder zurück. Sein Aufenthalt dauerte nicht länger als eine Nanosekunde. Aber in dieser Nanosekunde richtete er eine Menge Schaden an.

Bis jetzt wußten nur Carla, Masaki und der junge Decker Corwin, was tatsächlich hinter dem ›Virus‹ steckte. Aber es würde nicht mehr lange dauern, bis andere Reporter ebenfalls dahinterkamen. Carla wollte die Story unbedingt als erste bringen. Und beweisen, daß Mitsuhama – der Vorreiter in der Entwicklung der Computertechnologie – verantwortlich war.

»Ich sagte Hi, Carla!«

Carla sah auf, als sie die Stimme schließlich registrierte, während Masaki ihr vom Eingang des Nachrichtenraums zuwinkte. Immer noch redend, ging er zu seinem Arbeitsplatz. »Ich habe nicht damit gerechnet, dich an einem Samstag hier zu treffen. Ich dachte, du hättest das Wochenende frei.«

»Das habe ich auch«, antwortete sie. »Ich bin nur gekommen, um die …«

Sie beugte sich vor, als ein Bericht des Amtes für Wichtige Statistiken über den Bildschirm flackerte. Sie las nur ein paar Zeilen, bevor sie einen Jubelschrei ausstieß. »Das ist es!«

»Das ist was?« fragte Masaki. Er durchwühlte einen Pappkarton, den er unter Stapeln von Papieren und Speicherchips ausgegraben hatte, mit denen sein Arbeitsplatz übersät war.

»Ein weiteres Puzzleteil«, antwortete Carla. »Es geht um Renraku. Es sieht ganz so aus, als hätten sie ebenfalls mit Geistern und der Matrix experimentiert. Und allem Anschein nach mit wenig Erfolg.«

Masaki beugte sich vor, um einen Blick auf den Bildschirm zu werfen. Carla zeigte ihm die Datei, die der Scanner aufgespürt und herabgeladen hatte. Es war ein Nachruf auf einen gewissen Gus Deighton, ein Ange-

225

stellter von Renraku Seattle. Er war plötzlich und unerwartet gestern abend bei der Arbeit gestorben. Der Nachruf widersprach sich selbst, da es an einer Stelle hieß, Deighton sei bei einem Laborbrand umgekommen, während sein Tod ansonsten auf ›magische Ursachen‹ zurückgeführt wurde. Der Nachruf endete mit einer Laudatio seiner Vorgesetzten, Dr. Vanessa Cliber, in der erwähnt wurde, daß Deighton seit siebzehn Jahren in der Abteilung Experimentelle Wissenschaften angestellt und nur noch zwei Monate vor seiner Pensionierung gestanden habe.

»Ich sehe da keinen Zusammenhang«, sagte Masaki.

Carla deutete auf die Graphik, die den Nachruf begleitete. Es handelte sich um eine Aufnahme von Augustus Deighton – ein distinguiert aussehender Elf mit hoher Stirn, eindringlichem Blick und vollem Haar.

»Die Abteilung Experimentelle Wissenschaften ist Renrakus Abteilung für magische Forschung«, erklärte sie. »Und diese Frau – Dr. Cliber – ist die Leiterin der Computerabteilung. Schlußfolgerung: Die Runner, die in meine Wohnung eingebrochen sind, müssen Renraku den unvollständigen Zauber verkauft haben. Und jetzt hat er einem weiteren Magier das Leben gekostet.«

Diesmal war Masaki schneller von Begriff. »Heißt das, jetzt geht noch einer von diesen Geistern in der Matrix um?«

»Ich weiß es nicht«, sagte Carla. Sie ging rasch den Rest der Renraku-Dateien durch. »Wenn der Geist in der Arcologie beschworen wurde und seinen Beschwörern dann entkommen ist, wäre der nächste Eintrittspunkt in die Matrix einer von Renrakus Zugangsknoten. Aber ich habe keine einzige Meldung über einen Systemabsturz bei Renraku gelesen. Natürlich hat das nichts zu bedeuten. Der Konzern würde es vielleicht vertuschen, wenn Daten seines Systems verstümmelt oder sich Teile des Systems abschalten würden. Ein Haufen Decker, die ihren berüchtigten schwarzen Turm durch irgendein

Loch im System stürmen, hätte ihnen gerade noch gefehlt.«

Carla starrte auf den Schirm und dachte laut. »Aziz sagte, die meisten Geister, die dem Magier entkämen, der sie beschworen hat, würden zu ihrem Ursprungsort zurückkehren – sie verschwinden wieder in den Astralraum. Vielleicht ein einziger von hundert bleibt als freier Geist in der physikalischen Ebene. Aber wenn noch ein Geist wie ›Luzifer‹ frei herumläuft, wird die Matrix das nicht aushalten. Der Crash von 2029 wird sich wiederholen.«

»Was wirst du also unternehmen?« fragte Masaki. »Eine reißerische Story senden, bei der alle in Seattle Angst bekommen, Trideos, Computer und Telekome anzufassen, weil sie ein Geist anspringen und bei lebendigem Leib verbrennen könnte?«

»Wofür hältst du mich – für einen sensationsgeilen Schmierfink?«

Masaki zuckte verlegen die Achseln.

Carla war erstaunt, daß Masaki so eine niedrige Meinung von ihr hatte. Ja, sie wollte, daß es eine große Story wurde, eine, die Leute wachrüttelte. Aber sie wollte auch, daß sie sorgfältig recherchiert und punktgenau war, anstatt nur auf Sensation bedacht. Das war die einzige Möglichkeit, NABS aufmerken zu lassen – und ihr das Interview zu verschaffen, das man ihr versprochen hatte.

»Ich will eine Story machen, die Mitsuhama zwingt, die Verantwortung für das Chaos zu übernehmen, das sie angerichtet haben«, sagte sie zu Masaki. »Eine Story, die Renraku abschreckt, bevor einer ihrer Lohnmagier denselben Fehler begeht wie Farazad. Eine Story, die eine Wiederholung des Crashs von 2029 *verhindert*.«

Sie lehnte sich mit verschränkten Armen zurück. Was sie gerade gesagt hatte, klang gut. So gut, daß sie es beinahe selbst glaubte. Aber ganz tief drinnen war sie bereit zuzugeben, daß der eigentliche Kick daher kommen würde, ihren Namen unter einer wirklich großen Story zu sehen und zu wissen, daß er tagelang in aller Munde sein würde. In der ganzen verdammten Welt.

Masaki grunzte und fuhr fort, in dem Karton herumzustöbern. »Tja, die Story gehört dir ganz allein, Carla. Sie gehört dir seit der Nacht, in der diese Yaks auf uns geschossen haben.«

»Sie haben nicht auf uns geschossen, sondern auf das Orkmädchen.«

»Laß meinen Namen einfach nur raus, okay?«

Carla schüttelte den Kopf. »Wie du meinst, *Schnüffler.*« Sie legte eine ironische Betonung auf das letzte Wort. »Da wir gerade von dem Orkmädchen reden, hast du Pita mittlerweile gefunden? Oder hängt sie noch auf den Straßen rum?«

»Ich habe sie gefunden«, sagte Masaki. »In Lone Stars Untersuchungsgefängnis in der Innenstadt. Und das ist auch gut so. Sie saß ziemlich in der Klemme. Diese Geschichte, die sie dir erzählt hat und die wir so weitergeholt fanden – daß Streifenpolizisten ihre Freunde erschossen hätten –, ich glaube, sie ist wahr.«

»Und wenn es so wäre?« fragte Carla. »Wir haben nichts in der Hand, keinen Hinweis, dem wir nachgehen können.«

»Doch, es gibt einen«, konterte Masaki. »Sie hat die Dienstnummer von einem der beteiligten Cops und den Namen seines Partners. Desjenigen, der geschossen hat.«

»Echt?« Carla war gegen ihren Willen fasziniert. »Das könnte eine heiße Sache werden. Ich kann förmlich den Aufmacher hören: ›Der Star: Matte Stellen im Glanz: Cop bei Tag, Humanis-Policlub-Schlagtot bei Nacht‹.«

Carla konnte es sich lebhaft vorstellen. Sie hatte noch das Material, das sie mit Pita an dem Tag gedreht hatte, als sie zum erstenmal in den Sender gekommen war. Es würde sich großartig im Trid machen. Wenn die Mitsuhama-Story im Sande verlief, konnte Carla immer noch ein paar Punkte machen, indem sie die Lone-Star-Story machte. Sie betrachtete Masaki aus dem Augenwinkel. »Wirst du die Story weiterverfolgen?«

»Ich weiß es nicht.« Er hielt inne, und Carla glaubte einen schuldbewußten Ausdruck über sein Gesicht huschen zu sehen. »Vielleicht.«

Drek. Sie würde sich um diese Sache kümmern müssen, sobald die Mitsuhama-Story gelaufen war. Andernfalls würde Masaki ihr die Story vor der Nase wegschnappen.

»Wo ist das Mädchen jetzt?« fragte sie. »Immer noch im Gefängnis?«

»Sie ist in meiner Wohnung. Ich bin nur ins Studio gekommen, um die Sachen abzuholen, die sie hiergelassen hat.«

»Aziz ist schrecklich scharf darauf, sich mit ihr über …« Carlas Augen weiteten sich, als sie sah, was Masaki aus dem Karton geholt hatte. Einen Kredstab. Und in diesen Kredstab war ein goldenes Logo geprägt. Das Logo von Mitsuhama Computer Technologies.

Carla riß Masaki den Kredstab aus der Hand. »Woher hast du den?« fragte sie mit aufgeregter Stimme.

Masaki zuckte die Achseln. »Er gehört Pita. Als wir den Augenzeugenbericht drehten, hat sie immer mit dem Zeug in ihrer Tasche gespielt. Ihr Mikrophon hat das Klimpern aufgenommen, und da habe ich ihr gesagt, sie soll ihre Taschen leeren. Der Kredstab war darin. Warum? Ist er gestohlen?«

Carla zeigte Masaki das Logo und drehte den Kredstab so, daß er den Magnetschlüsselstreifen an der Seite sehen konnte. »Das ist einfach unglaublich! Dieses Ding war die ganze Zeit in unserem Nachrichtenraum, und du hast es nicht einmal bemerkt. Es gibt nur eine Erklärung, wie das Mädchen an diesen Kredstab gekommen sein kann – sie hat ihn Farazads Leiche abgenommen. Und es kommt nur eine Tür in Frage, die er öffnen kann. Das Haus der Samjis hat kein Magnetschlüsselsystem – nur einen Daumenabdruck-Scanner. Und man versieht keinen Wagenschlüssel mit einem Konzernlogo. Was bleibt also übrig?«

Masaki war ihrem Gedankengang gefolgt. »Farazads Arbeitsplatz. Das Mitsuhama-Forschungszentrum.«

»Genau.« Carla jonglierte den Kredstab in ihrer Hand. »Hast du Lust, mit mir ein kleines ungenehmigtes Trid im Mitsuhama-Labor zu drehen?« fragte sie in neckendem Tonfall. Sie wußte, daß Masaki dafür nicht den Mumm aufbringen würde, aber sie konnte nicht widerstehen. Wie erwartet wurde er blaß.

»Bist du verrückt?« Das Pfeifen war wieder da. »Das ist nicht nur illegal – es ist auch gefährlich. Mitsuhamas Sicherheit ist angeblich die härteste im Geschäft, und ihre magischen Schutzvorrichtungen sind praktisch undurchdringlich. Du wirst dabei umkommen!«

Carla steckte den Kredstab in ihre Jackentasche. »Nicht, wenn ich einen guten Decker und einen Geist habe, die mir den Rücken freihalten«, antwortete sie mit einem selbstzufriedenen Lächeln.

»Ich halte dich trotzdem für verrückt«, sagte Masaki.

»Wahrscheinlich hast du recht«, antwortete Carla. »Aber wenn du es in diesem Geschäft zu etwas bringen willst, mußt du bereit sein, etwas zu riskieren.«

22

Pita starrte aus dem Fenster von Masakis Wohnung und beobachtete die grauen Wolken, die tief über der Stadt hingen. Es war noch früh am Nachmittag, aber der Himmel war schon ziemlich düster. Die ersten Regentropfen hinterließen dünne Streifen auf dem massiven Panzerglasfenster.

Nach einem Augenblick schweigender Betrachtung wandte sie sich wieder an Aziz. Der Magier saß auf dem Sofa und versuchte sich freundlich zu geben. Doch Pita hatte genug Erfahrung auf der Straße gesammelt, um seinen leicht geöffneten Lippen und seinen zuckenden Fingern die angespannte Erwartung anzusehen. Was sie zu sagen hatte, war für ihn von größter Bedeutung. Sie wußte nur nicht, warum.

»Warum glaubst du, daß ich es war, die den Geist gebannt hat?« fragte Pita. »Ich habe lediglich deine Zauberei gestört, als ich versuchte, in deinen magischen Kreis einzudringen.«

Aziz sah verärgert aus. »Das habe ich dir doch gerade erklärt«, sagte er spitz. »Dein Versuch, in den hermetischen Kreis einzudringen, hatte nichts oder nur wenig damit zu tun. Du mußt etwas getan oder gesagt haben, das den Geist zur Flucht veranlaßt hat.«

Er beugte sich vor und zeigte mit dem Finger auf sie. »Denk nach. Hast du irgend etwas gesagt, das wie ein Name klang? Hast du irgendwelche Gesten beschrieben oder Gedanken gehabt, die ...«

»Ich habe dir bereits alles gesagt, woran ich mich erinnere«, sagte Pita. »Ich dachte, der Geist würde dich töten. *Katze* hat mich zu dir geführt. Vielleicht ...«

»Das ist Schnee von gestern«, fiel ihr Aziz ins Wort. »Dein Totem hat dich zu mir geführt, mehr nicht. Du sagtest, es hätte den Laden bereits verlassen, was bedeutet, es hatte nichts mit der Vertreibung des Geistes zu tun. Es ist in diesem Fall bedeutungslos.«

»Warum bist du nicht zurückgekehrt, nachdem dein Laden abgebrannt war, und hast deine Katze geholt?« fragte Pita kalt. »War sie für dich auch bedeutungslos?« Ihr Zorn beruhte zum Teil auf einem Schuldgefühl. Sie hatte Aziz' Katze seit letzter Nacht nicht mehr gesehen – seit sie in die Innenstadt gegangen war, um sich dem Sit-in anzuschließen. Sie hoffte, daß es ihr gutging. Daß sie nicht von einem Auto überfahren worden war oder irgendwas.

Aziz ignorierte ihre Frage. »Wenn du mir einfach nur sagen könntest, was du …«

»Hör mal«, unterbrach sie ihn. »Du bist der Magier. Du beschäftigst dich seit Jahren mit diesem Kram. Ich bin nur ein Mädchen, dem *Katze* von Zeit zu Zeit hilft. Ich habe dich nur in Masakis Wohnung gelassen, weil ich dachte, du wolltest dich bei mir dafür bedanken, daß ich dir das Leben gerettet habe. Wenn ich verhört werden wollte, würde ich wieder zurück zu den verdammten …« Sie schluckte, unfähig, den Satz zu beenden, obwohl sie ihn im Scherz begonnen hatte. Seit ihrer Entlassung aus dem Gefängnis und der Flucht vor dem Cop, der ihre Freunde umgebracht hatte, war noch nicht genug Zeit verstrichen.

»Ich bin sehr dankbar, daß du mir das Leben gerettet hast«, sagte Aziz angespannt. »Das habe ich dir bereits gesagt. Und was deine magischen Fähigkeiten anbelangt, irrst du dich. Dein Talent ist sehr stark ausgeprägt – stärker, als du glaubst. Ich wünschte, ich …«

Er machte eine wegwerfende Geste mit einer blasigen Hand. Er brauchte den Rest nicht auszusprechen. Pita konnte den Neid in seinen Augen sehen. Und das ließ sie innehalten. Vielleicht – nur vielleicht – besaß sie wirklich ein einzigartiges, stark ausgeprägtes Talent. Wenn sie den Geist tatsächlich vertrieben hatte – was Aziz mit all seinem Wissen nicht geschafft hatte –, besaß sie etwas ganz Besonderes. Etwas, das sie sich nutzbar machen konnte, um zu überleben. Eine natürliche Begabung, die sie zu einem besseren Zauberer machte als der hermetische Magier, der vor ihr saß.

»Hab noch etwas Geduld mit mir«, sagte Aziz. »Es ist wichtig.«

»Versprichst du mir, daß du mich mit dem Schamanen bekannt machst, von dem du mir erzählt hast?« fragte Pita. »Demjenigen, der mich lehren wird, wie ich meine Kräfte einsetzen kann?«

»Das habe ich bereits zugesagt.«

»Wie soll ich in der Zwischenzeit zurechtkommen? Ich besitze keinen einzigen Nuyen.«

Aziz verzog ärgerlich das Gesicht, als er eine Hand in die Brusttasche seiner Robe steckte. Er zückte einen Kredstab, erhob sich und ging zum Telekom. »Hast du ein Bankkonto?« fragte er.

Pita lachte laut auf. »Wer, ich? Spinnst du oder was?«

Aziz legte den Kredstab ein. »Wie heißt du?« fragte er. »Nicht dein Straßenname – dein richtiger Name.«

Sie nannte ihn.

»Geburtsdatum?«

»19. Juli 2037.«

Aziz gab eine Reihe von Befehlen ein und murmelte dabei vor sich hin. »Hmm. Wir nehmen Masakis Wohnung als deine gegenwärtige Adresse, und ich sage, daß du in meinem Laden arbeitest. Das müßte reichen ...« Er rief sie zu sich und sagte ihr, sie solle sich vor der Kamera aufbauen, dann konnte sie sich wieder setzen. Nach ein paar Augenblicken spie der Drucker etwas aus. Er riß das Blatt ab und reichte es Pita mit einer verschnörkelten Geste.

»Was ist das?« fragte sie.

»Ein Bankauszug von deinem Konto. Sieh ihn dir an.«

Pita fiel die Kinnlade herunter. Wenn das stimmte, hatte Aziz soeben ein Konto bei der Salish Credit Union eröffnet und tausend Nuyen darauf eingezahlt. Auf ihren Namen. Als sie aufsah, lächelte er.

233

»Nennen wir das eine Investition. Und wo das herkommt, gibt es noch mehr, solange du versprichst, mit mir zusammenzuarbeiten. Einverstanden?«

Pita nickte stumm. Die Sache war ihm offenbar eine Menge wert. Sie fragte sich, was er sich davon versprach – wie er daraus Kapital schlagen wollte. Und ob die Transaktion legal war oder nur ein gut vorgetragener Schwindel.

»Einverstanden«, sagte sie schließlich. »Frag mich irgendwas. Was willst du wissen?«

Aziz räumte eine Fläche im Wohnzimmer frei, dann wirkte er mit einer raschen Geste einen Zauber. Ein grüner Kreis erschien auf dem Teppich. Pita blinzelte und hoffte, daß Masaki nicht allzu verärgert über den Fleck sein würde, den Aziz gerade verursacht hatte. Aber der Teppich hatte ohnehin nicht besonders sauber ausgesehen.

»Nehmen wir einfach an, daß dies der hermetische Kreis ist, den ich benutzt habe, als ich herausfinden wollte, ob es tatsächlich eine Metaebene des Lichts gibt«, sagte er. Dann legte er sich in die Mitte des Kreises und streckte Arme und Beine aus. »Ich bin hier in der Mitte. Ich will, daß du dich mir in demselben Winkel näherst wie gestern morgen, als du im Astralraum warst.«

Pita tat, wie ihr geheißen, und stellte sich in einer Linie mit Aziz rechtem Bein.

»Und jetzt lauf vorwärts, wie du es gestern getan hast. Halte deinen Körper ganz genauso und versuche dieselben Gesten zu beschreiben.«

Pita starrte an die Decke und stellte sich den leuchtenden Wirbelsturm des Geistes dort vor, wo die staubige Leuchtröhre hing. Dann hob sie den Arm, als schirme sie die Augen vor ihm ab. »Aziz!« rief sie, wobei sie sich ein wenig albern vorkam. Sie lief vorwärts und sprang über den grünen Kreis. Sie fragte sich, ob sie auch ihren Sturz darstellen sollte, aber Aziz ließ sie innehalten, bevor sie sich entscheiden konnte.

»Bleib stehen!« Er stand auf und nahm ihren rechten Arm. Er drehte ihn um und betrachtete die Unterseite.

»Was ist das für eine Narbe?« fragte er. »Die sieht aus wie ein Brandmal. Hat der Geist dich berührt?«

Pita drehte den Arm, um die rote Linie zu betrachten, die sich wie eine Schramme über die Innenseite ihres Handgelenks zog. Das Rot war verblaßt, aber die Narbe juckte dort, wo das Haar nachwuchs. »Ach, das«, sagte sie. »Ja, er hat mich berührt. Aber nicht gestern, sondern schon vor ein paar Tagen.«

Aziz' lange, schlanke Finger schlossen sich krampfhaft um ihren Unterarm. »Wann?«

»In der Nacht, als dieser Bursche in der Gasse gestorben ist. Ich habe ihn, äh … mir angesehen, und einer der Lichtstrahlen, die aus seinem Mund kamen, hat meinen Arm berührt.«

»Hmm.« Aziz starrte mit gerunzelter Stirn ins Leere. Einen Moment lang machte Pita sich Sorgen, er könne erraten haben, daß sie einem sterbenden Magier die Taschen ausgeräumt hatte und daß er ihr die Cops auf den Hals hetzen würde. Doch seine Gedanken waren offenbar ganz woanders.

»Das war die Nacht, in der der Geist Farazad angegriffen hat«, dachte er laut nach. »Die Nacht, in der sich der Geist befreit hat. Hmm …«

»Läßt du jetzt meinen Arm los?«

»Was?« Aziz sah nach unten. »Oh. Tut mir leid.«

Pita rieb die Stelle, die er umklammert hatte. Dann betrachtete sie noch einmal das Brandmal an ihrem Handgelenk. »Du glaubst, das hat etwas damit zu tun?«

»Ja, das glaube ich.«

»Und sagst du es mir?«

Aziz bedachte sie mit einem scheuen Blick, als wolle er sich darüber klar werden, ob sie ein Geheimnis für sich behalten könne. »Sicher«, sagte er. »Warum nicht? Ich brauche für diese Sache ohnehin deine Mitarbeit, daran führt kein Weg vorbei.«

Er holte tief Luft und begann einen Vortrag. Dabei hörte er sich genauso an wie ein Lernprogramm in der Schule. »Wenn sich ein Geist der Kontrolle des Magiers entzieht, der ihn beschworen hat, bleibt er manchmal in der physikalischen Welt und kehrt nicht in den Astralraum zurück. Der Augenblick seiner Flucht ist der Augenblick seiner Geburt als freier Geist. Es ist außerdem der Augenblick, in dem der Geist seinen wahren Namen annimmt. Ein freier Geist kann von einem Magier – beider Traditionen – beherrscht werden, wenn er seinen wahren Namen kennt. Der Magier kann diesen wahren Namen benutzen, um den freien Geist zu rufen, zu beherrschen, zu bannen oder auch zu zerstören. Oder auch, um ihn zu vertreiben, wie du es gestern morgen getan hast. Das Problem ist, den wahren Namen eines freien Geistes herauszufinden, ist normalerweise unmöglich.«

Pita runzelte völlig verwirrt die Stirn. »Ich verstehe nicht, was das mit der Brandwunde an meinem Arm zu tun hat.«

»Dazu komme ich gleich«, antwortete Aziz. Er strich sich mit der Hand über sein Haar und glättete es. »Die hermetische Theorie besagt, daß der wahre Name einem freien Geist auferlegt wird, und zwar von den astralen Bedingungen an dem Ort und zu dem Zeitpunkt seiner Geburt. Es wäre möglich, daß der Geist, den du gesehen hast, so berauscht von seiner neugewonnenen Freiheit war, daß er seinen wahren Namen laut herausgeschrien hat, sobald er ihn erfuhr.«

»Aber ich habe nichts gehört. Jedenfalls keinen ›wahren Namen‹.«

Aziz nahm ihren Arm – sanfter diesmal – und legte den Zeigefinger auf das Brandmal. »Doch, das hast du«, sagte er leise. »Der Geist hat auf die einzige Art und Weise gesprochen, die ihm möglich ist – in Impulsen von Photonen. Er hat seinen wahren Namen hier in deine Hautzellen eingraviert.«

Pita betrachtete ihren Arm, unsicher, ob sie ihm glauben sollte oder nicht. Es klang unglaublich – ein magischer Geist, der seinen Namen mit einem Lichtstrahl auf ihren Arm geschrieben hatte. Doch gleichzeitig klang es auch logisch. Irgendwie hatte sie den Geist vertrieben. Außer dem hilflosen Aziz war niemand anders zugegen gewesen, also konnte auch nur sie es gewesen sein, die ihn zur Flucht veranlaßt hatte. Je mehr sie darüber nachdachte, desto mehr kribbelte ihre Haut. Es war so, als wache man plötzlich auf, nur um festzustellen, daß jemand im Schlaf eine kybernetische Vorrichtung in den Arm eingebaut hatte. Ihr Handgelenk fühlte sich an, als gehöre es ihr nicht mehr allein.

»Hast du nicht gesagt, der Magier müsse den Namen verstehen?« sagte sie schließlich. »Ich habe ihn nämlich nicht verstanden. Ich wußte nicht einmal etwas von ihm.«

»Aber er war trotzdem da, als du in den Astralraum eingedrungen bist. Du hattest den Namen bei dir. Und du hast ihn – wenn auch ungewollt – als Werkzeug benutzt, um den Geist zu vertreiben.«

Pita dachte eine Weile darüber nach. »Heißt das, ich kann dieses Ding jetzt kontrollieren? Ihn tun lassen, was ich will?« Rachevisionen schossen ihr durch den Kopf. Sie würde es diesem Wichser von Lone Star zeigen. Sie stellte sich vor, wie der Cop zuckend auf dem Boden lag wie eine Marionette, deren Drähte durchgeschnitten worden waren, während der Geist ihn von innen verbrannte. Es war eine grausige, aber zufriedenstellende Vorstellung. Eine, die ein grimmiges Lächeln auf ihre Lippen zauberte, bei dem ihre langen Eckzähne entblößt wurden.

Aziz ließ eiligst ihren Arm los. »Äh … ja. Du hast das *Potential*, den Geist zu kontrollieren. Aber nicht ohne richtige magische Ausbildung. Die Kontrolle über einen freien Geist erlangt man nicht automatisch. Wenn man den wahren Namen des Geistes in Erfahrung gebracht hat, muß man ihn immer noch in einer Willensprobe besiegen. Das ist ein Kampf, bei dem du gegen die magische Kraft des Geistes antrittst.« Er warf ihr einen durchdringenden Blick zu. »Und das eine steht fest: Dieser Geist ist äußerst mächtig und läßt nicht mit sich spaßen.

Versprich mir, Pita, daß du nichts Übereiltes tust. Daß du nicht versuchst, ihn ohne meine Hilfe zu rufen oder zu kontrollieren.«

Pita durchschaute ihn sofort. Der Magier wollte an dieser Sache Anteil haben. Er wollte den Geist selber kontrollieren, aber dazu brauchte er sie. Wahrscheinlich schwebte ihm seine eigene Rache vor – der Yak, der seinen Laden niedergebrannt hatte, war zweifellos der erste Kandidat.

Nun, Pita würde es ihm zeigen. Wenn sie diejenige war, die den Geist kontrollieren konnte, war sie auch diejenige, die das Sagen hatte. Aber jetzt nicht. Sie traute ihren neu erwachten magischen Talenten noch nicht richtig. Jedenfalls wollte sie nicht so enden wie der Magier in der Gasse. Einen menschlichen Geist zu beherrschen, war eine Sache. Eine magische Kreatur aus Licht zu beherrschen, war eine ganz andere. Einstweilen sah es so aus, als sei sie auf Aziz' Hilfe angewiesen.

»Okay«, sagte sie. »Abgemacht. Solange du nicht von mir verlangst, den Geist zu rufen, bevor ich dazu bereit bin.«

Aziz lächelte dünn. »Abgemacht.«

23

Carla stieg aus dem Besichtigungsbus und betrachtete die sechs Wolkenkratzer, die den Mitsuhama-Komplex bildeten. Sie stellte ihre Cyberkamera auf Weitwinkelaufnahme ein und begann mit einer Sequenz, die alle sechs Gebäude zeigte. Sie hätte sie gern früher am Tag gefilmt – bei besserem Licht wären der silberne Glanz der Plastibetonmauern und das Glitzern der schwarz getönten Fenster besser zur Geltung gekommen. Doch die Wolkenkratzer waren auch so ein beeindruckender Anblick. Sie würden ein nettes Intro für ihre Story abgeben.

Sie zoomte langsam auf den öffentlichen Eingang zum Zentralgebäude, wobei die gepflegten Rasenflächen und der Hintergrund des Lake Washington langsam aus dem Bild verschwanden, und richtete die Kamera dann auf den Eingang zur ›Byte der Zukunft‹ genannten Ausstellung. Zu beiden Seiten der automatischen Tür beobachteten ordentlich gekleidete Wachmänner den Strom der ein- und ausgehenden Leute. Mit ihren Schirmmützen und steifen blauen Uniformen mit dem goldenen MCT-Logo auf der Brusttasche sahen die Wachmänner wie Portiers eines piekfeinen Hotels aus. Sie trugen keine Waffen, und Carla konnte auch keine offensichtliche Cyberware erkennen, aber es war klar, daß sie über Komlink mit den anderen Mitgliedern ihres Teams in ständiger Verbindung standen. Sie würden sofort Verstärkung rufen, wenn es die Situation verlangte.

Einer der Wachmänner lächelte und nickte den Touristen zu, wobei er gelegentlich in die Hocke ging, um mit einem Kind zu reden. Doch seine Augen tasteten beständig die Menge ab, auch wenn er mit jemandem direkt vor sich sprach. Er mochte auf den ersten Blick entspannt wirken, aber Carla konnte erkennen, daß er auf Zwischenfälle gefaßt war.

Der zweite Wachmann beobachtete die Menge mit stählernem Blick und gab nicht einmal vor, freundlich zu sein.

Carla ließ ihre Cyberkamera weiter aufzeichnen, während sie den anderen Touristen den gewundenen Pfad entlang folgte, der von der Bushaltestelle zum eigentlichen Komplex führte. Auf diese Weise würde sie Greer, ihrem Produzent, beweisen können, daß sie tatsächlich in Mitsuhamas Forschungslabor eingedrungen war. Natürlich immer vorausgesetzt, sie schaffte es so weit.

Anstatt ihren üblichen geschmeidigen Reporterschritt anzuschlagen – der sie nur verraten hätte –, schlenderte Carla hinter den anderen her und gaffte wie ein Tourist. Das aufgezeichnete Material würde ruckartige Kameraschwenks enthalten, aber solange die Kontinuität gewahrt blieb, würde Greer zufrieden sein.

Die Besichtigungsgruppe, der Carla sich angeschlossen hatte, zählte sechsundfünfzig Personen, sie selbst eingeschlossen. Es war die vorletzte Besichtigungstour des Tages – die Fünf-Uhr-Tour.

Als sie sich dem Eingang näherte, widerstand sie dem Drang, noch einmal in die Tasche zu greifen und sich zu vergewissern, daß der Speicherchip, den Corwin vorbereitet hatte, noch an Ort und Stelle war. Die Wachmänner würden die nervöse Geste sofort registrieren. Sie würden nicht wissen, was sie bedeutete, und sie würden sie wahrscheinlich nicht bedrohlich finden. Aber Carla würde damit dennoch ihre Aufmerksamkeit erregen. Und sie wollte so anonym wie möglich bleiben. Sie hatte sich verkleidet, falls sie jemand aus den Nachrichtensendungen von KKRU erkannte. Sie hatte sich das Haar anders frisiert und ein Kopftuch umgebunden. Die dicke Schmuckbrille, die sie trug, verlieh ihren Augen einen ganz anderen Ausdruck.

Ein paar Schritte vor Carla schwammen Corwins Freundin Nina und sein kleiner Bruder Trevor im Strom der Besucher. Trevor war erst acht Jahre alt, aber mindestens genauso intelligent wie sein Bruder. Das Mädchen war zwar erst Anfang Zwanzig, sah aber dennoch alt genug für seine Rolle aus, insbesondere in der Kleidung, die zu tragen Carla sie gebeten hatte. Beide waren mehr als bereit gewesen, ihr zu helfen. Der Gedanke, wie sein Bruder etwas Gewagtes zu tun, hatte insbesondere Trevor gefallen. Seine Rolle war sehr klein und völlig ungefährlich. Carla hoffte nur, daß das Kind die Nerven und den Verstand hatte, sie zu spielen. Die schauspielerischen Fähigkeiten hatte Trevor jedenfalls. Er war bereits in zehn Werbespots als metamenschliches Vorzeigekind aufgetreten. Er hatte trotz seiner übergroßen Eckzähne ein gewinnendes Lächeln.

Trevor gab vor, Carla nicht zu kennen. Wie eingeschärft, blieb er bei Nina und lächelte und redete mit ihr. Die anderen Touristen würden automatisch annehmen, daß Nina seine Mutter war.

Carla folgte den anderen in das Gebäude. Sie versammelten sich vor einem zweiten Paar massiver Glastüren, die den Zugang zur Lobby versperrten. Dieser Eingang wurde von zwei weiteren Sicherheitsmännern bewacht. Einer stand auf ihrer Seite der Türen und dirigierte die Besucher zu einer automatischen Kamera, die ein Bild von jedem Besucher machte und dann eine laminierte Plastikkarte mit dem Aufdruck BESUCHERAUSWEIS und dem Datum und der Ankunftszeit der Gruppe ausspie. Der zweite Wachmann stand auf der anderen Seite der Glastüren und sah mit gelangweilter Miene zu, wie die Besucher, die das Gebäude verließen, ihre Ausweise in eine Maschine warfen, die sie automatisch scannte und zählte. Schließlich entfernte sie die digitalen Fotos und Daten von den Plastikkarten, so daß sie wiederbenutzt werden konnten.

Als sie an der Reihe war, lächelte Carla in die Kamera und befestigte dann den Ausweis, den sie ausspie, mit der Metallklammer am Revers ihrer Jacke. Sie folgte den anderen durch die Innentüren in die eigentliche Lobby.

Die Lobby hatte einen Fußboden aus versilbertem Metall, der in einem Muster geschwärzt war, welches den Schaltkreisen eines altmodischen Silikonchips ähnelte. Aufzüge am Ende der Lobby brachten die Besucher in den ersten und zweiten Stock, wo die Ausstellung untergebracht war. In jeder Etage gab es einen Balkon, von dem aus die Besucher auf den gemusterten Boden der Lobby herunterschauen konnten.

Zu den anderen Stockwerken des Wolkenkratzers – und den darin befindlichen Büros – hatte man nur über separate Eingänge Zugang, nicht aber über diese Lobby. Mitsuhama ermutigte die Öffentlichkeit zwar, sich seine Ausstellungen anzusehen, hatte aber etwas dagegen, daß eben diese Öffentlichkeit durch seine Büros wanderte.

Als sie den Aufzug betraten, konnte Carla Trevor hören, der jetzt hinter ihr war. Er erzählte Nina aufgeregt von der neuen SimMeer-Ausstellung. Sie gestattete sich ein dünnes Lächeln der Erleichterung. Der Junge ging völlig in seiner Rolle auf und sorgte dafür, daß alle mitbekamen, daß er und Nina zusammengehörten. Hin und wieder nannte er sie sogar ›Mom‹.

Carla hatte diese Besichtigungstour schon einmal vor zwei Jahren absolviert, als sie eine Unterhaltungssendung über eine neue Reihe von SimSinn-Spielen gemacht hatte, die Mitsuhama entwickelt hatte. Es hatte sogar Spaß gemacht. Sie hatte sich das Kopfset aufgesetzt und war augenblicklich ins Cockpit eines Kampfraumschiffs befördert worden, das durch das All gedüst war. Sie hatten sogar das Gefühl der Schwerelosigkeit richtig hinbekommen.

Bei diesem Anlaß war Carla ein geladener Gast gewesen. Diesmal würde sie ein Eindringling sein – nicht besser als ein Shadowrunner. Und Mitsuhama würde alles tun, um sie zu vertreiben – mit allen Mitteln.

Die Ausstellung *Byte der Zukunft* war in einer Reihe von Räumen untergebracht, die sich auf die Balkone im ersten und zweiten Stock öffneten. Dutzende von Erwachsenen und Kindern gingen von einem Ausstellungsraum zum anderen, und überall waren ihre ehrfürchtigen Ausrufe zu hören. Vor dem Hintergrund des beständigen Stimmengemurmels summten und zirpten Spiele, beschrieben Automatenstimmen die Ausstellungsstücke und surrten Robotfahrzeuge.

Die drei Mitsuhama-Angestellten, die der Fünf-Uhr-Tour als Führer zugewiesen worden waren, warteten im ersten Stock. Sie trugen keine Uniformen, aber die Farben des Konzerns: blaue Hose und weißes Hemd. Carla trug dasselbe unter ihrer Jacke.

Von diesen Angestellten waren zwei Asiatinnen. Mitsuhama mochte ständig von Chancengleichheit in bezug auf ihre Einstellungspolitik reden, aber wenn man sich die Personalakten ansah – was Corwin zuvor getan hatte –, wurde die Wahrheit offensichtlich. Der Konzern stellte bevorzugt Menschen japanischer Abstammung ein.

Sie teilten die Touristen in drei Gruppen ein, und Carla schloß sich der Gruppe an, die von einer Frau geführt wurde, die in etwa Carlas Statur hatte. Dank der kosmetischen Operation, die Carla ein amerindianisches Aussehen verliehen hatte, konnte sie als Japanerin durchgehen – oder wenigstens als Eurasierin japanischer Abstammung. Das Bild auf dem Angestelltenausweis der Frau sah ihr zumindest einigermaßen ähnlich.

Carla hielt sich am Ende der Gruppe, als die einstündige Besichtigungstour begann. Das erste Ausstellungsstück war ein übergroßer klobiger Computer aus dem ausgehenden zwanzigsten Jahrhundert. Alle Geräte funktionierten und waren mit einem Adapter versehen, der den Zugang zur Matrix gestattete, wenn auch auf eine unsagbar träge, unelegante Art und Weise. Die Ausstellung zeigte die allmählichen Fortschritte in der Computerindustrie und schloß mit dem Exponat der neuesten neuralen Interface-Technologie – natürlich alles von Mitsuhama konzipiert und gebaut.

Während Carla vorgab, einen dieser hochmodernen

243

Computer zu begutachten, fischte sie den Chip aus der Tasche und legte ihn in einen der Multiports auf der Rückseite des Decks ein. Das Programm war erst an diesem Nachmittag in aller Eile von Corwin geschrieben worden. Exakt eine Stunde nach Installation würde es sich in den virtuellen Speicher dieses Decks kopieren. Danach würde es im Hintergrund ablaufen und sich in die zentrale Prozessoreinheit der Ausstellungsräume laden, während es gleichzeitig dessen Wartungsprogramme starten würde. Die Systemüberwachung würde vielleicht eine geringfügige Leistungseinbuße feststellen, diese aber vermutlich als Hardwareproblem abtun.

Von dieser Stelle aus würde das Programm in die untergeordneten Knoten der Ausstellung vordringen und dort das Wort Luzifer ausstreuen. Danach war es nur noch eine Frage der Zeit – hoffentlich nicht mehr als ein paar Minuten, aber gewiß nicht mehr als eine Stunde –, bis der Geist wieder in die Matrix eintauchte und wie eine wütende Hornisse in diese Knoten fahren würde. Dabei würde er in seinem Bestreben, die Dateien zu eliminieren, die seinen Namen enthielten, die Programme verstümmeln. Wenn das geschah, würde das für die Ausstellung zuständige System abstürzen. Jeder computergesteuerte Monitor, jeder Beleuchtungskörper und die gesamte Klimaanlage im Ausstellungsbereich würden ausfallen. Und das würde für die Ablenkung sorgen, die Carla benötigte.

Nachdem sie die antiken Computer hinter sich gelassen hatte, klapperte die Gruppe eine Vielzahl verschiedener Ausstellungsstücke ab: autonome Fahrzeuge, die gegenwärtig beim Mars-Erforschungsprogramm zum Einsatz kamen, Kriegssimulationen, die zur Ausbildung von Monopanzerfahrern verwendet wurden, SimSinn-Demos von CAD/CAM-Architekturprogrammen, animierte Zeichentrick-Hologramme, welche die Entwicklung der ASIST-Technologie beschrieben (wobei die unbedeutende Rolle, die Mitsuhama bei der Entwicklung gespielt hatte, aufgebauscht wurde), und eine riesige, zwei Etagen hohe Darstellung eines optischen Datenspeichersystems. Letztere fand bei den Kindern großen Anklang. Sie konnten durch stroboskopartig beleuchtete Röhren rutschen und dabei so tun, als seien sie einzelne Lichtphotonen. Indem sie entweder zusammen oder einzeln rutschten, konnten sie die Impulse duplizieren, mit denen Daten codiert wurden, und verschiedene Geräuscheffekte und Holobilder erzeugen. Jede Gruppe von Kindern löschte die Daten der vorangegangenen Gruppe und schrieb ihre eigene Kombination.

Carla lächelte. Irgendwie war das ein wenig prophetisch.

Die letzte Station der Besichtigungstour war ein großer Raum, der zahlreiche Nischen enthielt, in denen Mitsuhamas jüngste SimSinn-Spiele ausgestellt waren. Hier wurden die Mitglieder der Gruppe zum erstenmal darauf aufmerksam gemacht, daß sie sich um Punkt sechs Uhr wieder am Bus einzufinden hätten, und dann für die letzten fünfzehn Minuten auf die interaktiven Spiele losgelassen.

Es wurde Zeit für Carla, aktiv zu werden. Sie wand sich durch die Leute in dem überfüllten Raum, nickte Nina zu und betrat eine der SimSinn-Nischen. Es war eine Mehrspieler-Nische, in der es genug Kopfsets für sechs Personen gab. Glücklicherweise gesellte sich niemand anders zu ihnen.

Carla gab Nina ihren Besucherausweis. »Du weißt, was du zu tun hast, nicht wahr?«

Das Orkmädchen lächelte. »Null Problemo, Chummer. Ich schmeiß das Ding einfach in den Kasten.«

Carla zuckte zusammen. Wie ihr Freund hatte Nina die Angewohnheit, trotz ihrer hervorragenden Bildung Straßenslang zu benutzen. Sie nahm Ninas Ausweis und schob ihn in ihre Tasche. »Gut«, sagte sie. »Dann ab mit dir.«

Als Nina die Nische verlassen hatte, warf Carla einen

Blick auf die Digitaluhr in der Ecke ihres Cyberauges. Es war fast sechs Uhr. Zeit für ihre Gruppe, zum Bus zurückzukehren. Und für Corwins Programm, in die Gänge zu kommen.

Trevor beobachtete sie aus einigen Metern Entfernung. Als sie an ihm vorbeiging, zeigte Carla ihm das verabredete Signal, den erhobenen Daumen, und steckte ihm Ninas Besucherausweis zu. Er lächelte und blinzelte ihr zu, dann wartete er, während Nina zu den Fahrstühlen ging.

Carla holte tief Luft, um ihre Nerven zu beruhigen. Dieser Teil lag nicht in ihrer Hand.

Sie ging zum Balkon, der einen Ausblick auf die Lobby bot. Als Nina sich dem Ausgang näherte, spannte sie sich. Doch der Wachmann sah Nina nicht einmal an, als diese Carlas Ausweis in den Rückgabeschlitz schob, wo er automatisch von einem Scanner abgetastet wurde. So weit, so gut.

Carla ließ eine ganze Minute verstreichen, dann gab sie Trevor ein Zeichen. Er fuhr mit dem Fahrstuhl in die Lobby und eilte zu dem Wachmann. Carla konnte nicht hören, was er zu ihm sagte, aber sie kannte das Drehbuch. Sie hatte es selbst geschrieben. Er fragte den gelangweilt aussehenden Wachmann am Scanner mit Tränen in den Augen, ob dieser seine Mutter gesehen hätte, die er am Ende der Besichtigungstour aus den Augen verloren habe. Als Beweis zeigte Trevor ihm den Ausweis, den seine Mutter angeblich auf der Photonenrutsche verloren hatte.

Der Wachmann würde sich vermutlich daran erinnern, daß gerade eine Orkfrau das Gebäude verlassen hatte, und mochte sogar das Gesicht der Frau mit dem Bild auf dem Ausweis in Verbindung bringen. Weil aber mehrere andere Besucher zwischenzeitlich das Tor passiert hatten, war es unwahrscheinlich, daß er sich noch daran erinnerte, ob sie einen Besucherausweis zurückgegeben hatte oder nicht.

Trevors Vorstellung schien die gewünschte Wirkung zu haben. Der Wachmann zeigte nach draußen, nahm ihm die beiden Ausweise ab und schob sie in den Scanner. Trevor bedachte ihn mit einem tränenreichen Lächeln, dann trabte er aus dem Gebäude, seiner Mutter nach. Er hielt sich auch jetzt noch an seine Anweisungen und drehte sich nicht nach Carla um, weil das möglicherweise alles verraten hätte. Später, wenn die Sicherheit die zurückgegebenen Ausweise nachzählte, würde man annehmen, daß alle sechsundfünfzig Mitglieder der Fünf-Uhr-Tour das Gebäude wieder verlassen hatten.

Jetzt brauchte Carla nur auf die Ablenkung zu warten. Wenn sie eintrat, würde sich die Gebäudesicherheit extrem verschärfen. Die Wachmänner würden sich augenblicklich vergewissern, daß alle Besucher die Ausstellungsräume unversehrt verließen. Sie würden jeder Person beim Verlassen des Gebäudes den Besucherausweis abnehmen und die Anzahl der eingesammelten Ausweise mit der Anzahl der Besucher an diesem Tag vergleichen. Falls keiner der Besucher abhanden kam, wenn der Geist die Ausstellungscomputer zum Absturz brachte, würde man dem Verbleib aller heutigen Besucher sorgfältig nachgehen – vermutlich innerhalb weniger Minuten. Und wenn das erledigt war, würde Carla längst auf dem Weg zum Forschungslabor sein.

Sie sah sich nach ihrer Führerin um. Die Frau war zum Fahrstuhl gegangen, um die Sechs-Uhr-Tour in Empfang zu nehmen. Während sie die Gruppe um sich versammelte und ihr die üblichen Anweisungen gab, hielt Carla sich diskret im Hintergrund und achtete darauf, von ihr nicht entdeckt zu werden. Es bestand immer noch die Möglichkeit, daß sie Carla als Mitglied der letzten Gruppe erkannte, wenn sie sie sah, und sich dann fragen würde, warum diese Touristin den Bus verpaßt hatte. Oder daß ihr auffiel, daß Carla keinen Besucherausweis mehr trug.

Die Sechs-Uhr-Tour schaffte es bis zur Photonenrut-

247

sche, bevor der Geist zuschlug. Das erste Anzeichen für sein Eindringen in das Computersystem der Ausstellung war der plötzliche Ausfall der Musik und der Hologramme in der transparenten Röhre. Als nächstes fing die Deckenbeleuchtung an zu flackern. In rascher Folge erloschen einige Bildschirme. Das Belüftungssystem blies einen Strahl überhitzter Luft aus und gab dann ein Knirschen von sich, als sich die Ventilatoren abschalteten, und aus den Lautsprechern drang nur noch statisches Rauschen. Ein oder zwei Sekunden nach dem Auftreten des ersten Fehlers waren die Ausstellungsräume im ersten und zweiten Stock in Dunkelheit gehüllt. Als plötzlich ein ängstliches Stimmengewirr laut wurde, trat Carla in Aktion. Sie hatte die Führerin, die jetzt ihre Gruppe anschrie, Ruhe zu bewahren, nicht aus den Augen gelassen. Carla ging direkt auf die Stimme zu und rempelte die Frau absichtlich in der Dunkelheit an. Gleichzeitig riß sie der Frau ihren Ausweis ab. Wenn man bedachte, daß sich die Frau mit einem Haufen verwirrter und verängstigter Leute auseinanderzusetzen hatte, war es unwahrscheinlich, daß sie den Ausweis in nächster Zeit vermissen würde. Wenn sie entdeckte, daß er verschwunden war, würde sie wahrscheinlich annehmen, daß er sich von ihrer Bluse gelöst hatte und irgendwo innerhalb der Ausstellungsräume auf dem Boden lag.

Carla zog ihre Jacke aus und heftete sich den Angestelltenausweis an. Dann ging sie zur Photonenrutsche, wobei sie sich ganz auf ihren Instinkt verließ. Jedenfalls war das der schnellste Weg, sich von der Besichtigungsgruppe zu entfernen. Sie hatte die Rutsche gerade erreicht, als die Notbeleuchtung – die batteriebetrieben und unabhängig vom Computersystem funktionierte – ansprang. Das Licht war jedoch nicht besonders hell. Es gab immer noch genug Schatten – und heftige Verwirrung unter den Besuchern –, so daß Carla in die Röhre springen und unbemerkt entwischen konnte.

Die Rutschpartie hinunter in den ersten Stock dauerte nur ein oder zwei Sekunden. Unten angekommen, rappelte sie sich auf und ging zu dem Personalausgang, der ihr zuvor aufgefallen war. Ein blinkendes Rotlicht zeigte an, daß das Magschloß der Tür noch funktionierte. Es war ein einfaches System mit eigener Batterieversorgung. Carla nahm ihrer Ausweis und zog den Magnetstreifen durch den Schlitz. Als das Licht grün aufleuchtete, riß sie die Tür auf.

Der Flur dahinter war gut beleuchtet. Er mußte an ein anderes Kontrollsystem angeschlossen sein. Carla schloß die Tür hinter sich und eilte den Flur entlang. Ein Wachmann kam ihr entgegengeeilt, der offenbar auf dem Weg zu der Tür war, durch sie sie gerade gekommen war. Sie setzte ihre ernsteste Miene auf und deutete mit dem Daumen auf die Tür hinter sich. »Wir hatten einen Systemabsturz!« rief sie. »Der Strom ist weg, und wir können das Telekomsystem nicht benutzen. Ich werde sehen, ob ich wenigstens das Beleuchtungssystem neu booten kann.«

Der Wachmann grunzte eine Antwort im Vorbeihasten. »Das paßt mal wieder. Wenn es einen Fehler im System gibt, dann während meiner Schicht.« Offensichtlich war ihm das Ausmaß der Störung noch nicht klargeworden.

Carla ging langsamer, nachdem sie um eine Ecke gebogen war. Sie wollte nicht den Fahrstuhl nehmen, falls der Geist die Aufzugsprogrammierung ebenfalls gelöscht hatte, daher betrat sie das erste Treppenhaus, auf das sie stieß. Sie erklomm acht Stockwerke, hielt dann inne, um Atem zu schöpfen, und verließ das Treppenhaus im neunten Stock, in dem sich eine Reihe von Büros befand. Jetzt ging es nur noch darum, eine Außenwand des Gebäudes und dann einen Verbindungskorridor zum nächsten Wolkenkratzer zu finden.

Abgesehen von den wenigen Sicherheitsleuten, die an ihr vorbeiliefen, schienen nur wenige Angestellte das

Chaos zu realisieren, das mehrere Stockwerke unter ihnen ausgebrochen war. Die Flure hallten vom üblichen Stimmengewirr und Bürolärm wider.

Nach einigen Minuten der Suche fand Carla einen Verbindungskorridor, der zu Tower C führte – dem ›Chrysanthemen-Tower‹. Dieser war das Herz des Komplexes. Anders als die übrigen fünf Wolkenkratzer, in denen auch an andere Firmen Büroräume vermietet wurden, war Tower C einzig und allein von Mitsuhama Computer Technologies besetzt. Aus diesem Grund war auch die Sicherheit viel schärfer als in dem Rest des Komplexes. An der Stelle, wo der Verbindungskorridor in Tower C überging, gab es nicht nur ein Tor mit einem Monitorsystem, sondern auch einen Wachmann.

Der Wachmann war ein junger Bursche mit spitzen Zügen und einer mit Kratern übersäten Gesichtshaut. Dem Namensschild nach zu urteilen, ein Japaner. An seiner Hüfte hing ein Halfter mit einer übergroßen Pistole. Darauf war Carla vorbereitet. Sie hatte damit gerechnet, sich an ein oder zwei bewaffneten Wachmännern vorbeibluffen zu müssen. Doch als sie den Netzhautscanner sah, der in die Ausweiserkennungseinheit eingebaut war, sank ihr der Mut. Daran kam sie unmöglich vorbei.

Im nächsten Augenblick mußte der Wachmann erkennen, daß sie nicht die Frau war, deren Name und Scannercode auf dem Ausweis standen. Er würde einen echten Ausweis verlangen und dann seine Vorgesetzten verständigen, die sich dann um den Einbruchsversuch kümmerten. Eine Zeitlang würde sie ziemliche Probleme haben, aber sobald jemand ihren Presseausweis sah, würde man gezwungen sein, sie gehen zu lassen. Sie war zu bekannt, um allzu grob mit ihr umspringen zu können. Die mystische ›Macht der Presse‹ würde sie schützen. Aber es war dennoch verdammt enttäuschend, so weit gekommen zu sein und dann doch nichts zu erreichen.

Dann fiel Carla die Art und Weise auf, wie der Wach-

250

mann vor dem Tor auf und ab ging. Seine Haltung drückte starke Frustration aus. Er erinnerte Carla an den Sicherheitsmann, dem sie zuvor im Flur begegnet war, und an dessen gemurmelte Bemerkung. Und das gab ihr eine Idee.

Der junge Wachmann winkte sie zum Tor. Als er ihren Angestelltenausweis sah, erwachte augenblicklich sein Interesse. »Ich hörte, in den Ausstellungsräumen hat es Probleme gegeben«, sagte er neugierig. Es war offensichtlich, daß er sich wünschte, er könne sich selbst davon überzeugen, welche Probleme es gab.

Sie hielt den Blick gesenkt und versuchte sich ein paar Tränen abzuringen. Als sie den Angestelltenausweis in den Scanner schob, bohrte sie sich einen spitz zugefeilten Fingernagel in die andere Handfläche und ritzte sich absichtlich die Haut auf. Damit schaffte sie es. Tränen traten ihr in die Augen.

»*Hai*«, sagte sie mit dem kurzen Kopfnicken, das einer knappen Verbeugung entsprach. Sie hatte beschlossen, die Rolle der unterwürfigen Japanerin, die den Blick niederschlug, voll auszufüllen. Den Akzent beherrschte sie perfekt, aber sie ging ein Risiko ein und konnte nur hoffen, daß er nicht auf japanisch wechselte. Mit etwas Glück war er nur ein *Nishi* oder *Sanshi*, der die Sprache nur schlecht beherrschte. Von ihrem High-School-Japanisch hatte sie nur noch so viel behalten, daß sie Sushi bestellen, bis zehn zählen und ihren Namen aufsagen konnte.

»Zwei Mitglieder meiner Besichtigungsgruppe sind ernsthaft verletzt worden«, sagte sie zu dem Wachmann. »Ich soll persönlich Bericht erstatten.« Sie seufzte tief und ließ eine Träne über ihre Wange kullern. »Immer passiert alles in meiner Schicht.«

Der Wachmann nickte mitfühlend und nahm den Netzhautscanner aus der Halterung. Carla vergrub das Gesicht in den Händen und gab vor, sich ihrer Tränen zu schämen. Dann stieß sie eine Reihe kurzer Schluchzer aus. »Ich habe nie um eine Versetzung in die Ausstellungsräume gebeten. Ich müßte in der Buchhaltung arbeiten. Dafür bin ich ausgebildet. Und jetzt werde ich gefeuert!« Sie wischte sich beständig Tränen aus den Augen, wobei sie die Hände absichtlich zwischen ihre Augen und den Scanner brachte.

Nach ein oder zwei Versuchen, Carla den Netzhautscanner vor die Augen zu halten, gab der junge Wachmann auf. »Gehen Sie«, sagte er schließlich zu ihr. »Erstatten Sie Bericht. Und viel Glück.«

»Danke.«

Carla wartete, bis sie um die nächste Ecke gebogen war, bevor sie sich ein breites Grinsen gestattete. Sie hatte es geschafft! Sie konzentrierte sich auf das Icon im Blickfeld ihres Cyberauges, das die Datei mit dem Plan aktivieren würde, den Corwin bei seinem letzten Run auf den Mitsuhama-Mainframe heruntergeladen hatte. Die Verbindung mit ihrem Cyberauge gestattete ihr, Informationen zu lesen, die heraufgeladen wurden. Jetzt brauchte sie nur noch den Hinweisen zum Fahrstuhl zu folgen, der ins Forschungslabor führte. Und zu hoffen, daß alles nach Plan verlief. Wenn sie auf weitere Sicherheitssperren stieß, konnte sie immer noch auffliegen. Oder wenn Corwin auf Ice stieß. Oder wenn der Wachmann, der sie gerade ohne Netzhautscan hatte passieren lassen, erfuhr, daß eine in den Ausstellungsräumen beschäftigte Mitsuhama-Angestellte ihren Ausweis verloren hatte. Oder wenn ...

Carla schüttelte den Kopf und schalt sich, weil sie sich zu viele Gedanken machte. Sie mußte jetzt so weit wie möglich kommen. Und ihre Cyberkamera filmen lassen. Der Chip, den sie benutzte, verfügte über reichlich Speicherplatz, aber sie hatte auch noch genug Reservechips dabei, falls sie welche brauchen sollte.

24

Carla ging den Flur entlang und versuchte, die Sicherheitskameras nicht anzustarren. Der dreißigste Stock des Chrysanthemen-Towers war ein Bereich, in dem Plüschteppiche, dunkle Holztüren, die aussahen, als seien sie aus Ebenholz, und teure bio-lumineszierende Beleuchtungskörper vorherrschten. Diese Etage wurde vom mittleren Management von MCT Seattle belegt. Glänzende Namensschilder aus Chrom in der Mitte der polierten schwarzen Türen trugen die Namen mehrerer Leute, die erst kürzlich noch ›Kein Kommentar‹ zu Carla gesagt hatten. Sie widerstand dem Drang, eine der Türen zu öffnen. Die Büros waren mit Sicherheit durch raffinierte Alarmsysteme gesichert.

An einem Samstag wie heute waren nur wenige Büros besetzt. Hier und da begegnete ihr ein Bürohengst auf dem Flur, aber das übliche emsige Treiben eines geschäftigen Bürokomplexes fehlte. Zwar folgte Mitsuhama der japanischen Tradition, von seinen Angestellten ein Beträchtliches an Überstunden zu erwarten, aber nur wenige gingen am Wochenende tatsächlich ins Büro. Die meisten zogen es vor, zu Hause ein paar Stunden an ihren Computern zu arbeiten.

Dem Plan in Carlas Cyberauge zufolge befand sich der zum Forschungslabor führende Fahrstuhl hinter der nächsten Biegung im Flur. Sie blieb mitten im Flur stehen und öffnete die Tür zu einem Waschraum. Wie sie vermutet hatte, wurde der Raum nicht durch Kameras überwacht – zumindest konnte sie keine entdecken. Aber es gab mit Sicherheit Mikrophone, die alle Gespräche aufzeichneten, also machte sie sich die Mühe, die Toilettenspülung zu betätigen und sich die Hände zu waschen.

Carla zückte ihr Mobiltelekom, schaltete die Kamera aus und wählte eine Nummer. Sie hörte ein Klingeln, eine kurze Pause und dann ein weiteres Klingeln, da der Anruf durch eine ganze Reihe von Telekommunikationsgittern umgeleitet wurde. Wenn Mitsuhamas Sicherheit diesen Anruf abhörte, indem sie die Frequenz mit einem Scanner erfaßte, würde sie feststellen, daß er von einem gemieteten Mobiltelekom zu einer Autoreparaturwerkstatt in Renton ging. Tatsächlich war die Nummer in Renton nur eine Zwischenstation. Der Anruf wurde von dort aus durch die Telekommunikationsgitter von Vancouver, Hongkong, Seoul und San Francisco weitergeleitet – und dann wieder zurück in eine Seattler Wohnung, wo ein junger Decker namens Corwin abnahm.

»Alberts Autowerkstatt«, sagte er. »Panne am Wagen? Wir richten den Schaden.«

Trotz ihrer Nervosität mußte Carla lächeln. Sie benutzte den Code, den sie zuvor vereinbart hatten. »Hallo. Ich rufe wegen des Wagens an, den ich heute morgen abgeliefert habe. Es geht um den Mitsubishi Runabout mit dem verbeulten Kotflügel. Ist er schon repariert worden?«

»Ist er«, antwortete Corwin. »Und die neue Lackierung ist perfekt. Sie werden keinen Unterschied feststellen.«

»Das ist wunderbar«, antwortete Carla fröhlich. »Ich werde ihn heute abend nicht mehr abholen können, weil ich noch einen Haufen Arbeit vor mir habe. Ich muß auch in einer Minute wieder ran. Aber ich komme morgen früh vorbei.«

»Viel Glück mit dem Haufen Arbeit. Ich hoffe, Sie müssen nicht zu lange arbeiten. Bis morgen dann.«

Als sie auflegte, nickte Carla. So weit, so gut. Corwin war im Mitsuhama-Computersystem und hatte den Knoten geknackt, der die Überwachungskameras auf dieser Etage kontrollierte. Die »Lackierung«, die er erwähnt hatte, war die Zuführung eines digitalisierten Bildes von Evelyn Belanger. Er hatte das Trideo benutzt, das Carla gestern von der Lohnmagierin gedreht hatte, dann den

254

Hintergrund des Gartens entfernt und nur die Bilder der gehenden Evelyn verwendet. Unter Benutzung von KKRUs raffiniertem Bewegungsanpassungsprogramm wurde das Bild von Carla, das die Flurkameras aufnahmen, mit dem Bild von Evelyn überspielt. Wenn damit etwas nicht geklappt hätte, würde er Carla soeben gewarnt haben. Doch offenbar lief alles perfekt. Die Sicherheit würde bei einem Blick auf die Überwachungsmonitore nichts bemerken.

Carla hatte Corwin ihrerseits davon in Kenntnis gesetzt, daß sie noch eine Minute vom Fahrstuhl entfernt war, der zum Forschungslabor führte. Sie klappte das Mobiltelekom zu und verstaute es in ihrer Tasche. Dann holte sie tief Luft, wappnete sich und ging wieder auf den Flur. Sie wandte sich in Richtung Fahrstuhl, wobei sie die Hände ruhig herabhängen ließ und keine jähen oder übertriebenen Bewegungen machte, um das Anpassungsprogramm, das die Bewegungen kompensieren mußte, möglichst wenig zu beanspruchen.

Am Fahrstuhl angelangt, stellte Carla sich so, daß die Überwachungskameras eine klare Aufnahme von ihr machen konnten, als sie Farazads Kredstab zückte und die Plastikröhre in das Schlüsselloch schob, mit dem man den Fahrstuhl rief. Es war wesentlich, daß Corwin sie vollständig zu sehen bekam und alles perfekt aufeinander abgestimmt werden konnte.

Als der Kredstab klickte, ertönte eine angenehm modulierte Stimme aus einem links von den Fahrstuhltüren angebrachten Lautsprecher. »Dieser Aufzug darf nur von befugtem Personal benutzt werden. Bitte geben Sie eine Stimmenprobe.« Dann wiederholte die Stimme die Anweisung auf japanisch.

Das war der heikle Teil. Farazads Unbedenklichkeitsstatus war sicher unmittelbar nach seinem Tod gelöscht worden. Doch Evelyn Belangers Status mußte noch Gültigkeit haben. Und wenn Corwin der Decker war, der er zu sein behauptete, würde er eine Probe von Evelyns

Stimme einspielen können, sie mit der Schlüsselkombination auf dem Kredstab paaren und eine Übereinstimmung erzielen.

Carla wartete, wobei sich ob ihrer Anspannung die Muskeln zwischen ihren Schulterblättern verkrampften, während die Sekunden verstrichen. Wenn an Corwins Ende irgend etwas schiefgegangen war, würde irgendwo ganz tief in den Eingeweiden des Gebäudes ein Alarm ertönen. In diesem Fall würden in diesem Augenblick bereits bewaffnete Sicherheitsleute von Mitsuhama mit gezogenen Waffen durch die Gänge und Flure hasten ...

Ein leises Läuten ertönte, und über den Fahrstuhltüren blinkte eine Lampe. »Stimmenprobe akzeptiert«, teilte ihr das automatische System mit. »Bitte entfernen Sie den Magnetschlüssel. *Arigato.*«

Carla stieß einen Seufzer der Erleichterung aus, als sich die Fahrstuhltüren öffneten. Sie hatte ihn gar nicht kommen hören – entweder war er sehr leise oder er hatte bereits auf dieser Etage gewartet. Sie hoffte auf letzteres – hätte sich der Fahrstuhl in der Etage mit dem Forschungslabor befunden, würde das bedeutet haben, daß jemand sich dorthin begeben hatte und noch nicht wieder zurückgekehrt war. Soweit Carla wußte, hatte das Forschungslabor nur einen Ausgang.

Sie betrat den Fahrstuhl und drehte sich langsam um, so daß das Anpassungsprogramm der Überwachungskamera im Aufzug ein klares, ruckelfreies Bild von Evelyn liefern konnte. Die Überwachungskamera befand sich über der Tür, und zwar direkt neben der digitalen Stockwerksanzeige. Die Anzeige listete nur zwei Etagen auf: die dreißigste – und ›L‹ für Labor. Es gab keine Icons, um eine Etage auszuwählen.

Die Türen schlossen sich, und der Fahrstuhl setzte sich automatisch zur Forschungsanlage in Bewegung, die sich tief unter der Erde im Fundament des Wolkenkratzers befand. Carla kannte sich gut genug mit Magie aus, um zu wissen, warum solch ein merkwürdiger Ort ausgewählt worden war – die natürliche Erde, die das Labor umgab, schützte es vor unerwünschten astralen Eindringlingen. Wahrscheinlich war der Fahrstuhlschacht mit magischen Sensoren bestückt.

Die rasche Fahrt des Aufzugs bewirkte, daß Carlas Magen einige Kapriolen vollführte. Als Kind war sie für ihr Leben gern mit Expreßlifts gefahren, und sie genoß immer noch das Gefühl des freien Falls, das sich dabei einstellte. Dieses Gefühl wurde jetzt von einem anderen, noch stärkeren verdrängt – Erregung. Sie hatte es geschafft! Sie hatte Mitsuhamas Sicherheitsvorkehrungen überwunden – mit Corwins Hilfe natürlich – und würde gleich in dem Labor drehen, in dem der Geist das Licht der Welt erblickt hatte, der jetzt die Matrix verheerte. Sie tat, was nur wenige Shadowrunner gewagt hätten – sie drang in ein geheimes Forschungslabor ein. Und genoß trotz der Gefahr jeden einzelnen Augenblick.

Der Fahrstuhl hielt mit einem Ruck. Carla wappnete sich innerlich gegen den Anblick eines Raums voller Forscher, die von ihr würden wissen wollen, was, zum Teufel, sie in ihrem Labor verloren hatte. Sie stellte ihre Cyberkamera auf Autofokus und machte sich bereit, es so gut wie möglich durchzustehen. Sie würde die Kamera eingeschaltet lassen, sich als Reporterin identifizieren und dann in einem autoritären Tonfall Fragen stellen. Vielleicht ergaben sich ein paar interessante Reaktionen.

Doch als sich die Fahrstuhltüren öffneten, enthüllten sie ein dunkles Labor. Die einzige Lichtquelle war die Beleuchtung hinter Carla in der Decke des Aufzugs. Sie zeichnete Carlas Schatten, der in die Mitte des großen Raums fiel, und beleuchtete die freie Fläche dahinter nur zum Teil. Abgestanden riechende Luft wehte durch die Fahrstuhltüren. Es war klar, daß das Belüftungssystem des Labors nicht in Betrieb war. Wahrscheinlich hatten sie gestern morgen alles abgeschaltet, als der Geist sämtliche Labordateien gelöscht und die Programmierung der Computer verstümmelt hatte.

Neben der Fahrstuhltür blinkte in der Laborwand das Icon eines Pfeils mit doppelter Spitze auf. Daneben standen die Worte TÜR AUF und ein japanischer Buchstabe, der wahrscheinlich dasselbe bedeutete. Carla drückte darauf und trat dann aus dem beruhigenden Schein des Lichts in den von Schatten erfüllten Raum. Wie sie gehofft hatte, blieben die Fahrstuhltüren hinter ihr geöffnet. Wahrscheinlich würden sie sich erst wieder schließen, wenn der Fahrstuhl von oben angefordert wurde. In diesem Fall würde Carla wissen, daß Ärger zu ihr unterwegs war.

Sie aktivierte den Lichtverstärker in ihrem Cyberauge. Nun, da sie Formen von Schatten unterscheiden konnte, schwenkte sie langsam über den matt erleuchteten Raum. Den Kommentar dazu schenkte sie sich. Dazu war später noch genug Zeit. In dem Raum war es völlig still. Sie hörte lediglich das Geräusch ihres eigenen Atems. Sogar das leise Hintergrundzischen der Klimaanlage fehlte.

Sie war jetzt auf sich allein gestellt. Da alle Computersysteme in diesem Bereich abgeschaltet waren, konnte Corwin sie nicht überwachen. Anstatt in der Matrix herumzuhängen, während sie das Labor durchsuchte, und mit jeder verstreichenden Sekunde einen Angriff durch Ice zu riskieren, würde er in diesem Augenblick letzte ›Korrekturen‹ am Computersystem anbringen, das für die Überwachungskameras des Gebäudes zuständig war. Dann würde er sich ausstöpseln.

In dem Labor gab es eine ganze Reihe von Arbeitsplätzen mit brusthohen Trennwänden dazwischen. Jeder Arbeitsplatz bestand aus einem Stuhl, einem Terminal und verschiedenen persönlichen Habseligkeiten – Soykaftassen, Schreibtischholos von Familienmitgliedern, bunter Plastikschnickschnack, einfache Fotografien, die mit Haftpunkten an den Trennwänden befestigt waren, und verschiedene hermetische Fetische, darunter ein reich verziertes Goldamulett und ein Klumpen Rohkristall.

Carla durchwanderte das Labor mit geschmeidigen Schritten und hielt nur hin und wieder inne, um auf den einen oder anderen Arbeitsplatz zu zoomen. Neben einem Terminal stand eine Vase mit frischen Blumen, deren lieblicher Duft die Luft in ihrer Umgebung erfüllte. Carla nahm an, daß es sich um Evelyn Belangers Arbeitsplatz handelte. Neben einem anderen Terminal waren die persönlichen Habseligkeiten fein säuberlich in einem großen Plastikkorb gestapelt. Obenauf lag ein Hologramm von Mrs. Samji. Dies mußte Farazads ehemaliger Arbeitsplatz sein.

Carla stöberte in den Sachen herum, fand jedoch nichts von Interesse. Der Plastikkorb enthielt lediglich eine Soykaftasse, Familienholos und andere persönliche Dinge. Sie öffnete die Schubladen seines Arbeitsplatzes und sah eine nach der anderen durch. In einer Schublade klapperte ein Lichtschreiber, und in einer anderen klebten ein paar Magnethalter und ein winziges Dreieck eines abgerissenen Stücks Druckerpapier an der hinteren Wand der Lade. Darüber hinaus waren sie leer.

Die Terminals und Computer im Forschungslabor waren das Neuste vom Neusten – selbstverständlich Mitsuhama-Modelle. Und alle waren teilweise auseinandergenommen. Speicherchips waren entnommen und Festplatten entblößt worden, und überall lagen Feinwerkzeuge herum. Offenbar war hier nach dem Systemabsturz ein hektischer Versuch unternommen worden, zu retten, was zu retten war. Carla fragte sich, ob es ihnen gelungen war, irgendwelche Dateien zu retten.

Irgendein Tech hatte ein unabhängiges Beleuchtungssystem für das Labor improvisiert – Kabel führten von einer kompakten Batteriezelleneinheit zu den Leuchtröhren an der Decke. Carla erwog, das Licht einzuschalten, hob statt dessen jedoch lediglich eine Taschenlampe auf, die neben der Einheit auf dem Boden lag. Der Stille nach zu urteilen, befand sich außer ihr niemand im Labor. Aber falls doch jemand in irgendeinem Hinterstübchen arbeitete, würde sie warten, bis sie das Labor vollständig durchsucht hatte, bevor sie ihre Anwesenheit mit einem Lichtgewitter verkündete.

Carla war jetzt ganz auf Nachforschungen ausgerichtet. Ihre Befürchtungen hinsichtlich der Gefahren, die ihr seitens des Sicherheitssystems von Mitsuhama drohten, waren vollständig verflogen. Sie empfand lediglich eine wachsende Erregung darüber, ihr Ziel endlich erreicht zu haben. Jetzt galt es nur noch, so viel Material wie möglich zu drehen – und hoffentlich etwas zu finden, das die Mühe lohnte, die es gemacht hatte, in dieses Labor einzudringen.

An den beiden Seitenwänden und an der Rückwand des Labors befand sich jeweils eine Tür. Carla öffnete die Tür zu ihrer Linken und leuchtete mit der Taschenlampe hinein. Ein Waschraum. Sie ging zur anderen Seite und versuchte es mit der dortigen Tür. Sie führte in einen schlichten Frühstücksraum mit einem Tisch, unbequem aussehenden Metallstühlen, Soykafmaschine, Mikrowelle und Waschbecken. Auf dem Tisch lag noch ein halb voller Frühstücksbeutel mit einem verschrumpelten Apfel und einem vertrocknet aussehenden Sandwich.

Die Tür in der hinteren Wand hatte ein kompliziert aussehendes Magnetschloß, stand aber einen Spalt offen, weil ein Kabel aus dem Labor in den Flur dahinter führte. Auf beiden Seiten des Flurs waren weitere Türen, die alle bis auf eine von dem Kabel offengehalten wurden, das durch das gesamte Labor verlief. In all diesen Räumen war es dunkel und still. Die einzige geschlossene Tür war mit einer Warnung sowohl in lateinischen als auch japanischen Buchstaben versehen: NOTAUSGANG. WARNUNG. ALARMGESICHERT. Carla fragte sich, ob die Alarmanlage noch funktionierte. Wenn nicht – und falls diese Tür tatsächlich nach oben führte –, war dies ein guter Fluchtweg, falls jemand sie im Labor überraschte.

Die interessanteste Tür war diejenige am Ende des Flurs. Sie sah aus, als sei sie mit einem fusseligen grünen

Teppich beklebt. In der Mitte der Tür, in Augenhöhe, befand sich ein Fenster aus massivem, mehrere Zentimeter dickem Glas. Die in das Glas eingeritzten Schriftzeichen erinnerten Carla an die Schutzvorrichtungen in den Fenstern von Aziz' Laden.

Der ›Teppich‹, der die Tür bedeckte, war in Wirklichkeit ein dichter Moosbewuchs. Carla kratzte mit einem Fingernagel ein wenig davon ab. Die Tür dahinter schien aus gepreßter Holzfaser zu bestehen, in der das Moos verwurzelt war. Das gab Carla einen Moment lang Rätsel auf, doch dann wurde ihr klar, daß sie es hier mit etwas zu tun hatte, das Magier ›lebende Mauer‹ bezeichneten. Das Moos bildete eine natürliche, organische Barriere, die astrale Lebewesen nicht durchdringen konnten.

Es war nicht viel durch das Fenster zu erkennen, weil das dicke Glas den Strahl ihrer Taschenlampe verzerrte. Aber zumindest konnte sie sich davon überzeugen, daß sich in dem Raum dahinter nichts bewegte. Dennoch lief ihr ein kalter Schauer der Angst über den Rücken, als sie nach dem Türknauf tastete. War das Moos dazu gedacht, etwas am Eintreten in den Raum zu hindern – oder am Verlassen?

Sie stieß die Tür auf, stemmte einen Fuß dagegen und leuchtete mit ihrer Taschenlampe in den Raum.

Volltreffer! Der Raum war völlig leer – nur nackte Plastibetonwände, Decke und Fußboden. Aber auf dem Boden war in kohlschwarzen Linien, die glitzerten, als sei die Farbe mit zerstampftem Glas gemischt worden, ein Kreis gezeichnet, der ein Pentagramm enthielt. Carla kannte ihn von dem Diagramm des Speicherchips. Es war der hermetische Kreis, der zur Beschwörung des Geistes benutzt wurde.

Sie machte eine Zehn-Sekunden-Aufnahme vom Eingang, um ganz sicherzugehen, daß sie ihn auf Chip gebannt hatte. Dann ging sie in den Raum mit der Batterieeinheit zurück. Diese Gelegenheit war zu gut, um sie ungenutzt verstreichen zu lassen. Sie brauchte etwas Licht.

Nach wenigen Minuten hatte sie die Batterieeinheit in Betrieb genommen. Ein stetes Summen lag in der Luft, und die Deckenlichter erwachten flackernd zum Leben.

Carla eilte in den Raum mit dem hermetischen Kreis zurück und machte zunächst eine Weitwinkelaufnahme des gesamten Raums. Dann marschierte sie langsam um den hermetischen Kreis und nahm ihn von allen Seiten und Blickwinkeln auf. Sie holte sich einen Stuhl, kletterte hinauf und filmte den Kreis aus der Daraufsicht.

»Perfekt«, flüsterte sie, zufrieden mit ihrer Entdeckung. »Mal sehen, welche anderen Nettigkeiten die Forscher noch zurückgelassen haben.«

Die erste Tür, die sie öffnete, führte in einen Lagerraum, der gerammelt voll mit ordentlich beschrifteten Behältern war, die magische Fetische und thaumaturgische Materialien enthielten. Dadurch vertiefte sich zwar Carlas Einblick in die Story nicht, aber die Anhäufung ungewöhnlicher Gegenstände würde eine großartige optische Wirkung haben. Wayne konnte später eine Aufnahme von ihr selbst darüberlegen, in der sie erklärte, was sie in dem Labor gefunden hatte.

Die zweite Tür führte in einen Sitzungssaal, dessen Wände mit weißen Schreibtafeln übersät waren. Alle waren völlig leergewischt. Aber in der Mitte des Raums stand ein langer Tisch mit integrierten Datenpads, die unter Stapeln von Ausdrucken begraben waren. Die gesamte Tischplatte war mit Papieren bedeckt, viele davon zerknittert, als seien sie zusammengeknüllt und dann wieder geglättet worden. Papierkörbe lagen leer auf dem Boden, als sei ihr Inhalt auf dem Tisch ausgeleert worden. Der größte Teil des Papierbergs sah wie Abfall aus: Einwickelpapier für Fast Food und sogar ein Wust von Schnipseln, die offenbar bereits durch einen Zerkleinerer geschickt worden waren.

Carla rieb sich hocherfreut über ihren Fund die Hände. Die Ereignisse ließen sich mühelos rekonstruieren. Nach dem Verlust sämtlicher computergespeicherter Daten hatten die Forscher ihre Papierkörbe in der verzweifelten Hoffnung durchwühlt, um einige der Daten über ihr Forschungsprojekt rekonstruieren zu können. Sie hatten den halben gestrigen Tag und den gesamten heutigen Zeit dazu gehabt und entweder mittlerweile gefunden, wonach sie suchten, oder schließlich aufgegeben. Aber sie hatten sich nicht die Mühe gemacht, hinter sich aufzuräumen. Und es bestand immerhin die Möglichkeit, daß ein emsiger Schnüffler in ihrer Hinterlassenschaft genug Material für eine Story fand.

Carla zog sich einen Stuhl heran, setzte sich und nahm sich die Ausdrucke vor.

Eineinhalb Stunden später gab sie die Suche auf. Sie hatte sämtliche intakten Papiere durchgesehen und nichts gefunden. Die zerkleinerten Dokumente konnten mit einem Anpassungsprogramm per Computer zusammengesetzt werden, aber dazu waren stundenlanges Einscannen und Ausrüstung erforderlich, die sie nicht besaß. Ihr früherer Optimismus war verflogen. Ihr wurde jetzt klar, daß Mitsuhama nicht schlampig war. Der Konzern würde sich nicht damit begnügt haben, belastende Dokumente einfach nur zu zerkleinern. Alles, was einigermaßen aussagekräftig war, würde längst zu Asche verbrannt worden sein.

Carla lehnte sich zurück und reckte sich. Sie war jeden Papierfetzen in diesem Raum durchgegangen, hatte aber dennoch das unbestimmte Gefühl, etwas übersehen zu haben. Sie stand auf und ging in den Raum mit den Arbeitsplätzen zurück, wo sie gedankenverloren vor Farazads Schreibtisch stehenblieb. Wie unter Zwang öffnete sie die Schubladen noch einmal, obwohl sie bereits wußte, daß sie leer waren. Als sie die letzte Lade öffnete, fiel ihr Blick auf den Magnethalter, der am Boden der Metallschublade haftete. Es war ein Kinderspielzeug, ein Mighty-Mite-Gesicht, das lächelte, als Carla es berührte. Daneben lag ein abgerissener Fetzen eines Ausdrucks.

Carla beugte sich vor. Der Papierfetzen hatte sich nicht

263

bewegt, als ihre Hand ihn berührt hatte. Es war nicht nur ein Fetzen, sondern die Ecke eines größeren Blattes, das in den Spalt zwischen Rückwand und Boden geglitten war. Nur die Ecke war noch zu sehen. Carla versuchte es mit dem Finger herauszuziehen, doch das Blatt steckte fest. Sie zog die ganze Schublade heraus, drehte sie um und nahm das Blatt Papier heraus.

Sie stieß einen langgezogenen Pfiff aus, als sie das zerknitterte Blatt in ihren Händen las. Es war ein Memorandum, datiert vor acht Tagen – drei Tage vor Farazad Samjis Tod. Es war an den Labordirektor Ambrose Wilks adressiert und mit krakeliger Unterschrift von dem Lohnmagier eigenhändig unterzeichnet.

An: Direktor Wilks
Betrifft: Projekt ›Luzifer-Deck‹ (Farohad)
Ihren direkten Anweisungen gemäß habe ich den Farohad beschworen und gebunden. Trotz meiner offiziellen Proteste beim Aufsichtsrat und wider das Diktat meines Gewissens und meiner Religion habe ich die Tests durchgeführt, die Sie angeordnet haben.

Die Ergebnisse dieser Tests beweisen, daß der Farohad für das von Ihnen vorgeschlagene Projekt ungeeignet ist. Richtig ist, daß die Lichteffekte, die der Farohad erzeugt, in die Matrix eindringen können, wenngleich die extremen Maßnahmen, die wir ergreifen müssen, um diese Energie anzuzapfen, an Folter zu grenzen scheinen. Alles deutet darauf hin, daß magische Wesenheiten wie vermutet das reine Technologie-Konstrukt der Matrix nicht ertragen können.

Zwar kann ich den Farohad zwingen, mir zu gestatten, seine Energien anzuzapfen, und durch schlichtes Experimentieren ist es uns auch gelungen, diese Konzentration von Licht in die Matrix zu versetzen, aber ich bin nicht in der Lage, ihn zu kontrollieren, sobald die Energie in der Matrix ist. Bitte beachten Sie dies, weil es erklärt, warum wir die Auswirkungen in der Matrix nicht kontrollieren können. Die Lichtgeschwindigkeit überschreitet unsere Möglichkeiten und die Fähigkeiten unserer besten Decker. Der Mangel an Zusammenarbeit seitens des Geistes macht es unmöglich, den Farohad zu trainieren. Unsere besten Köpfe haben der Geschwindigkeit und der Kurzlebigkeit des Nutzens dieser Ausbrüche reinen Lichts nichts entgegenzusetzen.

Ihrem Wesen nach muß eine Kreatur aus Licht fließen – sie muß in einem aktiven Zustand bleiben. Der Farohad kann nicht ›herumsitzen‹ und auf Anweisungen warten. Er kann auch nicht länger als ein oder zwei Nanosekunden in der Matrix bleiben. Als lebender Geist würde er seinen inneren Zusammenhalt verlieren, wenn wir zu viel von seiner Elementarkraft anzapften, insbesondere bei dem Einsatz derart vieler technologischer Systeme. Die Kreatur würde sich praktisch sofort auflösen und verschwinden.

Dem Farohad ist es daher unmöglich, die Funktion auszuführen, die Sie von ihm verlangen. Theoretisch könnte er die Funktionen eines Matrixprogramms mit unbegrenztem Zugang zu Daten simulieren. Er käme an allen ICs vorbei und würde ein Schlüsselwort suchen, danach einen Teil seines Leibes neu konfigurieren, um die Dateien exakt zu duplizieren, die dieses Schlüsselwort enthalten, und schließlich wieder zu einem Computer zurückkehren, um die kopierten Daten auf einen Speicherchip zu schreiben. Theoretisch. Offensichtlich, und im nachhinein betrachtet, kann das nicht funktionieren. Wir haben die Schwierigkeiten übersehen, die damit verbunden sind, ein magisches Wesen in ein rein technologisches Konstrukt zu zwängen. Auch wenn wir seine Energien anzapfen, haben wir absolut keine Kontrolle über das Licht. Es wird einen Speicherchip oder Datenspeicher löschen, anstatt in ihn einzudringen und die Daten zu kopieren. Ohne den menschlichen Geist dahinter, der die Technologie versteht, haben wir, wiederum theoretisch, etwas erschaffen, das die Matrix zerstören kann.

Ich kann den Farohad nicht guten Gewissens weiter dieser Tortur unterziehen, nur um zu beweisen, was wir bereits wissen – daß magische Wesenheiten in der Matrix nicht existieren können und daß Licht schneller ist als der menschliche Ver-

stand. Ich glaube, mit den Daten, die wir gewonnen haben, können wir die Energie des Farohad in der Matrix nutzen, um Knowbots zu bauen, die auf ähnliche Weise funktionieren – zumindest unterstünden die Knowbots vollständig unserer Kontrolle. Und nach allem, was ich gehört habe, ist unsere Software-Abteilung sehr interessiert an dem, was wir herausgefunden haben. Wenn Sie einverstanden wären, könnte ich den Farohad freigeben. Ich kann nicht zulassen, daß er in Gefangenschaft stirbt. Ich bin der Ansicht, er sollte frei sein – frei, um in das Paradies zurückzukehren, das sein natürlicher Lebensraum ist.

Ich habe meine religiös motivierten Einwände gegen die Richtung, in die Mitsuhama Seattle meine Forschung treibt, bereits aufgezeigt. Mir ist zwar klar, daß meine moralischen Argumente Sie nicht überzeugen können, aber ich hoffe, daß es die praktischen Probleme schaffen, die ich skizziert habe. Dieses Projekt darf nicht fortgesetzt werden.

Ich kann diese Arbeit nicht guten Gewissens fortführen. Ich beantrage hiermit ab sofort einen unbefristeten Urlaub und die Auflösung meines Vertrags mit Mitsuhama.

Farazad Samji

Carla filmte das Memorandum automatisch mit ihrer Cyberkamera, indem sie zunächst eine Gesamtaufnahme machte und dann auf Makrofokus ging, um jede einzelne Zeile zu scannen, so daß sie später zu einer Graphik zusammengesetzt werden konnten. Doch während sie diese mechanischen Maßnahmen traf, überschlugen sich ihre Gedanken. Sie hatte nicht einmal die falschen Schlußfolgerungen gezogen, sondern zweimal. Mitsuhama hatte den Geist nicht entwickelt, um eine neue Form von parabiologischer Waffe zu schaffen. Der Konzern hatte nicht einmal die Absicht gehabt, ihn als Virus zu benutzen – obwohl er diesen Zweck mit Sicherheit erfüllen konnte, wie Carla mit dem Absturz des Ausstellungssystems bewiesen hatte. Der Konzern hatte statt dessen versucht, den heiligen Gral der Magier und

Decker gleichermaßen zu finden – ein ›Interface‹, das Magie als Brücke zur Matrix benutzte. Man hatte die Absicht gehabt, den Geist als organischen, auf Magie beruhenden Computer einzusetzen – als Hardware und Software in einem. Als Programm, das Ice ignorieren, in jedes System nach Belieben eindringen und seinen eigenen Leib benutzen konnte, um gefundene Daten zu kopieren, wie verschlüsselt diese auch waren. Hätte es funktioniert, wäre es das ultimative Schleicher- und Ultrahochgeschwindigkeits-Master-Persona-Kontrollprogramm geworden.

Der Haken war nur, daß kein Magier und kein Decker den Geist beherrschen konnte.

Und jetzt lief seine Energie in der Matrix Amok, indem er wahllos Daten löschte und Systeme zum Absturz brachte, und zwar in dem Bemühen, wieder an den Mann heranzukommen, der ihn beschworen und überhaupt erst gezwungen hatte, in die Matrix einzudringen. An den Mann, der ihn vermutlich freigelassen hatte und daraufhin von dem Geist verbrannt worden war.

Carla starrte auf den Projektnamen: Luzifer-Deck. Farazad Samji betrachtete den Geist mit Sicherheit als Engel – als Farohad. Sein Boss hatte sich wahrscheinlich den Namen *Luzifer* ausgedacht und dem ganzen Konzept damit eine christliche Note verpaßt. Luzifer, der ›Bringer des Lichts‹, der leuchtende Engel, der später in Form eines Blitzes vom Himmel fiel und Satan wurde, der Herr der Finsternis. Die Namensgebung war sowohl ironisch als auch angemessen. Der Geist – Luzifer – war in der Tat ein gefallener Sohn. Anstatt Mitsuhama zu dienen, versuchte er jetzt, das Königreich des Konzerns zu zerstören – die Matrix. Er war in jeder Beziehung ein ebenso aufsässiger und rachsüchtiger Engel wie der ursprüngliche Luzifer.

Carla faltete das Blatt zusammen und steckte es in eine Tasche. Das war es. Sie hatte, was sie brauchte. Ihr Einbruch war ein voller Erfolg. Doch sie war ausgebildet worden, gründlich zu sein, und so warf sie noch einen Blick in den einzigen Raum, den sie sich noch nicht gründlich angesehen hatte – ein Privatbüro. Dem bequemen Polsterstuhl und Plüschteppich nach zu urteilen, mußte es sich um das Büro des Labordirektors handeln. In diesem Fall mochten sich an dem Arbeitsplatz noch andere wesentliche Informationen befinden, die Carla in ihre Story einflechten konnte.

Auch dieses Terminal war auseinandergenommen worden. Die CPU fehlte, so daß sich dem Computer nichts entnehmen ließ. Und der Rest des Raums enthielt nichts von Interesse. Nirgendwo lag Papier herum. Sie wollte gerade gehen, als ihr ein elektronisches Notizbuch auffiel, das auf den Teppichboden gefallen war und unter dem Schreibtisch lag. Es handelte sich um ein mikrodünnes Modell, das nur ein paar Zentimeter lang war. Sie hob es auf und drückte auf den Knopf, der es aktivierte.

Der winzige Flüssigkristallschirm erwachte zum Leben und zeigte einen Namen und einen Titel in verschnörkelter Goldschrift: Ambrose Wilks. Direktor MCT Seattle.

Neugierig auf den Inhalt des Notizbuchs ging Carla die Einträge durch, wobei sie mit einem Datum begann, das drei Wochen zurücklag. Zu ihrer Enttäuschung sah sie, daß es sich bei allen Einträgen um persönliche Verabredungen und Gedächtnisstützen handelte: *Valerie nach der Schule abholen. Mittagessen mit Yuki, 14 Uhr. Abschiedsgeschenk für Sabrina.* Kein Wunder, daß das Notizbuch nicht mit einem Paßwort gesichert war. Es enthielt keinerlei belastendes Material. Dennoch ging sie stur alle Einträge bis zum heutigen Tag durch. Und erstarrte, als sie den dort eingetragenen Namen las: *Treffen mit Aziz Fader, 18 Uhr, im Alabaster Maiden Nachtclub.*

Zum Teufel mit Aziz! Carla hatte ihn nach ihrem gestrigen Besuch bei Evelyn Belanger gefragt, was es mit seinem Angebot, Mitsuhama die zur Kontrolle des Geistes benötigten Informationen zu verkaufen, auf sich hatte. Er sagte, er habe nur seine Fühler ausgestreckt, um zu sehen, ob der Konzern interessiert sei – daß es mindestens ein, zwei Tage dauern würde, bevor er genug über Pitas magische Fähigkeiten wußte, um ein ernsthaftes Angebot zu machen. Er hatte Carla versprochen, daß er die Verhandlungen mit dem Konzern erst beginnen würde, wenn sie ihre Story unter Dach und Fach hatte. Doch er hatte gelogen. Er war vorgeprescht und hatte dieses Treffen mit dem Direktor des Forschungslabors arrangiert, ohne sie zu fragen, ob das ihre Story ruinieren würde.

Hatte er Pita bereits verkauft und Mitsuhama diesen ›Schlüssel‹ zu der Zauberformel für einen Haufen Nuyen übergeben? Präziser gefragt, hatte er *Carla* verkauft? Berichtete er Mitsuhama vielleicht gerade in diesem Augenblick, welche Fortschritte sie mit ihrer Story über das Forschungsprojekt bereits gemacht hatte?

Carla war wütend. Sie warf einen Blick auf ihre Uhr. Es war bereits neun Uhr. Aziz würde sein Treffen mit Ambrose Wilks mittlerweile wahrscheinlich beendet haben und wieder zu Hause sein. Er würde nicht in dem Nachtclub bleiben, obwohl Samstag war. Wenn Aziz einer neuen magischen Formel auf der Spur war, war er ebenso ein Workaholic wie Carla. Er würde direkt nach Hause gefahren sein und dort weitergemacht haben, wo er aufgehört hatte – und wahrscheinlich die Nacht durcharbeiten.

Carla zückte ihr Mobiltelekom und wählte die ersten Ziffern von Aziz' Nummer. Doch dann wurde ihr klar, was sie tat, und sie schaltete das Gerät wieder aus. Diese Auseinandersetzung würde warten müssen, bis sie den Mitsuhama-Komplex verlassen hatte. Vordringlich war jetzt erst einmal, zum Sender zurückzukehren und das Material abzuspeichern, das sie gerade aufgenommen hatte.

Immer noch wütend ging Carla in den großen Arbeitsraum und schaltete die Batterieeinheit aus. Einen Moment lang stand sie stumm da und überlegte sich, welchen Ausgang sie nehmen sollte. Die Tür mit der Aufschrift ›Notausgang‹ führte wahrscheinlich direkt zur Oberfläche. Sie war zweifellos der schnellste Weg nach draußen. Aber sie wußte nicht, was sie dort vorfinden würde. Das sorgfältig gepflegte Grundstück wurde wahrscheinlich von patrouillierenden Sicherheitsleuten bewacht und wimmelte von versteckten Sensoren. Es war auf jeden Fall klüger, den Weg zu nehmen, auf dem sie gekommen war. Schließlich hatte sie immer noch den Angestelltenausweis. Und so spät war es auch noch nicht. Sie konnte einfach sagen, daß sie ein paar Überstunden gemacht hatte, und direkt zum Vordereingang hinausspazieren. Doch zuerst mußte sie noch etwas überprüfen.

Sie nahm wiederum ihr Mobiltelekom zur Hand und wählte eine andere Nummer. Corwin meldete sich beim ersten Klingeln.

»Alberts Autowerkstatt. Was liegt an?«

»Ich rufe nur noch mal wegen dem Runabout an. Es sieht so aus, als könnte ich ihn doch noch heute abend abholen. Ich bin jetzt mit der Arbeit fertig. Kann ich gleich vorbeikommen? Ist noch jemand da?«

»Augenblick. Ich muß nachsehen.«

Nach ein paar Sekunden war Corwin wieder da. Seine Stimme enthielt einen Unterton der Selbstzufriedenheit. »Kein Problem, Ma'am. Die Werkstatt ist zwar leer, aber ich werde hier sein.«

»In Ordnung. Danke. Wiedersehen.«

Sie legte mit zufriedenem Lächeln auf. Wenigstens dieser Teil lief nach Plan. Corwin war noch einmal für sie ins Mitsuhama-System gedeckt. Er hatte sich Sorgen gemacht, das Anpassungsprogramm könne entdeckt werden, wenn er es längere Zeit im System ließe, und daher hatte er es gelöscht, nachdem Carla den Fahrstuhl verlassen hatte. Statt dessen hatte er einen einfacheren und we-

270

niger leicht zu entdeckenden ›Fehler‹ installiert. Er hatte die Programmierung der Kamera im Fahrstuhl und derjenigen im Flur des dreißigsten Stocks derart geändert, daß sie beständig mit bereits zuvor aufgenommenen Daten gefüttert wurden. Den Bildern zufolge, welche diese Kameras lieferten, waren sowohl der Fahrstuhl als auch der Flur ›leer‹ – und würden es auch bleiben, wenn Carla dort war. Carla würde unsichtbar sein, bis sie den Seitenflur im dreißigsten Stock verließ und den Hauptkorridor betrat. Mit etwas Glück würden die Sicherheitsleute, welche die Monitore überwachten, annehmen, daß sie gerade aus einem Büro gekommen war. Sie würde sogar so tun, als schließe sie eine Tür hinter sich, um die Illusion perfekt zu machen. Dann mußten sie annehmen, daß Evelyn Belanger immer noch unten im Labor war.

An dieser Stelle würde es nur noch darum gehen, das Gebäude zu verlassen. Wenn etwas schiefging, wenn es zu einer ernsten Konfrontation mit der Sicherheit kam, würde sie mit dem Theater aufhören, sagen, wer sie wirklich war, und sich darauf verlassen, daß ihr Ruf – und KKRUs Einfluß – dafür sorgten, daß sie alles unbeschadet überstand.

Carla betrat den Aufzug und drückte auf das Icon, das sie in den dreißigsten Stock bringen würde. Als sich die Türen wieder öffneten, verließ sie die Kabine, wobei die Wut auf Aziz immer noch in ihr brodelte. Sie würde diesem …

Sie sah eine Bewegung und blieb abrupt stehen. Keine fünf Meter vor ihr passierte ein riesiger kohlenschwarzer Hund die Stelle, an der dieser Seitenflur in den Hauptkorridor mündete. Seine Krallen verursachten leise Klickgeräusche. Bei jedem Atemzug schossen zwei blaue Flammenzungen aus seinen Nüstern. Der Hund hatte eine Schulterhöhe von gut einem Meter und kräftige, muskulöse Beine. Während Carla wie erstarrt dastand, wandte der Hund den Kopf und sah sie mit Augen an, die wie glühende Kohlen aussahen. Er legte die Ohren an und fletschte leuchtend weiße Zähne. Der Hund blieb stehen und starrte Carla mit einer gnadenlosen, feurigen Intensität an, die Carla zutiefst verängstigte.

Ein, zwei Herzschläge lang stand Carla einfach nur da, unfähig, sich zu bewegen. Dann wich sie langsam vor dem Tier zurück. Sie machte einen Schritt, zwei – und prallte gegen das harte, unnachgiebige Metall der geschlossenen Fahrstuhltüren hinter ihr. Dieser Flur war klein und hatte keinen anderen Ausgang – eine Sackgasse. Es gab nicht einmal eine Nottreppe. Eine magische Kreatur, die sie jeden Augenblick angreifen mochte, hatte sie in die Enge getrieben. Und sie hatte nicht die geringste Ahnung, was sie tun sollte.

Sie hielt das Mobiltelekom immer noch in der Hand. Carla wog ihre Möglichkeiten ab, dann drückte sie zweimal auf die Wahlwiederholungstaste. Während das Telekom automatisch Aziz' Nummer wählte, aktivierte Carla die kleine Videokamera. Mitsuhama hörte den Anruf vielleicht ab, aber in diesem Fall war das Schlimmste, was ihr passieren konnte, daß man sie eher früher als später fand – bevor der gräßliche schwarze Hund sie in Stücke zerriß.

Als die Verbindung hergestellt wurde, erwachte der winzige Schirm des Mobiltelekoms zum Leben. Er zeigte Aziz, der über einem Buch hockte und las. Er war damit beschäftigt, einen Text mit einem elektronischen Griffel zu scannen, und redete, ohne aufzusehen. »Ja? Haben wir eine Abmachung?« Dann fuhr er zusammen, als er Carlas Gesicht auf seinem Telekomschirm sah. »Ach, du bist es, Carla. Entschuldige. Was willst du?«

Carla unterdrückte ihre Wut und sprach so leise wie möglich. »Ich bin in Schwierigkeiten, Aziz, und ich brauche deine Hilfe.«

»Was ist los?«

Mit zitternder Hand drehte Carla das Telekom ein wenig, so daß die Kamera den geifernden Hund aufnahm, der sich ihr jetzt langsam näherte.

»Heiliger Drek!« rief Aziz. »Das ist ein Höllenhund. Mach keine jähen Bewegungen, Carla. Er kann dich zerreißen!«

Danke, Aziz, dachte Carla. *Das ist genau das, was ich hören wollte.*

Aziz hielt inne, dann betrachtete er seinen Telekomschirm genauer. »Wo bist du, Carla? Du rufst doch nicht etwa aus …« Seine Augen weiteten sich. »Du bist jetzt dort, nicht wahr?«

»Was sollte ich denn machen, Aziz?«

Aziz runzelte besorgt die Stirn. »Er muß Teil der Gebäudesicherheit sein, Carla«, fuhr er fort. »Halt einfach still. Sein Abrichter wird kommen, sobald er dich auf dem Monitor sieht, und ihn zurückpfeifen. Wenn du in der Zwischenzeit jede abrupte Bewegung vermeidest, wird dir nichts geschehen.«

Für einen Moment war Carla beruhigt. Der Höllenhund kam nicht näher. Er stand jetzt etwa einen Meter von ihr entfernt – immer noch geduckt und sprungbereit –, aber für den Augenblick anscheinend damit zufrieden, sie nur zu beobachten. Trotz der Entfernung konnte Carla die Hitze seines feurigen Atems spüren. Sie wollte nicht, daß er noch näher kam. Sie würde tun, was Aziz gesagt hatte – stillhalten, bis der Abrichter des Tiers kam.

Dann stöhnte Carla auf. »Sein Abrichter wird mich nicht sehen können, es sei denn, er unterhält eine telepathische Verbindung zu dem Tier«, sagte sie im Flüsterton, wobei sie die Lippen so wenig wie möglich bewegte. »Die Überwachungskameras werden mit falschen Daten gefüttert. Wenn niemand diese Frequenz abhört, weiß auch niemand, daß ich hier bin.«

»Du befindest dich in einem Bürogebäude. Irgendwann muß jemand kommen. Warte einfach ab.«

Ja, klar. Sie mußte warten, bis jemandem auffiel, daß der Höllenhund nicht mehr auf den Bildschirmen zu sehen war, und dieser Jemand dann nachsehen kam, wo das Tier geblieben war. Vielleicht kam sie lebend aus dieser Sache heraus, aber ihre Story würde sie verlieren. Die Mitsuhama-Sicherheit würde das Memorandum in ihrer Tasche finden und sofort erkennen, was sie getan hatte. Wahrscheinlich war man auch so schlau, nach einer Cyberkamera zu suchen, und bei ihrer Entdeckung würde man ihr den Chip mit allen Daten abnehmen. Und das war dann das Ende ihrer Story.

Es mußte eine andere Lösung geben. Aziz war überhaupt keine Hilfe gewesen. Aber vielleicht konnte sie ...

Ein Blick auf den Höllenhund zeigte ihr, daß er sich immer noch nicht bewegte. Langsam, Millimeter für Millimeter hob sie ihre freie Hand zu ihrer Jackentasche. Wenn sie Farazads Kredstab aus der Tasche ziehen konnte, gelang es ihr vielleicht, mit Corwins Hilfe die Fahrstuhltüren wieder zu öffnen. Sie würde einfach wieder in das Labor fahren und diesmal den Notausgang nehmen.

»Ich lege jetzt auf, Aziz. Ich muß jemanden anrufen.«

»Sei vorsichtig, wenn du die Nummer eintippst, Carla. Der Höllenhund glaubt vielleicht, daß dein Telekom eine Waffe ist. Er wird darauf abgerichtet sein, jeden anzugreifen, der ...«

Carla hörte ihm nicht mehr zu. Ihre Finger berührten den Stoff ihrer Jacke. Jetzt brauchte sie nur noch die Hand in die Tasche zu schieben und ...

Mit einem Satz warf sich der Höllenhund auf sie. Instinktiv schrie Carla auf und riß die Arme hoch. Das Tier prallte gegen sie und warf sie gegen die Fahrstuhltüren. Dann lag sie auf dem Boden und das Tier auf ihr. Seine unheilvollen, glühenden Augen starrten sie an, und die Krallen bohrten sich schmerzhaft durch den Stoff ihrer Kleidung in ihre Haut. Die blauen Flammen schossen in gleichmäßigem Rhythmus aus seinen Nüstern, und bei jedem Atemzug wusch eine Hitzewelle über ihr Gesicht. Er stand mit offenem Mund und glitzernden weißen Zähnen auf ihr. Während sich Carlas natürliches Auge mit Tränen füllte, richtete sie die Trideokamera in ihrem Cyberauge für eine Nahaufnahme auf den Kopf des Höllenhundes. Wenn sie sterben würde, dann beim Drehen eines Trideos. Ihr letzter Film würde dramatisch sein. Und obwohl sich die Gedanken in ihrem Kopf überschlugen, war ein winziger Teil von ihr mit der Abfassung der Überleitung zu diesem Beitrag beschäftigt: »Dieses erstaunliche Material wurde von KKRU-Reporterin Carla Harris aufgenommen, und zwar wenige Sekunden vor ihrem Tod ...«

Aziz' Stimme schrillte aus dem Mobiltelekom, das irgendwo hinter ihr auf den Boden gefallen war. »Carla! Was ist passiert? Lebst du noch?«

Carla rang sich einen Schluchzer ab. Aziz mochte ihr die Story vermasselt haben, mochte sie bereits verkauft haben. Aber er war der einzige, an den sie sich jetzt noch wenden konnte. »Aziz«, keuchte sie. »Hilfe!«

25

»Sie sind verrückt!« rief Masaki in das Telekom. »Der Geist ist gefährlich. Anstatt Carla zu retten, kann er sie ebensogut umbringen!«

Ein dreidimensionales Bild von Aziz funkelte den Reporter aus der Projektionseinheit des Telekoms an. »Sie verschwenden wertvolle Zeit, Masaki. Bringen Sie das Mädchen zu der Adresse, die ich Ihnen genannt habe. Sofort! Jede Minute zählt.«

Pita rieb sich den Schlaf aus den Augen und richtete sich auf. Sie hatte auf dem Sofa in Masakis Wohnung geschlafen und nur Bruchstücke der Unterhaltung mitbekommen. Irgend etwas über Carla, den Geist – und sie selbst. Sie beugte sich vor und lauschte angestrengt.

Masaki schüttelte den Kopf. »Nein«, sagte er entschlossen. »Ich setze mich mit der Gebäudesicherheit in Verbindung. Sie wird den Wachhund zurückpfeifen.«

»Es ist ein Höllenhund, kein Wachhund«, konterte Aziz. »Und was, glauben Sie, werden seine Halter tun, wenn sie einen Eindringling finden, der die Sicherheit einer streng geheimen Forschungsanlage bloßgestellt hat? Die Sicherheit wird sie nicht nur höflich nach ihrem Namen fragen und sie dann gehen lassen. Jedes Verhör, dem man sie unterzieht, wird ziemlich brutal sein. Und wenn sie die Antworten nicht bekommen, die sie haben wollen ...«

»Carla ist Reporterin, die eine Story recherchiert«, erwiderte Masaki. »Der Sender wird sie decken.« Sein Tonfall verriet jedoch einen Anflug von Unsicherheit. Aziz setzte nach.

»Außerdem ist sie jemand, der illegal in das Sperrgebiet eines mächtigen Konzerns eingebrochen ist, und das stellt sie mit einem Shadowrunner auf eine Stufe«, sagte er. »Glauben Sie ernsthaft, Mitsuhama stört sich an nega-

276

tiven Schlagzeilen, wenn man den Zwischenfall herunterspielen und sagen kann, die Sicherheit hätte nur ihre Arbeit getan? Und was sollte sie davon abhalten, sich jeden vorzuknöpfen, der sonst noch in die Story verwickelt ist? Sie könnten der nächste sein, Masaki. Sie wurden im ersten Bericht als Mitverfasser genannt und waren einmal sogar im Bild, wenn ich mich recht erinnere.«

Der Reporter befeuchtete sich nervös die Lippen. »Ich glaube trotzdem nicht, daß es richtig ist, den Geist zu ...«

»Was ist los?« fragte Pita.

Masaki drehte sich um, überrascht, sie zu sehen. Er hatte ihre Anwesenheit offenbar völlig vergessen.

»Carla wird im Mitsuhama-Komplex von einem Höllenhund bedroht. Aziz will den Geist gegen ihn einsetzen. Er scheint zu glauben, daß du ihn kontrollieren kannst, wenn er noch einmal seine Aufmerksamkeit erregen kann. Aber das ist verrückt. Ich sehe nicht, wie du helfen könntest. Du sollst einen Geist beherrschen, der bereits einen Magier getötet hat? Unmöglich! Du bist nur ein Kind ohne richtige magische Ausbildung. Ich werde es nicht zulassen.«

Pitas Augen verengten sich zu schmalen Schlitzen. Nur ein Kind? Ja, nur ein dämliches Orkkind, das von der Polizei herumgeschubst und in ein Heim abgeschoben werden konnte, wenn es lästig wurde. Sie warf die Decken auf den Boden und stand auf. Ihre Augen bohrten sich in Masakis. »Ich kann ihn beherrschen«, sagte sie mit ruhiger Stimme. Sie stellte sich vor die Telekomeinheit. »Was soll ich tun, Aziz?«

Der Magier redete schnell. »Erinnerst du dich noch an den vernagelten Stuffer Shack, in dem du in astraler Form warst, als der Geist mich angegriffen hat?«

Pita nickte.

»Ich will, daß du dorthin kommst – in Person –, und zwar so schnell du kannst. Ich gebe dir die Adresse. Wir treffen uns dort, und dann erkläre ich dir, was wir zu tun haben. Ich habe bereits ein Taxi für dich bestellt. Sag dem Fahrer, er soll sich beeilen.«

Pita wollte antworten, doch Masaki fiel ihr ins Wort. »Vergessen Sie das Taxi«, sagte er zu Aziz. »Ich werde sie fahren.«

Pita starrte ihn an. »Ich dachte, du wolltest mir das verbieten.«

Masaki schaltete das Telekom ab und seufzte. »Offensichtlich wirst du diesen verrückten Plan durchziehen, egal, was ich sage. Glaubst du, ich will hier sitzen, mir Sorgen um dich machen und mich ständig fragen, wie es dir wohl geht? Ich habe die Absicht, dabei zu sein. Falls irgendwas schiefgeht.«

Pita blinzelte überrascht. Wenn der Geist sich ihren Befehlen widersetzte und angriff, konnte Masaki auch nichts dagegen unternehmen, wenn man davon absah, daß er sich mit ihr und Aziz rösten lassen konnte. Vielleicht lag dem Reporter doch etwas an ihr. Aber jetzt war keine Zeit für Spekulationen. Aziz hatte ihr gesagt, sie solle sich beeilen. Sie hob ihre Jacke vom Boden auf und zog ihre Turnschuhe an.

Die Fahrt zu dem Laden dauerte nicht lange – für einen Samstagabend war der Verkehr ziemlich harmlos, und außerdem schien Masaki zum erstenmal mehr als gewillt zu sein, das Tempolimit zu überschreiten. Er sagte kein Wort zu Pita, sondern saß in gespanntem Schweigen da und trommelte mit den Fingern einer Hand nervös gegen das Lenkrad. Erst, als sie an dem ehemaligen Stuffer Shack angekommen waren und davor parkten, sagte er etwas.

»Aziz hat mich gebeten, das hier mitzubringen«, sagte er, indem er sich umdrehte und eine tragbare Trideokamera vom Rücksitz nahm. »Er will alles aufzeichnen. Ich nehme an, daß etwas von Carla auf ihn abgefärbt hat, als er mit ihr zusammen war. In ihm steckt auch ein kleiner Reporter.« Er lächelte gezwungen. Sie nahm an, daß er versuchte, komisch zu sein.

Pita stieg aus dem Wagen und ging zu der Ruine. Der Laden sah noch genauso aus wie bei ihrem astralen Besuch. Theken und Regale waren immer noch mit Staub bedeckt, aber der Boden war saubergefegt. Darauf war mit schwach leuchtender Farbe ein hermetischer Kreis mit einem Pentagramm in der Mitte gezeichnet. Aziz kniete daneben und plazierte gerade Erde, Wasser und eine angezündete Kerze an den Ecken des Pentagramms. Er sah zu Pita auf und lächelte dann, als er den Reporter sah.

»Danke, daß Sie gekommen sind, Masaki. Bauen Sie Ihre Kamera dort drüben auf, und halten Sie sich dann im Hintergrund. Was auch geschieht, versuchen Sie nicht, den hermetischen Kreis zu durchbrechen. Sie würden alles nur noch schlimmer machen, wenn es Ihnen gelänge, tatsächlich einzubrechen – ganz zu schweigen davon, daß Sie sich damit in Gefahr brächten. Und lassen Sie die Kamera laufen. Wenn der Zauber versagt, hilft mir die Aufzeichnung vielleicht dabei herauszufinden, was ich falsch gemacht habe.«

Er winkte Pita zu sich. »Pita, du wirst hier sitzen, am Scheitelpunkt des Pentagramms. Sobald du in Stellung bist, ist es wichtig, daß du den Schutzzauber nicht störst, den ich wirken werde. Außerdem darfst du den Kreis nicht verlassen. Am besten, du versuchst, dich überhaupt nicht zu bewegen. Schließ einfach die Augen und konzentriere dich auf die Stelle an deinem Arm, wo der Geist seinen Namen eingebrannt hat. Wenn du seine Anwesenheit spürst, benutze die Visualisierungstechniken, über die wir geredet haben, und forme in deinen Gedanken ein deutliches Bild von Carla. Dann stelle dir den Höllenhund vor – er ist groß und schwarz – und befehle dem Geist, ihn anzugreifen. Wenn es dir hilft, kannst du den Befehl auch laut aussprechen. Der Geist muß gehorchen, sobald er deiner geistigen Kontrolle untersteht.«

»Und wenn ich den Geist nicht kontrollieren kann?« Pita kaute nervös auf ihrer Unterlippe. Ihr wurde gerade die Gefahr bewußt, in die sie sich begab. Ihr früherer Wagemut und ihr Stolz waren ihr vergangen, und jetzt kamen ihr Zweifel. Sie betrachtete Aziz' blasige Haut und kratzte unbewußt die juckende Stelle an ihrem Arm, während sie sich an den stechenden Schmerz erinnerte, den die Verbrennung hervorgerufen hatte.

»Wenn du das Gefühl hast, der Geist ist stärker als du – wenn du glaubst, ihn nicht kontrollieren zu können –, dann heb einfach den Arm und winke ihn fort«, antwortete Aziz. »Du hast ihn schon einmal gebannt. Und diesmal wirst du dich in einem hermetischen Kreis befinden. Das einfache Heben der Faust müßte reichen, um ihn zu vertreiben, solange deine Willenskraft hinter der Aktion steht.«

Ihre Willenskraft. Jetzt war Pita wirklich nervös. Ihre magischen Kräfte unterstanden streng genommen nicht ihrer unmittelbaren Kontrolle. Sie war nicht sicher, ob sie sich hier und heute manifestieren würden. Sie beäugte die Tür, war versucht zu kneifen. Als spüre er ihre Furcht, ging Aziz hin, um sie zu schließen, dann verriegelte er sie mit einer Kette und einem Vorhängeschloß. »Wir können keine Störungen gebrauchen«, sagte er.

Er ging zu dem hermetischen Kreis und bedeutete Pita ungeduldig, sich zu setzen. »Komm schon«, sagte er. »Carlas Leben hängt davon ab. Du willst doch nicht, daß sie von dem Höllenhund getötet oder von der Sicherheit geschnappt wird, oder? Wir sind ihre einzige Hoffnung.«

Pita zögerte. Sie wußte nicht, ob da ein Unterton aufrichtiger Besorgnis in Aziz' Stimme lag. Nach allem, was Pita wußte, hatten sich Carla und Aziz einmal sehr nahegestanden. Aber das war Jahre her. Aziz' Geschichte von Carla und dem Höllenhund mochte nichts weiter als ein komplizierter Schwindel sein, den er sich ausgedacht hatte, um Pita zu veranlassen, ihm dabei zu helfen, den Geist zu beherrschen. Vielleicht war Carla gar nicht in Gefahr. Doch dann schüttelte Pita den Kopf. Das ergab keinen Sinn. Der Geist hatte Aziz beim letzten

Mal, als er sich mit ihm eingelassen hatte, beinahe getötet. Der Magier würde sein Leben nicht noch einmal aufs Spiel setzen, ohne einen guten Grund zu haben. Oder?

Wenn tatsächlich Carlas Leben auf dem Spiel stand, war Pita verpflichtet zu tun, was sie konnte. Die Reporterin hatte sie zwar belogen, was ihre Bereitschaft anging, die Story über Lone Star und Chen zu machen, aber sie hatte Pita das Leben gerettet, als die Yakuza auf sie und Yao geschossen hatte. Dafür war Pita ihr etwas schuldig. Außerdem war Pita neugierig. Würde sie es tatsächlich schaffen? Einen Geist zu beherrschen, den Konzernmagier und andere Experten wie Aziz nicht in den Griff bekamen? Der Gedanke, über so viel Macht zu verfügen, war verführerisch. Sollte noch einmal jemand versuchen, sie ›Porky‹ zu nennen, wenn sie einen Geist im Rücken hatte. Denen würde sie es schon zeigen.

»Wo soll ich sitzen?« fragte sie Aziz.

Masaki beobachtete sie aus einer Ecke des Raums. »Du mußt das nicht machen, Pita«, sagte er. Das Pfeifen in seiner Stimme war wieder da. »Es ist noch nicht zu spät, die ...«

»Schweigen Sie!« schnauzte Aziz ihn an. »Wenn Sie die Aufmerksamkeit auf sich ziehen, könnte der Geist Sie als Zielscheibe auswählen.«

Masaki schluckte, dann ging er ein paar Schritte, so daß ein staubiger Tresen zwischen ihm und dem hermetischen Kreis stand. Er fummelte nervös an seiner Trideokamera herum. Eine winziges rotes Licht leuchtete auf. »Kamera läuft«, sagte er.

Pita setzte sich mit gekreuzten Beinen auf den Scheitelpunkt des Pentagramms. Sie spielte mit den Schnürsenkeln ihrer Turnschuhe, während der Magier sich in den hermetischen Kreis legte. Er lag auf dem Rücken, ein Stück Fensterglas in der Hand, und starrte auf das schmierige Oberlicht. Sein Kopf lag neben Pitas Füßen. Er warnte Pita und Masaki noch einmal vor Störungen,

dann holte er tief Luft und begann mit einem merkwürdigen Singsang.

Pita verstand kein einziges Wort. Sie warf einen Blick
auf Masaki, wobei sie lediglich die Augen bewegte. Ihr
Arm juckte, aber sie wagte nicht, ihn zu kratzen. Statt
dessen zwirbelte sie die Spitze ihres Schnürsenkels zwischen den Fingern, weil sie ihre Stellung nicht verändern
wollte.

Masaki bedachte sie mit einem nervösen Lächeln. Er
hatte die Stirn in Sorgenfalten gelegt, und sein grauer
Schnurrbart zuckte, weil sein Mundwinkel einen nervösen Tick hatte. Bildete Pita sich das nur ein, oder konnte sie den Reporter jetzt tatsächlich deutlicher sehen?
Irgend etwas leuchtete durch das Oberlicht.

Aziz setzte seinen Singsang fort und äußerte eine
Reihe absonderlicher, harsch klingender Wörter.

Panik breitete sich in Pitas Eingeweiden aus, als es in
dem ehemaligen Stuffer Shack immer heller wurde. Was
tat sie hier? Masaki hatte recht. Sie mochte zwar eine
natürliche schamanische Begabung haben, aber sie war
nicht ausgebildet. Nur ein Kind und völlig überfordert.
Es bedurfte ihrer gesamten Willenskraft, um dem Drang,
aufzuspringen und wegzulaufen, nicht nachzugeben.

Aus dem Augenwinkel sah Pita eine Bewegung. Nicht
über ihr, wo der Geist sich jeden Augenblick manifestieren würde, sondern tief unten in einer Ecke am Boden.
Hatte dieser sich bewegende Schatten tatsächlich die
Form einer Katze? Und hörte sich das Surren von Masakis Trideokamera jetzt tatsächlich wie das Schnurren
einer Katze an? Oder wurde Pita einfach nur verrückt?

Dann spürte sie die Berührung weichen Fells an ihrer
Hand. *Katze!* Die Berührung beruhigte sie, gab ihr den
Mut, den sie brauchte, um nicht doch noch aufzuspringen und zu fliehen. Sie fuhr geistige Krallen aus und bereitete sich auf das vor, was da kommen würde.

Plötzlich blitzte eine grelle Lichtspirale über ihr auf,
die alle Umrisse in dem Raum grell hervortreten ließ.

Masaki stieß einen Entsetzensschrei aus und warf die Arme hoch, dann duckte er sich hinter den Tresen, wobei er die Kamera jedoch weiterlaufen ließ. Aziz hob den gezackten Glassplitter, den er in der Hand hielt. Sein Singsang wurde lauter, kraftvoller. Er wandte den Kopf Pita zu und hob einen Finger, mit dem er zur Decke zeigte. Dann schloß er die Augen.

Das Licht, das den Raum erfüllte, war schmerzhaft grell. Pita folgte dem Beispiel des Magiers und schloß ebenfalls die Augen. Sie wollte nicht nach oben schauen, wollte den Geist über ihr nicht sehen. Sie konnte seine Hitze auf ihrer Haut spüren. Gleichzeitig überliefen sie kalte Schauer, und die Haare auf ihren Armen sträubten sich. Instinktiv griff sie sich an den Unterarm und berührte die Stelle, wo der Geist sie verbrannt hatte, wobei sie verzweifelt versuchte, sich zu konzentrieren.

»Carla«, krächzte sie ängstlich, indem sie sich das Gesicht der Reporterin vorstellte. Sie konzentrierte sich und fügte das Bild eines großen schwarzen Hundes hinzu, der die Reporterin bedrohte. »Töte ihn«, flüsterte sie eindringlich. »Rette sie.«

Das Licht erstrahlte rings um Pita, und rote Punkte traten vor ihre Augen, obwohl sie die Lider nach wie vor geschlossen hatte. Sie spürte, wie die Hitze gegen ihren Kopf und ihre Schultern brandete. Über eine Wange lief der Schweiß. Der Geist kam näher. Er kam zu ihr und versuchte sie in seinen wirbelnden Strudel zu reißen. Sie konnte ihn nicht beherrschen. Sie würde ihn nie beherrschen. Das Ding würde ihren Körper in seine Atome zerlegen ...

»Geh!« Pita sprang auf und hob ihren verbrannten Arm. Sie deutete auf das Oberlicht und sammelte all ihre Willenskraft. »Geh!«

Im gleichen Augenblick setzte Masaki zu einem verzweifelten Aufschrei an. »Pita!«

Plötzlich lag der Raum tief unter ihr. Sie war ein Lichtblitz, der durch den sternenübersäten Himmel jagte.

283

Aufwärts und dann wieder nach unten über den See. Schoß auf eine Formation von sechs silbernen Wolkenkratzern mit schwarz getönten Fenstern zu. Flog durch eine der Scheiben. Raste unglaublich schnell durch einen Korridor, der mehr ein verschwommener Nebel als ein Flur war. Sah plötzlich eine dunkelhaarige Frau, die auf dem Rücken lag, einen großen schwarzen Hund auf sich, dessen Fänge nur Zentimeter von ihrer Kehle entfernt waren. Drang durch die glühend roten Augen, die im Nu verbrannt waren, in das Tier ein und durchbohrte sein Hirn. Dann wieder durch die Nüstern heraus, so rasch, daß das Tier nicht einmal Zeit hatte zusammenzubrechen, so rasch, daß die Frau unter dem Tier nicht einmal blinzeln konnte. Zurück durch den Flur und wieder in den Himmel. Breitete sich zu einem Blitz aus, der sich über Hunderte von Kilometern erstreckte, und wartete, während die Sekunden mit unglaublicher Langsamkeit verstrichen ...

Pitas Verstand formte träge einen Gedanken. *Herrschaft. Befehl?*

Sie konnte die Ungeduld des Geistes spüren – sein Verlangen zu fließen, frei zu sein. Und seinen Zorn. Irgendwo unter ihm waren Glasfaserkabel, summende Hardware und Computerknoten, die die Welt mit einem unsichtbaren Netz überzogen. Die Matrix. Ein klebriges Spinnennetz, in das sich der Geist hineinwerfen, zwanghaft immer wieder zurückkehren mußte. *Zerreißen,* zischte er ihr zu. *Zerfetzen.*

Pita spürte die Wut der Kreatur durch ihren Verstand zucken. Dort verband sie sich mit ihrer eigenen. Ein Bild formte sich in ihrem Bewußtsein. Das haßverzerrte Gesicht eines Cops, der sie gemein angrinste. Eine verchromte Hand. Ein Streifenwagen, der durch die Nacht fuhr.

Der Geist konzentrierte sich zu einem Punkt und schoß dann in einem gezackten Blitz in die Stadt. Pita sah aus unglaublicher Höhe zu, wie er auf eine Straße zujagte, in der wie zu Eiszapfen erstarrte Scheinwerferkegel die Dunkelheit durchschnitten. Und dann die getönte Windschutzscheibe eines Streifenwagens durchschlug.

Durch das Glas sah sie zwei fassungslose, in grelles Licht getauchte Gesichter. Ihre Augen waren zusammengekniffen, die Hände hoch erhoben, als wollten sie einen Schlag abwehren. Eine dieser Hände war verchromt. Der Streifenwagen war gerade durch eine ruckartige Bewegung des Fahrers ins Schleudern geraten. *Töten?* flüsterte eine Stimme in Pitas Verstand.

Im gleichen Augenblick hörte Pita ein Echo. Ein zweite Stimme überlagerte die erste. Sie schien sich irgendwie stärker im Einklang mit Pitas Gedanken zu befinden. *Nein*, flüsterte sie mit sanftem Schnurren. *Spielen.*

Pita erkannte *Katzes* Stimme und versuchte zu lächeln. Sie spürte, wie ihr Verstand ihren Lippen den Befehl dazu gab. Die Welt, die sie besetzt hielt, bewegte sich viel zu schnell, als daß er sie je erreichen würde. *Ja*, erwiderte die erste Stimme, lange bevor Pita sich zu dem Vorschlag ablehnend oder zustimmend äußern konnte. *Spielen.*

Finger aus Licht leckten über die beiden Cops in dem Streifenwagen, versengten ihnen das Gesicht, verschmorten ihr Haar und blendeten sie. Ein Teil von Pita freute sich, genoß Angst und Schmerzen, die der Geist verursachte. Das waren die beiden Cops, die Chen, Shaz und Mohan umgebracht hatten. Und Pita hatte sie jetzt zwischen den Krallen. Sie konnte sie knuffen und puffen oder mit den Krallen zerfetzen. Sie würde ihnen kleine Verletzungen beibringen und den Geruch ihrer zunehmenden Panik genießen.

Gleichzeitig war ein anderer Teil von ihr abgestoßen. Was tat sie? Sie hatte dem Geist ohne Zögern befohlen, den Höllenhund zu töten. Aber dies war Folter. Und es war häßlich. Plötzlich entsetzt über das, was aus ihr geworden war, zog sie sich abrupt von der Szene zurück, die sich vor ihren Augen abspielte.

Irgend etwas riß entzwei. Ein Licht erlosch in ihrem Verstand. Im gleichen Augenblick verzogen sich ihre Lippen zu einem Lächeln, da sie den Befehl ausführten, den sie ihnen scheinbar Stunden zuvor gegeben hatte. Sie öffnete die Augen in einem dunklen Raum und mit einem albernen Grinsen.

»Pita? Ist alles in Ordnung, Pita?«

Masaki betrachtete sie mit vor Angst geweiteten Augen. Er rappelte sich auf und schlich dann vorsichtig hinter dem Tresen hervor, ein Auge immer auf das Oberlicht gerichtet. Die Trideokamera surrte immer noch leise vor sich hin.

Aziz wälzte sich stöhnend herum und rieb sich die Augen. Dann ruckte sein Kopf zur Decke. »Wo ist er?« fragte er plötzlich. »Wohin ist er gegangen?«

Pita seufzte, während sich Erleichterung in ihr ausbreitete und ihre Glieder in Gummi verwandelte. »Er ist weg. Ich habe ihn gehen lassen.«

Aziz umklammerte ihr Knie. »Konntest du ihn kontrollieren ...«

»Ja«, antwortete Pita. Ihr Arm juckte unerträglich. Und sie war todmüde. Der Zauber schien ihr eine Menge abverlangt zu haben. »Kann ich jetzt aufstehen?«

»Natürlich.« Aziz half Pita auf die Beine und führte sie aus dem hermetischen Kreis. »Wir haben es geschafft!« freute er sich und schlug ihr auf den Rücken. »Wir haben den Geist kontrolliert!«

»Sie meinen, Pita hat ihn kontrolliert«, warf Masaki ein. Er trat näher und legte Pita schützend den Arm um die Schultern. Pita sank gegen ihn, zu müde, um gegen die Umarmung zu protestieren. Tatsächlich fühlte es sich sogar ganz nett an.

»Pita hat es nicht allein getan«, sagte Aziz. »Sie ist keine ausgebildete ...«

Ein elektronisches Summen in einer Ecke des Raums unterbrach ihn. Aziz lief hinüber und hob ein Mobiltelekom auf. »Ja?«

Nachdem er ein oder zwei Sekunden lang zugehört hatte, legte er wieder auf. »Das war Carla«, sagte er
mit einem breiten Grinsen. »Der Höllenhund ist tot.
Carla ist ein wenig erschüttert und blutbesudelt, aber sie
ist gerade dabei, aus dem MCT-Gebäude zu verschwinden.«

26

Carla spielte mit einem Scan-Griffel und versuchte ihren Ärger im Zaum zu halten, während sie Greer anstarrte. Die Kratzer von ihrer allzu eingehenden Bekanntschaft mit dem Höllenhund bildeten leicht geschwollene rote Linien auf ihren Händen. »Was soll das heißen, die Story ist gestorben? Ich habe, was Sie wollten – den Beweis, daß Mitsuhama Computer Technologies für den Geist verantwortlich ist. Ich habe sogar ein an den Direktor des Forschungslabors gerichtetes Schreiben, in dem dargelegt wird, wie diese Tech eingesetzt werden soll. Ich habe mein verdammtes Leben aufs Spiel gesetzt, um es zu bekommen, und wäre fast von einem Höllenhund massakriert worden. Ich habe meinen gesamten freien Tag damit verbracht, die Story zu recherchieren. Ich habe einen hermetischen Kreis im Mitsuhama-Labor gefilmt, der dem Diagramm auf dem Speicherchip entspricht, und ich habe ein nützliches Zitat von einer Renraku-Quelle, in dem eingestanden wird, daß dieser Konzern ebenfalls mit Farazads Zauber experimentiert. Und alles, was Sie dazu zu sagen haben, ist, ›Die Story ist gestorben‹? Ich kann es nicht glauben!«

Greer lehnte sich zurück und schaukelte unbehaglich auf seinem Stuhl hin und her. Er schien sich nicht sonderlich wohl zu fühlen. In der Regel brüllte und tobte er wie ein wütender Bär, wenn er einen Reporter zu einer seiner berüchtigten Privatkonferenzen bestellte. Der ganze Nachrichtenraum bekam die Abkanzlung mit, ob die Tür geschlossen war oder nicht. Normalerweise wären er und Carla aufeinander losgegangen und hätten sich über den Tisch hinweg angeschrien, und schließlich hätte Carla – vielleicht – gewonnen und die Story wäre gesendet worden. Doch heute ließ Greer sich nicht provozieren, sondern hob lediglich seine Tasse und trank einen Schluck längst erkalteten Soykaf.

»Sie haben gehört, was ich gesagt habe«, knurrte er schroff. »Die Story wird nicht gesendet. Haken Sie sie ab.«

»Das ist doch Wahnsinn!« protestierte Carla. »Die Story ist gewaltig. Sie enthüllt nicht nur, daß man sich mit Magie Zugang zur Matrix verschaffen kann, sondern sagt auch eine mögliche Wiederholung des Crashs von 2029 voraus. Es ist eine bahnbrechende Story – und auch eine ironische. Stellen Sie sich einen Konzern vor, der insgeheim einen Geist entwickelt, der ganz allein die gesamte Informations- und Telekommunikationsindustrie vernichten kann! So eine Story kann man nicht begraben! Wenn KKRU die Story nicht sendet, wird es ein anderer Sender tun.«

»Nein, wird er nicht«, sagte Greer leise, indem er auf seinen Soykaf starrte, während er ihn sachte in der Tasse herumschwenkte. Neben ihm lief auf einem an der Wand angebrachten Monitor ein Boxkampf im Superschwergewicht. Der Ton war abgestellt. Die Trolle auf dem Bildschirm teilten stumme Schläge aus. Greer sah auf den Bildschirm. »Niemand wird …«

Carla war zu erregt, um zuzuhören. Sie sprang auf und zeigte mit dem Scan-Griffel auf den Produzent. »Wenn KKRU die Story nicht sendet, kenne ich einen anderen Sender, der es tun wird. NABS hat mir eine Stelle als Reporterin versprochen, wenn ich ihnen beweise, daß ich die Stelle wert bin. Wenn Sie die Story nicht senden, kündige ich noch in dieser Minute – und nehme die Mitsuhama-Story mit.«

Diese Drohung ließ Greer aufschauen. Er stellte seine Tasse ab, als Carla zur Tür stürmte, und erhob sich hinter seinem Schreibtisch. »Carla, warten Sie!«

Carla hielt inne, eine Hand auf dem Türknauf. »Nun?«

Greer trat hinter seinem Schreibtisch hervor und legte ihr eine fleischige Hand auf die Schulter. »Ich bin Ihrer

Meinung, Carla. Hundertprozentig. Es ist eine herausragende Story – die beste, die Sie je gemacht haben. Und Wayne hat das Material erstklassig bearbeitet. Die Story ist ein Hammer. Aber ich kann sie nicht senden, so gern ich es auch täte, weil …«

Carla wartete seine Entschuldigung gar nicht erst ab. »Sie sind zu Ihnen gekommen, nicht wahr?« flüsterte sie. Sie sah forschend in Greers Augen. »Ich verstehe das nicht, Greer. Womit könnte Mitsuhama Ihnen drohen? Sie haben weder eine Familie, um die Sie sich Sorgen machen müßten, noch kann man Ihnen leicht Angst einjagen. Bei der Story über das organisierte Verbrechen in Puyallup haben Sie auch keinen Rückzieher gemacht, obwohl Jimmy Chin Ihnen mit einer Autobombe gedroht hat, falls die Story gesendet würde. Womit könnte Ihnen Mitsuhama den Schneid abgekauft haben?«

Greer nahm die Hand von Carlas Schulter. Sein Blick irrte wieder zum Trid, in dem der Boxkampf übertragen wurde. Auf dem Bildschirm ging gerade einer der Kämpfer zu Boden. Greer fluchte leise, als der andere Boxer zum Sieger erklärt wurde. Dann ging er wieder zu seinem Schreibtischsessel und ließ sich schwer darauf fallen.

»Sie haben den Sender gekauft«, antwortete er schließlich. »Der Deal ist heute morgen über die Bühne gegangen, bevor Sie zur Arbeit kamen. KKRU gehört jetzt Mitsuhama. Der Konzern hat jetzt das Sagen. Und er will nicht, daß die Story gesendet wird.«

Carla runzelte die Stirn, während eine heiße Welle der Wut in ihr hochstieg. »Und Sie tanzen nach ihrer Pfeife?« spie sie verächtlich. »Was sind Sie, ein Schoßhündchen?«

Greer seufzte schwer. »Ich weiß auch, daß die Sache stinkt, Carla. Aber ich kann es mir nicht leisten, meinen Job zu verlieren. In fünf Jahren kann ich mich zur Ruhe setzen, und wenn ich das tue, brauche ich die Rente, die der Konzern zahlt.«

»Aber Sie sind Trideo-Produzent«, sagte Carla, die

nicht begriff, was sie hörte. »Sie verdienen nicht schlecht. So dringend können Sie die Nuyen doch nicht brauchen.«

»Doch, das tue ich.« Greers Wangen röteten sich vor Verlegenheit. »Ich ...« Er spitzte die Lippen, nicht gewillt, den Satz zu beenden.

Plötzlich fielen für Carla alle Puzzleteile an die richtige Stelle – Greers Besessenheit, was Sport betraf, sein beständiges Schnorren von Drinks bei anderen Leuten in der Kantine, die winzige Bruchbude, in der er lebte. Sie warf einen Blick auf den Bildschirm und wandte sich dann wieder an Greer.

»Sie spielen, nicht wahr?« fragte Carla leise. »Was hat Mitsuhama getan? Ihnen angeboten, Ihre Schulden zu übernehmen? Mit wieviel stehen Sie in der Kreide?«

»Mit einer Menge«, murmelte Greer. Er sah mit einem traurigen, selbstironischen Lächeln auf. »Ich schätze, ich hätte meinen ersten Job als Sportreporter nie annehmen dürfen. Da hat alles angefangen – mit Wetten um ein paar Nuyen unter Freunden. Seitdem werfe ich mein Geld zum Fenster raus.«

»Ach, Gil.« Carla sank auf den Stuhl vor dem Schreibtisch des Produzenten. Ihre Wut hatte sich plötzlich in Mitleid verwandelt. »Kein Wunder, daß Sie so viele Überstunden machen.«

»Ja.« Greer hatte seine Aufmerksamkeit wieder auf den kalten Soykaf gerichtet.

Das Bekenntnis des bärenhaften Mannes hatte Carla völlig überrumpelt. Die Tatsache, daß Mitsuhama seinen wunden Punkt entdeckt und ihn gezwungen hatte, nach der Pfeife des Konzerns zu tanzen, machte sie traurig. Nachzugeben mußte schlimm für einen Nachrichtenmann sein. Insbesondere für Greer, der seinen Ruf als harter Spürhund, mit dem nicht zu spaßen war, sehr schätzte. Sie hätte ihn gern getröstet, doch jetzt war nicht der richtige Zeitpunkt dafür.

»Es tut mir leid, Gil«, sagte sie, indem sie sich erhob.

»Aber ich habe keine Wahl. Ich wechsle mit meiner Story zu NABS.«

Er sah auf. »Ich versuche es Ihnen schon die ganze Zeit zu sagen, Carla. NABS wird die Story nicht anrühren. Niemand wird das tun. Nicht, wenn sie Ihren Namen trägt.«

Carla hatte eine jähe Vorahnung von drohendem Unheil. Langsam setzte sie sich wieder. »Warum nicht?«

Greer sah noch verlegener aus, als er eine Schreibtischschublade öffnete. »In unserer heutigen Zeit, in der digitalisierte Bilder mit wenigen Strichen eines elektronischen Griffels verändert werden können, hat ein Nachrichtensender nur seinen Ruf, der ihn trägt. Die Öffentlichkeit muß äußerstes Vertrauen haben, daß die Bilder, die sie in ihrem Trideo sieht, nichts als die reine, unverfälschte Wahrheit sind. Letzten Endes läuft alles auf die Glaubwürdigkeit der Reporter eines Senders hinaus. Wenn die Reporter als ehrlich betrachtet werden, hält man den Sender für glaubwürdig. Aber wenn die Öffentlichkeit der Ansicht ist, daß sich ein Reporter irgendwie kompromittiert hat, daß er eine Story gefälscht hat – oder einen fragwürdigen Lebenswandel ...«

Er hielt inne und schloß die Schublade. Seine Aufmerksamkeit richtete sich auf den unbeschrifteten Speicherchip, den er aus der Lade geholt hatte, und er weigerte sich, Carla in die Augen zu sehen.

Carla fürchtete sich vor der Frage, was auf dem Chip war. Das kalte Gefühl in ihren Eingeweiden besagte, daß ihr Unterbewußtsein es bereits wußte.

»Unser neuer Boss hat mir das hier heute morgen gegeben«, sagte Greer, indem er einen Knopf auf seinem Schreibtisch drückte. Der Boxkampf auf dem Bildschirm wich dem Bereitschaftsmodus. Dann stand Greer auf und zog die Sichtblenden in seinem Büro herunter, so daß die Reporter draußen an ihren Arbeitsplätzen, die immer wieder neugierige Blicke in den Raum warfen, nichts mehr sehen konnten.

»Ich weiß, daß es eine Lüge ist, Carla, und Sie wissen es. Aber wenn die Öffentlichkeit die Bilder auf diesem Chip sieht und von Ihrer ›Nebenkarriere als Pornostar‹ hört und davon, daß Sie dies all die Jahre verheimlicht haben, wird Ihre Glaubwürdigkeit auf null absinken. Niemand wird Sie je wieder ernst nehmen.«

Er setzte sich, legte den Chip in das Editiergerät, das in seinem Schreibtisch eingebaut war, und drückte auf Wiedergabe. Er kehrte den Bildern, die über das Trideo huschten, absichtlich den Rücken zu. Er hatte sich nicht die Mühe gemacht, den Ton wieder einzuschalten, und dafür war Carla dankbar. Sie sah mit entsetzter Faszination, wie Trideobilder von ihr selbst in nackter Umarmung mit Enzo – dem Mr. November des Lone-Star-Kalenders – über den Bildschirm flackerten. Nach ein paar Sekunden vergrub sie das Gesicht in den Händen. Mitsuhama hatte nicht nur Greers wunden Punkt entdeckt, sondern auch ihren. Sie weigerte sich, ein Schuldgefühl zu empfinden, weil sie ihre erotischen Abenteuer gefilmt hatte. Doch sie kam nicht gegen die Reue – und die ohnmächtige Wut – an, die sie empfand, als sie das Trideo sah, das das Ende ihrer Karriere werden konnte.

Greer schaltete das Gerät aus. Er entnahm ihm den Chip und legte ihn vor Carla auf den Tisch. »Hier«, sagte er. »Nehmen Sie ihn. Löschen Sie ihn. Es tut mir leid, daß ich mir das ansehen mußte. Ich werde Sie nicht einmal danach fragen, ob die Aufnahme authentisch ist oder nicht.«

Wie betäubt nahm Carla den Chip. An den Schrammen auf dem gelben Plastikgehäuse erkannte sie in ihm das Original. Den Chip löschen? Wozu? Dies war nur *ein* Chip. Die Shadowrunner, die in ihre Wohnung eingebrochen waren, hatten Dutzende ihrer »persönlichen Aufnahmen« gestohlen. Mitsuhama hatte ausreichend Gelegenheit gehabt, beliebig viele Kopien von dem Chip anzulegen, und hielt möglicherweise einen Chip in Reserve, um ihre Karriere beenden zu können, wann er das wollte. Und sie würde nie mehr …

»Augenblick«, sagte Carla, als ihre Reporterinstinkte übernahmen. »Wer hat Ihnen diesen Chip gegeben?«

»Unser neuer Boss, John Chang. Der Leiter von Mitsuhama Seattle.«

»Aber die Shadowrunner, die den Chip gestohlen haben, arbeiteten für Renraku«, sagte sie, während sie sich vorbeugte. »Das bedeutet, daß die beiden Konzerne zusammenarbeiten, um diese Story zu begraben. Aber warum? Sie müßten sich in unerbittlichem Wettbewerb gegenseitig an die Gurgel gehen, um diese neue Magie als erste zu entwickeln. Wenn sie zusammenarbeiten …«

»Im Grunde spielt es keine Rolle, oder?« sagte Greer, indem er betont auf den Speicherchip in Carlas Hand schaute. »Die Story ist gestorben.«

»Das ist mir klar«, antwortete Carla. »Aber ich muß mich trotzdem fragen, was die plötzliche Zusammenarbeit der beiden Rivalen zu bedeuten hat. Auch wenn die Story nie gesendet wird, will ich doch wenigstens meine persönliche Neugier befriedigen …«

Das Telekom in Greers Schreibtisch klingelte leise und unterbrach ihren Gedankengang. Er nahm ab und hob mit der Bitte um Ruhe die Hand. Einen Moment später gab er den Hörer an Carla weiter.

»Es ist für Sie.«

»Wer ist es?« formulierten Carlas Lippen lautlos, um dann den Hörer ans Ohr zu halten, als Greer nicht antwortete.

Die Stimme am anderen Ende der Leitung war höflich, aber entschlossen, und sie hatte den Anflug eines chinesischen Akzents.

»Ms. Harris?«

Carla kannte die Stimme nicht. »Ja?«

»Hier spricht John Chang, Vizepräsident von Mitsuhama Computer Technologies Amerika und neuer Direktor von KKRU News. Ich würde Sie gern in meinem Büro im Chrysanthemen-Tower sehen. Ich glaube, Sie wissen, wo das ist. Bitte kommen Sie zu mir. Sofort.«

27

Pita versteckte sich mit gesträubtem Fell in einer Kiste. Sie lugte durch einen Schlitz in der Pappe auf das schmierige Fenster zur Straßenseite. Menschen starrten durch das Loch im Glas, deren Blicke kalt und forschend den Raum betrachteten. Einer von ihnen sah wie Aziz aus. Er zeigte in eine Richtung. Die anderen waren Asiaten, die ihr nur vage bekannt vorkamen. Ihre Gesichter waren nebelhaft verschwommen.

Plötzlich drehte sich Pitas Welt, als die Kiste umfiel. Sie sprang auf den staubigen Boden, und ihre Krallen tasteten nach Halt auf dem glatten Zement. Doch es war zu spät. Hände griffen nach ihr, packten sie und hielten ihren winzigen Körper erbarmungslos fest.

Pita bleckte die Zähne und fauchte, dann verdrehte sie ihren Leib und zog die Hinterpfoten hoch, um zu kratzen. Ihr Schwanz peitschte hin und her. Sie spannte die Vorderpfoten, so daß scharfe Krallen zum Vorschein kamen. Doch obwohl sie eine Pfote heben konnte, war sie nicht in der Lage, sie zu bewegen, nicht in der Lage zuzuschlagen. Sie hätte sich aus dem Griff des Mannes, der sie festhielt, befreien müssen, aber sie hatte ein Gefühl, als wate ihr Leib durch dicken Sirup.

Dann erwachte ein Trideo in der Ecke des Raums flackernd zum Leben. Der Schnee auf dem Schirm fügte sich zum Gesicht eines Orks zusammen. Eine seiner großen Hände hielt ein Mikrophon. »Hey!« rief er mit einer Stimme wie elektrisch verstärktes Donnergrollen hinein.

Das erschreckte den Mann, der Pita festhielt. Endlich war sie in der Lage, sich seinem Griff zu entwinden. Sie huschte zur Tür, die einen Spalt aufstand. Aber die Ablenkung war nur eine vorübergehende gewesen, und jetzt kreisten die Menschen sie ein. In wenigen Augenblicken würden sich wieder Hände um sie schließen. Und dann ...

»*Katze!*« Pita fuhr ruckartig und mit pochendem Herzen auf. Es dauerte einen Augenblick, bis sie wieder wußte, wo sie war. Sie sah sich hektisch in dem Raum um, und ihr Blick fiel auf das staubige Journalistendiplom an der Wand und den unordentlichen Haufen Kleider in der Ecke. Sie befand sich in Masakis Wohnung. Und es war – sie reckte den Hals, um einen Blick auf die Digitaluhr auf dem Telekom zu werfen – fünf Uhr früh.

Sie erhob sich von dem Sofa, ging zum Fenster und starrte hinaus auf die Seattler Skyline. Irgendwo dort unten, in den Häusern, die von Straßenlaternen beleuchtet wurden, befand sich der Laden, dessen Keller sie zu ihrem Zufluchtsort erwählt hatte. Nicht nur sie, sondern auch die weiße Katze, die sie hingeführt hatte.

Pita war eine Weile nicht mehr dort gewesen, seit fast drei Tagen nicht mehr. Sie lehnte den Kopf an die kühlen Fensterscheiben, starrte auf die Stadt und versuchte ihre rasenden Gedanken zu beruhigen. War der Traum ein Hilferuf gewesen? War die Katze in Schwierigkeiten? Pita nagte an ihrer Unterlippe. Sie hatte dem Tier nicht einmal einen Namen gegeben – für sie war es einfach Aziz' Katze. Aber sie mußte wissen, ob es ihr gutging.

Sie erwog kurz, Masaki zu wecken und ihn zu bitten, sie in die Innenstadt zu fahren. Doch seine Schlafzimmertür war geschlossen, und sein Freund war zu Besuch. Pita wollte nicht bei ihnen hereinplatzen. Außerdem brauchte sie die Hilfe des Reporters nicht.

Als sie ihre Entscheidung getroffen hatte, hob sie ihre Jacke auf. Sie schob die Hand in die Tasche und grinste, als sie den beglaubigten Kredstab herausnahm. Sie hatte Aziz nicht getraut – nicht völlig – und Masaki gestern gebeten, sie zur Salish Credit Union zu fahren. Sie hatte das Konto aufgelöst, das Aziz dort für sie eingerichtet hatte, und alle Nuyen auf diesen Kredstab übertragen lassen. Sollte Aziz jetzt ruhig versuchen, sich sein Geld zurückzuholen.

Sie verstaute den Kredstab wieder in ihrer Tasche, ging in die Küche und nahm ein paar Chickstix aus dem Kühlschrank. Die Hühnerfleischkroketten waren gefroren, würden aber aufgetaut sein, wenn sie in der Innenstadt war. Auch wenn Aziz' Katze in Schwierigkeiten war, Hunger würde sie ganz gewiß haben.

Pita rief ein Taxi per Telekom und ging dann in die Lobby, um dort zu warten. Als der Wagen vorfuhr, sah sie sich noch einmal aufmerksam um, bevor sie den Wohnkomplex verließ. Danach nahm sie das Taxi genau unter die Lupe, bevor sie einstieg. Sie sah nur die Fahrerin, eine gelangweilt aussehende Orkfrau, die harmlos aussah. Als die Fahrerin Pita erblickte, grinste sie breit, dann stellte sie das Band von Meta Madness lauter, das sie gerade hörte.

»Hoi, Mädchen. Gehst du morgen abend auch ins Konzert?« fragte sie. Sie trommelte beim Fahren im Takt des hektischen Beat des Screamrock mit den Fingern auf das Lenkrad.

»Vielleicht.« Pita zuckte die Achseln. »Weiß ich noch nicht.« Nach allem, was sich in den letzten zwei Wochen ereignet hatte, war es schwer, über so weltliche Dinge wie Rockkonzerte nachzudenken.

»Ja, ich weiß, wie das ist«, sagte die Taxifahrerin. »Es ist schon schlimm genug, daß eine Eintrittskarte fünfzig Nuyen kostet, aber dann kommt noch die Bearbeitungsgebühr von dreißig Nuyen dazu. Und weißt du, warum? Weil es Menschen sind, die die Kartenverkaufsstellen und die Clubs kontrollieren. Wenn eine menschliche Rockband ein Konzert gibt, ist die Bearbeitungsgebühr längst nicht so hoch. Diese Wichser behaupten, wir Orks würden mehr Schaden bei so einem Konzert anrichten. Schwachsinn. Es sind doch die Menschen, die den meisten Ärger machen. Letzte Nacht habe ich zwei Menschen gefahren, die ...«

Pita sah aus dem Fenster und hörte der Tirade der Taxifahrerin nicht zu. Doch gleichzeitig lächelte sie. Die Fahrerin hatte sie bedingungslos akzeptiert, weil sie ein Ork war. Dasselbe galt für Masakis Freund Blake.

Pita hatte sich gestern mit den beiden bei einem Bier die Sportsendungen im Trid angesehen, und Blake hatte leidenschaftlich mit Masaki über Japans Entscheidung diskutiert, Metamenschen von den Olympischen Spielen im Jahre 2056 auszuschließen. Als Masaki vorsichtig darauf hingewiesen hatte, daß Orks und Trolle einen offensichtlichen körperlichen Vorteil gegenüber den schwächeren Menschen und Elfen hätten und die kleinwüchsigen Zwerge kaum an denselben Leichtathletikveranstaltungen teilnehmen konnten wie langgliedrigere Gegner, hatte Blake Pita einen Ellbogenstoß versetzt. »Sag auch was dazu, Mädchen«, hatte er sie aufgefordert. »Wir Orks müssen in dieser Frage zusammenhalten.«

Pita gefiel die Art, wie Blake und Masaki diskutierten. Offensichtlich waren sie unterschiedlicher Ansicht, doch das hatte keinerlei Auswirkungen auf ihre Beziehung. Das war ein angenehmer Kontrast zu ihren Eltern, die sich meistens nur angeschrien hatten, obwohl sie beide Menschen waren.

Schließlich hielt das Taxi nicht weit von Aziz' ausgebranntem Laden entfernt kurz vor der Gasse, in die Pita von der Katze geführt worden war. Pita steckte ihren Kredstab in den Schlitz und tippte ein Trinkgeld für die Fahrerin ein, dann nahm sie die Straße in Augenschein. Mittlerweile war es draußen hell, obwohl die Sonne noch nicht aufgegangen war. Auf der Straße waren noch keine Fußgänger unterwegs, und nur wenige Autos fuhren vorbei. Es schien ungefährlich zu sein.

»Ich wollte nur kurz nach meiner Katze suchen«, sagte sie zu der Fahrerin. »Ich habe sie hier vor ein paar Tagen verloren.«

»Soll ich warten?« fragte die Fahrerin.

Pita spielte mit dem Kredstab. Warum nicht, schließlich war sie reich. »Klar«, sagte sie. »Wenn ich die Katze nicht finden kann, komme ich zurück und sage Bescheid. Andernfalls fahre ich dorthin zurück, wo Sie mich abgeholt haben.«

Pita öffnete die Tür, stieg aus dem Taxi und eilte zu der Gasseneinmündung. Sie blieb vor dem zerbrochenen Fenster stehen, das in den Keller führte, und untersuchte es gründlich. Es sah nicht so aus, als hätte es jemand berührt – das Geflecht aus Maschendraht sah immer noch so aus, wie sie es zurückgelassen hatte, und der Kellerraum dahinter ebenso.

Sie griff hinein und öffnete das Fenster, dann glitt sie durch die Öffnung. Kaum hatten ihre Füße den staubigen Boden berührt, als sie ein freundliches *miau?* hörte. Eine Woge der Erleichterung überkam sie, als die weiße Katze hinter einem Karton hervorkam, auf den Boden sprang und sich an Pitas Beinen rieb.

Pita nahm sie auf den Arm und streichelte sie. Die Katze war staubig – und mager –, schien aber unversehrt zu sein. Pita stellte sie auf den Boden, holte die mittlerweile aufgetauten Chickstix aus der Tasche und fütterte die Katze damit. Sie kraulte die Katze zwischen den Ohren, während diese aß, und wurde mit einem lauten Schnurren belohnt.

»Das gefällt dir, was, Kätzchen? Ich wette, du hattest einen ziemlichen Hunger, was? Aber jetzt kommst du mit mir, und zwar an einen Ort, wo es noch viel mehr davon gibt. Mit dem Streunen auf der Straße ist es jetzt vorbei. Dieser Keller ist ganz okay, aber wir haben jetzt was Besseres. Wenigstens für eine Weile, bis Masaki uns rauswirft. Aziz hätte dich vielleicht auf der Straße gelassen, aber ich nicht. Du kannst mir vertrauen. Jetzt kann dir nichts mehr passieren.«

Als die Katze aufgegessen hatte, hob Pita sie hoch und schob sie durch das Fenster. Dann kletterte sie ebenfalls durch das Fenster hinaus in die Gasse. Sie bückte sich, um die Katze aufzuheben ...

Und stellte fest, daß sie sich nicht bewegen konnte. Dann richtete sie sich auf, als ihr Körper plötzlich in eine aufrechte Stellung ruckte. Eines ihrer Beine bewegte sich, dann das andere. Sie ging steif, wobei ein Fuß dem anderen im ruckhaften Gang einer Marionette folgte. Ihre Arme waren am Ellbogen gebeugt und in der Stellung erstarrt, die sie beim Versuch angenommen hatten, die Katze aufzuheben. Sie konnte nicht einmal die Finger bewegen – konnte kaum blinzeln. Sie hatte das Gefühl, als sei sie eine Zeichentrickfigur in einem Trideospiel, die von unsichtbaren Händen an einem nicht sehr empfindlichen Joystick gesteuert wurde. Ihre Gedanken überschlugen sich, während sie um die Herrschaft über ihre Gliedmaßen kämpfte, aber sie gehorchten ihren Befehlen nicht mehr.

Was geschah mit ihr? Panik regte sich in Pita, als ihr klar wurde, daß sie weiter in die Gasse hineinging und sie sich von dem wartenden Taxi entfernte. Die weiße Katze trottete neben ihr her und miaute besorgt. Als die Katze ihr vor die Füße lief, versetzte sie ihr einen Tritt, da ihr Körper erbarmungslos weiterging. Die Katze jaulte und lief weg, ein weißer Streifen, der irgendwo hinter Pita verschwand.

Dann sah Pita den Mann, der am Ende der Gasse auf sie wartete – ein Elf mit Dreadlocks in einem weiten Overall. Eine Hand war bis auf zwei Finger zur Faust geballt. Diese beiden Finger gestikulierten in der Luft, und jedesmal, wenn sich ein Finger bewegte, bewegte sich auch eines von Pitas Beinen. Die kleinen in die Dreadlocks eingewobenen Leuchtstäbe ließen das verschlagene Lächeln auf seinen Lippen deutlicher hervortreten.

Pita kämpfte noch energischer gegen die Beeinflussung an, als sie den Magier wiedererkannte – und den untersetzten Yakuza-Mann hinter dem Steuer des Wagens, auf den zuzugehen der Magier Pita zwang. Doch obwohl ihr der Schweiß auf die Stirn trat und ihr der Kopf von der Anstrengung schmerzte, war sie nicht in der Lage, sich vom Banne des Zaubers zu befreien. Als der Yakuza-Mann einen Schalter am Armaturenbrett betätigte, der die hintere Wagentür öffnete, spürte Pita, wie sich ihr Körper bückte. Gegen ihren Willen stieg sie in den Wagen ein. Sie stöhnte innerlich, als ihr Kopf gegen das Dach stieß, und hörte das Knurren des Yaks durch die perforierte Plexiglasscheibe, welche die vorderen von den hinteren Sitzen trennte.

»Paß auf, R. T. Wir sollen sie in einem Stück abliefern.«

Der Elf schnitt eine Grimasse, dann schlug er die Tür hinter Pita zu.

Sofort hatte sie wieder die Herrschaft über ihren Körper, der als Reaktion auf das freigesetzte Adrenalin krampfhaft zuckte. Sie tastete nach dem Türgriff, doch es gab keinen. Voller Angst schlug sie mit der Faust gegen das Plexiglas. Der Yak ignorierte sie und ließ den Motor an, während sich der Elf neben ihn auf den Beifahrersitz setzte.

»Wohin bringt ihr mich?« rief Pita. »Laßt mich raus! Ich habe euren verdammten Chip nicht mehr!«

Der Magier starrte sie an, und seine dunklen Augen funkelten. »Sei still«, zischte er. »Man hat mir zwar verboten, dir bleibenden Schaden zuzufügen, aber ich kann dir immer noch weh tun.« Er hob drohend eine Hand, die Finger gekrümmt, um einen Zauber zu wirken.

Pita schwieg und versuchte sich die Tränen zu verkneifen, während der Wagen beschleunigte und in den Morgen hineinfuhr.

28

Carla betrat das üppig eingerichtete Büro und vollführte automatisch einen Schwenk mit ihrer Cyberkamera, um den gesamten Raum aufzunehmen. Dann hielt sie inne. Es hatte keinen Sinn. Mitsuhamas Sicherheit hatte sie gezwungen, den Speicherchip aus der Cyberkamera zu entfernen. Das Auge funktionierte zwar noch, aber die Daten, die es registrierte, wurden nicht mehr aufgezeichnet. Außerdem hatte die Sicherheit den Speicherchip aus dem Recorder in ihrem Ohr konfisziert. Man wollte nicht, daß Carla die Besprechung in irgendeiner Form aufzeichnete.

Mit dem festen Vorsatz, sich ihr Unbehagen nicht anmerken zu lassen, ging sie zu dem Stuhl vor dem gewaltigen Schreibtisch aus irgendeinem teuren Hartholz und setzte sich. Ihr gegenüber saß John Chang. Seine Finger ruhten leicht auf der polierten Schreibtischplatte, er wirkte gesammelt und zugleich völlig gelassen. Er war schlank und glattrasiert, hatte pechschwarzes Haar und gepflegte Fingernägel. Er sah aus, als halte er sich durch regelmäßige sportliche Betätigung fit, aber vielleicht lag das auch nur am Schnitt seines teuren Volachi-Anzugs. Am rechten Zeigefinger trug er einen massiven Goldring, in dessen Mitsuhama-Logo ein großer Diamant eingelassen war, und sein Armbandkom war vergoldet. Der Geruch seines Aftershaves lag in der Luft.

Er betrachtete Carla kühl und mit durchdringendem Blick. Während sie eine bequeme Haltung einnahm, deutete er mit dem Finger auf die Sekretärin, die Carla hereingeführt hatte. Die Frau kehrte mit zwei Tassen Tee zurück, nickte in einer angedeuteten Verbeugung mit dem Kopf, als sie ihn servierte, und verließ den Raum.

Carla nahm die Tasse und nippte an dem Tee. Jasmin.

Chang zog alles in die Länge, um sie nervös zu machen. Doch den Gefallen tat Carla ihm nicht. Sie wandte sich halb von ihm ab und sah an den holographischen Modellen von Mitsuhamas neuesten Robotern vorbei und durch die Fenster, die einen spektakulären Ausblick auf den Lake Washington boten. Der Himmel war ein Flickenteppich aus kleinen weißen Wolken, und die Sonne schien durch die blauen Zwischenräume und tauchte den See in helles Licht. Carla genoß den ungewöhnlichen Anblick und fragte sich, wo der Geist jetzt wohl sein mochte.

John Chang räusperte sich. Er war offensichtlich sprechbereit.

»Ihr Produzent hat sie über MCTs jüngste Erwerbung in Kenntnis gesetzt.«

Das war keine Frage, sondern eine Feststellung. Carla nickte zögernd und musterte dabei Changs Gesicht. Er hatte seinen Tee noch nicht angerührt. Ein wilder, irrationaler Gedanke schoß ihr durch den Kopf – vielleicht war der Tee mit irgendeiner Droge versetzt. Doch sie schüttelte ihn ab. Sie befand sich ohnehin in der Höhle des Löwen und war John Chang auf Gedeih und Verderb ausgeliefert. Er hatte keinen Grund zu derartig rabiaten Maßnahmen zu greifen. Jetzt nicht mehr, wo er die Speicherchips hatte.

»MCT Seattle wird demnächst eine kurze Pressemitteilung in bezug auf den Ankauf von KKRU abgeben. Mitsuhama ist sehr zufrieden, einen Einstieg in die lokale Kommunikationsindustrie gefunden zu haben. Damit hat unser Konzern die Gelegenheit, einige der neuen Trideotechnologien zu testen, die wir entwickelt haben. Diese Transaktion hatten wir schon seit einiger Zeit ins Auge gefaßt.«

»Sicher«, sagte Carla. »Wenn Sie es sagen.« Ihre Reporterausbildung schrie ihr zu, diese dreiste Lüge sofort aufzudecken, doch sie hielt ihre Zunge im Zaum, da sie erst abwarten wollte, was als nächstes kam. Sie stellte fest, daß sie auf Chang heranzoomte, obwohl alle Bemühungen ihrer Cyberkamera ohne die Chips sinnlos waren.

»Wir wollen noch eine zweite Pressemitteilung abgeben«, sagte er, wobei er endlich seine Tasse aufnahm und daraus trank. »Wir würden unsere jüngste Erwerbung – KKRU News – gern dazu benutzen, um eine Nachrichtenstory daraus zu machen. Ich habe Ihre Arbeit gesehen. Sie ist ausgezeichnet. Ich werde Gil Greer bitten, Sie darauf anzusetzen.«

Carla rümpfte die Nase. »Ich mache keine Promo-Streifen«, sagte sie. »Wenn Sie nur eine Pressemitteilung wollen, warum wenden Sie sich dann an mich? Das könnte jeder Datenbeschaffer erledigen. Was wollen Sie wirklich?«

John Changs Lächeln war plötzlich wie weggeblasen. Offenbar war er es nicht gewöhnt, daß man so schroff mit ihm redete. Er beugte sich unmerklich vor.

»Da diese Unterredung nicht aufgezeichnet wird«, sagte er, indem er einen Finger hob und auf eines seiner Augen zeigte, das er geschlossen hatte, »will ich ganz offen sein. Ich weiß von der Story, die Sie kürzlich recherchiert haben – in der es um angebliche Verbindungen zwischen unserem Forschungslabor und dem Geist geht, der Systemabstürze in der Matrix verursacht.«

Carla schnaubte verächtlich. *Angebliche* Verbindungen! Obwohl ihrer Cyberkamera der Chip fehlte, war Chang vorsichtig. »Sie meinen die Story, die Greer auf Ihre Anweisung abgesetzt hat?«

Chang ignorierte den Seitenhieb. »Sie sollen der Story eine kleine Wendung geben«, fuhr er fort. »Wir sind bereit zuzugeben, daß der Geist von einem Magier entwickelt wurde, der ein ehemaliger Angestellter von uns war. Doch seine Forschungen wurden von MCT nicht gutgeheißen. Sie werden die Story umschreiben, so daß diese Tatsache betont wird.«

»Sie und ich, wir wissen es beide besser«, sagte Carla.

»Ich habe den hermetischen Kreis in dem Labor gesehen. Und das Memorandum, in dem ...«

»Beides könnte gefälscht sein«, sagte Chang glatt. Er zog eine Augenbraue hoch. »Es läuft alles auf Ihre persönliche Glaubwürdigkeit hinaus, nicht wahr? Und wir haben beide *gesehen*, wie zerbrechlich diese Glaubwürdigkeit sein kann.«

Carla spürte, wie sie rot anlief. Wahrscheinlich hatte es dem Drekskerl Spaß gemacht, sich ihre persönlichen Aufzeichnungen anzusehen. Aber sie würde sich nicht zu einem Temperamentsausbruch hinreißen lassen. Noch nicht.

»Sie wollen doch auch weiterhin als Trideoreporterin arbeiten, oder nicht?« fragte Chang.

Carla beschloß, den einzigen Trumpf auszuspielen, den sie besaß. »Ich weiß aus zuverlässiger Quelle, daß Renraku – Ihr Konkurrent – Ihren Zauber gestohlen hat und damit experimentiert.« Sie hielt nach einer Reaktion Ausschau, war jedoch nicht überrascht, als keine erfolgte. Sie setzte nach. »Sie können vielleicht Ihre eigenen Forscher zum Stillschweigen verpflichten, aber nicht die der Konkurrenz. Früher oder später – besonders dann, wenn Renrakus Experimente die Matrix ebenfalls in Mitleidenschaft ziehen sollten – wird sich der Crash von 2029 wiederholen. Wenn das geschieht, läßt sich die Story nicht mehr unterdrücken. Wenn ich sie nicht mache, dann eben irgendein anderer Reporter. Und in diesem Fall wird man den Geist, mit dem alles begonnen hat, bis zu Mitsuhama zurückverfolgen.«

»Sie meinen, zu Farazad Samji«, sagte John Chang mit leiser Stimme. »Und zwar dank der Story, die Sie machen werden.«

Er öffnete eine Schublade in seinem Schreibtisch, entnahm ihr einen Speicherchip und schob ihn Carla zu. »Auf diesem Chip werden Sie eine gemeinsame Verlautbarung von mir und Dr. Vanessa Cliber, Direktor der Computerabteilung in der Renraku-Arcologie, vorfinden. Darin geben wir bekannt, daß wir endlich die Ursache für das Virus gefunden haben, das gegenwärtig gewisse Knoten der Matrix infiziert hat: Ein Geist, der bedauerlicherweise von einem ehemaligen Angestellten Mitsuhamas beschworen wurde.«

Carla nahm den Chip vom Schreibtisch und drehte ihn zwischen den Fingern.

»Der Magier hat während eines Urlaubs an einem privaten Forschungsprojekt gearbeitet«, fuhr Chang fort. »An einem Projekt, das MCT Seattle nicht offiziell genehmigt hatte. Erst als der Geist freikam und Dr. Samji tötete – und dann mit seinen Angriffen auf die Matrix begann – hat unser Konzern damit begonnen, den Zauber zu untersuchen, den Dr. Samji entwickelt hatte. Weil dies eine Aufgabe von extremer öffentlicher Bedeutung war, haben wir Experten aus der ganzen Welt versammelt, um an diesem Projekt zu arbeiten – darunter sogar einige, die bei unserem Hauptkonkurrenten Renraku Computer Systems angestellt sind. Wir mußten einen Weg finden, den Geist wieder unter Kontrolle zu bringen und ihn zu zwingen, sich aus der Matrix fernzuhalten. Und so haben die beiden Konzerne Menschen und Material in einem beispiellosen Versuch vereinigt, diese Bedrohung für die Computer- und Telekomsysteme der Welt zu beseitigen, indem sie den Geist bannen.«

»Also das verlangen Sie von mir«, fiel Carla ihm ins Wort. »Ich soll Farazad als den großen Bösewicht hinstellen und MCT und Renraku als Kreuzritter, welche die ›nicht genehmigte‹ Schweinerei beseitigen, die er angerichtet hat. Das wird nicht funktionieren. Es wird damit enden, daß Sie sehr dumm aussehen.«

Sie wußte, daß Chang sie belog. Vielleicht versuchte Mitsuhama Renraku weiszumachen, daß sie den Geist bannten, aber sie war sicher, der Konzern würde statt dessen versuchen, ihn unter seine Kontrolle zu bringen. Wenn nicht als magischen und uneingeschränkten Zugriff auf die Matrix, dann als parabiologische Waffe. Sie versuchte es ihrerseits mit einer Lüge. »Niemand kann diesen freien Geist kontrollieren. Sie machen der Öffentlichkeit falsche Versprechungen – und die Öffentlichkeit wird sehr wütend sein, wenn sich herausstellt, daß Sie nicht in der Lage sind, diese Versprechungen zu halten.«

»Da irren Sie sich aber gewaltig«, erwiderte Chang. Sein Ledersessel quietschte, als er sich wieder zurücklehnte. »Wir haben jetzt jemanden in unserem Stab, der den wahren Namen des Geistes kennt – und mehr brauchen wir nicht, um ihn zu kontrollieren. Wenn die Presseverlautbarung in den Abendnachrichten gesendet wird, haben wir den Geist längst aus der Matrix verjagt. Wir haben einen Magier gefunden, der den Job erledigen kann.«

Einige Puzzleteile fielen an die richtigen Stellen. »Aziz Fader?« fragte Carla. Es war logisch. Der Magier hatte offenbar den wahren Namen von Pita erfahren und ihn benutzt, um den Geist an sich zu binden. Er hatte ihn benutzt, um den Höllenhund zu töten. Jetzt würde er wahrscheinlich den wahren Namen an MCT verkaufen und dafür bekommen, was ihm MCTs Forschungsdirektor Ambrose Wilks versprochen hatte. Aziz hatte sich vermutlich sofort mit dem Konzern in Verbindung gesetzt, nachdem sich seine Bemühungen als erfolgreich erwiesen hatten – und war seitdem in ihrem Labor aktiv. Das würde erklären, warum er ihre Anrufe nicht beantwortet hatte.

War da ein Anflug von Belustigung in Changs Augen? Er schüttelte den Kopf. »Nein. Nicht Mr. Fader«, antwortete er. »Eine … Bekannte von ihm. Sie wird mit unseren Forschern zusammenarbeiten. Und natürlich auch mit denen von Renraku.«

Carla hatte ein zunehmend ungutes Gefühl. *Sie?* Chang konnte nur eine Person damit meinen. Aber das war unmöglich. Carla hatte erst vor zwei Stunden mit Masaki gesprochen, als dieser sich telefonisch krank gemeldet hatte, und der hatte gesagt, das Orkmädchen be-

307

finde sich in seiner Wohnung. War Masaki ebenfalls an dem Handel beteiligt? Carla schluckte ihren Ärger herunter und zwang sich, logisch zu denken. Nein. Es war wahrscheinlicher, daß Mitsuhama Masaki gezwungen hatte zu lügen. Sie konnte sich nicht einmal vorstellen, womit sie ihn erpreßt hatten. Vielleicht mit der Androhung von Gewalt. Wieder einmal gaukelte ihr ihre Phantasie äußerst unerfreuliche Bilder vor. Lag Masaki vielleicht in diesem Augenblick mit einer Kugel im Kopf tot in seiner Wohnung?

»Dem Mädchen geht es gut«, sagte Chang, der Carlas Gedanken offenbar an ihrer Miene ablesen konnte. »Es ist zu wertvoll, um ihm Schaden zuzufügen, obwohl Ihrem Mitarbeiter das offenbar nicht ganz klar ist. Er ist ebenfalls unverletzt.«

Carla empfand eine Woge der Erleichterung. Das war eine Sorge weniger. Masaki ging es gut. Sie war überrascht, wieviel ihr an dem ängstlichen alten Sack lag. Und an dem Mädchen.

Sie schüttelte den Kopf. Daß ihr etwas an dem Mädchen lag, war logisch – schließlich war es Carlas einzige Chance auf eine große Story. Nicht über Mitsuhama, sondern über die rassistischen Umtriebe bei Lone Star. Das war eine Story, die Carlas neue Chefs – insbesondere unter Berücksichtigung von Changs Yakuza-Verbindungen – nicht aus dem Verkehr ziehen würden. Und außerdem war es eine Story, die NABS auf Carla aufmerksam machen würde – und mit der sie sich dem Diktat dieses glattzüngigen Wichsers würde entziehen können.

Doch daran dachte Carla jetzt nicht. Oder wenigstens war es nicht das einzige, woran sie dachte. Pita mochte es ›gutgehen‹, aber wahrscheinlich war sie ziemlich verängstigt. Besonders, da Mitsuhama sie festhielt. Wahrscheinlich war sie genauso verängstigt wie Carla, als der Höllenhund auf ihr gestanden hatte, die Zähne gebleckt und bereit zuzubeißen. Carla empfand einen Anflug von

Mitgefühl und wünschte, sie könnte etwas für das Mädchen tun.

Vielleicht konnte sie das tatsächlich.

»Ich mache eine Nachrichtenstory aus ihrer Presseverlautbarung«, sagte sie zu Chang. »Ich mache das Beste daraus, was Sie je gesehen haben, und werde Samji so sehr verteufeln, wie Sie es wünschen. Unter einer … nein, unter zwei Bedingungen. Erstens, ich will, daß Sie diesen widerlichen Geist aus Mrs. Samjis Haus abziehen und sich bereit erklären, sie nicht weiter zu drangsalieren – indem sie ihr zum Beispiel die Rente ihres Mannes vorenthalten.«

»Das ist bereits veranlaßt worden«, antwortete Chang. »Schließlich sind wir hier bei MCT keine Unmenschen. Für die Samjis wird gesorgt, und zwar ungeachtet des Schadens, den Farazad angerichtet hat. Einfach deshalb, weil es eine gute Reklame für den Konzern ist.«

»Und zweitens will ich mit Pita reden.«

»Ich glaube nicht, daß das möglich sein wird.«

»Hören Sie«, sagte Carla, indem sie sich vorbeugte und ihrer Stimme einen stahlharten Unterton verlieh. »Sie brauchen mich. KKRU gehört jetzt Ihnen, und Sie könnten jeden dort beschäftigten Reporter auf Ihre Nachrichtenstory ansetzen. Aber ich bin der beste Reporter des Senders, und die Öffentlichkeit weiß das. Wenn ich mich zu dieser Story bekenne, kann ich später nicht hergehen und sagen, daß alles gelogen war. Das würde meine Glaubwürdigkeit ruinieren – genauso sicher wie die Aufzeichnungen auf diesen Chips.

Lassen Sie mich mit Pita reden, sonst müssen Sie sich jemand anders suchen, der diese Dreksarbeit für Sie erledigt.«

Chang seufzte, und die Maske der Höflichkeit auf seinem Gesicht wich einem müden Stirnrunzeln. »Wir wollen den Geist tatsächlich zur Räson bringen, Ms. Harris. Er könnte sich zu einer enormen wirtschaftlichen Belastung für uns auswachsen. Er ist völlig ungeeignet für die Aufgabe, für die er ursprünglich beschworen worden ist. Hätte Wilks auf seine Forscher gehört, wären all diese Unannehmlichkeiten vermieden worden. Er hat nur Glück gehabt, daß er rechtzeitig dieses Trideomaterial in die Finger bekommen hat, das beweist, daß man den Geist kontrollieren kann. Andernfalls ...«

»Welches Trideomaterial?« fragte Carla.

»Die Aufnahmen, die Mr. Fader gemacht hat, als er den Geist gerufen hat. Er versuchte vorzutäuschen, daß er den Geist an sich gebunden hat und die kleine Demonstration im Chrysanthemen-Tower ganz allein sein Werk sei. Aber seine Schnitt-Technik ist ein wenig stümperhaft. Er hat versucht, das Mädchen – Pita – aus dem Material herauszuschneiden, das er als ›Beweis‹ für seine Macht über den Geist aufgenommen hat. Unseren Deckern ist es gelungen, ein paar Bilder von ihr aus einem ungelöschten Speichersektor zu retten, und wir kamen zu dem Schluß, daß sie diejenige war, die wir benötigen. Da war es nur noch eine Frage des richtigen Köders, und dann brauchten wir sie nur noch aufzulesen. Und ich versichere Ihnen noch einmal, daß sie gänzlich unversehrt ist.«

Carla blinzelte. Pita hatte den Geist zu ihr geschickt, um den Höllenhund zu töten? Aber Aziz hatte doch gesagt ... Nein. Aziz hatte sie belogen, schon die ganze Zeit. Er hatte das Mädchen verkauft – und jetzt war er aus dem Geschäft. Mitsuhama hatte ihm wahrscheinlich einen kleinen Finderlohn für das Mädchen gezahlt und ihn dann in die Wüste geschickt.

»Ich bestehe trotzdem darauf, Pita zu sehen«, sagte sie. Sie zwang sich zu einem Lächeln. »Welchen Schaden könnte das anrichten? Wenn sie tatsächlich unversehrt ist.«

Chang seufzte. Er überlegte einen Moment, bevor er antwortete. »Also gut«, sagte er schließlich. »Möglicherweise hat es sogar eine positive Wirkung. Sie ist ... abge-

neigt … uns zu helfen. Vielleicht können Sie sie dazu bewegen.«

Er bedachte Carla mit einem ernsten Blick. »Sollten Sie
irgend etwas versuchen, bedenken Sie, daß Ihre Glaubwürdigkeit auf dem Spiel steht. Also vergessen Sie das
nicht, wenn Sie mit ihr reden.«

29

Pita saß auf einem gepolsterten Stuhl und hielt die Armlehnen umklammert. Sie konnte die engsitzende Plastikhaube riechen, die man ihr über den Kopf gezogen hatte, und dazu das Parfüm einer der Personen, die zuvor im Raum gewesen waren. Und sie spürte den warmen Luftstrom aus einem Heizlüfter an der Decke oder hoch an der Wand. Doch darüber hinaus wurden ihre Sinnesorgane vollständig blockiert. Die Haube bedeckte ihre Augen, und weiche Polster auf ihren Ohren sendeten ein stetes weißes Rauschen. Das Geräusch machte es unmöglich zu denken, ganz zu schweigen davon, etwas zu hören.

Dies mußte die Magiermaske sein, vor der sie die anderen Häftlinge im Gefängnis gewarnt hatten. Sie begriff jetzt, warum die Cops sie benutzten. Sie fühlte sich völlig desorientiert, von der Welt abgeschnitten. Es gab keine Möglichkeit, *Katze* zu rufen oder *Katzes* beruhigendes Schnurren zu hören. Ihre Welt war auf ein paar Wahrnehmungen ihres Tastsinns und ein statisches Rauschen in ihren Ohren zusammengeschrumpft.

Diesmal hatte man sie nicht gefesselt. Man hatte sie einfach in dieses Büro gescheucht, ihr die Haube aufgesetzt und die Tür geschlossen. Sie hatte den Raum mit dem Tastsinn erforscht und sich allmählich um Tisch, Stuhl und Sofa herumgetastet, bis sie vor der verriegelten Tür gestanden hatte. Sie hatte sogar versucht, die Haube abzustreifen – mit dem Ergebnis, daß das Rauschen in ihren Ohren erheblich zunahm, wenn sie daran zerrte, so daß ihr schwindlig und elend wurde. Wenn sie die Maske in Ruhe ließ, sackte der Geräuschpegel wieder auf ein erträgliches Maß ab. Und so saß sie in dem leeren Raum und versuchte ihre Atmung und ihren rasenden Pulsschlag zu beruhigen.

Sie wußte nicht, wo sie sich befand, aber sie konnte es sich denken. Sie waren mit ihr über die Intercity 90 nach Bellevue und dann zu einem zweistöckigen Gebäude gefahren, dessen Mauern vollkommen mit Elfenbein verkleidet waren. Sie war durch ein schwer bewachtes Tor, dann durch eine Reihe von Gängen und an einem großen Raum vorbei gescheucht worden, dessen Boden und Wände mit seltsamen Symbolen übersät waren. Es konnte sich nur um irgendein magisches Forschungslabor handeln. Eines, das Mitsuhama gehörte, dem Konzern, dessen Schläger seit Beginn dieser Geschichte hinter ihr her waren.

Von Zeit zu Zeit kamen Leute in den Raum. Sie stellten den Lärm ab, der von der Haube erzeugt wurde, und überschütteten Pita mit Fragen. Sie schienen alles zu wissen, was sich in der vorletzten Nacht abgespielt hatte. Wie Aziz die Aufmerksamkeit des Geistes erregt und Pita dessen Handeln gesteuert hatte. Sie konnten sogar beschreiben, was sie in dem leerstehenden Ladenlokal getan und wie der hermetische Kreis ausgesehen hatte. Sie hatten den verbrannten Höllenhund in dem Mitsuhama-Tower gefunden und sich zusammengereimt, daß Pita dem Geist diese Aktion befohlen hatte. Merkwürdig war nur, daß sie die Aktion immer als ›Demonstration‹ bezeichneten und nicht als das, was es tatsächlich gewesen war – eine Rettungsmission.

Aber die Leute, die Pita verhörten, schienen nicht ganz zu verstehen, wie sie den wahren Namen des Geistes benutzt hatte – obwohl sie wußten, daß er in ihren Arm eingebrannt war. Drek, das war etwas, das Pita selbst nicht verstand. Irgendwie hatte sie zugesehen, wie der Geist durch die Stadt gerast war, und hatte ihn dann auf die Cops gehetzt, die ihre Freunde getötet hatten. Aber mit dieser Information würde sie gewiß nicht hausieren gehen. Nicht bei den Magiern, die sie verhörten. Die Klemme, in der sie steckte, war ohnehin bereits schlimm genug, auch ohne zuzugeben, daß sie zwei Cops angegriffen hatte.

Die Magier wollten, daß sie den Geist beschwor und ihm diesmal einen anderen Befehl gab. Sie sollte ihm befehlen, sich von der Matrix fernzuhalten. Doch selbst wenn Pita den Mut gehabt hätte, sich noch einmal dem Geist zu stellen, hätte sie nicht gewußt, ob sie in der Lage sein würde zu tun, was die Pinkel wollten. Für jemanden wie sie, der die High School nicht beendet hatte, war die Matrix nicht leicht zu beschreiben. Sie wußte nur, daß die Matrix aus einem Haufen Computer bestand, die irgendwie alle miteinander verbunden waren. Sie war in Grundlagen der Technik durchgefallen und verstand nicht einmal, wie ein Telekom funktionierte. Doch so oft sie ihnen das auch zu erklären versuchte, sie wollten ihr einfach nicht zuhören. Sie wollten, daß sie es sofort tat, heute noch, so schnell wie möglich. Und sie drohten ihr, daß sie sterben würde, wenn sie versuchte, den Geist gegen sie einzusetzen. Wie viele Angestellte sie auch verbrennen mochte, am Ende würde Mitsuhama sie erwischen. Der Konzern war riesig und hatte Verbindungen in jeder Stadt und haufenweise Magie und Geld zur Verfügung. Wenn sie Mitsuhama hinterging, war sie eine Leiche. Darauf konnte sie sich verlassen.

Pita hob den Kopf, als sich die Tür öffnete. Sie war nicht so dumm, zur Tür zu stürzen. Das letzte Mal, als sie das versuchte, hatten sich ein paar kräftige Arme um sie gelegt und wieder zum Stuhl getragen. Dann roch sie ein Parfüm. Woher kannte sie den Duft?

Hände machten sich an der Plastikhaube zu schaffen, die ihren Kopf bedeckte. Das statische Rauschen hörte auf, und dann wurde ihr die Kapuze über den Kopf gezogen. Pita blinzelte, da es in dem Raum unerträglich hell war. Schritte entfernten sich, und die Tür schloß sich wieder. Aber irgend jemand war immer noch bei ihr in diesem Zimmer.

»Pita? Ist alles in Ordnung?«

Pita schluckte, als sie die Person erkannte. »Carla!«

krächzte sie. »Was machen Sie denn hier? Hat man Sie auch entführt?«

Die Reporterin ging durch das Zimmer und setzte sich auf den Stuhl neben Pita. Sie sah nicht aus, als hätte jemand sie sich vorgeknöpft. Ihr maßgeschneidertes Kostüm war glatt und faltenlos, und ihr dunkles Haar war zu einem ordentlichen Zopf geflochten. Ihr Make-up war nicht einmal andeutungsweise verschmiert, und auf ihren Lippen lag ein kontrolliertes Lächeln. Aber das war nichts Ungewöhnliches. Pita war nur ein einziges Mal Zeuge gewesen, wie Carla aus der Fassung geraten war, nämlich als die Yaks Yao erschossen und Masakis Wagen verfolgt hatten. Und selbst da war ihre Kleidung noch makellos gewesen. Oder wenigstens fast.

»Ich bin hier, weil ich verlangt habe, dich zu sehen, Pita«, sagte Carla. »Ich wollte mit dir reden.«

Pita blinzelte die Reporterin an. Das grelle Licht, das von den weißen Wänden reflektiert wurde, schmerzte in ihren Augen noch immer. Es fiel ihr schwer, sich zu konzentrieren, aber die Reporterin setzte ihr keinen Widerstand entgegen, und so konnte sie die oberste Schicht von Carlas Gedanken lesen. Was sie dort vorfand, erschreckte und verärgerte sie. »Also arbeiten Sie jetzt für Mitsuhama, wie? Warum sollte ich dann mit Ihnen reden?«

Carla hielt den Atem an. »Woher weißt du …?« Dann ließ sie die Mundwinkel ein wenig hängen. »Es stimmt, ich arbeite für sie«, antwortete sie. »Aber nicht freiwillig. Und ich bin wirklich hergekommen, um mich davon zu überzeugen, daß es dir gutgeht.«

Sie sagte die Wahrheit. Pita zog ihre geistigen Fühler aus Carlas Verstand zurück. »Aber Sie können nichts für mich tun.« Sie streifte mit der Spitze ihrer Turnschuhe über den Boden. »Das kann keiner. Ich sitze hier fest, bis ich tue, was sie wollen – bis ich wieder mit diesem verdammten Geist rede. Sie scheren sich einen Drek um mich – nur darum, was ich für sie tun kann. Und wenn ich meine Zustimmung gebe, bringen sie mich um, wenn alles erledigt ist. Wenn sie mich nicht mehr brauchen.«

Pita konnte Carlas Miene entnehmen, daß sie die Reporterin nicht erst davon überzeugen mußte, daß Mitsuhama Leute als entbehrlich betrachtete. Die Schläger des Konzerns hatten Yao getötet, und sein einziges Verbrechen hatte darin bestanden, zur falschen Zeit am falschen Ort gewesen zu sein – er hatte dem Konzern dabei im Weg gestanden, sich etwas zurückzuholen. Und sie hatten Aziz' Laden niedergebrannt. Pita war nur noch am Leben, weil sie wertvoll für Mitsuhama war. Oder wenigstens war das ihr Arm.

Sie unterdrückte den Drang, sich an der verbrannten Stelle zu kratzen. Die Magier, die mit ihr geredet hatten, schienen davon überzeugt zu sein, daß nur sie den wahren Namen ›lesen‹ konnte, der in ihre Haut gebrannt worden war. Doch wenn sie die Magier zu lange hinhielt und sie herausbekamen, wie sie den Code knacken konnten, kamen sie vielleicht zu dem Schluß, daß alles an ihr mit Ausnahme ihres Arms entbehrlich war ...

»Pita, hör mir zu.«

Pita richtete ihre Aufmerksamkeit wieder auf die Reporterin.

»Mitsuhama will nicht nur den Geist aus der Matrix fernhalten«, sagte Carla. »Mitsuhama will auch noch mehr Forschung über ihn betreiben. Und das bedeutet, sie müssen dich am Leben lassen. Du bist die einzige, die das Ding kontrollieren kann. Du hast Gewalt über den Geist. Und Mitsuhama weiß das. Hör zu«, sagte sie, wobei sie Pita eindringlich ansah. »Ich weiß, sie haben dich schlecht behandelt – als ich hereinkam, habe ich die Magiermaske gesehen, die du getragen hast. Bisher haben sie es mit dem Stock versucht, aber ich habe sie davon überzeugt, daß die Karotte in diesem Fall die bessere Vorgehensweise ist. Sie sind bereit, dir dreißigtausend Nuyen zu zahlen, wenn du mit ihnen zusammenarbeitest. Und sie werden dich hinterher auch freilassen.«

Pita sah auf. Dreißig K Nuyen? Das war so viel, wie ihr Vater in einem Jahr verdiente. Sie würde reich sein! Sie würde sich eine eigene Wohnung leisten können, schicke Kleider, vielleicht sogar einen Wagen ... Doch dann holte sie die Wirklichkeit wieder ein. Bisher hatte der Konzern nichts anderes getan, als sie zu mißhandeln und herumzuschubsen. Warum in aller Welt sollten sie sie bezahlen, wenn sie einmal hatten, was sie wollten? Und was würden sie von ihr verlangen, was sollte sie mit dem Geist anstellen? Wahrscheinlich würde man sie zwingen, ihm zu befehlen, irgend jemanden zu töten. Der eine Eindruck, den Pita in dieser Hinsicht gewonnen hatte, reichte ihr völlig. Sie hatte den Gestank der verbrannten Haut der Cops nicht gerochen, als der Geist sie gestreift hatte, aber sie hatte das Entsetzen in ihren Augen gesehen. Es war schon schwer genug, jemandem das anzutun, den man haßte, vom Geeken einer unschuldigen Person ganz zu schweigen. Damit wollte sie nichts zu tun haben. Um kein Geld der Welt.

»Glauben Sie wirklich, sie geben mir das Geld und lassen mich dann einfach gehen?« fragte sie Carla.

»Natürlich«, antwortete die Reporterin. Doch ihr Kopf bewegte sich dabei um den Bruchteil eines Zentimeters von links nach rechts und wieder zurück. Was dieses angedeutete Kopfschütteln besagte, war klar. Die wirkliche Antwort lautete nein. »Und in der Zwischenzeit arbeite ich in deinem Auftrag und halte mich über dich auf dem laufenden. Schließlich müssen wir noch die Story über Lone Star machen.«

Pita saß einen Moment lang einfach nur da und dachte nach. Gab es keinen Ausweg? Sie starrte die Reporterin an und sah, wie sich die Pupille von Carlas Cyberauge unabhängig von ihrem natürlichen Auge erweiterte und zusammenzog. Zuerst wurde sie wütend bei dem Gedanken, daß die Reporterin ohne ihre Erlaubnis ein Trideo von ihr drehte. Die Burschen von *Orks First!* betrieben zwar einen Piratensender, hatten aber kein Hehl daraus gemacht, daß sie sie filmten. Anwars klobige, antiquierte Kamera war auch kaum zu übersehen gewesen. Pita fragte sich, wo er jetzt wohl sein mochte. Und dann sah sie plötzlich einen Ausweg.

»Sagen Sie Mitsuhama, daß ich es tun werde«, sagte sie zaghaft. »Ich werde den Geist kontrollieren und ihm neue Befehle geben. Aber nur, wenn das Unternehmen von *Orks First!* übertragen wird, und zwar *live*.«

Auf Carlas Gesicht breitete sich ein Lächeln aus. »Eine Live-Trideosendung? Das ist gut. Jetzt denkst du wie ein Reporter, Mädchen. Sie werden es nicht wagen, dich weiter gegen deinen Willen festzuhalten – nicht vor laufenden Kameras. Und wir übertragen so lange, bis du hier raus und irgendwo in Sicherheit bist.«

In Sicherheit. Pita sann über den Ausdruck nach. Würde sie je wirklich in Sicherheit sein? Sie war nur ein Mädchen, ihr Gegner hingegen ein Megakonzern. Aber zumindest würde sie sich damit eine Atempause erkaufen. Und vorübergehend die Freiheit. Sie brauchte sich nur einer unglaublich mächtigen magischen Kreatur zu stellen und ihr ein Konzept zu erklären, das sie selbst nicht richtig verstand. Ein Kinderspiel.

»Möchtest du irgendwas?« fragte Carla. »Soll ich dir etwas besorgen?«

»Ja«, antwortete Pita. »Sagen Sie diesen Yak-Wichsern, sie sollen mir diese Kapuze nicht wieder aufsetzen. Und sagen Sie ihnen, ich habe Hunger. Ich will einen Sushiburger, gebratene Nudeln, einen Schokoriegel, eine Dose Limo, eine mittelgroße Wide-Wedge-Pizza mit allem, ein paar …«

»Laß es gut sein!« sagte Carla. »Ich bin sicher, sie bringen dir alles, was du willst, wenn du zur Zusammenarbeit bereit bist. Aber zuerst sagst du mir wohl besser, wie man sich mit *Orks First!* in Verbindung setzen kann.«

30

Der Pirat von *Orks First!* korrigierte die Einstellung seiner tragbaren Trideokamera, die auf einem Stativ montiert war, und warf einen Blick durch den Entfernungsmesser. Anwar trug Jeans und ein Fransenhemd von Tribal Wear und hatte sich ein rotes Tuch um den Kopf gebunden. Er trug sogar eine Augenklappe. Sie war nicht schwarz wie die traditionellen Augenklappen der Piraten, sondern mattsilbern und voller Elektronik. Wenn seine Kamera lief, führte sie ihm das Signal zu, so daß er ganz genau sah, was die Kamera aufnahm. Pita konnte sich nicht vorstellen, wie er die Übertragung und die wirkliche Welt gleichzeitig sehen konnte und dabei nicht die Orientierung verlor und hilflos herumstolperte. Doch die doppelte Sicht schien ihn nicht im geringsten zu stören, obwohl die Ausrüstung brandneu war und er unmöglich schon daran gewöhnt sein konnte.

Anwar trat vor die Kamera und berührte seinen Ohrhörer. »Hoi, Alfonz! Kriegst du ein Signal? Gib mir Code Blau, wenn es durchkommt.«

Nachdem er einen Moment zugehört hatte, winkte er mit der Hand, um die Aufmerksamkeit derjenigen zu erregen, die sich in dem Raum versammelt hatten. »Okay«, sagte er zu ihnen. »Ich bin soweit. Wir können jederzeit anfangen.« Er drehte sich um und wandte sich direkt an die Execs von Mitsuhama und Renraku. »Nur noch eine Warnung. Ich werde es sofort erfahren, wenn Sie das Relais zum KKRU-Sender abschalten. Wenn ich nicht ständig die richtigen Codes von meinen, äh, Mitarbeitern bekomme, weiß ich, daß wir nicht mehr auf Sendung sind. Also keine Mätzchen. Wir wollen doch alle, daß diese Live-Sendung glatt über die Bühne geht.«

Pita stand zwischen zwei Pinkeln und trat unbehaglich von einem Fuß auf den anderen. Eine ganze Gruppe von Execs hatte sich in dem Forschungslabor versammelt, wo die Aktion stattfinden würde. Hinter ihnen legten Magier gerade letzte Hand an einen hermetischen Kreis, indem sie die Elemente an die richtigen Positionen stellten und sich vergewisserten, daß alle Linien intakt waren.

Einer der Execs – ein schlanker Asiat mit Goldring und Armbandkom – nickte dem Orkreporter zu. »Wir haben ebenfalls Mitarbeiter, welche die Sendung überwachen. Wenn der Stimmenverzerrer nicht einwandfrei funktioniert und urheberrechtlich geschützte Teile des Zaubers zu verstehen sind, ziehen wir sofort den Stecker.«

»Einverstanden«, sagte der Ork. Dann wandte er sich an die Magier. »Fertig?«

Sie nickten, und er hob das Mikrophon. In der gewaltigen Pranke des Orks sah es dünn wie ein Stöckchen aus. Er drehte sich zur Kamera, als ein rotes Licht aufleuchtete.

»Hier spricht Anwar Ingram live aus dem Forschungslabor von Mitsuhama Computer Technologies in Bellevue. *Orks First!* meldet sich heute mit dem Exklusivinterview einer jungen Orkfrau namens Patti Dewar. Dieses bisher unbekannte magische Talent wurde zur Leiterin eines gemeinschaftlichen magischen Experiments von MCT Seattle und Renraku Computer Technologies ausgewählt.

Sie haben wahrscheinlich alle die Story gesehen, die Carla Harris von KKRU vor wenigen Stunden gesendet hat, in der es um die Pläne dieser beiden Konzerne ging, einen abtrünnigen Geist zur Räson zu bringen, der seine Energien dazu einsetzt, die Matrix zu schädigen, indem er Systeme abschaltet und Daten löscht. Jetzt bringt Ihnen *Orks First!* die dramatischen Früchte dieser Arbeit – live! Sie alle werden heute zum erstenmal diesen Geist auf ihrem Bildschirm sehen, der Unheil über die ganze Stadt gebracht hat. Nicht nur das, sondern am Ende des Experiments werden wir Patti zur Mission für Straßenkinder

320

begleiten, wo sie die dreißigtausend Nuyen Honorar spenden wird, die man ihr für ihre heutigen magischen Dienste bezahlen wird; dort wird sie in den nächsten Monaten arbeiten, um persönlich Sorge zu tragen, daß dieses Geld vernünftig ausgegeben wird.«

Ja, dachte Pita. *Für mich.* Die ›Spende‹ an die Mission war nur ein Trick, um sicherzugehen, daß der Konzern tatsächlich zahlte. Mitsuhama würde schlecht aussehen, wenn man eine karitative Einrichtung betrog. Sobald die Nuyen an die Mission überwiesen waren, würde ein Freund von Anwar, der dort arbeitete, das Geld auf ein Konto überweisen, von dem Pita abheben konnte. Die fünftausend Nuyen, die sie auf dem Konto lassen würde, waren ein geringer Preis für diese Hilfe.

Der Pirat hielt inne, um seinem Ohrhörer zu lauschen, dann ging er an Pita und den Pinkeln vorbei. Er legte einem der Execs die Hand auf die Schulter, einem Asiat mit einer Aura strapazierter Würde – die noch mehr strapaziert wurde, als Anwars schmierige Hand den Stoff seiner teuren, maßgeschneiderten Jacke zerknitterte.

»Dies ist John Chang, Vizepräsident von MCT Nordamerika und Präsident von MCT Seattle. Er hat sich bereit erklärt, Patti zur Mission zu begleiten und ihr bei der Überreichung zu helfen.«

Pita nickte im stillen. Das war gut. Wenn der Pinkel mitkam, würde niemand auf dem Weg zur Mission einen Anschlag auf sie wagen.

»Habe ich das?« Changs Augen weiteten sich. Doch er fing sich rasch wieder und lächelte breit in die Kamera. »Ja. Das stimmt. Es wird mir ein Vergnügen sein, die Spende im Namen von Mitsuhama Computer Technologies zu überreichen.«

Der Pirat legte seine Hand auf die Schulter eines gleichermaßen unbehaglich aussehenden Execs, der auf der anderen Seite von Pita stand, einem Mann mit lichter werdendem grauen Haar und einem pompösen Gesichtsausdruck. »Und das ist Donald Acres, Projektmanager der Renraku-Arcologie. Wie Mr. Chang hat er sich bereit erklärt, Patti bei der Übergabe der Spende Gesellschaft zu leisten. Renraku hat angekündigt, Mitsuhama in nichts nachstehen zu wollen, und wird der Mission ebenfalls dreißigtausend Nuyen spenden.«

Pita sah auf. Das war ihr neu. Sie wußte nicht, wer die Idee gehabt hatte, beide Konzerne zur Kasse zu bitten – aber sie war genial.

Acres' Augen verengten sich, und er schien sogar ein wenig zusammenzuzucken. Doch er fing sich ebenso rasch wie Chang. »Es wird mir ein Vergnügen sein«, sagte er, wenn auch ein wenig steif.

Anwar baute sich vor Pita auf und hielt ihr das Mikrophon hin. »Ich bin sicher, Pita würde den beiden Konzernen gern für ihre Großzügigkeit danken. Nicht wahr, Pita?«

Pita stammelte ein wenig, dann lächelte sie breit, da sie sich einmal nicht ihrer übergroßen Eckzähne schämte. »Ich bin sehr glücklich über diese Gelegenheit, der Mission zu helfen, Anwar«, sagte sie, indem sie auf das Spiel einging. »Und für eine wohltätige Einrichtung zu arbeiten, die Kindern und Jugendlichen wie mir wirklich hilft. Sie können mich jederzeit in der Mission interviewen. Um zu sehen, wie es mir geht.«

»Das werde ich, Patti«, grinste der Pirat. »Ich bin sicher, der ganze Untergrund wird deine Fortschritte eifrig verfolgen. Seit heute bist du eine Berühmtheit.«

Anwar bedeutete den Execs ein wenig beiseite zu treten und sprach dann noch ein paar einleitende Worte der Erklärung, während die Magier den hermetischen Kreis endgültig fertigstellten, der einen schützenden Schild um sie bilden würde, während sie halfen, den Geist zu beschwören. Während die Execs und übrigen Beobachter in einen anderen Raum eilten, um sich den Vorgang durch ein mit Schutzvorrichtungen versehenes Panzerglasfenster anzusehen, zeigten die Magier Pita, wo sie zu sitzen hatte. Anwar setzte seinen Monolog fort, wobei er im wesentlichen Carlas Story noch einmal wiederholte und erklärte, wie der Geist seine Energie einsetzte, um klaffende Löcher in die Matrix zu schlagen. Doch anstatt darin zu schwelgen, welch ein Segen es war, daß die beiden Konzerne ihre Mittel vereinigt hatten, um das Ding zu bekämpfen, konzentrierte er sich auf Pitas Rolle in dem anstehenden Experiment.

Es war Pita peinlich, wirklich. Und ein wenig schwer zu glauben. Wenn das alles vorbei war, würde sie tatsächlich eine Berühmtheit sein. Vorausgesetzt, alles klappte. Die Konzerne ließen sich auf ein großes Wagnis ein. Was, wenn sie es nicht schaffte? Sie leckte sich die trockenen Lippen und versuchte das Flattern in ihrem Magen zu beruhigen, während Techs Biomonitore an Schläfen, Brustansatz und Handgelenken anbrachten. Neben dem Brandmal wurden zusätzliche Sensoren befestigt, und dann war alles bereit.

Drei der Magier bezogen Position in der Mitte des Kreises. Sie saßen mit gekreuzten Beinen da, hielten sich an den Händen und bildeten so einen Kreis um Pita. Ihr gegenüber saß ein junger asiatischer Elf mit Bürstenschnitt und einem Anzug, der an seiner schlanken Gestalt schlackerte, als habe er die Sachen seines Vaters angezogen. Die anderen beiden waren ein blonde Menschenfrau in einem weißen Laborkittel mit einem hellroten Mitsuhama-Logo über der Brusttasche und ein Amerindianer in einer perlenbesetzten Lederjacke mit dem Aufdruck ›Renraku: Schnittstelle der Besten‹ auf dem Rücken.

Der Amerindianer lächelte Pita beruhigend zu. »Null Problemo, Mädchen«, flüsterte er. »Kein Grund zur Sorge.« Dann setzte er ebenso wie die beiden anderen Magier eine Schutzbrille auf.

Pita warf einen Blick auf Anwar, der eine Fernbedienung benutzte, um die Kamera auf seinem Stativ zu bedienen. Das runde Glasauge der Linse schien Pita anzustarren, sich in ihre Gedanken zu bohren. Sie schloß die

323

Augen, verdrängte alle Gedanken an die Kamera und konzentrierte sich. Die drei Magier hatten den Nachmittag mit ihr verbracht und waren die einzelnen Schritte des Zaubers und den Wortlaut des Befehls, den Pita dem Geist bei seinem Eintreffen erteilen würde, mit ihr durchgegangen. Sie erwog kurz, ihre Gedanken zu sondieren, um sich zu vergewissern, daß sie ihr nichts verschwiegen hatten. Doch sie hatte Angst davor herauszufinden, daß die drei nervöser waren als sie.

Als die Magier mit ihrem Singsang begannen, setzte sich etwas Weiches und Warmes auf Pitas Schoß. Sie öffnete verblüfft die Augen und sah, daß ihr Schoß leer war. Doch als sie hinuntergriff und leicht mit den Fingerspitzen durch die Luft strich, spürte sie das weiche Fell einer Katze. Sie schloß die Augen wieder und streichelte die Luft – und wurde mit einer Vibration belohnt, bei der ihre Fingerspitzen zu kribbeln anfingen. Vor ihrem geistigen Auge sah sie eine regenbogenfarbene Katze auf ihrem Schoß sitzen, die sie mit glänzenden Augen aus Gold betrachtete.

Pita konzentrierte sich auf das Gefühl des Fells unter ihren Fingern und auf *Katzes* durchdringendes Schnurren. Es floß durch ihre Fingerspitzen und ihren Arm entlang und dann in ihre Brust. Von dort aus strahlte es nach außen, bis ihr ganzer Körper sanft vibrierte.

»Ich bin bereit«, sagte sie.

»Fang an«, drängte eine Stimme neben ihr.

Pita hob den Arm und konzentrierte sich auf die Stelle, wo der Geist seinen wahren Namen eingebrannt hatte. Sie spürte, wie ihr die Haare zu Berge standen und ihre Haut wärmer wurde. Sie stellte sich ihren Arm als Bildschirm vor, über den immer wieder dasselbe Wort huschte: »Komm. Komm. Komm.« Gleichzeitig öffnete sie den Mund. Ein Wort lag auf ihrer Zunge – ein Wort, das sie weder laut aussprechen noch verstehen konnte. Ein Name.

Langsam erhellte sich der Raum, und Pita spürte eine

gleißende Wärme auf Kopf und Armen. Sie drehte ihre geschlossenen Augen in diese Richtung und genoß die Anwesenheit des Geistes wie die Sommersonne. Selbst Anwars geflüstertes »O mein Gott!« brachte sie nicht aus der Ruhe.

Jetzt spürte sie, wie die Hitze intensiver wurde, bemerkte einen grellen Strudel aus Licht durch ihre geschlossenen Augenlider. Die Schutzbrille, die man ihr gegeben hatte, hing unberührt um ihren Hals. Sie brauchte sie nicht zu tragen, brauchte die Augen nicht zu öffnen, um den Geist zu sehen. Nicht, wenn sie und er ...

Eins waren.

Diesmal empfand sie keine Furcht. *Katze* war ganz in der Nähe, eine warme Präsenz in ihrem Schoß. Und der Geist war ein vertrautes Echo in ihrem trägen, sterblichen Verstand. *Spielen?* flüsterte er mit einer Stimme so flüchtig wie das Aufblitzen von Sonnenlicht auf Metall. Er zerrte an ihr, verlangte Anweisungen.

Pita schaute sich um und sah nur einen Strudel aus wirbelnden Lichtfragmenten. Sie dehnten sich zu einem unendlich tiefen Regenbogen aus, dessen Farbspektrum vom tiefsten Violett – das sie mehr als Summen denn als Farbe wahrnahm – bis zu einem intensiven Rot reichte, das vor Hitze glühte. Einzelne Photonen umwirbelten sie in verrückten Spiralen und irrten wie grell leuchtende Derwische durch die Luft. Sie war fasziniert von ihrer Schönheit und ging in ihrem Tanz auf. Der Geist schien ihr irgend etwas mitteilen, mit ihr kommunizieren zu wollen. Seine Worte rauschten in einem irrsinnigen Tempo vorbei, dem kein sterblicher Geist folgen konnte. Hätte sie die Botschaft verstehen können, das wußte Pita, wäre sie zum Ursprung allen Lichts gebracht worden, zum Ursprung von allem ...

Ihr Verstand sendete ein Signal aus, das – wären Nanosekunden nicht wie Sekunden gekrochen – sie veranlaßt hätte, den Kopf zu schütteln.

Sie mühte sich, einen Wort-Gedanken zu bilden. Nicht

den gewundenen Befehl, den zu erteilen die Magier ihr eingetrichtert hatten, sondern eine schlichte Botschaft: *Geh.*

Der Geist verharrte eine Nanosekunde, dann flammte er vor Zorn strahlend hell auf. *Nein. Bleiben. Spielen.*

Pita empfand nacktes Entsetzen, als ihr klar wurde, was sie angerichtet hatte. Als sie den Geist zum erstenmal kontrollierte, hatte sie auf den Ruf ihres Totems reagiert. Wie eine Katze, die mit ihrer Beute spielt, hatte sie den Geist angewiesen, seine destruktive Energie gegen die Cops einzusetzen. Dem Geist hatte die Erfahrung gefallen, und jetzt wollte er sie wiederholen. Und es war ihm egal, wer das Ziel seines Angriffs war. Pita hatte ein Ungeheuer erschaffen – eines, das die Unschuldigen ebenso verschlingen würde wie die Schuldigen.

Sie versuchte es noch einmal. *Geh.*

Das Brandmal an ihrem Arm pochte jetzt im Rhythmus des Lichts, das über ihr pulsierte. Das Gefühl riß Pita wieder zurück in ihren Körper, zu sich selbst. Der Geist flammte vor Gelächter hell auf und wirbelte herum.

Das Schnurren. Konzentriere dich auf das Schnurren. Sie sammelte sich und bündelte ihre Willenskraft in dem Ort der Ruhe, den *Katze* für sie geschaffen hatte. Dann schlug Pita zu. Sie zerkratzte den Geist mit ihren Krallen, biß ihn mit ihren Zähnen. Ihre Haare standen zu Berge, wurden versengt, aber es war ihr egal. Sie benutzte das Pochen in ihrem Arm, so daß sich Zorn mit Ruhe, heißes Feuer mit eiskalter Entschlossenheit verband. Indem sie jedes Körnchen ihrer Willenskraft aufbot, schrie sie das Ding noch ein letztes Mal an: *GEH HEIM!*

Irgend etwas zerriß.

Pita stürzte aus unglaublicher Höhe in ihren Körper zurück. Hinunter, tief hinunter in die Dunkelheit. Als sie die Augen öffnete, war das Labor abgesehen von einem winzigen roten Auge, das sie anstarrte, in völlige Dunkelheit gehüllt. Dann schaltete sich der automatische

Scheinwerfer der Kamera ein und hüllte Pita in einen Strahl grellen Lichts. Sie hob den Arm, um ihre Augen abzuschirmen – und sah, daß ihre Haut unversehrt war. Geheilt. Die blaßrosa Narbe der Brandwunde, die der Geist hinterlassen hatte, war völlig verschwunden.

In dem Raum gingen die Lichter an, und dann fingen plötzlich alle gleichzeitig an zu reden. Pita war sich undeutlich der drei Magier bewußt, die aufstanden, und der Execs, die in den Raum gelaufen kamen und ihnen mit Schulterklopfen und herzhaftem Händeschütteln gratulierten. Anwar stand irgendwo neben ihr und sprach aufgeregt in sein Mikrophon, während er Pita aufhalf.

»Es ist noch zu früh, Leute, um mit Sicherheit sagen zu können, ob das Experiment erfolgreich war.« Er berührte seinen Ohrhörer und hörte ihm ein paar Sekunden zu. »Die Meldungen von den Deckern, die zur Überwachung der Matrix eingesetzt wurden, kommen langsam herein. Aber Sie haben das, was heute hier geschehen ist, live bei *Orks First!* miterlebt. Der Geist ist unter Kontrolle. Und es hat eines Orks bedurft, um das zu schaffen.«

Pita murmelte eine Antwort auf Anwars Fragen und schwankte dann. Sie war todmüde. Das Ringen mit dem Geist hatte sie völlig erschöpft. Als jemand den Arm ausstreckte, um sie zu stützen, hielt sie sich an dem angebotenen Arm fest. Und schaute in das Gesicht von John Chang.

»Nun?« flüsterte er, indem er sie zur Seite und aus dem Aufnahmebereich der Kamera zog. »Wir haben gesehen, daß Sie den Geist kontrolliert haben. Er hat wunderbar reagiert. Wie hat er die neuen Befehle aufgenommen?«

»Ich habe ihm diese Befehle nicht gegeben«, flüsterte Pita zurück.

»Was?« Donald Acres hatte sich ebenfalls zu ihnen gesellt und war für einen Moment sprachlos vor Zorn.

»Was soll das heißen?« Er unterbrach sich, als Anwar zu ihnen kam und Pita das Mikrophon vor den Mund hielt.

»Ich habe ihn gebannt«, antwortete Pita. »Ich habe den Geist heimgeschickt – wo das auch sein mag. Er kommt nie wieder zurück.«

Chang wurde kreidebleich. »Aber das war der einzige ... Es ist uns nicht gelungen, einen von den anderen zu ...« Seine Hand krallte sich in Pitas Hemd. »Sie sollten doch ...«

»Ja?« fragte Anwar, indem er Chang das Mikrophon hinhielt. »Möchten Sie noch etwas hinzufügen, Mr. Chang?«

Der Exec schüttelte den Kopf, verbarg sein Unbehagen hinter einem glatten Lächeln und wandte sich dann abrupt ab.

Der Pirat legte einen Arm um Pitas Schultern und ging mit ihr zur Kamera. Techniker huschten hinter Pita her und entfernten die an ihrer Haut befestigten Sensoren.

»Und jetzt bringen wir dich zur Mission für Straßenkinder«, verkündete Anwar, während er die Kamera von dem Stativ nahm und sie auf Armeslänge von sich hielt. »Ich werde den ganzen Weg dorthin live übertragen, während Pita uns erzählen wird, wie sie die magischen Fähigkeiten erlernt hat, die sie in die Lage versetzt haben, abtrünnige Geister zu bannen.« Er drehte sich um. »Mr. Acres? Mr. Chang? Hier entlang, bitte.«

Er ging mit Pita zum Ausgang. Chang und Acres kochten vor Wut, als sie den beiden Orks aus dem Labor und auf die Straße folgten, wobei sie ihre Grimassen für Anwars Kamera gelegentlich zu einem Lächeln zwangen. Von Leibwächtern umringt stiegen sie in schnittige Konzernlimousinen.

Anwar half Pita in das Taxi, das vor der Tür des Forschungslabors wartete.

»Deine Freunde haben mir erzählt, Patti, daß du dir

deine Talente vollkommen allein beigebracht hast. Stimmt es, daß du eine Katzenschamanin bist?«

Pita rieb sich ihre pochenden Schläfen, dann fiel ihr Blick auf den Taxifahrer. Es war die Orkfrau, die mit ihr – wann? erst heute morgen? – über das Konzert von Meta Madness geredet hatte. Die Frau drehte sich um und bedachte Pita mit einem breiten Grinsen.

»Hoi, Mädchen«, sagte sie. »Ich habe deine Katze gefunden.«

Ein weißes Fellbündel sprang über die Rückenlehne des Vordersitzes und in Pitas Arme. Laut schnurrend rieb sich die Katze an Pitas Kinn und beschnüffelte die Hemdtasche, in der sich die Chickstix befunden hatten. Ein gelbes und ein blaues Auge sahen zu ihr auf, als die Katze ein fragendes *miau?* ausstieß.

Pita streichelte das Tier, völlig überrascht von der Wendung der Ereignisse. Welch ein Zufall, daß das Taxi, das sie zur Mission fahren sollte, von der Frau gefahren wurde, die sie heute morgen getroffen hatte! Doch dann dachte sie nach. Wenn die Fahrerin Aziz' Katze gefunden hatte, konnte sie unmöglich den ganzen Tag mit dem Tier im Wagen herumgefahren sein. Sie mußte zu Masakis Adresse zurückgekehrt sein, und der hatte sich mit Carla in Verbindung gesetzt, die wiederum …

Sie lächelte Anwar an, der ihre Vermutung mit einem Zwinkern bestätigte. Die Kameralinse surrte, als er den Fokus veränderte, um auch die Katze ins Bild zu bekommen. »Also«, sagte er ins Mikrophon. »Erzähl uns von deiner Katze. Brauchst du sie, um deine Magie zu wirken?«

Pita lachte. Sie begriff langsam, wie das Nachrichtengeschäft funktionierte.

31

Carla sah Wayne über die Schulter, als dieser letzte Hand an die Lone-Star-Story legte. Obwohl alle, die sie interviewt hatte, nichts Eiligeres zu tun gehabt hatten, als sich selbst abzusichern, machte die Story immerhin eines ganz deutlich. Pita war nicht länger x-beliebiger Abschaum von der Straße – sie war die brillante junge Schamanin, die ganz allein den Geist aus der Matrix vertrieben hatte. Man mußte kein Genie sein, um zu erkennen, daß sich der Crash von 2029 mit verheerenden Folgen für die Weltwirtschaft wiederholt hätte, wäre sie in jener Nacht mit dem Rest ihrer Freunde von den Cops erschossen worden.

Als Resultat von Pitas Ruhm trudelten Angebote von Seattler Orkfamilien ein, die Pita ein Heim anbieten wollten. Es gab sogar eine Handvoll Telekombotschaften von hübschen jungen Orks, die in Pita ihre Gelegenheit sahen, dem Untergrund zu entkommen, entweder als ihr Leibwächter oder als ihr Ehemann. Einstweilen wohnte Pita jedoch immer noch bei Masaki. Sie sagte, es gefalle ihr dort, und daß es ihr ganz besonders Spaß mache, sich mit Blake zu unterhalten, Masakis stämmigem Ork-Partner. Carla schnaubte verächtlich. Sie wäre nicht überrascht, wenn die beiden Pita adoptierten. Es würde Masaki guttun, wenn er jemanden hatte, den er bemuttern und umsorgen konnte.

Carla beugte sich über Waynes Schulter und zeichnete mit dem Finger ein imaginäres Kästchen auf den Bildschirm. »Leg das Bild von Pita, wie sie beschreibt, was in jener Nacht vorgefallen ist, hierher über einen langsamen Schwenk über die Straße, wo die Schießerei stattgefunden hat«, wies sie ihn an. »Dann wechseln wir auf den durchgesickerten Bericht der Ballistiker, in dem festgestellt wird, daß die in den Leichen gefundenen Ku-

geln dasselbe Kaliber haben wie die Waffen in dem
Streifenwagen. Danach spielst du eine Graphik der Be-
waffnung des Wagens ein und daneben ihre statisti-
schen Werte.«

Wayne nickte und machte sich an die Arbeit, indem er
Bilder mit seinem digitalen Griffel zeichnete und ma-
nuelle Befehle per Tastatur eingab. Carla sah zu, wie er
zu ihrem Interview mit den beiden Cops schnitt: Korpo-
ral Larry Torno und Gefreiter Renny »Reno« Mellor. Mit
ihren bandagierten Händen und Gesichtern und den in-
travenösen Schläuchen in den Armen sahen sie jäm-
merlich in ihren Krankenhausbetten aus. Offiziell waren
ihre Brandwunden die Folge eines Unfalls mit ihrem
Streifenwagen und dem kurz darauf ausgebrochenen
Feuer. Doch das erklärte nicht das regelmäßige Muster
der Brandmale auf ihren Gesichtern und Händen oder
wie sie sich Verbrennungen dritten Grades hatten zuzie-
hen können, obwohl das automatische Feuerlöschsystem
des Wagens sofort angesprungen war, nachdem der
Wagen Feuer gefangen hatte.

Carla glaubte ihrer Behauptung keine Sekunde lang,
der Unfall sei durch extrem grelle Scheinwerfer verursacht worden, die aus nächster Nähe durch die getönte
und blendfreie Windschutzscheibe ihres Wagens geleuchtet hätten. Sie kannte die tatsächliche Ursache.
Doch die hatte sie in ihrer Story nicht erwähnt.

Beide Cops hatten ausgesagt, nicht einmal in der Nähe
der Stelle gewesen zu sein, an der die Orks niedergeschossen worden waren, wenngleich der Computer ihres
Fahrtenbuchs eindeutige Anzeichen erkennen ließ, daß
irgendwer daran herumgepfuscht hatte. William Lou-
den, Lone Stars Chief of Police, bestritt jegliche Vertu-
schungsversuche Lone Stars und behauptete, Torno und
Mellor seien die einzigen ›faulen Äpfel‹ im Korps. Als
Carla gefragt hatte, ob noch andere Beamte Lone Stars in
die Morde an Straßenkindern verwickelt seien, hatte er
das Interview vollständig abgebrochen. Sie hatte gehofft,

ihre Story würde eine eingehende Untersuchung auf rassistische Elemente innerhalb des Polizeikonzerns zur Folge haben. Doch das war offenbar ein Hirngespinst gewesen.

Carla instruierte Wayne, die Dementis der Cops mit einem Übergang in die grausigen Bilder der in jener Nacht ermordeten Orks zu beenden. Sie hatten die Sendezeit verdient. Nicht diese verlogenen Wichser von Lone Star.

Dem Material aus den Polizeiakten ließ sie ein Interview folgen, das sie mit dem Anführer des Humanis Policlub Seattle geführt hatte. Wenigstens hatte sie das Eingeständnis aus ihm herausgeholt, daß die beiden Cops ehemalige Mitglieder seiner Organisation waren. Doch dann beteuerte er, man habe ihnen die Mitgliedschaft schon vor Monaten gekündigt, weil sie ›zu radikal‹ gewesen seien, und daß sie aus eigenem Antrieb gehandelt hätten. Mehr Absicherungen.

Carla seufzte. »Beende die Story mit dem Kommentar des Vertreters der Initiative für Orkrechte, der am Freitag bei dem Zusammenstoß mit Lone Star vor dem Rathaus ein Auge verloren hat«, wies sie Wayne an. »Zumindest dafür sollte Chief Loudon sich verantworten.«

Als Wayne die Story mit Carlas Abspann versah, betrat Pita den Schneideraum. Sie setzte sich auf einen Tisch und sah sich Beine schwingend den Testlauf der fertigen Story an. Die weiße Katze lugte mit dem Kopf aus Pitas Jacke, in der sie sich versteckt hatte. Das Mädchen schien die magere kleine Kreatur dieser Tage überallhin mitzunehmen. Die Katze starrte auf den Schirm, als begutachte sie die Story, wobei ihre ungleichen Augen hin und her sprangen, als die Bilder über den Monitor huschten.

»Nun?« Carla wandte sich an Pita. »Was hältst du davon?«

Das Orkmädchen neigte den Kopf und rieb ihre Wange am Kopf der Katze. Ein zufriedenes Schnurren erfüllte den Schneiderraum. Carla wußte nicht, ob es von der Katze kam – oder von dem Mädchen.

»Es gefällt uns«, sagte Pita leise. »Es wird Chen und die anderen nicht zurückbringen, aber vielleicht verhindert es, daß andere Kinder gegeekt werden.«

Carla zwang sich zu einem Lächeln. Im großen Plan der Dinge schien sich nichts geändert zu haben. Lone Star hatte immer noch seinen Prozentsatz an miesen Cops, die Konzerne lehnten jede Verantwortung für den neuen Geist ab und ernteten statt dessen die Lorbeeren für die Rettung der Matrix vor einer Wiederholung des Crashs von 2029, und Carla würde den Rest ihres Lebens unter Mitsuhamas Fuchtel arbeiten.

Doch zumindest Pita war gut aus dieser Sache herausgekommen. Eines Tages würde sie einsehen, daß die Welt immer noch mit denselben Makeln behaftet war wie zuvor. Aber einstweilen – zumindest heute – sah die Zukunft strahlend und neu aus.

»Ja. Mädchen«, antwortete Carla. »Ich hoffe es.«

Wild Cards

»Die wohl originellste und provozierendste Shared World-Serie.«
Peter S. Beagle in OMNI

Gemischt und ausgegeben von
George R. Martin

Vier Asse
1. Roman
06/5601

Asse und Joker
2. Roman
06/5602

Asse hoch!
3. Roman
06/5603

Schlechte Karten
4. Roman
06/5604

Wilde Joker
5. Roman
06/5605

06/5604

Heyne-Taschenbücher

Das Comeback einer Legende

George Lucas ultimatives Weltraumabenteuer geht weiter!

01/9373

Kevin J. Anderson
Flucht ins Ungewisse
1. Roman der Trilogie
»Die Akademie der Jedi Ritter«
01/9373

Der Geist des Dunklen Lords
2. Roman der Trilogie
»Die Akademie der Jedi Ritter«
01/9375

Die Meister der Macht
3. Roman der Trilogie
»Die Akademie der Jedi Ritter«
01/9376

Roger MacBride Allen
Der Hinterhalt
1. Roman der Corellia-Trilogie
01/10201

Angriff auf Selonia
2. Roman der Corellia-Trilogie
01/10202

Vonda McIntyre
Der Kristallstern
01/9970

Kathy Tyers
Der Pakt von Bakura
01/9372

Dave Wolverton
Entführung nach Dathomir
01/9374

Oliver Denker
STAR WARS – Die Filme
32/244

Heyne-Taschenbücher

HEYNE BÜCHER

Lois McMaster Bujold

Romane aus dem preisgekrönten Barrayer-Zyklus der amerikanischen Autorin

Grenzen der Unendlichkeit
Band 6
06/5452

Waffenbrüder
Band 7
06/5538

06/5452

06/5538

Heyne-Taschenbücher